지구의 형제

바나행성의 傳說

중

저자 박형규

바나행성의 傳說 중

초판 1쇄 인쇄 2017년 01월 31일
초판 1쇄 발행 2017년 01월 31일
지은이 박 형 규
펴낸이 손 형 국
펴낸곳 해피소드
출판등록 2013. 1. 16(제2013-000004호)
주소 153-786 서울시 금천구 가산디지털 1로 168,
우림라이온스밸리 B동 B113, 114호
홈페이지 www.book.co.kr
전화번호 (02)2026-5777
팩스 (02)2026-5747

ISBN 978-89-98773-15-1 04810 978-89-98773-13-7 04810(세트)

신(神)이 있다면 어떤 존재일까? 全能한 존재일까? 그 전능한 존재가 왜? 인간의 삶에는 그 영향력을 미치지 않고 외면하고 있을까?

이러한 의구심은 누구나 한번쯤은 가져보았음직한 것일 것이다. 그렇다면 지구 인류 문명보다 수 만년 앞선 과학 문명이 존재하고 있다면 우리의 상상력으로 그들의 삶을 척량 할 수 있을까? 그들이 인류가 생각하는 신(神)은 아닐까? 끝이 없는 우주공간에 그런 존재가 없다고 확답 할 수 있을까? 이 소설은 그런 상상을 원동력으로 하여 집필되었다. NASA에서 발표한 지구의 사촌이라는 케플러 452B 행성을 '바나' 라는 이름으로 붙였지만 천인은 이미 신적 존재만큼이나 육체적 정신적으로 진화된 존재라는 시각으로 읽는다면 비록 졸필이지만 SF(Science Fiction) 소설의 재미를 느낄 수 있을 것이다. 내용 중에 나오는 '구루' 란 천인의 성씨는 인도어로 선지자 또는 先覺者라는 의미임을 밝혀둔다. 인간은 비록 나약한 유기체이며 포유류의 한 종이지만 끝없는 탐구심과 욕망을 가진 어마어마한 끈기의 생명체임을 새삼 강조하지 않아도 알고 있으리라. 과학의 발전이 종국에는 인간능력의 극대화로 집중 될 것이라는 예상을 하 면서 제4부 부터는 korea함선을 이용해서 우주 의 새로운 행성들을 찾아볼까 한다.

[등장인물]

구루로아; 쌍둥이 행성의 절대자 구루로아 황제는 행성 내란으로 인해 일부 주민들 (100만명)을 이끌고 우주함선을 이용해 탈출하여 바나 행성에 불시착한다. 그러나 또다시 반기를 든 반란자들을 처리하지만 셔틀로 탈출한 전사와 마법사들은 자폭 시스템을 탈주하는데~

구루 무라카 세바스찬; 구루로아의 외동아들이며 황태자로 바나행성의 질서를 회복시키고자 노력하는 와중에 음모에 휩쓸려 사망 한다.

〈바블라이트 대륙〉

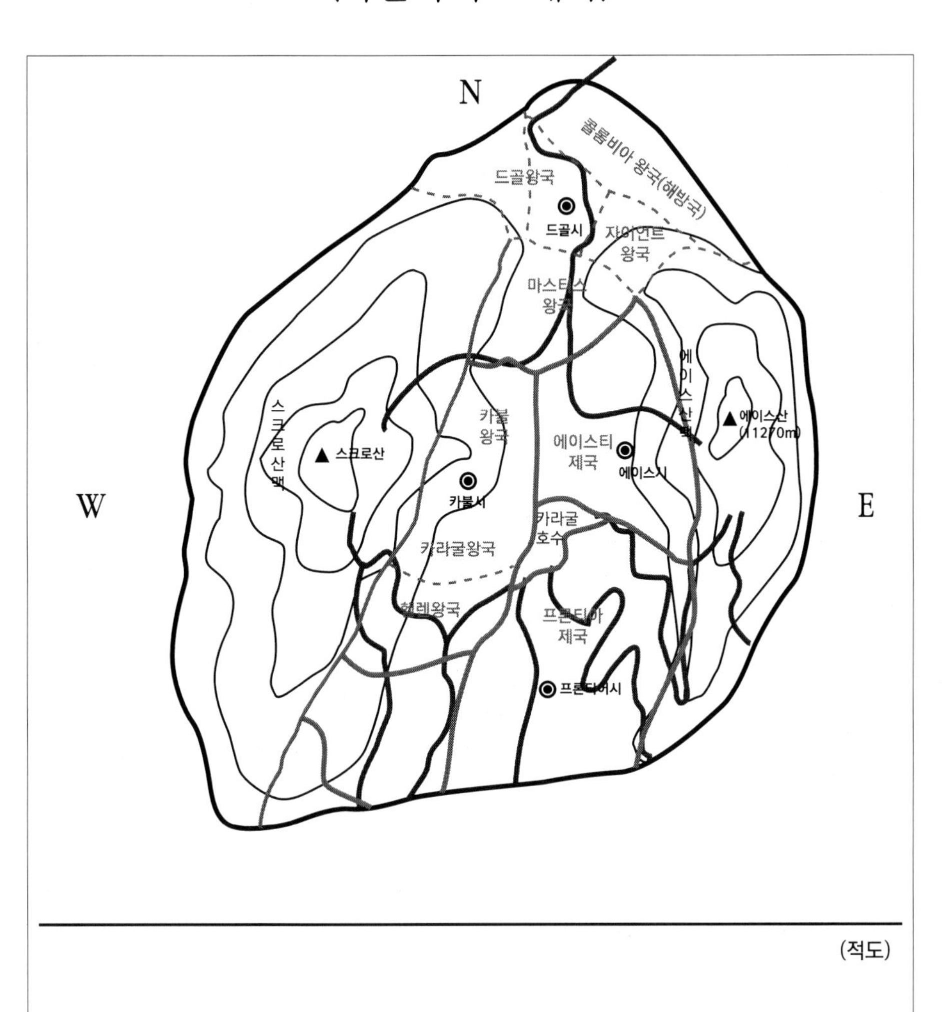

N
W
E
비아 왕국(해방국)
드골왕국
드골시
자이언트
왕국
마스티스
왕국
스
크
로
산
맥
▲ 스크로산
카불
왕국
카불시
에이스티
제국
에이스시
에
이
스
산
맥
▲ 에이스산
(11270m)
카라굴
호수
라굴왕국
레왕국
제국
(적도)

차 례

제2부 우주함대 Korea호

제2부

우주함대 Korea호

모선 Korea호

바나행성의 자태가 바로 셔틀 앞에 있는 것처럼 아름답게 보인다. 그리고 행성의 주위를 공전하고 있는 두 개의 달이 보이고, 이리나 원과 이리나 투의 사이로 멀리 밝은 주황색의 빛을 발하고 있는 케플러 452A의 모습도 웅장한 위용을 뽐내며 밝게 빛나고 있다. 바나행성에 수많은 생명체들이 살아갈 수 있는 환경을 만들어 준 태양인 것이다. 지구에 알려진 바로는 노란색의 왜성이라 알려져 있지만 이곳에서 바라보니 밝은 주황색이다. 그냥 태양 또는 해라고 부르는 것이 정답이다. R-1의 기록 자료엔 63억 5천년 정도 된 행성이라고 기록되어 있는 태양이다. 엄청난 빛과 열을 발산해서 바나에 수많은 생명체가 생겨나고 진화해 갈 수 있는 여건을 만든 주인공이라고 불러야 되겠지. 이 우주엔 수많은 생명체들이 존재하고 있을 것이다. 지구나 바나처럼 비슷한 환경이 이루 다 헤아릴 수 없을 만큼 많을 테니까 말이다. 우주는 지금도 팽창하며 많은 행성들이 생겨나고 있을 것이니 말이다.

"R-2 '에너지 에그'가 완충 되려면 얼마나 더 걸리지?"

"넵 사령관님 이제 20시간만 더 기다리시면 완충 됩니다. 기다리시는 동안 행성궤도를 돌면서 영상들을 보여 드릴 테니 행성의 각 대륙이나 각종 생명체들 그리고 몬스터 종들 또 식물들도 살펴보시면서 익히시기 바랍니다. 이번이 아주 좋은 기회가 된 것이죠."

"그래 진작에 좀 알려주지. 험험"

"명상 중이시라 감히 말씀을 못 드렸습니다."

"넌 참! 그래 알았다. 보여 봐!"

오~ 이거야 말로 꼭 필요하고 가장 중요한 공부가 아닌가? 그렇지 우주에 나오니 이런 장점이 있군 그래. 다음에 탐험 할 대륙의 정보들을 한눈에 볼 수 있으니 말이다. 저곳이 '포롤 군도' 지역이고 아! 저 대륙이 동방대륙이라 불리는 '크로스 아르메니아 대륙'이군.

"R-2 잠깐 저 대륙을 좀 자세히 볼 수 없나? 확대해서 말이야."

"사령관님 셔틀로서는 한계가 있습니다. 곧 모선이 우주의 품으로 돌아오면 '로아 모선' 으로는 얼마든지 자세히 볼 수 있습니다. 바로 앞에 있는 정도로 근접 확대영상이 가능하지요."

"어? 그래 빨리 로아 모선 아니 이제는 명칭을 '구루 무라카 모선' 으로 변경하기 바란다. 내가 물려받았으니 수정해야지. 하여간 모선으로 돌아가고 싶구나. 그리고 저 크로스 아르메니아 대륙을 다음 탐험지역으로 정해야 되겠다. 저곳은 언어가 또 다르겠지?"

"네 사령관님 에너지 에그가 완충되면 망가진 '로보'와 '드론'들을 재생 시킬 수 있습니다. 그러면 저 대륙의 언어도 금방 수집해서 연습하실 수 있고요."

"로보? 드론? 그런 것이 원래 있었다고?"

"네 사령관님 기억이 안 나시나요? 움직이는 컴 '로보'요. 사람 형상이라 아주 똑똑하죠. 예쁘고요. 역대 공주님들 중에 가장 아름다웠든 '몰리아스' 공주님의 형상대로 만들었거든요. 5시아크 전의 공주였죠. 드론은 날아다니는 컴인데 자주 충전을 해야 하는 단점이 있죠. 그래도 행성전체의 정보를 수집하는 데는 드론이 가장 빠르죠. 50기 정도만 재생시켜도 바나 전체를 볼 수 있습니다. 지금 무라카 모선 저장고에 그 재료들이 다 있을 겁니다. 정확한 것은 R-1이 압니다."

"응 그래? 그런대 시아크 라는 말의 뜻은 뭐냐?"

"아-사령관님 기억에 이상이 생기셨다 드니 좀 심각하시군요. 시아크는 100년을 나타내는 단위입니다."

"아 한 세기를 말하는 것이군. 알았다. 그리고 포롤 군도의 섬의 수는 데이터가 있는가?"

"아직은 없지만 금방 파악이 가능합니다. 지금 관측이 가능하니까요. 잠시만 기다리시면 네 20, 031개입니다."

"뭐? 그렇게 많아? 이천 개 정도라더니?"

"넵 사령관님 크로스 아르메니아 대륙을 에워싸고 있으니까요. 서쪽 빙벽 지대를 제외한 나머지 바다 전체가 섬인 셈이죠."

"후후후 접근 할 수 있는 가능지역 전체로군 허허허 알았다. 그래서 해적들이 개판을 치는 거야."

"그런데 R-2 너는 용량이 R-1과 비교 했을 때 얼마나 차이가 있나?"

"넵 저는 R-1의 1/10입니다."

"응 그래? 그럼 행성의 식물에 대한 데이터는 어느 정도 가지고 있나?"

"103종이 전부입니다."

"음 자 내가 명령한다. 이 명령은 R-1,2,3,4와 '로보' 그리고 내 휴대용 001에게도 해당된다. 행성의 모든 생명체와 각 지역별 언어, 등은 앞으로 자동으로 저장하고 보관하며 이름이 없는 경우는 내가 지어서 그때그때 알려 주마, 특히 몬스터는 종류별로 상세데이트를 저장한다. 신장, 무게, 동작의 특징, 능력 등을 자세히 파악해야 된다. 식물도 마찬가지 근접 촬영한 영상과 종류별 특징 사람이나 동물이 먹을 수 있는 여부 등등 그리고 수중 생물도 마찬가지다. 모든 정보는 모두가 공유한다. 여기서 모두라 함은 천족과 이에 종사하는 모든 기계와 무기를 이름이다. 특히 식물종 중에는 상처 치료에 좋은 약초들이 많은데 그것들은 별도로 분류해서 자료를 관리하기 바란다. 트롤은 몬스터 이지만 그 혈액이 약효가 뛰어난 것으로 아는데 이 부분은 자료가 없는가?"

"네 트롤의 혈액은 세포를 재생시키는 시간을 1,000배 이상 단축시킬 수 있는 호르몬 투엘이 많이 함유되어 있습니다."

"아 그런 신기한 몬스터가? 본적이 있군. 내가 대량 살상한 적이 있는데 독침을 대롱으로 날리는 영리한 몬스터였어."

"네 맞습니다. 사령관님! 트롤의 침이 마취 효과가 있습니다. 신경계를 마비시키죠. 그래서 상처의 통증을 약화해서 고통을 저하시킬 수 있죠."

"그렇군. 유용성이 뛰어나군. 수술용으로 사용이 가능 하겠네."

"네 트롤은 생포를 해서 분석을 해볼 가치가 충분한 몬스터입니다. 그럴 기회를 만들어 주시면 트롤의 혈액과 침을 연구해 보고 싶습니다."

“그래 지상에 내려가면 내가 꼭 몇 마리 생포 하도록 하지.”

“네 기대 하겠습니다. 에너지 에그가 완충되면 모선은 우주공간에 두실 것을 권장합니다. 여러 가지 조사연구에도 용이하고 정보 수집 및 분석에도 유용하며 대량의 적을 공격하기에도 가장 효율적 입니다.”

“그래 반드시 그렇게 하도록! 내가 명령한다.”

“넵 사령관님의 모든 명령은 네트웍-망으로 모두 공유가 자동으로 연결됩니다.”

“그래 R-001은 어디에 있는가?”

“아 아직 안 차셨네요. 오른쪽 상단의 파란 버튼을 누르시면 공간 이 나타납니다. 그기에 보관중이죠.”

“음 이것이군. 용량이 어느 정도인가? R-001은 말이야.”

“사용상의 문제는 전혀 없을 겁니다. 용량은 15기가플롭스 이지만 말 입니다. ‘로보’의 1/10 정도이죠.”

“스스로 판단하고 움직이는 ‘로보’의 1/10 정도라면 대단하군. 이것이군. 어디 이렇게 차는군.”

“반갑습니다. 존경하시는 사령관님! 너무 저를 오랫동안 방치하셔서 제가 기분이 영 좋지 않습니다. 제발 저를 사랑해주세요. 헤헤”

“응 001 알았다. 앞으로는 절대 너를 내 몸에서 떼어놓지 않겠으니 용서해라.”

“히히힛 사랑해요. 사령관님! 앞으로 모든 위험이나 적의 기습등도 즉각적으로 사령관께 알리겠습니다. 다시는 저번처럼 속는 일은 절대 없게 하겠습니다. 사령관님의 안전을 최우선으로 할 것을 약속드립니다.”

"고맙다."

완전 인공지능 수준이아니라 하나의 인격체 같은 느낌이 든다. 감정 표현까지 하다니 말이다. 기계도 진화를 하는가? 아니면 '언옥타늄'과 '신성나무뿌리'의 '혼합 생명체'가 진화를 할 수 있는 신경망을 구성한 것인가? 도대체 천족의 과학은 어디까지 발전을 하다가 멈춘 것일까? 경이로운 문명이 사라져 가서는 절대로 안 되는 일인데 자연은 그것을 용납할 재량이 없는 것일까? 자연의 섭리라는 싸이클은 그 율법을 위협할 정도의 능력은 용납을 하지 않을 수도 있다고 본다. 그것이 정답에 가까울 것이다. 그래서 천족의 개체를 줄인 것인지도 모른다는 메시지가 느껴진다. 절대 우연은 없는 것이다.

"R-2 앞으로 할 일들이 상당히 많다. 자료들을 보니 모든 동식물들의 명칭이 숫자로 되어 있는데 모두 적절한 이름을 지어야 할 것이며 또 몬스터들의 자료가 너무 부족하고 수중 몬스터는 거의 없으니 상당히 불편할 것이다. 내가 앞으로 탐험을 할 때 001을 통해서 자동으로 이름과 새로운 종들의 개체들을 만나게 될 것이니 그때마다 항상 기록이 가능하리라 본다. 항상 말이다. 가능하지?"

"넵 그렇게 하겠습니다."

"함선이 우주에 있으면 무선은 25시간 영속으로 가능한가?"

"네 그렇습니다."

"좋아! R-001 너는 충전모드가 어떤 방식이지?"

"네 저는 자동 충전이라 그건 신경 쓰실 필요가 전혀 없습니다."

"알았다. R-2 우선 행성의 종합적인 지도가 필요해 모든 곳을 R-1과 촬영해서 지도를 만들어라. 그래서 내가 탐험을 시작하면 다시는 지역을 몰라서 곤란한 일이 발생치 않도록 할 것. 그리고 메인 컴퓨터에 있는 우주 지도도 잘 정리해 둘 것. 지상의 모든 종족의 언어를 모두 알아내어 기록할 것. 또 각 종족의 문화생활도 기록 할 것. 행성의 모든 생명체의 이름과 특징 등을 모두 조사해서 기록할 것. 어때? 이정도 하는데도 수십 년 걸리겠지?"

"네 그렇게 되겠지요. 수중, 지상, 공중 이렇게 분류하고 또 종별로도 구분이 되어야겠지요?"

"그렇지 급할 것은 없으니 차근차근 해 보자고 일단은 함선을 우주로 띄우는 것부터 말이야."

"대단히 치밀하시고 현명하십니다. 그런 것까지 생각하시는 분은 구루 무라카 세바스찬 사령관님이 처음입니다. 영광입니다."

어-쭈! 기계인지, 사람인지 이것 참 헷갈리네, R-1은 주 컴이고, 투는 폰 프린스 컴이고, 3은 라오미 셔틀의 컴이고, 4는 의학담당 컴이고, 로보는 개체로서 잡다한 모든 일을 할 수 있는 사람 같은 컴이고, 드론은 입력을 해서 투입하는 간단한 컴이고, 001은 역시 나의 보조인 셈인데, 수천 명의 사람이 해야 할 일들을 이들이 다 할 수 있다면 이것은 그야말로 과학의 승리라고 볼 수 있는 결과물 들이다. 어째 생각해보니 으스스 해지는 기분이다. 좀 춥다! 에너지 에그의 충전이 완료되어 함선으로 돌아왔다. 각 동력 전달장치 체에 에그들을 모두 결합시키고 중앙 통제실로 돌아오자 볼리아가 포탄처럼 날아온다. 그리고 나의 품은 그 포탄 한방에 세상이 정지하는 느낌이다.

"아빠! 아빠! 아빠! 보고 싶었어-용! 사랑해요 아빠!"

"쪽! 어이쿠 내 가슴 부숴지면 어쩌려고 그렇게 안기냐? 하하하 그래 내 사랑 볼리아 공부는 확실히 한 것이지?"

"넵 세 번 반복했어요. 헤헤헤 저 잘했죠?"

"그래그래 잘 했다. 이제는 모든 것 이해가 되지?"

"힝!~ 그래도 아직 꿈속처럼 몽롱해요. 제가 머리가 무척 나쁜가 봐요. 히히힛"

"응? 갑자기 바뀐 모든 환경 탓인 것이지 차차 나아질 것이야. 급할 거 없잖아?"

"네 알겠어요. 아빠 꼭 안아 주세요."

"그래 자 오늘은 푹 쉬고 내일부터는 바쁠 거야. 할 일이 무지 많아. 에-궁 내 딸 고생시키려고 데려온 것 같은 기분이 든다. 허허"

"전 기뻐요. 아무리 바빠도 아빠만 있으면 전 행복해용! 헤헤헤"

"우선 함선을 우주로 띄워야 한단다. 자 잠시 후에 우주에서 식사하자고 후아주도 한잔하고 비록 식사는 스프와 뱀 고기지만 말이야. 자 R-1 모든 준비는 끝났지? 이제 출발하자 우주로 말이야."

"넷 명령 수행합니다. 지금 모든 장치들을 점검하고 있습니다. 5분 정도 시간이 필요 합니다 기능이 모두 정상인지 점검 하는 중입니다. 95% 완료. 99% 완료. 넵. 모든 기능 정상입니다. 중력제어시스템 가동! 역 추진 준비 완료! 10, 9, 8, 7, 6, 5, 4, 3, 2, 1, 0"

그 순간 '쾅!-쿠 르 르 르 릉!' 굉장한 소리와 진동이 느껴지면서 거대한 먼지구름을 피워 올리며 스키라산이 폭발했다. 그리고 함선은 더 이상 아무런 흔들림도 없이 까마득히 솟아올랐다. 이 일을 노스트 왕국에서는 스키라 산이 화산폭발을 일으킨 것으로 보고되었단다. 그것은 지상의 일이고 몇 분 후 함선 '구루 무라카 호'는 무사히 우주로 진입했다. 특이한 것은 중력의 저항을 받지 않는다는 사실이다. 이렇게 큰 몸체의 함선이 중력의 저항을 이기고 대기권을 벗어나려면 어마어마한 에너지가 필요 할 텐데 무슨 원리인지 전혀 그렇지 않다는 것이 도저히 이해가 안 된다.

"R-1 대기권을 탈출할 때 말이야. 무지막지한 에너지가 소모되는 것이 아닌가? 공기 저항도 어마어마할 텐데 말이야."

"사령관님 그 원리는 사령관님이 전문가이시잖아요. 아참 기억이 지워지셨다고 황송합니다. 모선 무라카는 중력의 영향을 전혀 받지 않는 합성 물질로 만들어져있어서요. 그렇게 심각한 에너지 소모는 없었습니다. 단지 공기 저항과 처음에 산에서 빠져 나올 때 그때가 이렇게 쉽게 단번에 나올 줄은 몰랐지요. 하중 압력이 계산에 의하면 두 번 정도의 방어막 에너지를 폭발적으로 내어 품어야 하는 것으로 나타났는데 한번으로 산위의 호수지반이 붕괴되면서 역 추진 에너지의 반동으로 바로 탈출이 된 것입니다. 답변이 제대로 되었는지요?"

"으음 그래 알았다. 지금 정상 궤도인가?"

"곧 정상 궤도에 자리를 잡게 됩니다. '바젤란 대륙'을 중심으로 궤도 계산이 되어 있습니다. 변경할 때는 사령관님의 명령에 따르도록 되어 있습니다. 즐거운 식사시간 되시기 바랍니다. 충성!"

"그래 R-1 수고했다. R-2에게 지시한 사항들이 있으니 정보는 공유되어 있으리라. 그기에 따르는 제반 사항들을 진행하기 바란다. 추가 명령은 25시간 후에 다시 하겠다. 이상!"

"넵 명령 접수완료! 편안한 시간 보내십시오. 공주님도요."

"우와! 우주네! 영상 볼 때랑 비슷해 무시시해요. 아빠는 아무렇지도 않아요?"

"난 네가 교육받을 때 우주공간에 있었지 그래서 적응이 된 거야. 우리가 살고 있는 행성을 봐봐 여기서 보니 조그만 하지? 참 아름답게 생겼다. 그렇게 보이지?"

"네 참 작네요. 그런데 땅에 있을 때는 가도 가도 끝이 없는 그렇게 멀기만 하던 땅덩이 인데 왜 저런 작은 곳에서 그렇게 잘살려고 아등바등 했을까? 싶은 생각이 들어요. 아빠도 그래요?"

"허허허 아가야 너는 참 고생을 많이 해서 그런 생각이 드나보다. 나는 저곳을 어떻게 모든 곳을 다녀볼까 하는 그 생각만 하고 있는 데 말이야. 네가 그런 말을 하니까 미안한 생각이 드는구나. 어이구 내 새끼 얼마나 고생이 심했으면 쯧쯧쯧"

"헤헤헤 아빠는 역시 큰 남자인가 봐요. 생각이 엄청 크다니까요. 와~ 저곳을 어떻게 다 돌아 다녀요? 히히힛 재미는 있겠다. 그-죠?"

"그래 재미있을 거야. 내 애기 업고 다니면 말이야. 제일먼저 동방 대륙부터 둘러보고 아참 너 교육은 언제까지 받는 거야?"

"다니면서 아빠한테 배우면 안 돼요?"

"어 그래도 돼. 안 될 것이 뭐있어. 그렇게 하면 되는 거지."

"헤헤헤 죽 먹으러 가요. 아빠 뱀 고기도 아직 많이 남았어요. 후아주 한잔 하시면서 뱀 고기 안주 하면 좋죠?"

"응 침이 돈다. 하하하. 그 놈의 죽을 5년이나 먹었는데 또 먹어. 휴 그래도 그것 진짜 영양식이야. 나오는 양만 다 먹으면 다른 것은 안 먹어도 영양결핍은 없는 거야."

"속도 편하잖아요. 죽은 부담이 적어서 좋아요. 저는 맛도 좋던데. 헤헤헤"

"맞아 내가 배부른 소리 한번 해본거야. 허허허"

쉬고 난 다음 날이다. 우주 공간이라서 밤인지 낮인지 정확한 구분이 어려운 탓에 신체 리듬에 혼란이 올 수 있는 상황이다. 그러나 지상에서와는 달리 상당히 쾌적함을 느끼는 이유는 함선의 기계적 환경 요건이 세밀하게 사람의 생체에 맞춰져 있기 때문일 것이다. 아빠 품을 벗어난 볼리아는 벌써 중앙통제실의 영상 교육을 받으러 가고 없다. 녀석 그래도 궁금한 것들은 그냥 지나치지 못 하는 기질이 있어 제 딴에는 주어진 여건에서 최대한 교육을 받을 심산인 모양이다. 중앙 통제실에 도착하니 아니나 다를까 볼리아는 헬멧을 쓰고 영상에 몰입해 있다.

"R-1 공주의 교육은 얼마나 더 필요한가?"

"앞으로 5개월은 더 받아야 합니다."

"그래 그럼 로보와 드론 제작은 얼마나 걸리는가?"

"네 사령관님 로보는 1기 밖에는 만들 수 없게 되었습니다. '광합식 금속제'가 잔여 양이 그것뿐입니다. 드론은 30기를 만들 수 있고요. 기간은 1개월이 소요됩니다."

"그래 '로보'는 꼭 그 광합식 물질로 만들어야지. 드론이야 관계없지만 말이다."

"네 로보의 이름은 뭐라 하실 건지요?"

"외형이 여자라고 했지?"

"네 그렇습니다. 몰리아스 공주님 형상을 그대로 복사한 것이죠."

"그럼 그 이름도 몰리아스 공주라고 하자."

"넵 알겠습니다. 제작 초기단계부터 입력이 되어야 하기 때문에 이름이 중요합니다. 몰리아스 공주님 복원 제작을 지금부터 시작합니다. 아울러 드론 30기 제작도 바로 시작합니다. 이상"

"그래 한 달이라. 그동안 나는 마법과 검법을 12성까지 끌어 올려야 하겠군. 좀 더 완성도를 높여서 궁극의 극의를 깨쳐야겠어."

함선내의 '로보' 복원 과정과 드론 생산 라인을 살펴보러 들렀더니 이건 완전한 오토 시스템이라 벽속에서 나온 기계 팔들이 여러 라인을 거치는 동안 정밀한 부품들이 만들어져 나오는 전 과정이 꼭 지구의 자동차 생산라인의 축소판 같은 느낌이다. 부분적으로 들여다봐도 뭐가 뭔지 통 알 길이 없다. 설계도는 더욱 이해 불가였다. 그 외에도 식물을 키우는 공간에 갔더니, 농사를 짓는 그런 방식이 아니라 무슨 식물 연구실 같은 느낌이라 너무 생소하다. 누가 과연 이런 거대한 우주선을 설계 했는지 경외감이 든다. 수많은 연구실이 네트-웍으로 연결되어 있는 그런 방식 같은데, 사람은 필요가 없는 무인 공정이다. 전 과정이 모두 그런 식으로 되어 있다는 캬! 이렇게 뛰어난 종족들이 사라져 가게 생겼으니, 스승님의 유지에 종족 번식을 왜 그렇게 강조 하셨는지를 새삼 알 수 있을 것 같다. 분명히 살아남은 천족들이 있을텐데 꼭 그들이 마법사 이거나 전사라고 단정할 필요는 없지 않는가? 일반인들도 많았을 텐데 말이다. 스승님은 단호하게 말씀하셨다. 살아남은 자들은 회유가 안 되면 모두 없애라고 했다. 이는 분명 살아남은 자들 중에는 평범한 자는 없다는 여운이 깔려 있었고, 회유가 안 될 것이란 암시도 포함 되어 있었다. 그런 상황에서 살아남은 자들은 뛰어난 자들이 아닐 수 없고 또 그들은 그만큼 위험한 사람들이란 뜻이기도 한 것이다. 한 가지 과제는 완수를 하였으나 아직 두 가지가 남아 있다. 두 개 모두 단시일에 가능한 것이 절대 아니다. 얼마나 오래 걸릴지도 모르는 불명확한 과업이다. 잔존하는 천족의 처리와 종족 번성을 위한 후

손을 최대한 많이 만드는 것. 두 번째 과제가 진짜 어렵다. 이것은 말 그대로 많은 여자를 아내로 만들라는 것이기 때문이다. 지구 나이로 70대의 노인에게 말이다. 그런데 후자를 최우선으로 중점을 두라고 하셨으니 좀 기가 막힐 정도로 난감한 사안인 것이다. R-4 천사에게까지 주입시키면서 부탁한 스승의 입장은? 마음이 따르지 않는 일인 것이다. 무라카여 어찌할 것인가?

그렇게 우주선 내부를 전에는 다녀보지 못했던 곳까지 두루 순시를 하고 중앙 통제실로 돌아오니 볼리아가 반갑게 달려와 안긴다.

"아빠 저 많이 배웠어요. 천족의 역사와 우주 그리고 쌍둥이 행성의 최후 또 이곳에 불시착한 후의 일들. 아빠는 세상으로 나와서 엄마를 만났겠죠? 그래서 제가 태어난 것이고요. 인제 저도 셔틀 조종술 할 줄 알아요. 광선검도 생겼고요. '레이져 샷-건'도 받았어요. 천족들은 아빠와 저 밖에 없는 건가요?"

"글쎄 그것을 확인 해 봐야겠는데 단시일 내에 어찌 할 수 있는 것이 아니란다. 그래서 로보와 드론을 제작 중이니까. 드론이 완성되면 드론의 조사과정을 쭉 살펴봐야지. 볼리아야 이제 너도 천군의 부사령관이니 빨리 과학에 대한 지식도 배우고 익혀서 다시 세상일에도 관심을 가져야 할 거야."

"네 아빠 과학은 정말 어려워요. 몇 달은 공부해야 된데요. 특히 저는 완전 초보자도 못되는 그런 수준이라서 더욱 힘들어요. 헤헤 그래도 모르는 것을 새로 배우는 것은 즐거워요. 히히힛"

"하하하 그것참 좋은 마음가짐이다. 로보와 드론이 제작 되는 동안은 나도 움직이지 않을 작정이니까. 우리 예쁜 공주 공부 열심히 해 알았지? 쪽!"

"넵 아빠! 그런데 아빠 왜 저랑 결혼하는 것 망설이세요? 저는 아빠 무지무지 사랑 하거든요. 아빠는 아닌가봐 피이."

"아빠도 볼리아 무지무지 사랑하거든 그런 말 하지마라. 아빠 섭섭하잖아. 쩝"

"그럼 저랑 당장 결혼해요. 네? 저 인제 다 알아요. 아빠가 지구에서 온 정신 능력자라는 것도요. 진짜 아빠는 600년 전에 돌아 가셨다는 것도 알아요. 그래도 괜찮아요. 지금 아빠를 사랑하니까요."

"캑! 억 흠흠! 언제부터 알게 되었니? 너를 속인 것 같아서 미안 하구나. 에-공 이리와 안아줄게."

"저 슬퍼하지 않을래요. 이제는 아주 옛날 일인데요 뭐! 흑!"

"응 그래 나도 널 사랑한단다. 그러니 좀만 더 기다려 줄래?"

"넹 호호호. 아빠 저 역사 배우면서 알았는데요. 우리 천족은 친딸과도 많이 결혼하고 했더라고요. 히힛 그럼 기다리면 되는 거죠?"

"응"

우주선 안에서의 생활패턴은 말 그대로 적당한 때에 식사하고 적당 한 때에 잠자고 적당한 때에 공부하는 그런 식이다. 그러나 방법이 영 없는 것은 아니다. 바젤란 대륙을 보면서 그곳이 날이 밝아오면 아침이고 그곳이 어두워지면 저녁인 것이다.

중앙 통제실에서 볼리아는 헬멧을 쓰고 공부에 집중하는 중이고 무라카는 동방대륙을 자세히 살피는 중에 전쟁 중인 곳을 보게 되었다. 확대해서 보니 완전히 한편의 전쟁영화를 보는 느낌이다. 그런데 특이한 장면이 눈에 확 띈다. 코끼리 같이 덩치가 엄청난 몬스터를 타고서 공격하는 부대를 본 것이다. 상대국 기마병들이 완전 발아래 밟히는 벌레처럼 지리멸렬인데 저것은 말 그대로 집단 학살이다. 그런데도 후퇴를 모르는 것인지 너무 용감한 것인지 분간이 안 되는 학살이 계속 되는가 하는데 그것이 다가 아니다. 갑자기 밟히는 쪽이 오히려 사기가 올랐는지 큰 덩치의 몬스터들이 주춤거리면서 뒤로 물러날 듯한 양상을 보인다 싶은 순간 공중공격이 시작 되는데 와이번 부대가 나타난 것이다. 와이번을 길들이다니 기상천외한 방법이다. 그 덩치 큰 코끼리 부대가 와이번의 발에 찢겨진다. 어떤 것은 와이번의 발길에 채여서 보이지도 않는 곳까지 튕겨져 날아간다. 수십 마리의 와이번을 탄 부대가 적들을 아주 전멸시키다시피 박살을 내어 놓는다. 코끼리 같은 몬스터와 와이번까지 길을 들여서 전쟁에 사용하다니 인간이 무섭긴 무서운 종족이다. 그렇게 코끼리쪽 부대가 후퇴를 하고 전쟁은 소강상태가 된다. 볼리아 공작령을 살펴보려고 하니까 시간이 흘러서 대륙전체가 반대쪽으로 돌아가서(자전) 관측 불가능한 시간이다.

"R-1 셔틀에도 이런 장비가 있는가?"

"물론입니다. 사령관님 그러나 시야도 좁고 이것만큼 확대 되지 않습니다. 1/100쯤 되지요. 폐소 차이가 그 정도 납니다."

"후후 그렇군. 축소형이란 뜻이군."

"네 함선의 관측 장비는 아주 먼 곳까지 가능 합니다. 지금 여기서 태양도 직접 볼 수 있죠."

"아-그러면 저 두 개의 달을 살펴봐야겠군."

"네 그러시죠. 우선 우측 작은달부터 보시죠."

지구의 달 정도크기가 될까? 그런데 삭막한 풍경이다. 유성 탄을 맞은 자국만이 빽빽하게 곰보처럼 얽혀있다. 이미 오랜 세월

전에 식어버린 죽은 행성의 표본처럼 상처투성이의 모습이다. 그러나 저 모든 흔적들이 역사적 기록들로 남아 있는 것이다. 그냥 이리나 자매의 동생으로 기억할 걸 괜히 가까이 당겨서 본 듯해 찜찜함이 남는다. 큰달 이리나 언니로 초점을 맞추자, 언니는 동생보다 체적이 네 배는 큰 것 같다. 그리고 더 가까이 당기자 물이 흐른 흔적이 남아있다. 강처럼 생긴 저지대로 강이 흐른 것이 확실해 보이는 흔적이 한두 군데가 아니다. 아 저기는 생명체들이 살았든 곳일 확률이 상당히 높다. 지난 먼 과거의 일이겠지만 말이다. 이리나 원에는 언젠가 한번 착륙을 해서 조사를 해볼 필요성이 있다. 지금은 희박 하겠지만 산소도 있었을 것이고 동물이나 식물 등이 살았던 흔적은 분명히 남아 있을 테니까 말이다. 그래서 '이리나'라는 명명을 한다. 이름을 지어 두는 것이다.

"R-1 저기 큰달은 '이리나 원'이고 작은 오른쪽 달은 '이리나 투'라고 기록을 하라. 그리고 이리나 원에는 먼 과거에 생명체가 있었던 흔적이 남아 있다. '로보 몰리아스'가 제작 완료되면 탐사를 시켜 봐야겠다."

"넵 사령관님 이리나 자매를 기록합니다. 언니는 원 동생은 투로 기록 했습니다."

이제 지상에 내려가면 각 대륙의 지명과 산, 강, 바다까지 이름을 짓고 생명체들도 고유 명칭이 없는 경우는 모두 이름들을 지어 주리라. 이름을 짓는 행위는 거룩한 행위인 것이다. 고유명사를 지을 때 그것에 맞는 합당한 이유가 있는 것이다. 뜻이 내포되는 이름은 함부로 붙여지는 것이 아니다. 하물며 생명체의 종(種)이나 과(科), 목(目)등은 그 분류도 신경을 써서 해야지만 되는 작업이다. 그만큼 숭고한 작업임을 알아야 할 것이다. 그렇게 우주에서의 일상들이 1개월간이나 흘렀다. 그 동안 돌아본 마법과 검법! 그리고 명상을 통한 깨달음 등을 가다듬고, 구루 무라카 세바스찬과 구루 볼리아 세바스찬은 각자의 셔틀을 타고 지상으로 내려간다.

모선 무라카 함선은 R-1에게 관리를 맡기고, 셔틀 폰 프린스와 라오미는 R-2와 R-3에게 지시해서 고공에서 항상 무라카와 볼리아를 따르도록 명령해두고 두 부녀는 드디어 '바젤란 대륙'의 '마젤란 제국,'에 있는 '볼리아 공작령'의 산장으로 가는 길이다. 이제는 볼리아의 경공도 일품이다. 그 사이에 6성정도의 경지로 오른 것이다. 또 천인들의 신체가 D N A가 3개나 추가되고 1개는 변화시킨 몸이라 사통팔달의 마나로드를 개척해준 후로는 볼리아 자신이 체득이 미숙해서 그렇지, 몸은 아주 뛰어난 능력을 갖추고 있는 것이다. 다만 아빠만 해바라기처럼 너무 사랑해서 아직 깨달음을 얻지 못해서 주변의 마나는 이용 할 줄 모른다. 두 개의 인영은 콘 강줄기에서 출발해서 단숨에 공작령 경계초소에 도착했다. 둘 다 쓰고 있는 모자를 뒤 배낭위로 제치자 얼굴이 드러난다. 그러자 초소의 경계병이 단번에 알아보고 인사를 올린다.

"충성! 볼리아 공작님을 환영 합니다."

"그래 수고가 많구나. 그동안 령 내에 두루 편안한가?"

"넵 그렇습니다. 공작님 아무 일 없었고 평화롭습니다. 훈련만 좀 고달프지만 아무런 불만 없습니다."

"호호호 그래 계속 수고 하도록 아빠 가시죠. 누가 빠른지 시합해요. 출발!"

"하하하 그러자 어디 얼마나 경공이 늘었는지 한번 볼까?"

초소의 기사와 병사들이 놀라서 멍해 있다. 입을 벌린 채 말이다. 사람이 어떻게 저렇게 빨리 달릴 수 있는지 미끄러지듯이 움직이는 두 개의 그림자는 눈 깜빡 하는 사이에 시야에서 사라져 버렸다. 그날 오후 늦게 세바스찬 시에 들어섰다. 곧장 제1군단 사령실로 들어가자 세누리안 경이 반가이 맞이한다.

“충성! 세누리안이 공작님을 뵙습니다. 그리고 아버님도 뵙습니다.”

“그래 세누리안 경 그 동안 별 일 없지?”

“넷 아주 평화롭습니다. 스승님! 그 동안”

“아! 아 세누리안 그렇게 무릎 꿇는 것은 어릴 때 많이 하지 않았느냐. 이젠 안 해도 된다. 장군님이 되었는데 부하들 앞에서 자 자 일어나 그리고 보고사항도 생략하고 차나 가지고 오도록 시켜라.”

“넵 스승님! 스승님께서 더 젊어지셨고 더 아름다워 지신 존안을 뵈니 기쁩니다.”

“그래 병력 변동 사항도 없을 테고 아참 산장에 둔 두 아이 아빠제자들은 어떻게 되었지?”

“네 아직 수련 중입니다. 검술 실력이 얼마나 뛰어난지 지난번에 한번 들렀다가 ‘위드’ 라는 그 아이에게 혼이 났습니다. 괜히 대련을 신청했다가 흠씬 두들겨 맞았습니다.”

“뭐? 세누리안 경이 맞았다고? 이런?”

“네 아예 상대가 안 되더라고요. 공격이 얼마나 빠른지 보이지도 않는데 맞을 수밖에요. 오러도 저보다 강하고 그 뭐라더라 보-아 보법 이란 걸 써니까 제대로 공격도 못해보고 맞기만 했죠. 허허”

얘기를 들어보면서 빙긋이 웃기만 하는 아빠. 이미 벌모세수를 받아서 임독 양맥이 타동 되어서 익스퍼드 상급 정도는 가지고 놀 것이다. 녀석 얼마나 잘 자랐을까? 몸이 균형이 딱 잡혀야 하는데 말이야.

“아빠 뭐가 그렇게 좋으셔서 빙긋 웃으시는 거예요? 저의 제자는 익스퍼드 상급인데 얻어맞았다니 화가 나는데요?”

“암 익스퍼드 상급은 상대가 안 되지, 최상급은 대련정도는 할 수 있겠지만 생사결은 그 녀석에게는 적수도 못되지. 소드 마스터는 좀 버틸려나? 힘으로 말이지.”

“억 그럼 소드마스터도 이긴다는 거예요? 우와! 20세도 안된 아인데 놀랄 노자네요.”

볼리아가 입을 오물거린다. 뭔가 말을 해야 하는데 마땅한 말이 떠오르지 않는 모양이다.”

“왜? 무슨 불만 있어?”

“에헴 아 아녀요 아빠 그럴 수 있겠네요. 아빠의 그 가르치는 방식 이 수련기간 하고는 무관 하겠어요.”

“볼리아야 이제는 스스로 깨달아야 할 때이다. 그래야 주변의 마나를 자연스럽게 사용할 수 있게 되어 마나 고갈과는 무관해지는 단계에 들어선단다. 명심해!” 볼때기를 잡아서 쭉 늘리자.

“헹 아 아 아파요 아-바 이-쁜-달 볼-대-기 멍-드러-용 크”

“게으름 피지 말고 수시로 명상 하도록 해. 내말 명심하고.”

“네-입! 아빠 명령을 수행하겠습니다.”

옆에서 가만히 듣고 있던 세누리안 경의 눈이 왕방울만큼이나 커진다.

“스승님 축하드립니다. 그럼 그랜드마스터가 되신 겁니까?”

“그래 그렇지만 아직 멀었어. 바벨산에 갈 때 아빠가 내내 업고 갔는 걸 피 짐이 안 되려고 노력해도 어려워 호호호"

"와 드디어 전설의 그랜드 마스터라니 우와! 그럼 아빠께서는 도대체 어떤 경지이신지요?"

"글쎄 나도 몰라 그랜드마스터 1,000명쯤 달려들면 겨우 상대가 되려나?"

"캑 처처천명! 히끅! 그랜드 마스터 천명이라야 겨우 상대가 된다 구요? 캑!!!"

"정확히는 몰라 그 이상일거야 아마!"

"쿵-꼬르륵!"(세누리안이 기절해서 넘어지는 소리)

"호호호 얘 기절 했네 이런"

"아가야! 얼른 식사하고 산장에나 가자"

"네 아빠 제자들이 보고 싶으신 거죠? 그리고 고 여시도 빨리 보고 싶네요. 저도요."

저녁을 먹고 곧 출발하여 두 시간도 안 걸려서 산장에 도착했다. 고요하든 산장이 일시에 소란해진다. 산에서 수련하던 위드와 레인도 금방 달려왔다. 무릎을 꿇고 큰절을 올리는 둘을 내려다보면서 그 짧은 시간에 이렇게 많이 변한 둘을 보면서 감회가 깊다. 위드는 이미 키가 다 자랐는지 190이 넘어 보이고 어깨도 떡 벌어져서 훌륭한 청년이 되어 있고, 레인은 이제 여시티를 완전히 벗어버린 조숙한 여인의 분위기를 풍긴다.

"허허허 위드야 청년이 되었구나. 몸도 탄탄하고 얼굴도 미남이고 레인은 더 예뻐지고 조숙해 졌구나. 이젠 어엿한 여인이 되었구나. 변한 모습들이 보기가 좋구나. 흠흠!"

"사부님 그동안 건강 하셨는지요. 이렇게 뵙게 되어 기쁩니다."

"사부님! 히힝! 흑흑흑 너무너무 보고 싶었어요. 힝!"

"오냐오냐 나도 너희들이 무척 보고 싶었단다."

"정말요? 헤헤헤"

폴싹 품으로 안겨든다. 레인은 아직 여시 티를 못 벗은 것 같다. 등을 토닥여주자. 오랜만에 사부 품에 안기니 그렇게 좋은 모양이다. 안 떨어지려는 놈을 겨우 앉히고는 손목을 잡고 레인의 몸속을 훑어본다. 위드에게 많이 배운 모양이다. 마나량도 50년이 넘는다. 마나 로드도 굵게 잘 닦여 있다. 위드는 마나가 일갑자를 훌쩍 넘어섰다. 70년 치는 되는 듯하다. 이미 절정에 들어선 것이다. 엄청나게 고련을 한 모양이다. 그런데도 누나에게도 얘기를 안 한 모양이다. 녀석 태도가 딱 무인이다. 일반 소드마스터는 상대도 안 되는 마스터가 탄생한 것이다. 아직은 비밀을 지켜야 한다.

(녀석아 누나에겐 왜 숨겼나?)

"헉 헤헤헤 사부님 숨긴 건 아니고 그냥 말은 안 했어요. 그냥요."

"허허 그래 예상보다 빠르구나. 녀석 허허허" 쓰-담 쓰담!

"막히는 것은 없느냐?"

"네 아직은 없어요. 그런데 대련 상대가 없어서 그것이 수련에 영향이 있습니다."

"음 저산 위로 한참을 올라가면 우랑우탕들이 있어. 그놈들의 대장 이 이름이 '우랑탕' 인데 그놈과 대련을 하면 당분간은 상대가 될 거야. 그 녀석은 300살이야. 말도 할 줄 알고. 험"

"네? 우랑탕요? 성성이 말씀하시는 거죠?"

"그래 만났었니?"

"네 지난번 누나랑 몬스터 사냥 나갔다가요. 실컷 두들겨 패줬었는데 대련 안 해 줄 겁니다. 그날 화가 무척 많이 났던데요.

헤헤"

"살살 달래서 친구해라. 그 녀석 한번 혼났으면 다시 덤비지는 않겠네. 하하하하"

"네 한번 가서 사과 해야겠네요. 하하하 두들겨 맞으면서도 계속 달려들어서 더 많이 맞았어요, 헤헤 헷"

"그 녀석 맷집이 아주 좋지 허허허"

저녁 식후에 볼리아를 데리고 산장 주변을 산책을 한다. 두런두런 얘기를 하면서.

"아빠 레인을 사랑하시죠?"

"그럼 제자인데 당연히 사랑하지."

"그런 뜻이 아니라요. 여자로 사랑하는 것 있잖아요."

"어? 그런 마음이 내게 있는 것 같으냐?"

"네 제 눈에는 보여요. 저 아이 바라보실 때 아빠 표정이요. 흐-뭇 해 하시는 것 말고요. 꼭 저를 보실 때 애틋한 표정 아니 이런 말로도 확실히 다 표현이 안 되네요. 어쨌든 아빠가 그런 표정은 잘 짓지 않는데 저를 바라보실 때 하고 저 아이 바라보실 때만 그래요."

"음 그런가? 나 자신도 정확히는 모르겠는데 좀 시간을 가지고 생각을 해보마. 이리 오너라. 내 아기 안고 자자."

"아빠, 아빠 사랑해요. 꼭 안아 주세요. 그리고 쓰다듬어 주세요. 또 여기, 여기 만져 주세요."

"오냐오냐 나도 사랑한단다. 세상에서 너를 제일 사랑한단다. 쪽! 그곳은 안 돼. 아빠가 어떻게 너의 어?"

[아빠 저 친딸 아니잖아요. 저랑 결혼 하실 것이잖아요. 저 미치겠어요. 아빠가 너무 좋아서요. 저 진짜 여자 만들어 줘-용 힝!]

(------음)

[아빠 저 소원 들어줘-용. 아빠 손만 닿아도 찌릿 찌릿 한 것이 아래가 다 젖는 다고요. 히이-잉!]

(오냐 그래 아가야 무지무지 사랑한단다.)

중요 부위에 손이 닿자 온 몸을 부들부들 떨면서 품속으로 파고 들어온다. 그렇게 605년간 간직된 처녀성이 무너지는 밤이다. 사실은 환상 마법으로 그렇게 아이를 달랜 것이지만 말이다.

이 정도면 영지로 보내줘도 될듯하다. 몇 일간 잘 이끌어주고 그린 왕국으로 보내야 할 때가 온 것이다. 예쁜 것 그 짧은 시간에 얼마나 고련을 했기에 벌써 이런 경지가 되었을까? 기적 같은 일이다. 오누이 같이 항상 서로 도와주면서 또 서로 독려하면서 그렇게 단련을 했을 것이다. 이제는 영지에 가면 영주로서 단단히 자리를 잡을 것이고, 그 어느 누구도 함부로 하지 못할 수준이 된 것이다. 그기에 위드는 대륙 내에서 당할 자가 없는 수준이니, 둘이 함께 보내면 그린 왕국은 이제 제국보다 더 높은 수준의 무인이 두 명이나 되는 셈이다.

볼리아가 아장아장 걸어온다. 표정도 꿈을 꾸고 있는 듯 몽롱하다. 어른이 된 흔적 때문에 통증이 남아있는 모양이다. 일어나서 손을 잡아주니 엎어지듯이 안겨온다.

“많이 아프니?”

“네 아빠 그래도 기분은 최고예요.”

“응 그래? 이틀정도는 좀 아플 거야.”

“그럼 오늘밤은 못하는 거예요?”

"아니 내가 치료해주마 어디보자" '큐어-힐링' 심어로 치료마법을 발현해서 주요 부위에 올려 쓰다듬자. 깨끗이 치료가 되었다.

"이젠 아프지 않지? 허허허"

"어머-멋! 어떻게 하신 거예요?"

"음 곧 너에게도 가르쳐 주마 마법이라는 것이다. 천족에게만 전해지는 것이지, 과학의 궁극에 이르러서 마법을 만든 게야. 마법이 생기자 더 이상 과학은 퇴보하게 되고 마법만 중시하다가 서로 그렇게 불신이 생기니까. 전쟁으로 치닫게 된 것이지 쌍둥이 행성에서 말이야."

"어머나 그 무서운 무기에 마법까지 우리 조상들은 모두 불사신들인가 봐요. 무서워요. 아빠!"

"그래봤자 뭐하니? 모두 죽고 멸종 직전까지 왔는데 자연은 너무 뛰어난 종들도 도태시킬 수 있는 무서운 힘을 가졌어. 항상 자연 앞에서는 겸손해야 한단다. 이제 너와나 그리고 배반한 몇몇 밖에 더 없잖아. 그들을 찾아서 처리를 하기 위해서 탐험의 길로 나서려 하는 것이란다. 우주선을 타고 다니면 편리하고 빠르겠지만 그렇게 해서는 영영 그들을 못 찾게 되겠지. 우리는 고생이 되더라도 지상으로 움직이면서 순박한 사람들과 부대끼면서 또 그들의 삶을 몸으로 체험하면서 그렇게 여행 할 거야 알았지?"

"와 멋져요! 역시 아빠다워요. 헤헤헤 저는 아빠 옆에만 붙어있으면 되요. 히히히힛 신난다."

"내일 쯤 제자들을 그린 왕국으로 보내고 그리고 동방 대륙으로 출발하자고 가면서 캔트 왕국을 경유해서 배를 타고 포롤 군도를 지나서 동방대륙으로 들어 갈 거야."

"넵 준비를 할게요. 배낭에 가지고 갈 것들요. 셔틀은 이용을 전혀 않을 거예요?"

"경우에 따라선 사용도 해야지. 최대한 억제하는 것이지."

"넹 알았어요. 사~랑~해~용!! 아빠"

제자 둘을 불렀다. 레인과 위드를 이제 완전히 독립을 시키려는 것이다.

"어-흠! 레인아 위드야. 편하게 앉도록 해라."

"네"

"넵!"

"너희 둘은 이제 고수의 반열에 올라섰다. 위드는 이미 절정의 경지에 올랐고, 레인은 2년 안에 절정의 경지에 오를 것이다. 너희 둘은 사형제로서 친남매 보다 더 가까운 관계가 되었다. 그래서 영지에 가서도 위드는 누나와 절대 떨어지지 말고, 또 소드마스터가 된 것도 비밀로 해라. 그래야 귀찮은 일이 없을 거야. 나와 볼리아는 다른 대륙으로 곧 떠난다. 이것은 꼭 해야 할 중요한 일이 있기 때문이다. 이 돈은 위드가 가지고 있다가 영지에서 쓸 일이 생기면 쓰도록 해라. 이 사부가 너희에게 주는 선물이다. 위드야 무인은 잠을 잘 때도 의식은 깨어 있어야 한다. 그래야 진짜 무인이다. 적의 기습에도 당하지 않고 말이다. 세상엔 꼭 실력이 높다고 이기는 것이 아니란다. 이상한 방법으로 적을 전문적으로 죽이는 놈들도 있다. 살수 또는 암살자라고도 하는데 이런 놈들은 기척을 잘 숨기기 때문에 고수들도 종종 당한단다. 소문이 나면 이런 놈들이 몰려들까봐서 너의 실력을 숨기라는 것이다. 너는 이 사부처럼 천리안을 아직 못 배웠기 때문에 사부가 걱정하는 것이다. 아직 천리안을 배우려 하며는 강기를 다룰 줄 알아야하는데 앞으로도 열심히 수련을 해야 되겠지?"

"넵 사부님!"

"그래 너는 나보다 더 뛰어난 나의 제자이다. 다만 아직 나이가 어리다는 것이 즉 경험이 적다는 것이 약점일 뿐이다. 앞으로 세월이 많이 흐르면 그때는 나보다 더 잘하는 고수도 될 수 있다. 명심하고 조금만 익히면 적의 살기를 느낄 수 있는 방법이 있다. 살기란 무엇인가?"

"그게 잘 모르겠습니다."

"살기는 말 그대로 적을 죽이고자 하는 마음이 일으키는 기운이다. 느껴 보거라 둘 다."

"흡!!"

"캑 컥! 컥 컥!!"

"알겠느냐?"

"넵" "넷 헉헉!"

"암살자는 기습을 하려 할 때 이런 기운을 뿜는다. 물론 나만큼 크게 그렇게는 아니고 말이다. 이런 기운이 느껴지면 어찌해야 하겠느냐?"

"주위를 경계하면서 정신을 통일해서 즉각 대응할 수 있게 준비를 해야 합니다."

"오냐 그래 위드가 잘 말했다. 그렇다고 갑자기 자세를 잡고 두리번거리면 안 되겠지 하든대로 하면서 마음으로 준비를 해야지 적이 눈치 채면 도망가서 다음을 노리면 더 귀찮아지지, 그래서 표시가 나지 않게 어수룩 한척 연기를 하면서 적이 기습을 하도록 유도해서 한칼에 죽이는 방법이 '허허실실' 이라는 병법에 나오는 전술이다. 내가 미처 전술을 가르치지 못했는데, 그것은 다음에 시간이 나면 가르쳐주마. 병법도 무인에게는 꼭 필요한 것이다. 병법도 고수가 되면 1의 힘으로 10의 힘을 가진 적을 전멸 시킬 수도 있다. 이 사부는 '손자병법' 이라는 하늘의 병법이 있는데 그것은 다음에 가르쳐 주도록 하마. 자 살기는 이제 알겠지? 한 번 더 해줄까?"

"헉-! 아 아뇨"

"캑 사부니-임 됐어요! 아까도 죽을 뻔 햇쪄요. 억"

"하하하 좀 더 쎄게 한방 해주면 절대 안 잊어먹지. 큼"

"키-약!! 아니라니깐-용 사부니-임!"

"허허헛 겁을 좀 줬지 잊지 말라고 말이야."

"헤헤헤헤 저 오줌 지릴 뻔 했-쪄요. 히힝!"

"레인아 네가 견디기엔 좀 과했나 보다. 이 사부가 미안하구나."

쓰담 쓰-담! 톡톡 아이가 많이 놀랐나 보다 발음이 이상해 진 것이 음! 위드보다 아직은 낮은 단계임을 생각지 않고 쯔쯔쯔.

"어이구 이젠 괜찮다. 많이 놀랐구나."

"휴- 지금도 온몸이 떨려요. 사부님! 힝 으-앙!"

"어? 그래 이젠 안심해라. 보통 사람은 살기에 맞아도 죽는단다."

"후우 스-읍! 이제 좀 가라앉네요. 에-잉 사부님 미워! 진짜 죽는 줄 알았어요. 심장이 덜컥 멈추는 게 숨도 안 쉬어 지고요."

"둘 다 준비해서 오너라. 질문은 없지?"

"네 준비해서 인사 올리겠습니다."

해골습지

아이 둘을 배웅해주고 돌아오니 마음이 시원섭섭하다. 그렇게 오랜 헤어짐은 아니겠지만 볼리아 다음으로 애지중지하던 두 제자인 까닭이다. 외로운 두 영혼이 만나서 사형 사매하는 관계가 되었으니 서로 많은 의지가 되리라.

R-001을 키고 모선까지 동시 통화가 되니 편리하다. 우선 필요한 것은 켄트 왕국으로 가는 가장 빠른 길을 알아보려는 것이다. 동방 대륙(크로스 아르메니아 대륙)까지의 영상을 보니 우선 캔트왕국으로 가는 길은 소문대로 해골습지를 지나는 방법 외에는 뱃길뿐인데 뱃길은 한참을 동쪽으로 돌아 항구에서 배를 타는 길이다. 그 정도 거리면 이곳에서 캔트 왕국까지 거리만큼 더 돌아가야 한다. 최단거리는 역시 해골 습지를 관통하는 방법이다. 해골습지와 드름 산맥으로 인해서 캔트 왕국이 제국으로부터 안전한 것이다. 사람이 통과 할 수 없는 최악의 장애물인 셈이다. 가는 길을 영상으로 익힌 무라카는 산장에서의 마지막 밤을 맞이한다. 낮 동안 어떻게 기다렸는지 궁금할 정도로 볼리아는 적극적으로 아빠를 가만 두지 않는다.

"아가야 그러다가 내일 고생한다. 허허"

"아빠 그건 내일 걱정해도 되요. 호호호 사랑해요. 아빠!"

번잡한 일을 피하기위해서 최대한 도시는 우회하면서 남동쪽으로 방향을 잡아 달려간다. 두필의 말이 때론 전력 질주를 때론 천천히 그렇게 여행은 시작되었다. 동남쪽으로 나아가야 그나마 드롬 산맥의 저지대를 넘어 갈 수 있기 때문이다. 곳곳에 버려진 땅들이 많다. 즉 불모지가 많다는 뜻은 제국의 영토에 비해서 인구수는 많지 않기 때문이다. 또 다른 이유는 넘쳐나는 몬스터들을 토벌하는데 한계가 있기 때문일 것이다. 그럴 바에야 타 왕국에게 양보를 해서농사라도 짓게 하면 되겠지만 그 정도로 통이 큰 황제가 없었단 뜻도 되지만 사람의 욕심이 끝이 없다보니 그러리라. 지금 볼리아의 관심은 오로지 어떻게 하면 아빠의 말에 같이 타고 갈수 없을까? 이다. 그래야 아빠 품에 안겨서 편하게 여행을 즐길 수 있을 텐데 말이다. 드디어 바로 부딪치는 정공법이다.

"아빠 저 아빠 앞에 앉아서 가면 안 될까요?"

"응? 그러고 싶어? 그거야 간단하지 너의 말은 고삐를 길게 해서 내 말 안장에 묶어두면 자동으로 따라 올 텐데. 이쪽으로 옮겨 타."

"헤헤헤 아이 좋아!"

한 마리가 지치면 다른 말로 교체하면 되니 어쩌면 이것이 말들에겐 더 좋은 방법일지 모르겠다. 하여간 해보면 알겠지 시간은 무지 많고 방해할 아무것도 없으니, 무슨 일인들 못 하리 이제 부부인 셈인데 말이다. 볼리아는 아빠 품에 안겨서 흥얼흥얼 콧노래를 부르면서 즐거워한다.

"아빠 저 다 나았거든요. 만져 주세요."

"엥? 그러려고 내 앞에 탄 거야? 요 앙큼한 백 여시 하하하"

"에게? 백 여시가 뭔데요?"

"응? 구미호보다 한 단계 더 높은 앙큼쟁이를 백 여시라 하지"

"피-! 아빠도 좋아 하시잖아요. 제 몸 만지는 거요."

"그거야 당연하지 사랑하니까 만지고 싶고, 하고 싶은 것은 자연적인 현상이야. 사랑행위는 밤에 쉴 때 하게 아껴둬야지."

"엥 그런 게 어디 있어요. 밤에는 또 하면 되고 지금은 지금이고요. 하고 싶을 때 하는 거지요."

"억! 그것도 틀린 말은 아닌데 그럼 오늘은 일찍 쉴 자리를 찾아볼까요? 공주님?"

"네~이!"

참 재미있는 부녀간이다. 아니 부부간이다. 둘 다이다. 어쨌든 호칭은 부녀간이니 그렇게 통일 하자. 일반적인 부녀는 절대 이만큼 서로를 사랑 할 수도 없고, 끈끈할 수도 없다. 진짜 부부도 이만큼 서로를 사랑하고 아끼고 재미있을 수도 없다. 분명히 남남인 관계가 만나서 부녀간이 되었다가 부부가 되었다. 고금을 통틀어 전 우주적으로 이런 관계는 없었고, 없고, 없을 것이다. 영원히 말이다.

한적한 산모퉁이에서 모닥불을 피워 놓고 사냥해온 자고새 두 마리를 도란도란 얘기하면서 굽는다. 천 미터도 되지 않는 낮은 야산이다. 그래서 사냥감이 많다. 아마도 수백 키로 내에는 마을도 사람도 없을 것이다.

"R-2 여기서 남동쪽으로 얼마를 더 가야 바다가 있나?"

"네 사령관님! 잠시 후에 보고 드리겠습니다. 지금은 바다가 관측 되지 않습니다. 이동을 해서 확인 후에 보고를 드리죠."

"그래 캔트왕국의 수도 상공까지 갔다가 오너라. 정확한 이동

거리가 알고 싶다."

"넵 잠시 후 보고 드리겠습니다."

10분후에 R-2로부터 영상이 도착 했다. 아직 꽤 먼 거리에 국경 지대가 있다. 그리고 수도와 바다는 더 멀리 있다. 그 중간은 저지대 불모지 해골습지다.

"말을 타고 이동하면 현재속도로는 2개월이 소요될 것으로 보입니다. 그리고 습지대가 상당히 넓게 분포되어 있습니다. 강이 흐르다가 유속이 느려지면서 만들어진 습지인데, 그 면적이 500㎢ 정도 이며 수심이 깊은 곳은 1~2.5m 정도이고, 낮은 저지대는 30㎝정도로서 지반이 견고성이 없습니다. 그래서 말을 타고는 전진이 불가능 합니다. 그리고 습지 몬스터들이 대규모로 관측 되었습니다. 셔틀을 타고 가시기를 권장합니다."

"그래? 그런 지역이 캔트왕국 국경지역까지 연결이 되어 있군. 그래서 제국이 캔트 왕국을 어쩌지 못한 게로군. 하하하 그래서 캔트왕국은 처음부터 해상 군사력만 키워왔던 것이고, 이제는 제국보다도 더 막강한 해군을 보유하고 있고, 포롤 군도의 해적들도 캔트함대에게는 한수 접히고 겁을 먹는 상황이고, 정답이 바로 나오는 군 그래 R-2 우리는 습지대를 도보로 횡단 할 것이다. 항상 인지범위내의 상공에서 대기하라. 통신망은 25시간 풀로 대기하라. 이상!"

"넵 명령접수 복창생략 하겠습니다. 수행합니다."

2개월이라 뭐 더 천천히 가도 관계없다. 습지대 몬스터들은 어떤 종이 있는지 확인하면서 말이다. 과연 어떤 진화의 결과물들이 있을지 궁금해진다. 모닥불에 구운 고기를 맛있게 먹으면서 가죽모포를 땅바닥에 깔고 와이번 코트를 이불삼아 덮으니 좋다.

습지대에 들어서자 물이 말의 무릎까지 차오른다. 바닥도 푹푹 꺼지는 늪과 비슷한 그런 곳인 모양이다. 이러한 습지가 500km까지 펼쳐져 있으니, 실재 통과 거리는 700km를 생각해야 한다. 그렇다면 지상으로 통과하기가 불가능하다는 말이 일리가 있다고 본다. 몬스터까지 우글거린다면 연옥(燃獄)같은 곳이다. 보통의 경우에 말이다. 엄청난 체력소모는 말할 것도 없고, 곳곳에 늪이 있다고 봐야한다. 군사를 통솔해서 간다면 거의 전멸을 당하리라. 전진 속도도 땅위의 이동속도 보다 1/10도 못 낼 것이 당연하다. 그래서 해골 습지라는 명칭이 붙었겠지. 말이 더 이상 전진을 거부하는 지역까지 들어왔다. 이 녀석들이 위험을 감지한 모양이다. 고삐를 풀어주고 말 엉덩이를 두드리니 얼씨구나 하고는 왔던 길로 줄행랑을 친다. 볼리아를 안고 주변의 나무위로 올라서니 시야가 조금 넓어진다. 천리안을 펼치니 있다. 많다. 얕은 물속에 장어처럼 생긴 긴 생명체들이 몰려들고 있다. 느릿느릿 움직이는 지렁이 같은 괴 생명체이다. 길이가 5m이상씩이다. 이름을 지렁이라고 부르자. '001 저 생명체가 지렁이다.' 기록하라. "넵 지렁이 기록완료" 동물들의 사체를 분해시키는 지렁이 같은 연체동물인 것이다. 깊은 저지대로 들어 갈수록 덩치가 큰 몬스터들이 우글거릴 텐데 당분간 나무를 이용한 이동이 불가피하다. 습지에 들어선지 3일째 몸체 길이가 10m에 육박하는 도마뱀들의 무리를 만났다. 도마뱀보다는 도롱뇽에 더 가까운 종이다. 발에 물갈퀴가 달려있으니 도롱뇽이라고 부르자. 피부가 습막으로 뒤덮여 있어서 미끈거림으로 인해 상처를 입는 것도 어느 정도 보호가 되나보다. 먹지도 못하는 괴 생명체를 구태여 살상할 필요는 없는 것. 이럴 때는 36계가 정답이다.

"이럴 때는 달아나는 계가 전술의 기본이다. 아가야 잘 배워두라고 알았지?"

"히히힛 징그러워요. 괴상하게도 생겼다."

제법 따라오더니 놈들이 싹 물러갔다. 이제 저놈들보다 더 무서운 놈들의 지역에 들어온 모양이다. 다행이 수면이 낮아지고 땅이 들어난 곳이 여기저기 보인다. 다음 나무까지 거리도 너무 멀고 또 음식도 구해야 하는 입장이라 땅으로 내려왔다. 들어난 땅의 토질이 마사토와 유사한 단단한 땅이다. 오늘은 이곳에서 쉴 생각인데 그냥 생각으로 만 그렇다는 것이다. 사방에서 몰려오고 있는 몬스터들 거북이 등껍질을 입은 놈들인데 동작이 상당히 빠르다. 등의 각질을 믿는 모양이다. 이놈들아 너희들 임자를 잘못 만났다. 광선검에는 아무리 대단한 철갑을 둘러도 무용지물이다. 시험을 해보니 그 두터운 등껍질도 한번 칼질에 두 조각이 나자 앞줄의 놈들이 주춤거린다. 강환을 만들어서 날리자. 앞에 있던 놈들을 관통해서 뒤까지 수십 마리가 몸통에 구멍이 뚫려서 죽자. "끼익! 끼익!" 소리를 지른다. 후퇴 명령인 모양이다. 삽시간에 쓸 물처럼 사라져간다.

'끼액! 끼액! - 꾸 루 루 끼 액!'

도저히 상대가 안 되니 빨리 도망쳐라. 그런 소리인 듯 습지에서 저런 철갑을 등에 입었다면 먹이사슬 최고의 자리를 차지하고 있을 확률이 높다 체고가 3미터 정도에 몸체가 5~6미터 정도인데 무리가 동작도 빠르고 명령체제가 있는 듯하다. 수백 마리가 몰려다니는 것도 그렇고 땅위에서 죽은 '습지거북'의 시체를 자세히 관찰해 보니 지구의 거북이와 비슷하다. 그렇다면 아주 맛있는 파충류 고기이다. 광선검으로 뱃살을 잘라서 마법으로 익혀 먹어보니 맛이 기가 막히게 좋다. 한 마리를 해체하니 둘이서 다 챙길 수는 전혀 없고, 일단 부위별로 먹어보고 좋은 부위만 챙길 작정이다. 오랜만에 잘 먹고 잘 쉬었다.

"아빠 이것들 고기요 좀 많이 챙겨가요. 맛이 좋은데 히히힛"

"그렇지? 이것 습지거북은 파충류라 고급음식 재료이지."

"습지거북? 이름을 알고 있었어요?"

"아니 방금 지었어. 하하핫!"

"우와! 아빠 신해요. 이름을 그렇게 멋지게 금방지어요?"

"신(神)? 줘도 안한다."

"히히히힛! 안 좋은 이름인가? 신은?"

"사기꾼 이름이다."

"아~빠! 사기꾼이 모예요? 나쁜 건가요?"

"아주 나쁜 거란다. 뜻은 남을 속여서 먹고사는 거지보다 못한 사람이란 뜻이야."

"그러네요. 남을 속이는 것은 목을 뎅겅 잘라서 문에 걸어 둬야 해요."

"그래 정답! 딩동댕!"

"호호호 딩동댕! 딩동댕! 딩동댕! 아빠 그리고 파충류는 모예요?"

"아 동물을 종별(種別)로 나누는데 사용하는 말인데 포유류와 파충류로 크게 나누거든, 포유류는 사람을 포함해서 피가 붉고 뜨거운 종이고, 파충류는 피의 색이 다르고 물속이나 습지 같은 데 사는 종으로 차가운 피를 가진 종을 통틀어서 파충류라고 한단다."

"아-항! 대략 이해가 되네요. 붉고 뜨거운 피와 그 외의 이상한 색의 피. 그럼 뱀도 파충류죠?"

"딩동댕 정답! 벌레의 일종들이 비슷한 것이야. 꼭 피의 색을 기준으로 하는 것이 아니고, 행동이나 타고난 성격이 차가운 종은 파충류에 속해."

"아 좀 어렵네. 차차 질문할게요. 한꺼번에 많이 먹으면 소화를 못해요. 아빠!"

"크크크-큭! 딩동댕 정답입니다."

"헹 이상하게 웃으신다."

"고기 좀 많이 말리자. 아니면 훈제를 할까?"

"엥? 훈제는 또 모예요?"

"고기를 상하지 않게 하는 방법이 몇 가지되는데, 제일 좋은 방법은 얼리는 거야. 냉동시키는 것이지. 두 번째가 말리는(건조) 거야. 세 번째는 훈제야 연기로 겉을 말리는 것이지."

"아 연기로 말리는 것이 훈제다. 아빠는 아는 것이 엄청나게 많아요. 볼리아는 바보 같아요. 그런 것도 모르고요."

"엥? 아니야. 그런 것도 아는 내가 이상한 것이지. 하하하"

"자 이 정도를 모두 훈제로 만들자. 내가 불을 피울게 잠시만 기다려 아가씨!"

"히히힛 저 아가씨 아닌데요. 아줌마인데요. 헤헤헷!"

"어? 애기를 낳기 전에는 아가씨라 해."

"아- 참! 그렇지 껍데기만 아가씨지요."

"뭐? 푸-하하하! 껍데기만 아가씨?"

"맞잖아요. 아빠! 왜 웃어요?"

"응 맞다 그래 껍데기만 아가씨님!"

"키키킥 그래도 좋아요. 저는요 아줌마가 더 좋아요. 아빠 난 그냥 아줌마 할래요."

"허허허 그래 그럼 아줌마 해 안 말려."

"자 불붙었다. 여기 이렇게 불 근처에다가 이렇게 죽 걸어두면 껍데기가 꾸덕꾸덕 해지거든 그럼 훈제가 된 거야. 아줌마 알았지?" "넵 이 아줌마 알았어요."

그렇게 습지 여행 중에 한곳에 꽤 오래 머물렀다. 습지거북이의 시체가 방어 방벽이 되어 주니까. 안전하고 식량이 되니까 푹 쉬는 것이다. 그리고 볼리아에게 마법을 가르치기 시작했다. 이론 설명을 해주고 실재로 시범도 보이면서 기초부터 하나씩 천천히 가르친다. 그런데 완전 스펀지처럼 쭉쭉 빨아들인다. 얼마나 체질적으로 마법이 잘 맞는지 며칠 지나지 않아서 파이어 볼을 시전 한다. 볼리아는 마치 마법을 배우기 위해 태어난 것처럼 쉽게 마법을 배우고 익힌다. 이해도도 높고 공식이 복잡한 것들도 쉽게 이해한다. 마법이 볼리아를 위해 만들어진 것 같은 생각이 들 정도이다. 기초 마법을 익히는데 한 달이 채 안 걸렸다. 이제는 앞으로 천천히 이동하면서 틈틈이 이론을 설명하고 중급 마법들을 가르치면서 여행을 계속한다. 이 습지에서는 습지거북이가 가장 강한 몬스터인 것이 확실한 모양이다. 가끔씩 놈들이 보이기도 하는데 놈들이 먼저 피해버린다. 그러니 여행은 순조롭다. 땅이 질퍽거려서 주로 나무위로 이동을 하지만 말이다. 얼마 후 드디어 습지를 벗어났다. 빨리 곧장 왔더라면 10일 이내에 충분히 지나올 만한 지역이다. 병풍처럼 남쪽을 차단하는 '드롬' 산맥이 앞을 막고 있다. 우리가 가는 방향이 가장 낮은 산맥의 허리인 셈이다. 꼭 캔트왕국의 담장 역할을 하는 양상을 띤 산맥이다. 이곳부터는 캔트 왕국령인 것이다. 마젤란 제국을 벗어난 것이다.

"볼리아야 드디어 캔트왕국 영토로 들어온 모양이다."

"네 그러네요. 아빠 저는 마법 배우느라 시간 가는 줄 몰랐어요. 그런데 습지도 벗어나고 캔트왕국에 들어 왔네요. 호호호"

"그래 너 지금 마법 배우는 속도가 나보다 배는 빠르다. 천천히 연구하면서 익히도록 해라. 앞으로 몬스터 나타나면 연습도 하면서 말이야."

"네 안 그래도 연습상대가 필요한데 몬스터들아 어디 맛 좀 봐라."

산의 계곡에 들어서자 계곡물이 맑고 깨끗하다. 배낭을 벗어놓고 물속에 발을 담그니 시원하다. 바닥이 훤히 보인다.

"아빠 우리 목욕해요. 네?"

"그래 오랫동안 습지에서 있었더니 옷에까지 습지의 그 고약한 냄새가 밴 것 같아 옷도 물에 빨아야 되겠다. 입고서 목욕하자. 그리고 여기서 오늘은 숙영하자."

"네 아빠 제 마법 한번 보세요. '윈드-컷!'"

개울가의 길게 뻗은 나뭇가지를 싹 잘라서 개울로 들어서기 좋도록 치운다.

"오호 제법인데, 하지만 볼리아야 아무데서나 마법을 난사하면 안 된다. 조심해라."

"네 아빠 지금은 아무도 없잖아요."

"그래 이곳에서야 맘껏 해보렴."

"헤헤헤 불의 원소와 바람은 다루기가 쉬운데 아직 물은 자신이 없어요."

"너무 서둘지 말아라. 앞으로 차차 되겠지."

"네 아빠 어서 들어와요. 제가 씻겨 드릴게요."
"음 그래 씻고 나무 열매가 있는지 주변을 둘러 보자구나. 과일들이 있을 법한데 그동안 거북고기에 질렸는데."
"저도 과일이 먹고 싶어요."
목욕을 하고나니 그 칙칙하든 진흙냄새가 사라진 듯하다. 지구에선 하루에 한 번씩 씻는데, 여기선 몇 개월에 한번(?) 씻으니 원 목욕이래야 물속에 들어가서 손으로 문지르는 것이 다이니, 그래도 피부에 이물질이 생기는 경우는 없다. 볼리아도 마찬가지인 듯. 주변을 정찰 겸 한 바퀴 도는데 역시 과일들이 있다. 계절은 휴면기로 들어선 것 같은데 이곳의 날씨는 여름기온이다. 적도에 가까운 지역이라 항상 이런 기온이 유지될 것이다. 그러니 산에는 과일이 넘쳐나고 먹 거리가 풍족한 곳이다. 캔트 왕국은 여러 가지 유리한 자연 환경의 혜택을 많이 받는 나라인 것이다. R-001을 작동해서 알아보니 역시 적도에 근접한 위치이다. 영상지도를 자세히 관찰하니 역시 우리가 있는 앞쪽이 드롬산맥의 가장 낮은 부분이다.
이제 산맥만 넘어가면 바로 항구도시가 보이는 켄트 왕국의 수도 두란시가 보일 것이다. 바다와 연결된 천연자원이 풍족한 나라 여왕 '두란 마티어스'가 다스리는 해군력이 막강한 왕국! 대륙 간의해상교역도 이루어지는 걸로 알고 있지만 이제 곧 확인이 가능한 지역에 와 있는 것이다. 도시 지역까지는 아직 먼 여정이 남아있다. 과일들을 여러 종류를 모아서 돌아오니 볼리아가 불안한 얼굴로 반긴다. 그새를 못 참고 불안해하다니 어렸을 때의 기억이 지워지지 않는 한 그런 현상은 없어지지 않을 것이다. 과일로 배를 채우고 일찍 잠자리를 만들었다. 오랜만에 맛보는

고요함과 정겨운 풍경이 고향에 온 듯한 포근함을 느끼게 한다. 품속을 파고드는 볼리아를 안으며 지구에서의 추억들을 떠올려 본다.

산악지대를 벗어나서 넓은 들판을 가로질러 나아가는데 말을 탄 기사들이 달려온다. 국경 경비초소에서 달려온 모양이다.

"워워 어디서 오는 분들이신가요? 신원을 확인해야 되는데 협조 부탁드립니다."

"그래요? 여기 신분패가 있습니다. 이 아이는 나의 딸이요. 지금 여행 중이고 켄트 왕국에 잠깐 들렀다가 바다로 나아가려고 이곳으로 온 겁니다."

"헉 S급 용병 패! 대단한 분이시군요. 무라카님! 어디로 오신 겁니까? 설마 해골습지를 통해서 오신 건가요?"

"아 그리로 오면 안 되나요? 다른 길은 모르니 무조건 방향만 남쪽으로 오다보니 고약한 지역이 있더군요. 얼마나 넓은지 지겨워서 혼났지요."

"억 진짜 해골습지로?"

"네 별거 없던데요. 뱀들하고 거북이 떼가 덤벼서 아빠가 몇 마리 잡아서 구워 먹었는데 고기 맛이 일품이던데요? 지금도 조금 남았는데 좀 드릴까요?"

볼리아의 얘기에 모두 말에서 내려 고개를 숙인다. 대단한 분들인 것을 눈치 챈 모양이다. 볼리아가 배낭을 벗어서 훈제되어 있는 거북이 고기를 몇 개를 내어주자 주춤 거리면서 받아든다.

"저기 기사님 말을 두필 구해야 되는데 안내 좀 해주실래요?"

"네-넵! 저희를 따라 오시면 조그만 마장이 있는 마을이 있습니다. 따라 오십시오."

"네 앞장서세요. 달려가도 우리가 따라갈 테니 걱정 말고 달려요."

"네 그러죠. 이랴, 이랴!"

계속 뒤를 힐끗 힐끗 뒤로 돌아다보면서 달려간다. 혹시나 우리가 뒤로 쳐질 것이라 생각하는 모양이다. 아무리 최고속도로 달려도 바로 뒤에서 얘기를 하면서 따라온다. 말발굽에 피어오르는 먼지가 온몸을 뒤덮을 텐데도 쳐다보면 마냥 깨끗하다. 먼지는 길옆 논바닥으로 달아나는 것이다. 마치 살아있는 겁먹은 생명체가 무서워서 피하는 듯한 그런 신기한 모습을 연출하고 있다. 이상한 현상이지만 당연하다는 듯 따라오는 두 사람을 보니 뛰지도 않고 성큼성큼 걸어온다. 기사는 이 신기한 모습에 정신이 팔려 낙마 할 뻔 했다.

'히히히힝!' '따그닥 따그닥--히힝'

말들이 오히려 지치는지 온몸에 땀투성이다. 뒤 따라 오는 두 사람은 웃으면서 얘기까지 나누며 걸어가는데 앞선 기사들은 채찍을 휘 두르면서 정신없이 달려간다. 최대속도로 달리는 말을 이야기를 나누면서 여유있게 따라오다니, 그것뿐이면 좀 덜 놀라지 말 다섯 필이 달리면서 피워 올리는 먼지를 생각해보라. 그런 먼지가 모두 도로 양옆의 논바닥으로 알아서 피하는 일은 기사(奇事)이다. 먼지가 알아서 피한다? 혹시 귀신? 등골이 싸늘해진다. 기사 엘리오는 얼굴이 새파래진다. 다시 돌아봐도 그대로다. 다섯 걸음정도 뒤쪽에 태연히 걸어오고 있다. 마을이 제법 크다. 150호는 되겠다. 집들이 산을 업고 있는 배산(背山)의 형태이고 임수(淋水)는 말 그대로 앞으로 흐르는 물을 말하는 것인데 이 마을은 임수는 없다. 들판과 경계가 되는 쪽으로 집들이 다닥다닥 모여 있는 형국이다. 평화로운 시골 풍경이다. 집들이 밀집되어 있는 부분에 다른 건물들 보다 제법 큰 건물이 병사들이 생활하는 초소인 모양이다.

물고기가 그려진 깃발이 그 건물 입구에 꽂혀서 바람에 나부끼고 있다. 지구의 고래를 닮은 물고기인데 다리가 두 개 붙어있어 예사롭지 않은 상징성 물고기인 모양이다. 병사들이 우루루 달려 나와서 방금 도착한 기사에게 인사를 한다. 저 기사가 초소장인 모양. 그날 저녁 초소장의 배려로 방을 하나 배정 받아서 오랜만에 닫힌 공간에서 쉴 수 있게 되었다. 그리고 융숭한 대접도 받았다. 음식들이 상당히 깔끔하고 담백한 맛을 내는 것이 농촌의 음식 같지 않은 훌륭한 것이다. 술도 맛과 향을 보건데 고급술임을 알겠다. 아침에 일어나니 두필의 말이 준비되어 있고, 특히 말 안장이 고풍을 풍기는 귀한 것임을 한눈에 알겠다.

볼리아가 돈으로 값을 치르려하니 극구 사양한다. 그러면 왕궁 마방에 말을 둘 테니 찾아 가라고 하고 서둘러 마을을 출발했다. 지체 해 봤자 상호간에 번거로움만 있을 것이기에 서두른 것이다. 켄트왕국의 이런 저런 정보들을 묻고 싶지만 어차피 가보면 알게 될 것이기에 꾹 참고 출발한 것이다. 기사 벨리오가 문밖에까지 배웅을 하기에 이름을 물어보고 고맙다고 인사를 하고 미련 없이 달려 나간다.

"이랴! 이랴!"

"인제 가는 길에 마을도 많고 도시도 있다니까 앞으로는 여유를 가지고 구경이나 하면서 천천히 가자꾸나."

"네 아빠 일단 저 모퉁이만 돌면 천천히 가요."

너무 지나친 친절을 받아서 부담스러운 것이다. 일정한 말발굽

소리가 멀리까지 퍼져 나간다. 켄트 왕국의 백성들은 상당히 자유분방하고 그리고 부족함 없는 생활을 하고 있다는 것이 눈에 보인다. 지나쳐 가는 마을마다. 아이들이 노는 모습이나 어른들의 행색이 남루하지 않고 깨끗하다. 표정들이 밝고 아이들이 활기차게 골목이나 들판에서 뛰어논다. 상당히 근대적인 시골 풍경이다.

지구의 19세기 정도의 시골 풍경이다. 이곳은 확실히 다른 왕국과는 다르다. 두란 마티어스 여왕이 보통 사람이 아닌 뛰어난 사람인 모양이다. 귀족제도의 대다수 왕국 주민들은 삶에 시달려 초췌한 모습이었는데 반해 이곳의 주민들은 다들 체격도 탄탄하고 표정과 입고 있는 옷도 깨끗하고 품위가 있다. 그리고 치안도 확실히 잡혀있어서 산적이나 이런 종류의 나쁜 사람들이 아예 눈에 띄질 않는다. 수도에 가보면 알 수 있으리라. 정치를 이 시대에 이곳만큼 잘하는 곳을 본적이 없다. 만나보고 싶다. 켄트 왕국의 여왕을!

기억하기에 50㎞정도만 더 남하하면 조그만 중소도시가 있다. 철광석이 생산되는 산이 있는 지역인데 광산 때문에 생겨난 도시인 것이다. 그리고 여러 가지 농기구들을 생산하는 장인들이 많이 사는 도시 이기도하다. 농기구뿐이 아니고 무기도 많이 만들어 지고 있으리라. R-2의 영상으로 본 정보이다. 그곳에 들렀다가 두란 시로 향하면 직선으로 이어지는 코스이다.

동방대륙의 쌍린상단

도시가 보이는 곳에 이르니 연기가 피어오르는 굴뚝들이 제일 먼저 눈에 뜨인다. 대장간 공방들이 수도 없이 많은가 보다. 멀리서 봐도 산 밑으로 쭉 늘어선 건물들이 모두 대장간들이 밀집되어 있는 지역임을 한눈에 파악이 된다. 아직 도시에 닫으려면 반나절은 달려야 할 거리임에도 도시 전체가 얼마나 활기차게 움직이는지 느껴지는 것 같다. 느림보 속도로 나아가는데 뒤쪽에서 큰 행상인 듯한 무리가 다가온다. 마차가 여러 대이고 호위하는 병사들이 또한 여러 명이다. 마차가 지나가려면 길옆으로 비켜줘야 할 길이다 보니 어쩔 수 없이 길옆에 말을 멈추고 말의 갈퀴를 쓰다듬어 주고 있는데, 상단의 호위인 듯 보이는 젊은이가 다가와서는 고개를 정중히 숙인다. 고맙다는 인사를 하는 것이다. 마주 고개를 숙여 답례를 해주니 미소 띤 얼굴로 지나간다. 30~40명 정도의 상단인 듯하다. 켈리포 상단이외의 이런 소규모 상단은 처음이라 유심히 둘러본다. 호위병들의 태도가 당당하고 몸들이 매우 고련을 한 잘 훈련된 병사들이다. 정규병사 들도 이정도 되려면 많은 훈련이 필요하다. 군기가 칼날처럼 서 있다. 중앙의 큰 마차에는 나이가 많은 늙은이가 앉아있다. 꾸뻑 고개를 숙이며 지나간다. 총책임자다운 관록이 보인다. 그리고 예의도 있는 태도이다. 단주가 이렇게 예의를 차리는 경우는 드물다. 마주 고개를 숙여주니 미소를 띠면서 지나간다. 마차가 대부분 비어있는 것으로 보아 농기구나 무기를 인수하러 온 모양이다. 상단의 뒤를 따라서 도시 '일리야'로 나아가는데 상단의 후위를 담당하는 자인 것 같은 병사가 한명 우리와 보조를 맞추며 말을 걸어온다.

"여행을 하시는 분들인가요?"

"네 켄트왕국을 통해서 해상으로 여행을 해볼까 하고요."

"그러시군요. 아가씨! 우리 쌍린 상단이 동방대륙에서 이곳 켄트왕국과 잦은 교역을 한답니다. 이번 교역도 사실 돌아가는 길에 이곳의 농기구나 좀 구입해서 대륙에 팔려고 하는 것이지요. 이곳의 농기구가 저희 대륙에서는 상당히 인기가 있죠. 단단하고 또 용도도 다양해서 잘 팔리죠."

"오호 그러면 배가 있겠군요. 그런데 인원이 너무 적잖아요? 배를 움직이기엔?"

"하하하 지금 이 인원은 상단의 일부분이죠. 두란 시에 남아서 다른 일을 보고 있는 인원이 지금의 열배는 되죠. 그리고 배를 움직이는 선원은 더 많지요. 아가씨!"

"아하 그렇군요. 그런데 동방대륙도 언어가 우리와 같은가 봐요. 말씀을 하시는 것을 보니까요."

"아니요 제가 바젤란 공용어를 알죠. 다른 사람은 그렇지 않아요. 저기 소가주님이 공용어를 잘하시지만 나머지 분들은 못해요. 제가 이래 뵈도 여러 대륙의 언어를 알거든요."

"오 아직 젊으신 분이 대단하네요."

"저기 아가씨 저보고 젊다니요. 아가씨는 더 젊으신 것 같은데요?"
"호호호 그렇게 봐주시니 감사합니다."
대답하기 곤란한 질문이 나올까봐 말을 잘라 버린다. 그리고 아빠를 바라보며 방긋 웃는다. 무라카가 슬그머니 젊은이에게 말을 걸어 본다.
"상단이 언제쯤에 일을 마치고 출항 하나요?"
"아 네 아마도 한 달 후쯤 출발할겁니다."
"한 달이라 혹시 우리도 같이 승선(乘船)할 방법이 있을까요? 운행비는 물론 지불할 겁니다."
"글쎄요 제가 결정권이 없으니, 잠시 동행하면서 제가 단주께 허락을 받도록 해 볼게요. 신원만 확실하면 반대 하시지 않을 겁니다. 선례도 있었고요."
"네 부탁드리지요. 저는 무라카고요. 제 딸은 볼리아 입니다."
"아 부녀간이셨군요. 하하 제 눈에는 부부같이 보여서요. 큰 실수를 할 뻔 했습니다."
"직업은 용병이니 여기 용병패도 있습니다."
"이-크! 초특급 용병이시군요. 대륙에 한두 분! 뿐인 걸로 아는데 대단한 분이시네요. 패는 넣어두세요. 제가 잘 얘기 드려보죠."
"네 감사합니다."
"저는 쌍린 상단의 호위 담당인 룰킨입니다. 잠시 다녀오겠습니다."
녀석은 신이 나서 소 가주에게 가서 보고를 하는 모양이다. 소 가주라는 늙은이가 고개를 끄덕이며 우리를 바라보는 폼이 허락을 한 모양이다. S급 용병패가 상당히 편리하게 사용되고 있는 편이다. 다른 대륙의 상단도 단번에 호감을 보이니 말이다. 그렇게 쌍린 이라는 동방대륙의 상단과 인연이 되었다. 상단 인원들과 눈빛을 교환하며 소 가주 옆으로 말을 몰아간 나는 꾸뻑 인사를 하고 다른 대륙으로 여행 하고픈 탐험가의 입장에서 얘기를 했다.

"문화 자체가 많이 다르겠죠? 새로운 대륙에서 사시는 분들은요. 이곳 바젤란 대륙을 두루 다녀보니 바다건너 다른 대륙이 있다는 것을 듣고서 상당히 가보고 싶더군요. 그래서 이렇게 부탁드립니다. 가는 길에 언어도 익히고 도와드릴 일이 있으면 적극 돕겠습니다. 잘 부탁드립니다."

"호 젊으신 분이 예의가 상당히 바르시군요. 따님은 무척 아름답군요. 환영 합니다. 저희 쌍린 상단이 비록 켄트 왕국과만 교역을 하지만 대륙에서는 상당히 알려진 상단입니다. 먼 바닷길이 순조롭지만은 않지만, 통행을 원하시니 쾌히 승낙을 한 것입니다. 잘 부탁드립니다."

깍듯이 예의를 차리는 소 가주라는 인물이 보통 사람이 아닌듯 살아온 경륜이 묻어나는 표정과 태도가 무게가 있다. 역시 많은 사람을 상대한 경험이 돋보인다.

"어이 짱 대장 이리 오시게 이 두 분이 우리 상단과 동행하게 되었으니 앞으로 신경 써서 잘 모시게, 그리고 서로 언어가 다르니 막 내 큐한테 언어 공부를 하실 수 있게 해 드리게."

"네 그러지요."

당장에 동방대륙 언어 선생까지 붙여준다. 알고 보니 막내 큐는 소가주의 딸로 아직 20이 안된 소녀다. 생김새가 명랑하게 생긴 철부지 티가 팍팍 나는 사춘기 소녀다. 그런데 바젤란 대륙 공용어를 곧 잘하고 인사성도 밝다. 일리야 시에 진입하기 전에 일리야 영지초소에서 간단한 신원 점검을 마치고 마침내 일리야 시내로 긴 행렬을 이루면서 들어섰다. 시내엔 생각보다 많은 사람들이 북적거린다. 다들 활기찬 모습이 보기 좋다. 일을 열심히 하는 사람들의 당당한 모습들이다. 대장간이 많이 몰려있는 집성촌으로 들어서자 달궈진 쇳내가 기분을 좋게 달군다. 촛불이 꺼질 때 나는 냄새랑 비슷한 느낌을 갖도록 하는 냄새인 것이다. 땀 냄새와 어우러지면 삶의 냄새라 해서 도시에서는 맡을 수 없는 고유의 독특한 좋은 기운을 느끼게 하는 냄새인 것이다. 내가 아는 어떤 여인은 이 냄새에 반해서 박사 학위를 가지고 있는 실력자인데 철공소를 하는 막 노동자와 결혼해서 사는 특이한 여자도 있다. 지구의 추억 중의 일이다. 울퉁불퉁한 근육의 장년들이 웃옷을 홀랑 벗어던지고 열심히 마루를 내려치는 소리가 일정한 리듬을 가지고 골목으로 퍼져 나간다. 타악기 합주곡처럼 조화를 이루는 망치소리와 모루에 부딪혀 튕겨지는 발갛게 달궈진 철의 부스러기들이 바닥으로 떨어져 물을 증발 시키는 쉬-쉭거리는 소리가 모두 어우러져 하나의 리듬을 만든다. 코리아 난타의 타악기 협주곡이 자연 속에서 울려나간다면 이런 느낌을 발현 시키리라. 앞뒤 좌우의 여러 대장간들이 모두 한음으로 어울려서 내는 합주곡이다. 어느 집 하나 이 합주곡에서 빗나가는 소리가 없다. 이것은 오랫동안 같이 생업으로 살아오면서 서로 동질감으로 내는 훌륭한 연주인 것이다. 때론 조금씩 빨라지기도 하고, 조금씩 느려지기도 하면서 듣는 자연의 리듬은 파장을 그리며 사람들의 심장도 같이 뛰게끔 하는 묘한 마력을 뿜는다. 모두가 대단한 고수들인 것이다. 다들 무엇을 저리도 열심히 만드는 것일까? 만들어지고 있는 모양이 모두 비슷비슷 한 것이 소드 즉 검을 만들고 있다. 농기구가 아닌 무기를 생산하고 있는 것이다. 모르는 척 시선을 돌리고 큐를 손짓해서 마차를 바라보자, 쫄래쫄래 따라온다. 우선 말을 배워둬야 동방대륙에 갔을 때 불편함이 없어지리라. 언어를 습득하는 속도는 볼리아가 발군이다. 둘 중에 하나라도 우선 완벽히 익혀야 될 것이다. 룰킨과도 친해지기 위해서 자주 얘기를 나누고 그 외의 사람들과도 배운 말을 자꾸 반복해야 숙달이 되어서 발음도 정확해지고 단어들도 늘어나게 된다. 오로지 반복이 정답이다. 이들의 언어는 바젤란 대륙의 공용어 보다 쎈 발음들이 많다. 쌍린에서 쌍시옷 발음도 그렇지만 'ㅊ'과 'ㄲ'같은 발음이 상당히 많다. 그리고 사람들도 좀 과격할 정도로 다혈질 기질이 강하다. 이는 전투가 많은 나라의 주민들이 가지는 특성중 하나이다. 바젤란 대륙의 조용한 기질과는 상반되는 기질이다. 지금도 전쟁 중인 나라가 세 군데나 된단다.

그렇게 일리야 시에서의 일을 3일 만에 마치고 모든 마차에 가득히 실은 짐들은 보이지 않게 봉인을 하고 온 길을 되돌아섰다. 이제 항구도시이면서 켄트왕국의 수도인 두란으로 돌아가는 것이다. 병기를 가지러 올 때 보다 돌아 갈 때가 더 느린 것은 당연한 것이다. 마차의 바퀴 자국부터가 다르니까. 또 호위하는 병사들의 눈빛이 다르다. 날카로워져 있고 다들 긴장하고 있다. 어쩌면 상대국의 방해 공작이 있을 수도 있으리라. 적국에 정보가 넘어 갔다면 필경 해상에서도 순조롭지 못할 것이다. 큐에게 동방대륙의 왕국들에 대해서 물어보자 두 눈이 동그래진다.

"왜요? 무엇이 궁금한가요?"

"아 별것은 아니고 왕국들 이름을 알아두면 여행에 도움이 될 것 같아서 말이야."

"음 우리 왕국은 바닷가에 있는데 '제마국'이라 해요. 그리고 내륙 쪽으로 '바칼' '요란' '붓다이' 이렇게 3개의 왕국이 붙어있어요. 제일 악질이 붓다이 왕국이죠. 약탈과 살인 방화는 보통이고, 그놈들이 국경 안으로 침입해서 잡아간 여자가 수천은 될 거예요. 노예로 팔던지 아니면 강간하고 죽여요. 으드득!"

"이빨 가는 소리 무섭네요. 큐 혹시 집안에 잡혀간 사람 있어요?"

"네 언니가 시골 친정집에 갔다가 오는 길에 잡혀갔어요. 이번에 꼭 찾아온다고 하긴 하는데 벌써 몇 번 시도 했지만 다 실패했죠. 살아 있기나 한지 모르겠어요. 흑흑"

"어 미안 하군요. 괜한 것을 물어서요. 쯧쯧"

"아! 나도 검술을 익힐 수 있다면 지금처럼 당하고 있지만은 안할 텐데. 으드득!"

"아가씨 이빨 부숴 지겠군. 이빨 갈지 말아요. 그런다고 달라지는 것은 없잖아 안 그래?"

"흑 죄송해요. 언니 생각만 하면 속이다 타들어가요."

"음 바닷길이 얼마나 걸리나요? 꽤 먼 걸로 아는데요."

"네 빨라도 5개월 중간에 태풍이나 클-로 몬스터라도 만나면 더 걸리죠. 6개월 이상요."

"클-로가 뭔가요?"

"대형 몬스터죠. 바다의 제왕 클-로요. 다리가 말 몸체보다도 더 굵어요. 그런 다리가 여러 개 있고요. 몸통 전체크기는 상선 하나를 감으면 상선이 꼼짝 못하고 두 동강 나요. 씨-커-먼! 물을 뱉어내는데 냄새도 고약 하지만 피부에 닿으면 화상을 입어요. 독물이죠. 강력한 독물! 그래서 클로를 만나면 도망치기 바빠요. 재수 없는 한척은 희생이 되고요. 많은 사람이 죽는 거죠."

"음 도대체 얼마나 크면 험로로구나. 뱃길이 태풍은 자주 있나요?"

"아니요 그렇진 않은데 지금 계절이 태풍이 많은 계절풍 시기예요. 그래도 왕국사정이 워낙 급해서 강행 하는 거구요."

갈수록 태산이다. 이건 뭐 아예 목숨 걸고 하는 도박 같다. 나라가 얼마나 위태로우면 상단을 강제로 해상 운행을 시키는 것일까? 그것도 태풍의 계절에 말이다. 5~6개월이나 걸리는 바다를 건너서 무기를 사러온 쌍린 상단은 대륙에서 알려진 상단이겠지만, 그래도 이들은 왕국의 일반상단이고 백성들이 아닌가? 그런데 일반 상단이 군사들을 이끌고 해상 교역을 온 것은 그만큼 급박하다는 것일 테지 왕국이 바람 앞의 등불이라는 뜻이다. 왕국의 이름이 제마국 이란 것은 어디서 들어본 듯한 이름이다. 제마국 한자음과 같은 나라라니 그것-참! 켄트 왕국의 수도 두란으로 향하는 상단의 이동경로도 결국 순탄하지는 않다. 워낙 무거운 마차들을 빠르게 달리게 할 수는 없는 것이고, 또 온전히 모든 상품을 안전하게 옮겨야 하는 행렬이다 보니 제대로 속도를 낼 수 없다. 마차를 끄는 말들이 지치지 않게 중간 중간 말들을 교대시키기도 하면서 또 충분히 쉴 수 있도록 영양식을 제공하면서 이동하다보니 걷는 속도보다 훨씬 느린 속도로 이동할 수 밖에 없다. 그리고 만일의 사태에 대한 대비책도 신경을 써야 하니 항시 정찰병들이 먼저 정찰을 하고 돌아와야 전진을 한다. 오히려 더 의심을 받을 행동을 보이는 것이다. 객관적으로 보면 도대체 무엇을 운송하기에 저렇게 신경들이 날카로운지 의심을 살 행동들이다. 일행 중에 가장 느긋한 사람은 무라카와 볼리아 뿐이다. 동방제국의 언어를 익히면서 바칼 요란 붓다이 등 주변국들의 정세를 파악하기 위해서 큐를 살살 유도 심문을 해 가면서,

또 볼리아는 마법의 진수들을 심어로 배우면서 이동 중이다. 속으로는 가장 바쁜 사람이 볼리아인 것이다. 세 가지를 동시에 학습하며 하는 여행이니 오죽하랴. 그래도 표정은 한 없이 즐거운 모양이다. 세상에서 제일 좋아하는 아빠와 같이 하는 여행이니 불안감은 전혀 없다. 그만큼 아빠에 대한 신뢰가 깊다는 뜻이다. 그 누가 있어 단둘이 광대한 지옥의 늪을 통과 할 수 있겠는가? 제잘 제잘 대면서 열심히 동방 공용어를 복습하면서 이동 하는데 이젠 제법 익숙해져서 '큐'를 놀리기도 한다. '큐'가보더라도 볼리아의 언어 습득 능력은 발군이다. 도저히 어제보다 오늘도 한 단계씩 바뀌어 가는 볼리아가 평범한 여자로 보이질 않는다. 오늘은 평원에서 노숙을 해야 할 입장이다. 마차들을 원형으로 배치하고 경계 조들을 네 방향으로 300m씩 전방으로 매복을 시킨 후 내부 경계 조들을 배치하는데 멀리 강이 흐르고 있는 방향에서 한 무리의 사람들이 움직이는 것이 기감에 잡힌다. 마나 유동이 있는 것으로 봐선 무인들이 분명하다. 일행에서 조금 벗어나서 R-2와 교신으로 영상을 본다. 역시 말까지 있는 병사들의 무리이다. 300기의 기마병인 것이다. 입고 있는 갑옷의 형태가 처음 보는 것들이다. 아마 바다건너에서 방해공작을 위해서 온 놈들 같다. 자세히 확대해서 관찰하니 전 인원이 등에 활을 메고 주 병기는 창이다. 길이가 3m는 되어 보이는 장창인 것이다. 궁수에 창병이라. 급히 소주라는 영감을 찾았다. 소 가주는 의외인 듯 매우 궁금한 얼굴이다.

"적들이 기습을 위해서 강가의 낮은 지역에 있군요. 대책이 있습니까?"

"네? 그것을 어떻게 아십니까?"

"내말을 믿으세요. 빨리 병력을 재배치하고 책임자를 불러주세요."

"네 그러지요. 어이 룰킨 빨리 조장들과 단장 불러와 비상이다."

"넵 알았습니다."

순식간에 모인다. 동작들이 예사가 아니다. 잘 훈련된 정규병들인 것이다. 그리고 반 이상이 기사들로 구성된 조직임을 한눈에 알아보고 있었다.

"여기 무라카님 명령을 잘 듣도록 그리고 내가 지시하는 것과 동일하게 받아들을 것. 그럼 명령 하세요."

"네 굳이 명령~? 어쨌든 지금 기습을 위한 기마대가 300기가 강 쪽 저지대에서 준비 중이다. 복장을 보니 ***이렇다. 보아하니 정식 기마대 같은데 궁술 조예도 뛰어나 보인다. 특이한 장창을 모두 소지했는데 장창의 길이가 특별히 길다. 3m 정도이다."

"헛 붓다이 왕국의 장창부대로군요. 그놈들이 결국은 바다건너까지 왔구만. 300기라!"

"잘 들어요. 기습 할 때까지 모두 마차 뒤에 몸을 숨기고 기다리세요. 그리고 상인과 아녀자들은 모두 마차를 타고 있도록. 모두 말도 함께 마차 안쪽에 대기 합시다. 마차를 끌든 말들도 마찬가지 지금도 적의 정찰조가 이곳을 보고 있겠죠. 모른척하고 은밀히 지시를 하세요. 기습 직후 적의 화살만 피하면 승산이 있습니다. 여러분들 정도의 정예병이면 충분 합니다. 1:10 정도는 아무것도 아닙니다. 반격 명령이 있을 때까지 절대 반격 하지 마시고, 적이 완전히 마차방진 안으로 들이칠 때가 최적의 반격 시기가 됩니다. 적의 장창이 무용지물이 되는 순간이기 때문입니다. 질문 하세요."

"------"

"없으면 준비하세요. 적은 어두움이 막 내릴 때 기습을 감행할 것입니다. 아직 시간은 충분하니 절대 적이 눈치 채지 못하도록 태연하게 행동하세요. 그리고 은밀히 조별로 서서히 마차 뒤로 모이세요. 그럼 시행 하십시오."

모두들 백전노장의 관록이 보인다. 이정도면 40:300이지만 크게 안도와 줘도 충분히 승산이 있는 한판 승부가 되지 싶다. 볼리아에게도 칼만 사용하라고 심어로 얘기해준다. 광선검은 사용금지다. 그래서 소주에게 칼을 한 자루 빌렸다. 모두들 태연히 저녁식사 준비를 하고 배식을 받아들고 떠들면서 마차 뒤로 모인다.

적 정찰조가 봐도 식사를 하기 위해서 마차 있는 쪽으로 모이는 모습처럼 보일 것이다. 두 놈이 가까운 곳에서 정탐을 하고 있는 것을 알지만 모르는 척 했다. 그래야 적을 유인해서 전멸시킬 수 있으니까. 식사를 마쳤을 때 어둠이 깔리는 시간이다. 놈들이 300m 거리로 닥아서고 있다. 말굽 소리도 안 들리는 것이 상당한수준의 베테랑 들이다. 모두들 화살 공격을 피하기 위해서 마차뒤 쪽에 웅크리고 있다. 더러는 솥뚜껑을 들고 있는 병사도 상당수다. 심어로 전면 상공에 '윈드 실드'(Wind Shield 압축공기를 방패처럼 사용함)를 쳐 놓았다. 웬만한 화살은 튕겨지리라. 직후 하늘이 쌔 까맣게 화살들이 날아든다. 그러나 공중에서 힘을 잃고 튕겨나간다. 간간이 한두 대씩 먼발치에 꽂이는 것도 있다. 그리고 요란한 말발굽 소리와 함께 전면으로 달려오는 말들이 보인다. 장창이 하늘의 별빛에 반사된다. 역시 광활한 벌판에서 기습을 할 때 사용하는 방법이다. 과연 놈들의 기습이 제힘을 발휘할까? 그 순간도 숨소리하나 흩트리지 않는 40명의 병사들 20명은 말의 고삐를 잡고 있다. 나머지 20명은 그중에 검술이 뛰어난 자들로 검만 뽑아들고 전방을 직시한다. 기습병 들의 말이 서로 엉키듯이 마차 안쪽으로 밀고 들어온다. 그러나 마차 방진의 중심으로 사람의 그림자 하나 안 보인다. 이미 마차주변에 바짝 엎드려 있으니 그럴 수밖에.

"반격! 반격! 반격이다."

반격소리와 동시에 시작된 검의 궤적들 마차 그림자 속에서 솟아난 20자루의 검은 정확히 적의 심장을 박살낸다. 그리고 눈으로는 보이지도 않는 두 자루의 검은 한순간에 20여 명씩 양단된다. 그것도 말과 함께 두 쪽이 나서 피가 땅을 적신다. 너무 기민한 움직임에 비명소리도 없다. 또 순식간에 우왕좌왕 하는 적의 무리 속으로 20기의 기마가 쑤시고 들어간다. 장창은 무기라기보다 너무 근접전이라서 막대기보다 못한 거추장스런 작대기가 되어버린 일전이다. 일방적인 도살이 벌어진 것이다. 세 호흡도 흐르기 전에 적200기의 시체가 나뒹굴자 그때부터는 전의를 상실한 적을 도살하는 행위일 뿐이다. 말머리를 돌려서 간신히 달아나려는 적은 20기의 기마병들의 밥이다. 전투는 아주 짧은 순간에 그렇게 끝이 났다. 적 포로는 5명뿐이다. 이들만 살아남은 것이다. 아군의 피해는 부상 3명이 전부이다. 그것도 팔과 다리에 좀 긁힌 정도이다.

"와! 이겼다. 붓다이의 무적 장창부대를 전멸시켰다."

"와! 와!"

"이렇게 완벽하게 승리 할 줄 몰랐습니다. 이 은혜를 어떻게 갚아야 할지 무엇이든 요구 하십시오. 무라카님! 그리고 볼리아님!"

소가주가 나와서 무릎을 꿇고 아뢴다. 얼른 일으켜 세운 무라카는 웃으면서 고개를 흔든다. 말이 불필요한 것이다. 짧은 언어에 무슨 말을 하느니 고개짓으로 괘념치 말라는 것이 훨씬 부드럽다. 그 짧은 순간에 내린 빈틈없는 반격계획 그리고 번개 같은 검술실력 호흡하나 흐트러지지 않은 대단한 심기와 행동. 도대체 이 두 부녀는 얼마나 강한 사람들일까? 분명히 화살들이 날아 왔는데 마차에 몇 대 박힌 것 외에는 화살들이 모두 10여 미터 앞에 떨어져 있다. 그것을 유심히 알아보는 눈은 소주뿐이다. 그래서 부상자가 적게 생긴 것이다. 아무리 날고뛰어도 소나기 같은 화살 앞에서 안전할 수는 없다. 소주는 무라카를 바라보는 눈에 한없는 신뢰를 담고 있다. 한편으로는 놀라운 심정을 숨기기 바쁜 것이다. 날이 더 어두워지기 전에 적의 무기를 수거하고 시체를 모두 구덩이에 매장한다. 황량한 대지위에는 핏자국도 하나 남기지 않고 정리를 끝낸다. 활의 형태를 유심히 살피는 무라카는 고개를 갸웃거린다. 이 시대에 이런 활을 만든 것이 놀랍다. 활의 크기도 작은데 어떤 나무인지 휨의 강도가 엄청나다. 아쉬운 것은 활줄이 탄력이 부족하다. 배낭 안에서 와이번 심줄 남은 것을 꺼내어서 활줄로 걸어본다. 역시 대단한 활이 탄생한다. 화살 하나를 활에 먹여서 어둠 저쪽에 있는 나무를 향해서 퉁 시위를 놓는다. 정확히 과녁에 맞은 듯 무라카는 슬금슬금 외곽으로 빠져나와 나무에 다가간다. 반쯤 관통했다. 사거리 500미터를 조금 넘는 거리 일 텐데 말이다. 순수 팔 힘으로만 쏜 것인데 말이다. 화살을 부수어 버리고 돌아오는데 소 가주를 만났다.

"아니 어디를 가시는 지요?"

"무라카님 정확히 과녁에 꽂힌 겁니까?"

"언제 보았소?"

"쏘실 때 바로 옆에 있은 걸요. 보이지도 않는 과녁을 쏘시지는 않았을 테고 말입니다."

"후 네 보신대로 500m밖의 나무 밑 둥을 반쯤 관통 했소이다. 대단하지요?"

"어두운데 그 나무가 보였나요?"

"네 제가 눈이 좀 밝아서요."

"와! 대단하십니다. 어둠을 뚫어 보는 눈이라. 적들이 왔다는 것도 무라카님이 보시고 안 것이지요?"

"네 보이기도 했지만 놈들의 마나유동이 뚜렷이 느껴졌죠. 그리고 염탐 온 두 놈도 있었고요."

"하 도대체 당신은 누구십니까?"

"누구라니요? 무라카라고 이름도 아시면서 새삼?"

"어쨌든 감사합니다. 이제 그 활을 제게 주시면 안 되겠습니까?"

"아-네! 여기 가지세요. 활줄만 바꾸었는데 성능이 배나 좋아졌습니다. 이 활 줄은 와이번 심줄입니다."

"큭! 와이번 심줄이라고요? 엥 어디서 그걸 구하지?"

"내게 아직 남은 것이 조금 더 있긴 한데 10대 정도는 더 만들 수 있겠죠. 아쉽네. 얼마 전에는 많이 가지고 있었는데."

"네? 많이요? 와이번 심줄을 많이 가지고 계셨다고요?"

"네. 래드 와이번을 한 마리 잡았더니, 꽤 많은 양이 나오던데요?"

"캑! 에-액? 와이번을 잡았다고요? 헉!"

등을 두드려주자 겨우 정신을 차리는 소 가주. 얼마나 놀랐으면 졸도 직전까지 갔다 온 것이다.

"이 얘긴 비밀로 하세요. 괜히 소문내지 마세요. 알겠죠?"

"네 넵 그렇게 하지요. 그 심줄 제게 파세요. 돈은 원하는 만큼 드릴 테니까요."

"음! 그냥 가지세요. 여기 있으니 자"

"아니 그냥 주시면 저는 어떻게?"

"아~ 제가 드리는 선물이요. 배도 그냥 타는데 까짓 거야 그냥 드려야지요."

휘적휘적 앞서서 걸어가는 무라카의 뒤를 졸졸 따라오면서 아무리 생각해도 이 귀한걸 그냥 받지는 못할 것 같아서 여러 가지 궁리를 한다. 그래 고국에 돌아가면 왕께 아뢰어서 황금 수천 금을 줘도 모자랄 판이다. 이튿날 드디어 출발을 앞두고 인원들을 행군 대형으로 정해주면서 단장은 계속 무라카를 힐끔 거린다. 아마도 무슨 말을 해주길 원하나 보다. 그러나 무라카는 큐와 언어 연습에 여념이 없다. 머리가 무지 좋아 졌는데도 볼리아는 완전 졸업했는데 무라카는 아직이다. 어-허! 늙었구나! 세월에 장사없어. 에-잉! 마음이 영 쿨하지 못하다. 스스로 자괴감에 빠질 것 같다. 다시 행렬이 움직이니 큐나 따라 다니면서 말이나 빨리 배워야지.

수거한 붓다이 왕국 전사들 무기 중에서 활줄을 바꾼 10대의 활은 순식간에 강궁이 되었다. 사거리가 200m내외에서 500m까지 늘어났으니, 이 시대에 활의 사거리가 이정도 되는 것은 명궁에 속할 명물이 된 것이다. 크기가 작아서 소지하기 편하고 적의 수장들을 저격 하는 데는 이보다 좋은 무기가 있을까? 왕궁에 도착하면 이에 따른 포상이 반드시 내려질 것이다. 소 가주는 꿈같은 현실에 직면해서 기분이 매우 좋다. 손짓으로 큐를 불러서 딸에게도 이 기분을 전하고 무라카라는 청년을 어떻게라도 왕국에 붙들어 둘 궁리로 머리가 지끈거린다. 큐는 아버지의 손짓에 아버지한테 가야하는데 눈치 없는 무라카가 강아지처럼 졸졸 따라 다니니 어쩔 줄을 몰라 한다.

"아버지 저 불렀나요?"

"그래 너에게 긴히 할 얘기가 있는데 너 혼자 마차에 잠시타거라."

"네 그러지요. 저 무라카님! 잠시 아버님과 긴밀한 얘기가 있어서 언어연습은 있다가 하도록 해요."

"끄엉 저? 에-잉 알았어요."

쫓겨난 강아지는 어디로 가나? 아빠체면이 있지 볼리아에게 다시 말을 배우랴?

"아빠 표정이 왜 그래요? 뭐 안 좋은 일이라도 있나요?"

"응 아니다 아니야 사실은 언어공부를 계속하고 싶은데 말이야. 지금 반복하지 않으면 또 잊어먹거든. 그래서 큐가 필요한데 큐는 아버지 호출로 마차를 탔거든. 에-잉"

"아빠 저랑 해요. 제가 이제부터 동대륙 공용어로 얘기 할 테니 아빠도 그렇게 해요. 그러다 보면 아빠도 차차 나아지겠죠."

"글쎄다. 볼리아야! 너는 워낙 천재이니 금방 숙달 했지만 나는 아니야 이거 창피해서 원."

"히힛 창피해야 빨리 배워져요. 아빠 배우는데 창피가 어디 있어요? 얼굴에 철판 깔고 빨리 배워야죠. 히히힛"

"아니 웃음소리가 이상하다. 너 지금 아빠 비웃는 거야?"

"아-아니요. 아빠 제가 아빠보다 빨리 배우는 것도 있구나, 해서요. 죄송해요."

넓게 펼쳐진 평원이 끝나가는 지점. 강이 휘돌아 낮은 산과 만나는 지점이 왼쪽 10시 방향으로 전개되어 있고, 강위를 날아다니는 새 떼들이 한 무리 반원을 그리며 산위의 듬성듬성한 나무

위를 스치듯이 날아간다. 오랜만에 접해보는 평화로운 풍경이다. 지구에 있을 때 낚시터에서나 볼 수 있는 진풍경이 눈앞에 펼쳐져 있다. 가까이 다가갈수록 더욱 정감이 가는 경치이다. 도로가 강 쪽으로 쭉 이어져 있어서 저지대의 강을 감상할 수 있는 기회가 온 것이다. '이 땅의 강은 상당히 위험한 곳이다.' 라는 경각심마저 망각하게 하는 그런 아름다운 모습이다. 강폭은 상당히 넓어서 잔잔하게 흐르는 물빛이 태양에 반사되어서 황금빛으로 빛난다. 어제 있었던 숨 막히는 전투는 모두의 마음에서 떠난지 오래이다. 며칠 내에 켄트 왕국의 수도에 입성 할 수 있으리라는 기대감이 부풀어 오르는 지역으로 들어선 것이다. 곧 바다가 보이게 되면 어느 정도 마음을 놓아도 되리라.

마차속의 소 가주와 큐는 심각한 면담을 나누고 있다. 어떻게 하면 두 사람을 여행이 끝나기 전에 더욱 공고히 자기편 사람들과 정이 들게 만들 수 있을까를 궁리하고 있는 것이다.

"아버지 무라카란 분의 검술을 보셨습니까?"

"정신없이 싸우느라 그럴 여유가 없었구나. 너는 자세히 보지 못 했느냐?"

"봤어요. 그분의 검은 거의 눈으로 확인하지 못할 정도로 빨라서 언제 적을 공격 한지도 모를 정도였어요. 그런데 적들은 20여명이 두 동강나서 우수수 쓰러지더군요. 그야말로 전광석화 같은 검술 이였죠. 몸놀림이 얼마나 부드러운지 춤을 추는 듯 했어요."

"그 정도였어? 오러는? 오러는 보이지 않던?"

"네 전혀요. 칼도 보이지 않는데 오러가 보이겠어요? 그런데 궁금한 것이 사람과 말이 동시에 잘렸어요. 마치 보이지 않는 기다란 검에 잘린 듯이요."

"그것이 오러에 잘린 것 아니냐? 죽은 자들을 자세히 살펴보지 못한 것이 아쉽구나. 워낙 경황이 없었으니 말이다."

"네 저도 그것을 생각지 못했네요. 다시 전투가 있다면 그때 자세히 살펴볼게요."

"그래 그래라. 나도 신경을 쓸 테니까. 말을 가르치면서 좀 더 다정히 붙임성 있게 하려무나. 너를 싫어하는 눈치는 아니던데. 그렇지?"

"네 졸졸 따라 다니는 것 보면 몰라요? 어쩌면 절 좋아 하는지도 모르지요."

"예끼 이 녀석아 볼리아라는 아가씨를 보거라. 어디서 저런 미인을 본적이 있느냐?"

"아가씨야 친딸이니까. 아무리 예뻐도 무라카님에겐 딸이잖아요. 전 남이잖아요. 그분 너무 잘생겨서 멋지게 생겼잖아요. 눈이 꼭 하늘을 보는 것 같아요. 빛도 나는 것 같고요."

"녀석아 네가 여자로 보이겠니? 어린애로 보이지 이 밤톨만한 것이 뭘 알아야 말이지 쯧쯧쯧"

"헤헤헤 아버지 저도 이제 17살이라고요. 알만큼 안다고요. 씨!"

"언니라고 부르던 오빠라고 부르던지 어쨌든지 친해져라. 손해 볼 것 없잖니? 어쩌면 우리 왕국의 난처한 현 상황도 도움을 받을 수 있을지 누가 알겠나?"

"네 알았어요. 저 나가 볼게요. 두 분과 같이 행동해야 친해질 기회라도 생기죠."

"그래 가 보거라. 내말 명심하고 크-음!"

"네 저 가요."

후덥지근한 날씨에 산을 휘감으며 불어오는 바람이 시원하다. 한결 긴장이 완화된 상단 행렬은 마차의 상태를 세밀하게 관찰하며 천천히 이동한다. 조금씩, 조금씩 강줄기와 멀어지면서 낮은 산의 능선을 넘어서니 조그만 마을이 나타난다. 산 여울에 다닥다닥 붙어 어우러진 30여 호의 작은 마을이 서쪽으로 기울기 시작한 해를 등지고 평화롭게 밥 짓는 연기들이 피어오르고, 농사꾼들의 지친 몸을 쉬게 할 준비를 하는 모습들이다. 앞서가는 상단의 정찰조가 마을 사람들과 대화를 나누더니 돌아온다. 마을을 지나서 2㎞ 더 전진 한 후에 상단 일행도 마차를 가운데로 모은 후 노숙 준비를 한다. 최대한 마을과 연관 짖지 않으려는 노력이 보인다. 혹여 불미한 일이 발생 시 농촌과 연관되면 상호 피해를 피할 수 없기 때문이다. 특별한 지시가 없어도 자동적으로 실시되는 방어형진지는 몬스터들이 공격해 와도 효과적일 것이다. 지형을 보는 눈 그리고 지형에 맞게 편성하는 마차들의 위치와 병사들의 조별 행동 등 무엇 하나 나무랄 데 없는 신속하고 정확한 행동들이다. 상당한 훈련 경험이 없이는 안될 만큼 조직적이다. 상단 호위병들이라기 보단 최정예 군사 훈련을 경험한 최소 전투 팀 일 것이다. 그것도 제마국의 최고기사와 몇몇의 병사들일 테고.

식사준비를 하는 동안 볼리아를 시켜서 주변 반경 5㎞이내의 상황을 화상으로 확인 해보라 지시했다. 잠시 무리를 벗어나 셔틀 라오미와 정보 교환을 하고 온 볼리아는 고개를 젓는다. 이상무란 뜻이다. 오늘은 볼리아가 외곽 경계를 담당하고 오랜만에 푹 쉴 생각이다. 언어공부도 복습하면서 말이다.

[아빠 사랑해요.] 하면서 품속으로 파고드는 볼리아. 오랜만에 세상모르고 숙면 했나보다.

(응 볼리아. 사랑해. 좀 자도록 해라.)

[네 안아 줘요. 저 좀 재워줘요.]

(응응 그래)

토닥토닥 등을 두드려 주면서 보니 벌써 희뿌옇게 날이 밝아오고 있다. 새벽인 것이다. 기온이 떨어져서 천막 안이지만 서늘하다. 일교차가 심한 것이다. 이정도면 20도 이상 일교차가 나는 모양이다. 이제 며칠 후면 바다가 보이리라. 이곳의 바다는 과연 어떤 모습일까? 바다 몬스터의 종류는 또 얼마나 다양할까? 아무리 뛰어난 능력을 지녔어도 단 한순간의 방심이 돌이킬 수 없는 결과를 초래할지도 모른다. 그래서 꼭 천리안을 지속적으로 펼쳐야 할까? 사전에 미리 알면 그만큼 유리해진다. 그런 상황에서 천리안은 뛰어난 무공이다. 여러 가지 잡념에 빠져있는데 품안의 볼리아의 숨소리가 고르게 이어진다. 잠이 든 것이다. 현명하고 귀여운 아이다. 볼리아의 잠자는 모습은 너무나 귀엽다. 녀석 남자 혐오증에 걸려 있다가 다행히 요즈음은 좀 나아진 것 같다. 어린나이에 초로의 남자에게 강간당할 뻔 했던 그 경험이 얼마나 강력하게 뇌리에 깊이 새겨졌을까? 아빠라는 천륜적 인연이 아니었다면 역시 무라카도 경각심을 풀지 않았을 테고 사랑이 생겨나지도 않았으리라. 불쌍한 아이인 것이다. 스스로 껍질을 뒤집어쓰고 여자이기를 거부한 불행한 여인인 것이다. 많이 사랑해주고 아껴줘야 하는 줄 알지만 마음뿐이다. 사실 첫날밤 이후 한 번도 더 여자로 보이지 않았으니까. 사실 첫날밤도 환상마법으로 실재보다 더 현실감 있는 남녀 간의 사랑을 경험시켰지만 볼리아는 실재로 일을 치룬 줄 안다. 그러나 어쩌랴? 친딸은 아니지만 친딸처럼 느껴지는 것을? 마음대로 되지 않는 유일한 일이기도 하다. 자꾸 보채고 원한다면 또 모를까 볼리아도 그것은 잊어버린 듯 아니면 마음과는 다르게 모르는 척으로 모르쇠를 일관 하는지 모를 일이다. 앞으로 좀 더 신경을 쓰자. 실천하자 무라카여!

드디어 켄트왕국의 수도 두란시가 보이고 그 너머로 펼쳐진 바다! 끝없는 수평선이 아스라이 보인다. 우주에서 보았던 것과는 색깔부터가 완전히 다르다. 손을 대면 묻어날 것 같은 진초록색의 바다가 끝없이 펼쳐진 모습이 장관이다. 이 땅에 와서 처음 대하는 바다 인 것이다. 원래 색이 저렇게 진초록 이였던가? 지구의 바다는 마냥 하늘빛과 어울리는 푸른 색이였던 것으로 아는데? 수평선과 하늘이 맞닿은 부분이 선연이 구분된다. 도시보다 조금 고지대에서 내려다보는 아래로 내려다보는 이국의 도시와 바다는 뜻밖에도 색다른 감흥으로 와 닿는다.

"와 저게 바다예요? 끝없는 바다?"

"그래 바다야 볼리아 처음보지?"

"우와! 그래요. 너무 아름답다. 아빠는 보신 적 있으세요? 지금이 처음 인가요? 우주에서 본 것은 빼고요."

"응 그래 이 땅의 바다는 처음이다. 바다색이 너무 진하구나. 그만큼 물이 맑다는 거겠지."

"저 곳으로 배를 타고 여행한다니 가슴이 콩닥 거려요. 아빠랑 같이 한다는 게 제겐 더없이 행복해요. 사랑해요 아빠!"

"볼리아야! 바다가 만만한 게 아니야. 상당히 위험하거든 몬스터에 태풍에 배라는 것은 아무리 크고 튼튼해도 바다에선 가랑

잎신세야 휴 무슨 설명인들 이해가 될까? 허허허"
"헤-엥! 아빠 좋은 기분 다 망쳐 버리는데 일가견이 있으시다니까. 히히-힛!"
두 부녀의 대화를 듣고 있는 큐는 도대체 이 부녀의 대화가 이해가 안 되는 부분이 상당히 많다. 우주에서 봤다는 것은 뭐고 서로를 얼싸안고 사랑한다느니 어쩌느니 하는 건 꼭 연인사이인 것도 같고, 췟 진짜 아버지와 딸 사이가 맞기는 하는 것인지 원! 무거운 마차를 끌면서 상단 일행은 도심으로 향한다. 수많은 상선들이 정박해 있는 항구를 향해서 이제는 지친 기색이 사라지고 모두의 얼굴이 밝기만 하다. 잘 정열해서 대기 중인 무사들이 3,000명은 되어 보인다. 그들이 모두 상단을 호위하기 위해서 파견된 제마국의 병력인 모양이다. 소 가주를 대하는 그들의 수장들의 태도가 직속상관을 대하는 군인들처럼 박력이 넘치는 동작들이다. 마차의 행렬이 말과 함께 커다란 선박으로 연결된 임시교량을 통해 배안으로 사라지고 말을 타고 이동해온 호위병들도 하나둘 자신의 자리로 찾아가는지 병사들 속으로 섞인다.
"자 무라카님! 볼리아님! 이배로 오르시지요. 이배가 쌍린 상단에서 가장 큰 배입니다. 승선 인원이 5,000명이 넘지요. 아직 당분간은 출항을 않고 켄트왕국에 가 있는 사신 단들이 돌아와야 출항을 할 겁니다. 그 동안 저와 시녀들이 안내를 해 드릴 테니 두란시내도 구경하시고 켄트 왕궁도 한번 둘러보시고 그러세요."
"왕궁은 꼭 들어가 보고 싶소. 일단 배에 올라서 선실 구경을 두루 해보고 그 후에 시내구경을 하도록 하지요. 안내 부탁합니다."
"네 이쪽으로요. 3층 선실이 가장 공간도 넓고 깨끗하니 그리로 모실게요. 귀한 손님용이 따로 있거든요."

“큐-양! 그동안 언어 가르쳐주느라 고마웠습니다. 아직 어린나이에도 사람을 대하는 태도가 능숙하고 모습도 예쁘고요, 앞으로도 잘 부탁드립니다. 꾸뻑”

“어머! 무라카님! 새삼스럽게 예의를 차리시니 제가 부끄럽잖아요. 그동안 친해 진줄 알았는데 그렇게 예의를 차리시면 또 서먹서먹해진다고요. 편하게 대해주세요. 볼리아님도요.”

“아 그러죠. 그래도 고마운 건 고마운 거니까 인사는 해야죠. 아빠 그렇죠?”

“그럼 사람이 친하다고 예의를 안 지키면 안 되죠.”

“헤헤 여기가 두 분이 앞으로 오랫동안 사용하실 방입니다. 어때요 방이 꽤 넓죠?”

“네 그러네요. 욕실, 주방, 이쪽은 아 바로 바깥으로 연결되어 있군요. 시원한 바다를 바라보면서 아 낭만적이다. 그럼 전 목욕부터 좀 랄라-랄라.♪♬♪”

큐가 사라지자 볼리아가 살판났다. 우선 목욕부터 하자면서 서둘더니 화장실 겸 욕실에서 조용해진다. 보나마나 작동 법을 몰라서 당황하고 있으리라. 벗어놓은 옷과 배낭을 정리하고 천천히 옷을 벗고 욕실로 들어가니 그때까지 우두커니 서있든 볼리아가 뒤로 돌아서서 다가온다. 당황한 모습이 여실한 표정이다. 귀엽다. 둘러보니 시설이 현대식 지구의 화장실을 꽤나 닮아있다. 누군가 이런 시설에 대해 연구를 많이 한 것이 보인다. 볼리아가 모선의 목욕시설을 한 번도 사용한 적이 없었다는 사실이 생각난다. 함선 무라카에는 욕실에 들어가 가만히 서있기만 해도 모든 것이 자동으로 이루어지는 오토 시스템인데, 지금 이배의 시설은 물탱크의 물이 연결된 관을 통해 내려오는 샤워 실인 셈이다. 아빠가 설명을 해주자. 이해를 했는지 방그래 웃는다. 밸브 꼭지를 틀자 쏟아지는 물줄기를 보고는 좋아하는 모습이 어린아이 같다. 물통으로 물을 퍼 날라서하는 목간통만 아는 볼리아 로서는 새로운 경험인 것이다. 머리를 감기고 등을 씻겨주자 돌아서서 품으로 안겨온다. 머리칼도 다듬고 수염도 깨끗이 밀고, 하여간 오랜만에 하는 샤워는 몸과 마음을 상쾌하게 한다. 많은 시간을 투자해서 볼리아의 머리까지 적당히 잘라서 묶지 않아도 될 정도로 짧게 하고 무라카도 어깨위에서 싹 잘라버렸다. 둘 다 그렇게 머리를 정리하고 나니 전혀 다른 느낌이 든다. 훨씬 어려져 버린 듯한 산뜻함이 물씬 풍긴다. 자꾸만 안기고 싶어 하고 어리광을 피우는 것이 볼리아가 아빠의 '쓰담쓰담'이 그리운 것이리라.

"내 애기 밤에 해줄게 알았지? 쪽!" "네 아빠 사랑해요."

상선의 크기가 생각보다 크다. 해양기술이 상당한 발전을 한 모양이다. 상선이라고 하지만 사실 군함일 가능성이 높다. 그래서 1층 아래로는 식당만 안내를 해주고 다른 곳은 보안상 개방을 하지 않는단다. 아마 무기 때문일 것이다. 함포가 있을까? 아니면 발리스타라도? 의문이 들지만 지금은 어쩔 수 없다. 모든 시설은 목재로 만들어져 있다. 샤워시설의 물파이프도 알고 보니 속이 빈 넝쿨 같은 것인지 아니면 대나무 같은 목재가 있는 모양이다. 물탱크도 목재일 것이다. 단단한 재질의 목재들로 만들어진 여러 가지 시설들을 둘러보고, 오후엔 왕궁을 다녀올 생각이다.

왕궁엘 와보니 완전히 개방되어 있다. 물론 집무를 보는 사무실은 업무관계로 일반인이 들어갈 수 없지만 나머지는 누구나 들어가 보고 싶으면 언제든지 가능하다. 청와대나 백악관보다 더 개방되어있다. 놀라운 일이다. 또 한 가지 백성들이 억울한 일을 당했을 때 여왕의 도움을 받을 수 있는 '알리기 실' 이라는 민원실이 있는데 여기에는 그야말로 말 그대로 알리기만 하면 정확한 결과를 얻을 수 있고 심지어 여왕이 직접 일을 처리 할 때도 종종 있단다. 한마디로 '신문고' 보다 훨씬 발전한 형태의 '민원실'인 셈이다.

놀라운 발상에 놀라운 실천력이 아닌가! 자유 민주주의를 아주 많이 닮은 왕국을 이곳에서 볼 줄이야. 감회가 깊다. 여왕을 한 번 뵙고 싶지만 공사다망 할 텐데 시간이 없을 것이다. 명분도 없고 왕이 군림하는 것이 아니라 국민과 함께 한다는 뚜렷한 모토가 있고 그것을 실천하고 있는 것이다. 그래서 강국인 것이다. 사실 해군력이 제국을 훨씬 앞지르고 있다. 세금도 10%가 채 안 되는 정도이다. 합리적인 세금제도인 것이다. 강병을 유지하려면 그 정도세금은 있어야 하니까 말이다. 켄트 왕국은 '치수'가 아주 발전해 있는 나라이다. 농업용수도 그렇고 상수도 시설이 도시에는 다 갖추어져 있다. 공동으로 사용하는 곳이 좀 있어서 그렇지만 말이다.

농지의 수로를 공동 작업으로 만들어져 있는 나라는 이곳밖에 없을 것이다. 또 음용수가 모두 공동으로 조성된 댐이라기보다는 담수지라는 표현을 하는데 실지로 보니까 댐 못지않다. 그만큼 치수가 잘되고 있다는 증거다. 놀라운 사실이다. 왕권은 있지만 제반 모든 사업은 자본주의와 비슷한 맥락이다. 아주 오랫동안 이어지고 발전 된 제도가 켄트왕국에는 적용되고 있는 것이다. 수백 년 전부터 말이다. 끝이 보이지 않을 정도의 넓은 항만 시설은 이 행성에 와서 보는 최대의 이변이다. 엄청난 규모와 수많은 선박들 수백 척의 배들이 항만을 가득 채우고 있다. 지구의 여느 항구를 보는듯한 착각이 들 정도이다. 물론 선박의 모양은 다르지만 말이다. 이정도이니까 제국이 뭐라 해도 눈 하나 깜박이지 않는 것이다. 제국을 훨씬 능가하고 있다고 보는 것이 정답일 것이다.

“볼리아야! 켄트의 해군뿐만 아니라 사회 전반이 제국을 능가한지가 최소 백년이상 된 것 같은데 네 생각은 어때?”

“아빠 볼리아는 지금은 제국민이 아니에요. 헤헤헤”

“어 그래 그 말이 맞다. 허허허”

3층 객실로 돌아온 후 볼리아에게 소감을 물었더니 잘 정리된 도시라는 것 외에는 볼리아의 눈에는 보이지 않았던 모양이다. 시각의 차이는 개인마다 틀리니까. 여러 가지 설명을 곁들여서 얘기를 해주자 깜작 놀란 얼굴이다. 아빠의 설명을 듣고 보니 자신이 보지 못했던 부분들이 생각이 나는 모양이다. 시야가 넓고 좁고의 차이가 얼마나 큰 다른 세계를 볼 수 있는 요점인지를 깨달은 모양이다. 한동안 말없이 앉아서 생각에 잠겨든 볼리아를 보면서 무(武)의세계도 일상의 생활과 크게 다르지 않음을 깨닫게 되기를 기대 하면서 조용히 바라보기만 한다. 한 단계만 더 깨닫는다면 자연 속의 마나를 자유자재로 다룰 수 있는 ‘자연경’에 들 수 있을 텐데 말이다.

時間의 體積

자연의 위대함이 눈앞에 펼쳐진다. 아무리 지능을 가지고 언어를 사용하고 기록하며, 과학이라는 커다란 성과를 이룩한 뛰어난 천족의 후예이지만 자연의 위력 앞에선 보잘 것 없는 작은 생명체에 지나지 않는 것이다. 천년을 넘는 세월을 살 수 있다손 치더라도 수십억 년의 긴 세월동안 스스로 진화하고 생명체를 탄생시켜온 위대한 자연의 섭리(메커니즘)앞에서는 겸허해질 수밖에 없지 않은가! 항구를 출항한 수십 척의 상선들 앞에 밀어닥친 파도는 마치 높은 산들이 움직이는 듯 무지막지한 힘으로 금방이라도 배를 집어 삼킬 듯이 몰아친다. 5,000명이 넘는 선원들이 탄 커다란 배이지만 가랑잎처럼 흔들린다. 곧 파도 속으로 곤두박질 칠 것 갖지만 노련한 키잡이의 완숙한 경험이, 또 오랜 경험이 풍부한 선장의 정확한 판단이 어우러져 배는 아무런 일도 없이 계속 전진한다. 배의 최하층엔 수많은 노잡이와 그들을 리드하는 박자가 뚜렷한 나무통을 두드리는 대장의 손놀림이 또한 예술의 경지다. '퉁 퉁 퉁투루 루퉁!'

파도를 오선지위의 음률처럼 즉시적절하게 헤쳐 나아가는 기술! 가히 신기에 가까운 동작과 움직임 들이다. 특히 이런 것을 아빠가 자세히 보라는 조언에, 지금 볼리아는 선실을 오르내리면서 관찰하고 있는 것이다. 볼리아의 두 눈은 불을 뿜을 듯하다. 선장과 키잡이와 노잡이들! 그 관계를 연결시키는 리듬! 역할을 하는 노잡이의대장의 나무 북소리 즉 '앞잡이'라고 불리는 사나이는 애꾸눈에 신들린 사람처럼 푸른빛이 일렁인다. "퉁! 투퉁! 퉁! 투퉁!" 일정한 리듬이 아니다. 파도의 형태와 방향 그리고 크기에 따라서 앞잡이의 북소리가 다르다. 점점 거센 파도가 밀어 닥치자 앞잡이의 이마의 힘줄이 터질듯이 부풀어 오른다. 눈은 광기를 띠어간다. 북을 치는 팔의 근육이 불끈불끈 솟아오른다. 온몸이 땀으로 번들거린다. 지금 선장과 노잡이는 목숨을 걸고 파도를 노려보고 있다. 배가 그냥 물위에 떠가는 것이 아니란 사실을 볼리아는 오늘 처음 알았다. 이렇게 많은 사람들이 제 각각 자신의 주어진 임무에 목숨을 건 사투를 벌이고 있을 줄이야~! 배를 타고 있는 일반 승객들은 까맣게 모르리라. 세상이 돌아가는 것은 모두가 이와 같다. 도시를 둘러보면서 자신이 본 것과 아빠가 본 것이 엄청난 차이가 있었듯이 이 배도 겉만 본다면 바다위에 떠가는 나무로 만든 배 일 뿐이다. 그러나 그 배를 움직이게 하는 많은 사람들에겐 단순한 배가 아니다. 배의역할을 행하기 위해서 갖추어야 하는 수많은 소양과 경험, 그리고 힘과 노력 등이 어우러져서 배가 바다 위를 떠가는 것이다. 자신은 세상을 얼마나 수박 겉핥기식으로 보아왔으며, 또 그렇게 살아 왔던가? 600년이 넘는 세월을 말이다. 그래서 아빠가 오늘 이것들을 자세히 보라고 하신 것이다. 아~! 알지 못했던 많은 것들이 보이기 시작한다. 눈이 뜨이는 것이다. 즉 이것이 깨달음인 것이다. 선실로 올라갈 틈도 없이 그대로 연결되는 생각들의 고리가 끝도 없이 밀려든다. 같은 공간 같은 시간에 같이 있어도 개체가 느끼는

'시간(時間)의 체적(體積)'은 같지 않다. 다르다는 것이다. 아무리 오랜 시간을 살았어도 그것은 겉모습뿐이다. 실제 느끼는 시간의 체적이 다르니까.

나는 600년을 넘게 살아왔어도 어쩌면 100년도 못 채우는 다른 사람들보다 더 적은 시간의 체적 속에서 살았을지도 모른다. 수박 겉핥기식으로 살아왔으니 말이다. 앞으로는 이런 우를 다시 범하지 않으려면 시각을 일깨워야 한다. 그러려면? 무아의 상태인 볼리아를 안아들고 객실로 올라온 무라카는 조심스럽게 아이를 침상 옆에 다가 가만히 내려놓는다. 휴~! 그리고 그 옆에서 호법을 선다. 외부의 소란을 경계하면서 문을 안으로 걸어 잠근다. 두 시간이 지나자 볼리아가 눈까풀이 파르르 떨리면서 눈을 뜬다.

"아~! 아빠!"

"그래 아빠 여기 있어."

"이것이 깨달음(悟)인가요?"

"그래 한 단계 상승 했구나. 축하한다. 허허 현경에 들어선 기분이 어떠냐?"

"혀-어언 경요?"

"그래 아직 '자연경'에는 못 미치는 군. 쯧-쯧 아깝다."

"하-아 그래도 날아갈 듯 좋아요. 헤헤 세상이 다르게 보여요. 이제 아빠 말씀대로 시근(識見)이 들었나 봐요. 히힛"

"그래 온 것을 잘 가다듬는 것도 중요하니라. 조용히 명상해서 온전하게 하여라."

"네 아빠!"

침상으로 올라서 가부좌를 하는 것을 보고 무라카는 밖으로 나온다. 그 사납던 파도가 잠잠해졌다. 태풍의 핵 쪽으로 들어온 것일까? 아니면 빗겨간 것일까? 잠시 후 무라카는 R-2를 불러 기상영상을 훑어본다. 태풍이 아니다. 이 정도가 태풍이 아니면 태풍을 만나면 진짜 위험해 지겠다는 생각이 든다. 그러나 바다의 기상은 항상 신경을 곤두세워야 할 정도로 험난하다. R-2에게 기상 이변이 생기면 즉각 001을 통해서 연락을 할 것을 명하고 갑판위로 내려간다.

"지금 지나고 있는 바다 인근에는 태풍의 기세가 없네요. 이곳은 어디쯤인가요?"

"아 그나마 다행이네요. 앞으로 3일 후면 포롤 군도로 들어서게 됩니다."

"아 그 해적들이 많이 설친다는 곳 말이죠?"

"네 그렇습니다. 어쩌면 우리가 오기를 기다리고 있을지도 모릅니다. 붓다이 왕국이 어떤 수작을 부렸는지 모르니까요."

"음 잔인한 놈들이군요. 붓다이 왕국이란 곳이 말이죠."

"네 그런 셈이죠. 지난 200여 년간 계속된 침략 행위가 모두 그놈들의 음모죠. 아직까지 한 번도 성공은 못했지만 끈질긴 놈들이죠. 대를 이어서 저러고 있으니까요."

"대를 이어서라. 음?"

"네 그런데 볼리아님의 경지가 어느 정도 입니까? 또 깨달음을 깨우치신 것 같던데 말입니다."

"아-뭐! 그렇게 대단한 것은 아니고요. 소드 마스터는 아시죠?"

"네 알지요 대륙에 한둘이라는 그 초인들 말이죠."

"네 그다음의 경지에 들어섰죠. 볼리아는!"

"헉 캑! 그 다음 경지라면?

"뭐 그 정도만 알고 계세요. 부하들 입단속 좀 하시구요."

"네-넵! 그러죠. 그러고 말고요. 흡흡"

손으로 자신의 입을 틀어막는 시늉을 한다. 소 가주 집무실에서 향기 좋은 차를 한잔 마시고 나온 무라카는 갑판에서 수면을 바라보며 앞으로 다가올 일들이 흥미로워 짐을, 그리고 한편으론 은근히 기다려지는 것 또한 진심이다. 뒤를 따르고 있는 배들이 지금은 돛을 활짝 펼치고 일렬종대로 따라오고 있는 모습을 돌아본다. 이제는 해가 넘어가면 기온이 뚝 떨어지는 것이 느껴질 정도이다.

그러고 보니 적도를 지나 남반구로 내려온 것이다. 8개의 대륙 중에 가장 넓은 면적의 대륙이 크로스 아르메니아 대륙이다. 동방대륙이라고 부르는 것은 '바젤란 대륙' 보다 동쪽에 위치하기 때문일 것이다. 3일이 지난 정오 무렵 갑자기 선실에서 튀어나온 볼리아가 무라카에게로 미끄러지듯이 다가와서는 속삭인다.

"아빠! 어마어마한 괴물이 다가오고 있어요. 저쪽에서요."

"응 알고 있다. 좀 더 기다려 보자 아직 정확한 크기와 모양을 잘 몰라서 주시하고 있단다."

그 소리를 들은 시녀가 얼굴이 파랗게 변하면서 선장실로 달려간다.

"선장님 큰일 났어요. 클-로가 나타났어요. 저 오른쪽 방향에서 오나 봐-욧!"

"뭐? 클-로? 어디 어디? 안보이잖아."

"저기 소드 마스터께서 확인 됐대요. 나는 모르죠."

"비상! 비상종을 울려라. 비상이닷!"

"땡-땡-땡-땡-땡-땡-땡!"

"비상이닷! 모두 전투위치로 몬스터 클-로닷!"

“클-로가 나타났다. 희생을 각오하고 이송중인 무기를 보호하는데 최선을 다하라!”

“투 두두두두-퉁!”

굉음과 함께 상선이 한순간에 함선으로 바뀌었다. 배의 양쪽 선수 측면에 문이 열리면서 발리스타가 모습을 드러낸다. 각기 다섯 문 씩 대형 창만큼 큰 화살을 장착하고 선수를 오른쪽으로 돌린다. 뒤 따르든 배들도 모두 발리스타를 즉각 발사 가능상태로 반원형 방진을 만든다. 얼마나 많은 훈련을 겪었는지 배가 사람이 움직이듯 금방 반원 형태를 갖춘다. 불과 10분도 안 걸린 시간에 완벽한 방어 형의 전투태세를 갖춘다. 말이 쉽지 큰 배들을 이렇게 하려면 30분은 걸리리라. 현대 장비로도 말이다. 달려오는 관성을 그대로 이용해서 순식간에 짠 전투 형태! 보나마나 희생이 발생 하리라. 어쩔 수 없이 말이다. 저렇게 잘 훈련된 병사들을 잃는다면 타격이 크다. 무라카는 기를 읽고 있다. 어차피 나설 바에는 희생을 줄이는 방법을 택해야지!! 자칫 한순간에 배 한두 척은 박살이 나리라. 놈은 큰 배보다 1.5배는 더 크다. 그기에 다가 몸통 박치기를 하려는지 최고속도로 달려오고 있다. 커다란 문어가 말이다. 8개의 다리를 모두 몸통 뒤로 모아서 휘저어대면서 속력을 높이고 있다. 1,500 1,400 1,300 큰놈 뒤에 작은놈도 한 놈 따라붙고 있다. 새끼인가? 1,200 1,100 엄청난 속도다. 관성이 만들어낸 가중 속도다. 초당 40~50 정도의 속도다. 죽여도 위험하다. 배에 부딪히면 배가 견디지 못한다.

“소 가주 내가 명령 할 때까지 사격을 금합니다.”

“네-넵! 잠시 사격을 멈추어-랏!”

“발사중지! 발사중지!”

아직 놈은 수중이다. 물위로 떠오르기 전에 한방 먹여보자! 순식간에 갑판을 차고 날아오른 무라카는 전방으로 300m를 화살처럼 날아간다. 양손에 머리통만한 강환(罡環)을 고속으로 회전시키며 놈의 움직이는 속도에 리드를 적용해서 전면 바다 속으로 쏘아 보낸다. 공기 저항 없이 강력한 회전을 하며 날아가는 강환! 물론 눈으로는 보이지 않는다. 과연 환의 위력이 어느 정도일까? 정확히 바라보는데 놈의 머리인지, 몸통인지 분간이 안되지만 그것을 뚫고 두발이 다 적중했다. 커다란 물줄기가 솟아오르며 공중으로 물기둥이 튀어 오른다. 물줄기가 아니라 물기둥들이 날아오르는 토네이도를 능가하는 모습이다. 그런데 놈은 놀랍게도 아직 죽지 않았다. 몸통에 두발을 맞고도 물위로 튀어 오르며 긴 다리를 휘젓는다. 어마어마하게 크다! 아무리 큰 배라도 저놈에겐 장난감 수준일 것이다.

"쿠 우 우 왓! 끼엑 끼-엑!!!"

귀의 고막이 터져나갈 정도의 괴상한 고음을 지르면서 몸부림을 친다. 배들로부터 불과 400m정도의 전방이다. 병사들이 귀를 털어막고 몸을 숙인다. 사냥을 위해서 물속으로 전속전진을 하다가 한방은 머리에 한방은 몸통에 얻어맞고 굉장한 고통과 분노가 폭발한 것이다. 대단하다. 두 방을 그것도 관통상을 입고도 저렇게 움직일 수 있다니 무라카를 봤는지 5m굵기의 고무기둥 같은 다리를 뻗어온다. 점프로 클-로의 머리 뒤의 공중에 나타난 무라카는 이번엔 폭파가 되도록 두발을 놈의 머릿속 깊은 곳으로 날린다.

"쾅! 후두두둑!!"

요란한 폭발음과 함께 클로의 머리통이 산산조각으로 비산한다. 배위에서 보고 있는 모든 눈이 눈 꼬리가 찢어져서 피가 흐르는데 그것을 느끼는 사람이 아무도 없다. 그리고 턱이 빠진 사람도 상당수! 저 어마어마한 큰대가리가 박살이 난 것이다.

"저 저 저 저---컥 캑! 끄르르-륵"

소 가주가 눈이 돌아가서 초점이 안 맞는 눈으로 뭐라고 소리를 치다가 정신 줄을 놓쳐버렸다.

"소가주님! 소거주님! 정신 차려-욧! 찰싹! 찰싹!"

"어-응? 어허 여기가 어-디-냐?"

웬? 자다가 봉창 두드리는 소리냐?

"아직 한 마리가 더 있어-욧!"

후다닥! "뭐 뭣! 한 마리 더??"

"우-웩! 쿨럭쿨럭"

"아빠가 지금 따라가고 있는데 어? 저놈은 죽어라 도망치네요. 히히힛! 새끼인가 봐요. 아빠도 그냥 보내주네요. 호호호"

"그냥 보내 줘요? 이-크 내가 무슨 말을? 흡흡"

"아빠가 저기 건지라는데요. 고기가 아주 맛이 좋은 거래요. 저것 건지면 만 명이 먹어도 남겠다. 와! 아빠 최고-닷!!"

갑판으로 돌아오자 볼리아가 폴짝폴짝 뛰면서 안겨온다. 클로를 건지느라 하루가 걸렸다는 목격자들의 후문이 있다. 사실 '클로'라는 몬스터는 지구의 대왕 오징어와 비슷한 종이다. 그런데 이곳에서는 그 몸집이 100m가 넘도록 자라니까 얼마나 큰가? 얼마나 더 크게 자랄 수 있는지는 알려진 바가 없다. 구운 클로의 고기는 쫄깃하면서 맛이 일품이다. 스무 토막으로 잘라서 각 배에 실었는데도 만선이다. 대륙 역사상 단한번의 낚시질로 스무 척을 만선시킨 일은 전대미문의 기록이다. 이런 거짓말은 아무리 바보라도 믿지 않을 것이다.

인어의 눈물

조용히 선실로 돌아와 괜한 광경을 보여준 것 같아 조심스러운 두 부녀는 그래도 희생이 생기지 않았다는데 위안을 삼으며 잠자리를 준비하는데 노크소리가 들린다. 아~ 귀찮은데 밤에도 이러면 탈출을 생각해 봐야 할지도 모르는데 말이다.

"저 큐예요. 들어가도 될 런지요?"

"응 들어와 뭐가? 어?"

볼리아가 침상에서 폴짝 뛰어내리는데 큐만이 아니라 꼬리가 열 발이나 된다. 소 가주 외 여러 명. 그리고 네 명의 시녀들이 들고 오는 상에는 음식들이 넘친다. 향기 좋은 술도 있다. 그것까지는 좋았는데 그다음이 문제다. 진짜 보기 싫은 일이 벌어진다. 털썩 털썩 털썩 들어온 모두가 무릎을 꿇고 엎드린다.

"에-잉 이게 무슨 짓이요. 소가주님 이러는 거 몹시 싫어하거든요. 모두 일어나 앉아요. 헛 그것-참!"

"네 모두 일어나 앉아요. 아빠가 제일 싫어하세요. 어서 일어나세요."

"저 위대하신 그랜드 마스터님을 몰라 뵙고 제대로 모시지 못한 죄 용서하여 주십시오."

"용서하여 주십시오."

선창에 이은 후창까지 이어진다.

"허허허 네 알겠으니 일어나세요. 그리고 여태껏 하던 데로 하세요. 사람이 바뀐 것도 아니고 좀 편하게 합시다."

"넵 그럼 용서하신 걸로 알고 일어나겠습니다."

"호호호 아빠는 인기 짱이네요 어디를 가시 던지요. 그래서 잘 드러내지 않는데, 이번에는 너무 큰 희생이 생길 것 같아서 나서신 거예요. 모두 오늘일은 잊어버리시고 비밀로 하세요. 그리고 이런 어색한 분위기 싫어하세요. 다들 편하게 대하셔야 여러분과 동행하실 거예요. 아니면 훨훨 날아서 바다건너로 가 버리실 거예요. 아셨죠?"

"힉-훨훨 아 안 됩니다. 절대 그런 일 없도록 단속 하겠습니다. 모든 제마국의 명예를 걸고 선원들과 기사 병사들 모두 교육 시키겠습니다. 그러니 제발!"

"알았어요. 소가주님이 약속 하셨으니 믿겠어요. 아빠 그래도 되죠?" '끄떡 끄떡!'

"자 가져온 음식 식기 전에 술이나 한잔 합시다."

"네 넵"

일단 수습이 되었지만 그것이 영원히 지켜질지는 의문스럽다. 그런데 아무런 말도 없이 따라주는 술을 마시고 있는데 무라카의 침묵이 상당히 긴장되나보다. 자꾸만 눈치만 살피는 것이.

"흠 이게 무슨 술이요. 향이 아주 좋네요. 도수도 상당하고."

분위기를 가볍게 하기위해서 날린 멘-토. 그제서야 조금 안심이 되는지 소가주가 대답한다.

"네 저희 바다 사나이들이 좋아하는 술이죠. '인어의 눈물'이라고 부르는 술인데, 바다의 해초와 뭉크라는 과일로 빚은 술입니다. 50년 정도 익힌 술이죠."

"아! 그래요 뭉크라면 어떻게 생긴 과일이죠?"

"네 고산지대에 자생하는 손가락 한마디만한 파란색의 열매이죠. 넝쿨에 주렁주렁 열리는 열매이죠. 그냥 먹어도 달고 향기롭죠."

아마도 머루와 같은 종이 아닐까?(무라카 생각)

"술 이름이 참 특이합니다. '인어의 눈물'이라 허허허"

"네 그런 사연이 있습니다. 어부가 인어를 보고 홀랑 반해서 어떻게 하면 저 인어를 부인으로 맞이할 수 있을까? 궁리 끝에 한번은 바닷가 오두막으로 인어를 데리고 와서는 이술을 먹였답니다. 그래서 술맛에 세월 가는 줄 잊어버린 인어가 아이를 둘이나 낳고나서야 자신의 처지를 알게 되어 울었다는 얘기죠. 그래서 이름이 인어의 눈물이 된 것이죠."

"오호 술에 얽힌 전설이군요. 과연 누가지은 술 이름인지 멋과 향이 더 높아지는 이름입니다. 하하하 이곳에도 인생의 멋을 아는 사람이 있군요. 그것-참! 그 사람 한번 만나보고 싶군요."

분위기가 어느새 화기애애해졌다. 어색함이 사라진 것이다. 소가주가 몇 통 더 가져오라고 시킨다. 벌써 가져온 한통이 바닥난 것이다. '인어의 눈물' 한통이500골드나 하는 것을 알았다면 무라카는 아마도 다시는 이술은 쳐다보지도 않았겠지만 다행이 어느 누구도 그런 말을 입 밖에 내지도 못한다. 소가주가 눈짓으로 지시한 것이다.

"저 그런데 무라카 그랜드마스터님. 한 가지 궁금한 것이 있는데 여쭤 봐도 괜찮으신지 혹 결례가 안 될지 망설여지는군요."

단장이라는 기사다. 보아하니 뻔한 질문일 터인데 말이다.

"뭐 답할 수 있으면 대답해 드리죠. 단장님"

"네 그 저-저 무라카님의 경지는 듣도 보도 못한 경지라 그 경지가 어느 정도나 되시는지요?"

"큼, 흠!"

역시 질문을 잘못한 걸까? 안절부절 못한다. 그러나 볼리아가 간단히 대답해준다.

"아빠는요 그랜드 마스터 그런 것은요 1,000명쯤 해도 상대가 안 될걸요? 뭐 무슨 경지니 어쩌니 하는 그런 말로는 글쎄요?"

"헉. 그랜드 마스터 천명도 상대가 안 되는? 캑 컥 컥 헉"

"그러니 경지니 뭐니 하는 질문은 아빠께 안 하는 게 예의죠. 제가 그랜드 마스터 상급인데요. 제 정도 실력 되는 사람들 100명이 공격하면 단 한 호흡에 전멸 할 거예요."

"-------!!!"

그것으로 다시는 아무도 경지에 대한 질문은 하지 않는다. 그런 경지의 무인이 있기나 한걸까? 모두들 눈만 껌뻑거리고 있다. 무신? (武神) 초인?(超人)

그로부터 선단은 서서히 섬들이 하나 둘 보이기 시작하는 곳으로 서행하게 되었다. 해적들의 요람 포롤 군도에 들어선 것이다. 이 항로를 벗어날 수 없는 것이 포롤 군도가 차지하는 바다가 너무나 광범위하기 때문이다. 이들이 알기론 2,000여개의 섬들로 무작위로 흩어져 있어서 포롤 군도 지대는 그야말로 크로스 아르메니아 대륙과 바다를 잇는 모든 해안선 일대에 다 분포되어 있다고 보는 것이 정답이다. 그래서 R-2를 시켜 파악한 정확한 숫자가20.031개의 섬이 동방대륙을 에워싸고 있고, 나머지 서쪽 해안으로는 접근이 불가능한 빙벽으로 둘러쳐져 있다. 동방

대륙의 해안선 2/3를 섬들로 분포되어 있는 것이다. 우회 항로는 없다. 고로 무조건 포롤 군도를 경유해야 대륙으로 접안이 가능해지는 독특한 대륙으로 인해서 덕분에 그동안 해적들을 열심히 부양해온 것이다. 모든 선단의 깃발을 바꿔달았다. 그 이유는 이제 상단의 배가 아니라 제마국의 함선임을 알리는 것이다. 자신이 있으면 덤벼보라는 것이다. 태양과 소드가 크로스 된 깃발이다. 자그마치 26척이다. 덤비면 제마국을 향한 전쟁을 도전하는 것이 되는 것이다. 무시무시한 두 무인이 있다는 과시이기도 한 것이다. 그리고 거침없이 군도를 헤쳐 나가는 데, 정말 바보 같은 해적들은 붓다이 왕국이 준 미끼 때문에 그것도 어마어마한 돈과 해마다 식량 지원까지 받기로 했으니, 목숨을 걸어볼만한 일이긴 하다. 참고로 동방대륙엔 소드 마스터가 4명이 있는데 3개 제국에 각 한명씩 그리고 나머지 한명은 클로 해적단의 두목 '애꾸눈 클로'가 소드 마스터인 것이다. 당연히 해적단 연합의 총두목은 애꾸눈 클로가 맡았다. 총 해적선이 230척. 이는 모든 해적들이 보유한 해적선 전체의 숫자다. 소문과는 달리 연합을 해서야 230척이다. 오랫동안 각 왕국과 제국의 것들을 빼앗아서 사용하는 함선들이다. 동방대륙의 단물을 빨아먹고 사는 거머리 같은 조직이 바로 이들이다. 그 두 번째가 붓다이 왕국이고, 제마국의 선단을 모조리 박살내고 수장시키면 함선의 모든 것이 노획물로 해적들의 소유이고, 약속한 5,000골드와 해마다 곡물 2,000석을 주겠다는 계약이다. 계약금으로 이미 2,000냥을 받아서 챙긴 것이다. 군도의 중앙지역에 클-로 해협이 있다. 이곳은 와류가 심해서 베테랑이 아니면 좌초되기 알맞은 해협이다. 이곳을 통과 할 수 있는 선박은 1년에 간혹 한두 척 진짜 프로들만 물길을 알아서 지나가는 그런 곳인데 그곳으로 쌍린 선단이 지나온 것이다. 그래서 귀국하는 뱃길도 해적들을 피하기 위해서 클-로 해협을 통과할 계획인데 문제는 이 비밀을 알아챈 해적들이 그 부근에서 기다리고 있다는 것이 문제이다.

제마국의 해군 부사령관인 슐츠 후작은 쌍린 상단의 단주의 외동아들이기도 하지만 제마국에서는 알아주는 해군 전술의 명장이기도 한 인물이다. 그래서 이번 임무도 자진해서 나선 것이다. 왕국이 3개 왕국의 연합에 항시 방어만 해온 지난 200년이다. 그런데 붓다이 왕이 죽고 그 아들이 왕좌를 물려받고는 음모의 귀재라 소문이 난 이 놈은 어떤 음모를 꾸몄는지, 주변 3국을 연합해서 조여 오는 통에 급하게 무기 확충을 서두르게 된 것이다. 그런데 해적들까지 돈으로 회수 한지는 짐작도 못하고 있는 것이다. 슐츠 후작은 완전한 성공이 눈앞에 보이는 듯 하지만 그렇다고 방심은 금물이다. 오로지 믿는 것은 대륙에서 둘도 없는 발리스타를 제마국에서는 보유하고 있기 때문에 수 없는 침략을 견디고 현재까지 올 수 있었든 것이다. 바칼, 요란, 붓다이 3국 중에 붓다이가 아니면 나머지 2개 왕국은 크게 반감이 없다. 이제 선박에 운송중인 강철 무기가 지급되면 더 이상 걱정할 이유가 있을까? 3국 연합도 아마 더 이상 붓다이의 주도대로 움직이지는 않을 것이다. 자국의 안전을 위해서 말이다.

해적들도 뱃길에 대해선 이골이 난놈들인지라 클로 해협의 상세한 길도 알고 있다. 그래서 기습의 효과는 높이고 발리스타의 효력은 감소시킬 수 있는 클-로 해협을 기습 장소로 정하고, 지금 그 인근에 230척의 해적선을 군집시켜 기다리고 있는 중이다. 마침 안개까지 해적들의 편인지 잔뜩 끼어서 시야가 30m도 못 미치는 최적의 자연현상이 기습작전을 돕고 있다. 그러나 제마국의 함선에는 무신이라 불려도 손색이 없는 천인이 타고 있으니 그 결과는 두고 볼 일이다. 그때 선실에서 볼리아에게 중급 마법에 대한 교수를 하던 무라카가 갑자기 일어선다.

"아빠 왜요? 무슨 일?"

"응 해적들 같은데 어디 확인을 해볼까?"

침상에 정좌로 앉는 것을 본 볼리아가 밖으로 나와 소주를 찾는다.

"네 부르셨습니까? 공주님?"

"어머 누가 알려줬어요? 제가 공주란 것을?"

"윽! 그럼 진짜 공주? 마마 전 마땅히 부를 말이 없어서 황공하옵니다. 마마"

"쉿! 그것은 비밀로 해요. 그리고 아빠가 해적들이 보인데요. 선단의 속도를 감속하세요. 반의반으로요."

"헉! 해적? 그럼 안개 지역에? 기습? 억 잠시만요. 명령을 전달하고 오지요."

후다닥! 번개같이 선장실로 달려간다. 안 그래도 염려하든 놈들이다. 일렬종대 대형의 선박이 선두가 속도를 갑자기 줄이자 뒤 따르는 나머지는 자동이다. 상황을 전달하고 달려오니 무라카가 기다리고 있다.

"소가주님 선단이 안개 속에 230척이 꼼작도 안하고 모여 있네요. 선박 모양이 좀 특이합니다. 크기도 작고 좀 날렵하게 생겼다고 할까? 해적들이 맞는가요?"

"넵 맞습니다. 230척이면 그놈들 전체 선단수가 딱 그 정도 되죠. 연합을 해서 기다린다? 이 죽일 놈의 붓다이 놈이 해적들까지 손을 썼네. 휴~! 전 전대 선조 때에 지혜롭고, 아름다운 공주가 저희 왕국에 태어났었죠. 그분이 발리스타를 만드신 분인데, 붓다이 왕이 어떻게 알고는 자신의 후궁으로 삼으려고 사신을 보내고 안되니 협박을 일삼다가 결국은 전쟁을 일으켜 침략을 했는데, 그때 이미 발리스타를 100대 이상 만들어둔 우리 왕국에게 대패하고 왕도 그 전투에서 죽었죠. 그때부터 200년 동안을 원수가 되어 지금까지 수도 없이 침략을 헉 헉 지금 이럴 때가 아니지 황공하옵고, 꼭 한번 만 도와주시면 저희 제마국의 은인이 되옵니다. 부탁?"

이미 무라카는 사라지고 없다. 보고 있는 상태에서 말이다.

(소 가주는 전함을 준비하고 기다리다가 도망쳐오는 해적선들을 모조리 전멸시키시오. 곧 그쪽으로 도망치는 해적선이 있을 것이오.)

"캑 이것은? 억?"

"왜요? 아빠가 소주만 들리게 심어로 하셨나봐. 호호 머릿속이 막 울리죠? 호호호"

"넵 공주님 아차! 빨리 명령을 이행 황송합니다. 제가 정신이."

후다닥! 선장실로 날라 간다. 발이 안보일 정도다.

"전 함선 전투준비! 전투준비! 곧 해적들이 도망쳐 나올 것이다. 이 기회에 전멸시킨다. 알았나?"

"넵 전 함선 전투 준비하라!"

선미에 있는 수기 신호수가 신호를 보내자. 순식간에 반원 방어진을 구성한다. 26척 중화물을 실은 선박을 제한 나머지 전체 선박이 일사 분란하게 움직인다. 그러자 안개 너머 저쪽의 바다에서 불이 활할 타오르는 것이 보인다. 바다 전체가 갑자기 태양이라도 다시 떠오른 것 같은 현상이다. 그리고 비명소리가 이곳까지 들려온다. 생 연옥이 펼쳐지고 있는 것이다. 230척이 사이좋게 옹기종기 모여 있었으니 그것이야 말로 마법의 밥이다. 단 한척도 하늘에서 갑자기 쏟아지는 불비(火雨)세례에 벗어나지 못하고 아비규환이 펼쳐진 것이다. 어떻게 된 불이 물을 퍼부어도 꺼지지 않는다. 배 뿐만이 아니다. 사람의 몸에 붙은 불도 마찬가지 불이 붙어서 반파된 해적선 두 척이 도망을 쳐온다. 죽기를 각오하고 탈출한 두 척인데 달아날 수 있는 방향이 딱 이쪽 방향뿐인 것이다. 그것을 알면서도 '애꾸눈 클로' 두목이 확승(確勝)을 장담하면서 매복한곳이 지금 연옥의 바다가 되어 있다. 도망쳐 나온 두 척은 바로 고슴도치가 되는데 10초도 안 걸렸다. 전멸 인 것이다. 바다에 뛰어 들어서 살아남을 확률은 0%이다. 그 두 척 외에는 도망쳐 나오는 해적선도 없다. 잠시 후 갑판위에 나타난 무라카의 표정이 별로 밝지 못하다. 아무리 해적이지만 너무 많이 죽었다.

"소가주님 해적들의 가족은 당신이 알아서 처리하시오. 좀 기분이 묘하군요. 어제 마셨던 그 술이나 한 병 보내주시오. 크-흠!"

"네-넵 바로 대령해 드리겠습니다."

제마국

크로스 아르메니아 대륙에 겨울이 다가오고 있다. 대륙의 북쪽 끝에 위치한 제마국에도 낙엽이 우수수 떨어지는 초겨울이다. 이곳 계절로 쉬는 철, 즉 휴면기인 것이다. 왕궁의 별채를 통 채로 전세 낸 무라카 부녀는 이른 아침에 정원로를 거닐며 산책을 하는 중이다. 붓다이 왕국은 어찌 되었냐고? 완전히 사라졌다. 단 하룻밤 사이에 왕족이 사라진 것이다. 왕족에 왕자만 들어가도 모두 행성 밖으로 퇴출되었다. 원인은 이웃 왕국을 정당한 명분도 없이 200여 년간을 침탈하려고 어린 백성들의 고혈을 빨고 젊은이들의 피를 흘리게 한 죄를 물어 징치한 것이다. 역사를 거슬러 올라가 200년 전에는 이쁜 여자에 미쳐서 국정에 신경은 안 쓰고 여자 쟁탈전을 벌인 오만 무도한 선조를 둔 죄. 그리고 온갖 음모로 해적들까지 돈으로 회유하여 이웃왕국의 정예 군사들을 기습 한 죄. 세상에 거짓 소문을 퍼트려서 이웃 국가를 철천지원수의 나라로 날조하여 국민들을 속인 죄. 더 이상 살아 있어봐야 백성들의 평화, 행복 같은 것에는 관심도 없는 놈이 계속 왕좌에 앉아 나쁜 일만 획책 하겠기에 모든 왕족의 씨들은 아예 말살시키기로 한바, 추후 다시 왕좌에 오르는 자는 이러한 사실을 명심하여 국민들의 안정, 평화, 행복에 책임 있는 국정이 되

도록 노력할지어다. [天皇]

이러한 방문이 왕이 앉았던 의자에 붙어 있고 하룻밤사이에 군 수뇌부 일부와 왕족은 아침 태양을 보지 못하고 싸늘한 시체로 남아 있는 대 참사가 일어난 것이다. 슖처 후작은 간담이 녹아내리는 듯한 경험을 했다. 그리고 [天皇]이 무슨 뜻인지 알려고 모든 방법을 동원해 보았으나 결국 포기하고 말았다. 제마국 국왕께 잘 간언을 드려서 별궁을 통째로 무라카 부녀에게 무기한 무대가로 전세를 내어 드린 것이다. 소식을 접한 바칼과 요란 왕국은 난리가 났다. 자기들에게 불똥이 튈까봐 전전긍긍인 것이다. 하루 밤사이 한 왕국의 실세들이 빗자루로 쓸어 담듯이 청소가 되어 버렸으니 오죽하랴? 천 년 전의 전설이 재현 되는 것이 아닌지 근거 없는 소문이 태풍으로 변해가고 있는 것이다.

"볼리아야 우리 이제 떠나야 할 때가 된 것 같다. 제마국에도 평화가 찾아왔고 우리는 살펴야 하는 것들이 많지. 3개의 제국도 그렇지만 와이번을 타고 전쟁을 치루든 왕국에도 가봐야 하고, 무엇보다 남서쪽 끝의 크리스탈 산맥을 탐사해 보는 것도 중요한 일이거든."

"네 아빠 그래요. 아빠 뜻대로 하세요. 전 아빠 곁에 있는 것만으로도 행복해요."

"허허허 오냐오냐 귀여운 내 딸 이번엔 '래드와이번 제국'과 '샤넬 타이거 제국'을 지나서 크리스탈 산맥으로 향할 것이다. 긴 여정이지 내가 스키라 산을 떠난 지 벌써 3년이 지났구나."

"어머 벌써요? 아빠 그런데 왜 저는 애기가 생기지 않는 거죠? 아빠가 해준지 1년이 넘었는데요. 힝!"

이-크 이것 또 곤란한 문제가 그 동안 신경을 쓴다는 게 자꾸 친딸처럼 느껴지고 여인으로 안 보이니 그것이 문제로다. 엔젤이 시기를 넘기면 불임이 된다고 신신당부를 했는데 아이쿠! 이 머리통 폼으로 달고 다니는가? 가만 그럼 벌써 시기를 놓친 것이잖아? 이론? 이럴 땐 이야기 방향을 일단 우회전으로 돌려놓고, 깊이 반성해야 할 것 같다.

"험험 그건 나도 잘 모르는데? 나보다 네가 여자니까 더 잘 알 것 같은데 아닌가?"

"그거야 당연하죠. 딱 한번 밖에 안 해줬으니 그렇죠. 매일매일 해 줬으면 벌써 낳아서 엄마소리 듣죠. 헤헤헤 아빠 내일 출발해요. 오늘은 시내구경 좀 더 하고요. 그리고 밤에는 애기도 만들고요. 키키킥"

"끙 너 상당히 세련되었다. 부끄러워하지도 않고 아침부터 에-잉"

"히힛 그냥 좋아서요. 그 기분 얼마나 좋은지 아시면서 씨!"

시녀들이 벌써 정리를 한 듯. 잘 정리된 내부를 둘러보고 씻고 식사 하러나 갈까하는데 노크소리와 함께 시녀가 들어온다. 찻잔을 들고 온 시녀가 다소곳이 인사를 한다.

"안녕히 주무셨는지요. 식사 언제쯤 올릴까요?"

"식사를 어디서 하는데요?"

"저 말씀 편히 해주세요. 식사는 저희가 여기에 차려 드립니다. 무엇이든 원하시는 데로 모시겠습니다."

"오 그럼 30분 후에 식사 할게요. 좀 씻고요."

"네 30분후에 식사 준비 하겠습니다."

시녀가 나가기도 전에 볼리아는 옷을 벗는다. 샤워를 하려는 것이다. 아빠 앞에서 옷 벗는 건 이제 일상인데 시녀가 보기엔 이상하게 보이는지 얼굴을 붉히며 밖으로 사라진다.

"아빠 같이 씻어요. 네?"

"오냐 그러자. 그런데 너 다른 사람 있을 땐 조신 하거라. 아무리 시녀지만 보는 눈은 있잖아?"

"헤헤 뭐 어때서요? 같은 여자인 걸-요."

식사 준비는 간단히 끝났다. 네 명의 시녀가 커다란 식탁을 들고 들어서니 식탁위의 갖가지 음식들이 맛 나는 냄새를 풍긴다. 한 명의 시녀는 나가지 않고 지켜 서있다. 시중을 들 모양인가?

"같이 식사 할래요?"

"헉 아 아녜요. 심부름 시키실 일 있으면 저 밖에 대기하고 있으니까 부르세요."

"네 알았어요. 같이 식사해도 되는데 음식도 이렇게 많은데 아빠 그렇죠?"

"그렇네. 둘이 먹을 음식으론 과하다 열 명도 먹을 수 있겠다."

"아빠 많이 드세요. 저도 많이 먹을게요."

위기는 또 다른 기회가 잠시 모습을 바꾼 것이라 했다. 저녁이 되기를 기다리는 볼리아와 오늘 밤의 위기를 어떻게 피해서 자연스럽게 넘어 갈지를 궁리하는 아빠의 마음 서로 상반된 마음으로 시내를 둘러보는 하루는 길다. 평화로운 사람들의 밝은 표정들 그리고 왕궁내의 분위기도 안정되어 이제는 더 이상 제마국에 있어야할 이유가 없는 것이다. 그렇다 어둠이 내리면 떠나자. 그러면 이 위태로운 상황도 자연스럽게 모면 할 수 있잖은가? 왕궁 도서관에서 여러 가지 자료를 찾아보는 중에 결심을 한 무라카는 서둘러 별궁으로 향한다. 뒤를 졸졸 따라오는 볼리아는 아빠의 표정이 바뀌는 것이 수상한 일을 하기위한 준비 행동이란 것을 눈치 챘다.

"아빠 어딜 가시려고요? 설마 지금 떠나자 뭐 이런 건 아니죠?"

"억 어떻게 알았어? 야 너 여우가 다 되었다. 그새 말이야."

"엥? 여우요? 갑자기 여우가 보고 싶어진 거예요?"

"그 여시 말고 요 여우 말이야."

콧잔등을 톡톡 눌러주면서 시선을 맞추자. 배시시 웃는다.

"힝! 내일 출발하기로 했잖아요. 그런데 지금 왕궁엔 아무런 통보도 없이 사라지면 그건 도망치는 거라고요. 슐쳐 후작에게 라도 얘기를 하고 떠나야지요."

"아! 그렇군. 도망친다? 그렇게 되는군. 좋아 내일 아침에 당당하게 정문을 통해서 떠난다. 네 말이 맞다."

"그 봐요. 아빠 얼굴만 봐도 무슨 생각 하시는지 다 보여요. 히힛"

"그래서 여우가 다 되어 간다고 한거야. 이 귀여운 여우야."

"피-! 그래도 꼬리는 없어요. 저는"

"어-흠 꼬리가 생기기 시작하면 안 되지. 내 딸이 여우가 되는 것도 싫은데 말이야."

"그럼 저 여우 안할래요. 그냥 예쁜 아빠 딸 볼리아인걸로 만족! 대 만족이에요 호호호"

그때 슐츠 후작이 급히 다가오는 것이 보인다. 뭐가 그렇게 바쁜지 종종걸음에 표정은 시시각각 변하는 카멜레온 같다.

"아 여기 계셨군요. 국왕께서 뵙기를 원하십니다. 그동안 편하게 쉬셨는지요?"

"국왕이? 바쁘신 분이 웬일로 나그네를 청하죠?"

"아! 오신 날부터 뵙기를 바라셨는데 제가 말렸지요. 피로가 어느 정도 풀리신 후에 뵈라고요. 아직 젊으시고 패기가 넘쳐서 좀 급하신 편인데 그래도 잘 기다려 주신 거라고요. 허허허 지금 가실까요?"

"뭐 그러죠. 피차 시간을 절약 하는 것이 좋겠죠?"

그냥 떠나 버렸으면 욕먹을 뻔했다. 젊은 친구가 그렇게 보고 싶어 한다면 만나는 봐야지. 본 궁으로 들어서니 문무백관 중신들이 다 모인 듯하다. 넓은 회의실이 귀족들로 꽉 찼다. 보아하니 슐츠 아저씨가 양념 넣고 간 맞추고 다 해놓고 부른 모양이다. 가장 상석의 높은 의자에 앉아 있는 젊은 왕이 유심히 무라카 부녀를 살핀다. 슐츠의 안내로 왕좌의 정면에 서게 된 무라카 부녀. 왕이 의자에서 벌떡 일어나 내려온다. 그냥 뜨내기 나그네에겐 과분한 예우를 취하는 것이다.

"오 그대들이 후작이 얘기하던 영웅들인가? 짐이 그대들 같은 영웅들을 보게 되어 무한한 영광일세."

"저희들 같은 나그네가 제마국의 국왕전하를 뵙게 되어 영광입니다. '구루 무라카 세바스찬'이라 합니다."

"구루 볼리아 세바스찬입니다. 영광입니다 전하"

"짐은 '제마 제국장'이라는 이름을 갖고 있소이다. 아직 경륜이 짧고 재주도 일천하여 우리 백성들이 고생이 많지. 두 분 영웅께서 힘없는 제마국을 구해주셔서 무어라 치하를 해야 할지, 원하는 것이 있으시다면 말씀들을 해주시게. 무엇이든지 들어드리리다."

두 손을 마주잡고 저자세로 얘기하는 젊은 국왕을 보니 성격이 급한 것이 아니라 아주 솔직하다는 것이 맞는 말이다.

"전하! 대소신료들 그리고 신하들이 보는 자리이고, 우리는 나그네 입니다. 너무 과분한 말씀은 과례이오니 삼가주시고, 별궁까지 내어 주시고 편히 쉬게 해 주신 것만으로도 충분합니다."

"오늘 이렇게 귀족들을 불러 모은 것도 다 두 분에게 입은 은혜를 조금이나마 갚자는 의미이니 받아 주시구려. 슐츠 후작 두 분을 자리로 모시게."

슐츠의 안내로 중앙상석의 자리에 앉았다. 좌석 배치도 부담스러운 위치이다. 도대체 무슨 얘기를 하려고 이러는 것인지 원.

"전하 보고올린 말씀대로 두 분이 바다를 건너는 중에도 해적의 기습을 미리 알아채고 무라카님의 초인적인 능력으로 전멸 시켰으며, 또한 마젤란 제국 내에서도 붓다이의 정예 장 창병들이 300기가 기마로 기습해 왔으나 단 한명의 피해도 입지 않고 전멸 시킬 수 있었던 것도 무라카님의 천신 같은 능력에 힘입었기 때문입니다. 또 포롤 군도에 당도하기 전에 클-로 두 마리가 우리 함선을 공격해왔는데 두 마리 중 큰놈은 무려 70m가 넘는 놈이었지만 무라카님의 단 두 번의 공격에 머리가 파괴되어 잡았습니다. 나머지 한 마리는 새끼였는지 무조건 도망치는지라 그냥 보내주더군요. 이러한 일을 겪으면서 소신 슐츠는 태어나서 처음으로 하늘위에 하늘을 봤습니다. 지금도 그 생각만 하면 온몸이 떨리는군요. 이에 청원하는바 두 분께 공작위를 제수하시고 제마국의 수호신으로 받들어야 한다고 사료 되옵니다."

"자! 짐은 세 번이나 듣는 보고 내용이로군. 어떤가 여러 제위들은 슐츠후작의 의견을 잘 상의해서 짐이 두 분 영웅께 누가 되지 않는 포상과 치하를 할 수 있게 해 주시게. 어-흠!"

잠시소란이 인다. 그런 가운데 한 귀족이 손을 들어서 발언권을 소청한다.

"소신 트라우마 백작이 한 말씀 올리겠습니다. 정말 위대하신

두 분을 뵙게 된 것을 무한한 영광으로 생각합니다. 꾸-뻑! 전하! 소신의 짧은 소견으로는 공작위만 제수하신다고 무엇이 달라지겠습니까? 두 분께선 이미 마젤란 제국의 귀족이신데요. 그러하니 명예 공왕 위를 제수하시고 합당한 황금으로 포상을 하심이 합당 하다고 사료되며, 또 이번 기회를 통해 저희 왕국과 좋은 인연이 이어지길 바라는 뜻에서 가능하면 혈연으로 맺어질 수 있는 방안을 논의 해 보심이 좋을 듯 싶습니다. 전하!"

"마젤란 제국의 귀족 분이라니? 그 얘긴 금시초문이 아닌가? 슐츠 후작 짐에게 그런 중요한 얘기를 왜 보고 하지 않았는가? 이런? 어-흠!"

"소신도 처음 듣는 얘기 이옵니다. 전하"

가만히 듣고만 있던 볼리아가 일어선다. 그리고 깍듯이 국왕에게 궁중 예를 취하면서 고개를 숙여 보이고는,

"네 전하 미쳐 신분을 밝히지 못한 점 송구스럽게 생각합니다. 제가 제국의 공작위에 있었던 '구루 볼리아 세바스찬'입니다. 현재는 세계의 모든 대륙을 여행하고 있는 나그네 신분이지만, 지난날 많은 세월을 마젤란 제국에서 보냈지요. 이제는 공작 위를 황제에게 반려하고 아빠와 같이 여행 중이오니 그냥 편하게 대하셔도 됩니다. 그리고 구태여 포상을 하시지 않으셔도 고맙게 생각합니다. 지나는 인연이지만 왕국을 통치하시느라 바쁘신데 우리에게 신경써주시는 것만으로도 충분합니다. 전하"

컥 대륙의 전설 볼리아 공작이라니! 나이불문 신위불문의 그 소드 마스터? 대륙 제일의 검사라는? 갑자기 실내에 찬바람이 부는 것 같은 느낌이다. 숨소리조차 들리지 않는 고요함! 침 삼키는 소리가 여러 곳에서 들린다.

“오호! 짐이 어렸을 때부터 얘기로만 듣던 바젤란 대륙의 전설! 볼리아 공작님이 오호! 이런 영광이 이런! 그동안 너무 소홀이 대한 점을 용서 하십시오. 감히 일개국왕이 포상 운운할 그런 분들이 아니시군요. 이런 결례를?”

“전하 말씀만으로도 충분합니다. 그리고 내 딸아이와 이렇게 바다도 무사히 건너오고 또 오는 동안도 융숭한 대접을 받았고, 그러면 된 것이지요. 앞으로 백성들이 평화스럽고 안정된 삶을 살 수 있도록 해주시고, 또 행복한 왕국이 되도록 노력해 주신다면 그것으로 우리는 좋은 인연인 것입니다. 동방대륙이 현재도 전쟁 중인 나라 가 있더군요. 백성들은 피를 흘리든지 말든지 더 가지려고 안달이 난 버러지 같은 정치인들 때문에 대륙이 더러워지는 것은 제가 절대 용납을 못합니다. 국민의 노력으로 얻는 재원을 마치 자신을 위해서 인 듯이 착각하는 왕이나 황제들! 그리고 가계들! 모조리 청소를 해 버릴 것입니다. 우리 부녀에게는 신경 쓰지 마시고, 치국에 심력을 기울여서 국민들이 행복한 왕국이 되시기를 바랍니다. 우리는 내일 아침 조용히 떠나겠습니다. 전하 자리를 마련해 주셔서 고맙습니다. 여러 귀족 분들도 만나서 반가웠습니다. 그럼”

무라카와 볼리아가 일어서서 왕에게 고개를 숙여 보이고 밖으로 나온다. 실내의 모든 이들이 존경과 두려움이 섞인 눈으로 바라보고만 있다. 슐츠가 왕에게 다가가서 몇 마디 보고를 하더니 손살 같이 두 사람이 사라져간 방향으로 달려간다. 잠시 후 왕을 위시한 실내의 인원들이 긴장이 풀리는 듯 씨-끌 씨-끌 소란해진다. 그냥 보내면 안 된다느니, 어쩌느니 등등 그러거나 말거나 두 부녀는 손을 꼭 잡고 별궁으로 향하고 있다. 내일아침 식사 후에 떠나기로 결론짓고 도란도란 얘기를 나눈다. 엄청나게 부담스러운 이런 자리는 만금을 준다 해도 싫어하는 아빠임을 잘 아는 볼리아는 조잘조잘 아빠의 기분을 풀어 드리려고 노력중이다. 궁둥이만 무거운 자식들 왕궁 안에서 입만 놀리는 주제에 무슨? 쩝

"아빠 이런 일 무지 싫어하시죠? 그렇죠?"

"웅 궁궐에만 쳐 박혀서 입으로만 나불대는 놈들이 뭐가 이뻐겠냐? 차라리 농부들이 훠~얼씬 더 낳지. 암!"

"호호호 한 가지 배웠네요. 아빠말씀이 백번 옳은 말씀! 저도 이제야 조금 알겠네요."

"그렇지? 볼리아! 세상은 가만히 둬도 잘 돌아가게 되어있어 '有治人 無治法'이란 말이 있어. '어지러운 나라는 없고, 다만 어지러운 사람만 있을 뿐'이다. 라는 말인데 조금 이해하기 쉽게 얘기하면 나라는 있는 그대로 잘 돌아가는데 괜히 말썽 많은 정치인들이 이러쿵! 저러쿵! 시-끄-럽-게 입만 놀려서 일을 만드니 꼭 나라가 시끄러운 것처럼 착각을 불러일으키는 것이다. 이런 말이야."

"와-! 짝짝짝! 맞아요. 아빠는 역시 천재야! 그런 말은 어떻게 만들어요? 아빠 저도 좀 가르쳐 줘 용!"

"어허 내가 만든 말이 아니라 지혜로우신 선조님들이 남기신 말씀이야, 기억해 뒀다가 애기한테 교육해 알았지?"

"얏-호! 그럼 먼저 애기부터 만들어야지요. 아-빵!!"

"------!"

"엥? 왜 대답이 없으실까?"

"아가야 그런 말은 말이다. 조용히 둘이서만 얘기 해야지 듣는 사람 있을 때 그런 얘기를 큰 소리로? 에-공 챙-피!"

“히히힛 아무도 없잖아요. 어? 아빠 저 뒤에 나라를 시끄럽게 하는 놈이 쫒아오는데요?”

“하-! 가만히 두지를 않네요, 저것들이 썅!”

“어머머머 호호호 후-아! 키키 킥 캑캑!”

숨이 넘어간다. 얘가 와 이라노? 코미디 한 것도 아닌데?

“후-아! 후아 아빠 웃겼어. 후후후 아빠도 그런 말 할 줄 아시네. 히히힛!”

“아니 그런 말 이라니?”

“히힛 썅!”

“엥??”

“아빠 그거 욕 아니예요?”

“맞아 쌍소리지. 대상이 없을 때 혼자 하는 욕된 말이지 허허”

“우와! 아빠 그 말 하시니까 멋져 버려요.”

“무어? 그럼 가만히 있을 땐 안 멋지고?”

“우-헤헤헤헷 가만히 계셔도 멋지고요.”

“그 말이 그렇게 웃어 운건가?”

“네 재미있어요. 재밌는 말이예요. 발음도 쎄고, 박력도 있고, 저 완전히 반했어요. 아빠 한테요.”

“하 하 하 하 하!”

“호 호 호 호 호!”

별궁으로 돌아오니 시녀 하늘이 쪼르르 따라온다. 왕궁에 다녀오셨으니, 무슨 일인지 감을 잡고 있는지 기대감이 넘치는 표정이다.

“하늘아 어느 누구도 내일 아침까지 별궁 출입금지다. 알았지?”

“넵 근위 기사들에게 단단히 일러둘게요. 그리고 식사는 어떻게 하시려고요?"

"음 식사는 신경 쓰지 마! 배고프면 우리가 알아서 밖에 나가서 먹고 오지 뭐."

"네 알았어요. 소인 물러갑니다."

내실로 들어오자마자 와락 안겨든다. 이제 보니 말 한마디에 흥분했나보다. 이러면 곤란해지는데 또 환상 마법으로 위기를 벗어나야 되나? 그렇지만 계속 마법이 대안이 아니다. 그리고 이 녀석도 이제는 마법 실력이 발군이라 자칫 눈치 채면 실망이 대단할 텐데 말이다. 아빠 옷을 단번에 벗겨 버리는 볼리아. 그기에 다가 자기 옷도 훌렁훌렁 벗어 던지고는 어? 하는 순간에 이미 아빠의 그것이 볼리아의 입속에 있다. 이-크! 이-런? 과제를 다 해결한 후에 어떤 결론을 내리리라 했는데 이 녀석은 당연하다. 이미 환상 마법으로 체험을 했으니 알건 다 안다. 아이쿠! 진짜 강적은 볼리아이다. 그래 천천히 애무나 하다가 기회를 봐야지 원. 그러나 그것은 몇 초간의 착각임을 금방 알게 되었다. 착각도 푼수가 있게 해야지 말이다. 단번에 업어치기로 침상에 나가떨어진 아빠를 깔고 앉은 볼리아! 얼굴이 빨갛게 달아오른 것이 잘못하면 애하나 잡게 생겼다. 그런데 이놈은 역시 주인의 말을 듣지 않는다. 스승의 말씀 능력이 확실히 작용하는 모양이다. 빳빳하게 천정을 향해 솟아있는 이놈의 모양새가 영 억! 벌써 볼리아에게 침노 당했다. 얼굴을 살짝 찌푸리는 듯 하드니 그대로 진행형이다. 통증이 있을 텐데 분명? 넘쳐흐르고 있었다면 약간의 통증밖에는 느끼지 못할 것이다. 때 아닌 대낮에 별궁의 내실에서는 열기가 몰아치는 사건이 그렇게 일어났다. 마음껏 휘두르는 두 초인의 대결 아닌 대결은 볼리아의 일방적인 승리로 끝이 났다. 대결은 두 시간이 지나서야 겨우 막을 내렸다.

"아빠 사랑해요. 사랑해요. 사랑해요."

"웅 웅 웅 나도 사랑해!"

"그런데 이상해요 오늘도 아프네요?"

"으음 너무 오랜만이라서 그런가 보다."

"------?"

깊은 키스로 일단 거짓말 탐지기를 피하고 그리고 부드럽게 쓰다듬이로 무마 하려고 하는데, 들통 나는 것은 시간문제인 것이다.

"어머머머 피가 흐르네. 아빠이거 왜이래요. 지난번에도 그랬는데."

"억! 글-쎄? 너무 과격하게 해서 그런가 보구나. 볼리아야! 그걸 검술 대련하듯이 하는 법이 어딧-노?"

"헤헤 그래도 좋은 걸요. 전 아직 제대로 할 줄 모르잖아요. 아빠가 가르쳐 주셔야 알지요."

"오냐 오냐 기왕지사 잘 가르쳐 주도록 하마. 실습을 통해서 배우는 것이 제일 빠르지. 음"

"저 잠깐 씻고 올게요. 아빠."

"어? 어! 안 된다. 가만히 있어라 내가 치료해 줄 테니 '리-커버리!' 이젠 씻어도 된다. 샤워해. 쪽!"

"네 아빠 또 해 주실거죠? 씻고 오면요."

"오냐 그래 나도 씻어야지 큼!"

하여간 거짓말 하나를 위해 거짓말이 벌써 몇 개야? 옛말이 틀린 말이 없다더니, 에-공! 결국은 이럴 것을 거짓말 하나를 정당화하려면 100가지의 거짓말이 필요 하다드니 그 말이 실감이 난다. '늦바람이 무섭다든가?' 또 '중이 고기 맛을 알면 부뚜막의 파리가 남아나질 않는다.'는 속담처럼 새벽이 다 되도록 후손 보기 공사는 계속 되었다. 침대커버를 벗겨서 불살라 버리고 완전히 기절해서 잠들어 버린 아이를 조심스럽게 안아서 다시 이불을 덮어주고는 조용히 명상에 빠져든다.

늦은 아침식사를 하고 배낭을 메고 왕궁정문으로 나오니 후줄근한 표정의 슐츠 후작과 몇몇의 귀족들이 대기하고 있다. 얼마나 오래도록 기다리고 있었던지 모두들 지친 기색이 역역해 보인다. 후작이 커다란 배낭을 내민다.

"여행에 쓰시라고, 조금 챙겨 넣었습니다. 즐거운 여행되시길 기원 합니다."

"네 감사히 받도록 하지요. 또 인연이 되면 뵙게 되겠죠. 여러분 모두 건강하시고 행복 하십시오."

기사 한명이 흰 백마를 두 마리 끌고 온다. 아마도 명마이리라. 왕이 내리는 하사품이니 말이다. 그렇게 왕궁을 떠났다.

(여행자!)
아무런 미련도 남기지 않고 뒤돌아보지도 않는 여행자여,
어디로 갈 것인가?

길가에 핀 한 송이 들꽃에게 길을 묻고,
바람을 타고 공중을 나르는 새들에게 방향을 물어라.
기쁜 일은 큰 달에게 얘기하고,
슬픈 일은 작은 달에게 얘기하며
사랑하는 사람과 함께
산 넘고 물을 건너라.

그리고 곤할 때는 님의 가슴에 얼굴을 묻어라.
방랑자여!
누가 그대들을 멈추게 할 것인가?
잠시 들렸다 가는 곳마다
평화와 행복이 넘쳐나리라.
등 뒤에서 불어오는 바다 바람이
휘돌아 구비 쳐 부딪히는 곳.
그 곳이 나그네가 쉬어가는 쉼터.
그 곳이 지친 말이 잠시 숨을 돌리고 풀을 뜯을 수 있는
곳이 되리라.

-여행자 일기 중에서-

역시 명마는 뭔가 다르다. 어떻게? 속력 1.5배는 빠르다. 그리고 쉬 지치지 않는다. 지구력이 뛰어나다는 것이다. 그리고 타고 있는 사람의 입장을 고려 할 줄 안다고 해야 할까? 하여간 불편하지 않도록 스스로 알아서 평지를 골라서 달린다. 두 마리가 남매간인지 보조를 잘 맞춘다. 단지 문제는 사람에게 있다. 볼리아가 같은 말에 타기를 원한다는데 있다. 어쩔 수 없지 뭐 원하는 대로 해야지. 첫 노숙을 하게 된 장소는 강가에서 100여 미터 떨어진 구릉지대이다. 평원에서는 보이지 않는 움푹 들어간 안에 슐츠가 말에 실어준 짐들을 풀어보니 멋진 천막이 있고 다른 말에는 바닥제와 덮을 수 있는 침낭이 있다. 녀석이 제대로 야영을 해봤는지 꼼꼼히 챙겨서 실어 놓은 것이다. 신경 많이 썼군. 또 녀석이 준 배낭 안에는 며칠은 먹어도 충분할 정도의 육포와 빵 그리고 '인어의 눈물'도 한 단지 들어있다. 그리고 가죽 주머니 안에는 값비싼 보석이 가득 들어있다. 경비로 사용하라는 베려이

리라. 말의 이름을 '스피드'라고 부르기로 했다. 내가 탄 수놈을 원, 그리고 볼리아 전용 암놈을 투라고 부른다. 놈들은 말을 잘 알아듣는다. 갈퀴를 쓰다듬으면서 이름을 얘기해 줬더니, 히히힝! 하면서 알겠다는 듯이 응답을 하더니 실재로 알아듣는다는 사실을 확인했다. 원 과 투의 발음 차이를 명확히 구분 할 뿐만 아니라 눈치도 99단이다. 노숙을 할 때는 고삐를 풀어놓는데 자기들끼리 새끼 만들기를 하는지 어쩌는지 안 보이는 곳으로 가서 풀을 실컷 뜯고는 천막을 걷을 때쯤 돌아온다. 풀도 마른 풀 밖에는 없는데 말이다. 물은 또 얼마나 잘 찾는지 사람이 배워야 할 정도이다. 벌써 겨울 즉 휴면기라 초장은 푸르지 않고 말라서 삭막하다. 그래도 이놈들은 아주 잘 알아서 해결을 한다. 명마는 많이 다르다는 사실을 처음 알았다. 주인과 서로 통한다고나 해야 할까. 인어의 눈물을 개봉해서 몇 잔 마시고 나니 하늘의 이리나 자매도 보이고 수많은 별들도 모두 인사한다. 이 정도면 노숙이라기 보단 집을 통째로 가지고 다니는 여행이다. 침대도 접이식 나무 침대인데 두 뭉치를 결합하면 잠자는 데 큰 불편이 없을 정도이다. 그만큼 잘 만들었다는 얘기다. 지구의 군용침대보다 훨씬 우수하다. 어떻게 만들은 것인지는 구태여 설명을 생략한다. 피로가 말끔히 가신 듯한 기분으로 주변의 짐승들의 유무를 살펴본다. 많지 그렇지 크고 작은 야생 동물들이 꽤나 많다. 뭐 식량 걱정은 안 해도 되겠다. 그러나 할 일은 여전히 남았다. 후세를 위해서 말이다. 은발에 파란 눈 그리고 뽀얀 피부 이것은 100% 가지고 태어날 것이다. 아직 만들지도 못했지만 말이다. 외형이 쌍둥이 같은 부부이니 두 말하면 잔소리다. 헐! 별 생각을? 천족들이 천년이 흐른 지금까지 그 자취가 없다면 자폭 장치를 작동시킨 함선의 결단에 순응해서 모두 사라져 버린 것일까? 아니면 깊은 산속에 숨어서 남은 여생을 살다 간 것일까? 그들 스스로 택하지 않은 이상 이 땅의 그 어느 누구도 그들의 인생에 개입될 수는 없었을 것이다. 다 사라져 버렸다면 구태여 이제 와서 그들을 찾을 필요가 있을까? 어쩌면 이것은 핑계이고 남아도는 시간동안 탐구심으로 이 땅의 모든 것을 알아보고 싶은 것이 진짜 이유가 아닐까? 무라카여 솔직해지자. 이제 와서 후손을 본다치자. 그러면 그 아이는 어떻게 살아가나? 종이 다른데 말이다. 껍데기는 비슷하기는 한데 그냥 섞여서 살아가는 법을 어렸을 때부터 가르친다면 그러면 가능해 질까? 진화의 후퇴 정체? 뭐 아니면 말고 지금 우리나 행복해지자.

"볼리아?"

"네?"

"여태 내 얼굴만 그렇게 빤히 보고 있었어?"

"네 아빠 뭘 그렇게 생각하시는지 자꾸자꾸 바뀌는 표정이 너무 재미있어요. 하루 종일 쳐다봐도 재미있을 거예요."

"하하 그래 이리와 귀여운 것 쪽!"

"아-잉! 저 옷 벗겨줘요-옹"

"웅 또? 그래그래 그러지 뭐~음"

말랑 말랑한 볼리아의 혀는 아무리 빨아도 단물이 계속 나온다. 이제는 마음 놓고 질러대는 신음소리가 더욱 흥분을 고조시킨다. 605살의 처녀가 서서히 여시가 되어가는 과정이다. 부녀간에서 남녀 간으로 바뀐 것이다.

"아-아-아흠! 아이 좋아 아-흥 사랑해요. 아빠 사랑해요!"

그렇게 이름 모를 강가 구릉지는 사랑의 축복이 흘러넘치는 행복한 장소가 되었다.

아침에 육포를 숄츠가 챙겨준 냄비에 넣고 물을 부어 끓여서 빵과 같이 먹으니 그 맛이 왕궁의 음식만큼이나 맛이 좋다. 떠날 채비를 챙기자 스피드 원, 투가 다각, 다각 다가온다. 녀석들 눈치는 사람 못지않다. 길은 평원이고 방향은 남서쪽이다. 도대체 얼마나 잘 달리는지 한 나절을 신나게 달려보니 진가를 알 것 같다. 그렇다면 어디한번 그 지구력의 끝이 어딘지 알아보자. 계속되는 최고 속력으로 달리기를 태양이 서쪽으로 모습을 감출 때까지 계속 되었다. 녀석들은 아직 지친 기색이 아니다. 다만 물을 마시고 쉬도 해야 하고 고픈 배도 채워야 하는 그런 일이 있을 뿐이다. 녀석들은 약간의 땀을 흘린 것 외엔 변화가 없다. 고삐를 풀어주자 녀석들은 물이 어디 있는지 아는 양 바로 달려간다. "푸르르르 히힝!" 시원한 물을 실컷 마셨다고 시원하다고 외치는 것일까? 우리는 천막을 치고 잠자리를 편다. 낮은 산이라도 만나야 사냥감이 있을 텐데.

트윈 오우거

다음날 고대하던 산이 보인다. 이제 씽씽한 고기 맛도 볼 수 있겠지. 산이 있으면 강이 있고, 물고기도 있을 테고 물고기에는 비타민이 많지. 특히 백인의 뽀얀 피부는 태양의 자외선에 약해서 피부가 망가질(?)우려도 있을 수 있는데, 이놈의 피부는 그렇지도 않은 가 보다 전혀 그런 낌새는 터럭만큼도 없다. 슈퍼맨의 D N A일까?

의심스럽다. 신체기능에 대한 자신감은 높은데 신체의 강도에 대해서는 아는 것이 전혀 없다. 상처가 생겼을 경우에 회복 속도가 어느 정도인지 화상을 입든지, 아니면 골절상을 입었을 경우라든지 이런 경우를 당해보지 않았으니 모르는 것은 당연하다. 시간은 많으니까. 앞으로 하나 둘 경험해 보지 뭐. 그렇다고 자해는 할 짓이 아니고 말이야.

"아빠 산이 보여요. 오늘 저기까지 갈까요?"

"그럴까? 꽤 먼 것 같은데?"

"히히 누가 먼저가나 시합 할까요?"

"아-서라 그러다 다칠라. 천천히 가지 뭘 서둘러?"

"헤헤 그럼 아빠 말에 같이 탈거야."

"오냐 그래 이리 오너라. 스피드 투 너는 따라 오너라."

"히히힝! 따각 다각 다각!"

"아빠 사랑해요!"

등을 기대면서 노래가 아빠다. 귀여운 나의 사랑 볼리아! 꼭 끌어안고 천천히 움직이니 노래가 나올만하다. 혼자타면 고삐 조종도 해야 하고 허리를 적당히 롤링에 맞추어야 하기 때문에 긴장이 어느 정도 되지만 아빠한테 기대면 굉장히 편한 모양이다. 조용할 때 보면 잠들어 있는 경우도 있다. 녀석 참 어렸을 때부터 같이 살았다면 아마도 절대 남자로 아빠를 보지는 않았을 텐데, 운명은 육체만 남기고 죽어버린 무라카 라는 천족의 황태자가 어떻게 살다갔는지 가는 곳마다 그 흔적들이 전설이 되어 구전되고 있으니, 그 시절의 무라카는 젊고 혈기가 넘칠 때이니 죄를 범하는 자들에겐 가차 없는 징치를 냉혹할 만큼 처리 했으리라. 무시무시한 무기를 가지고 말이다. 그러다가 단 한 번의 실수로 돌아오지 못했을 것이다. 어린 딸을 혼자 남겨둔 채!

"아빠, 아빠! 저 계속 궁금했는데 대답해 주실래요?"

"응? 뭘?"

"그 시공을 초월한자 라고 할아버지께서 말씀 하셨는데 그게 무슨 뜻이에요?"

"잉! 그거 무지 설명이 어려운데!"

"그럼 아빠는 원래 사람이 아니고 신이였어요?"

"끙,(땀이 삐질삐질 난다.) 음 나도 사람이었어. 바나 행성에서 아주아주 멀리 떨어진 우주공간에 말이다. 그러니까 얼마나 멀리 떨어졌나하면 우주선을 타고도 최고속력으로 한 백만 년 정도 날아가야 갈 수 있는 그런 먼 곳에 지구라는 행성이 있는데 바나 행성이랑 형제처럼 닮았어. 그 지구엔 100억 정도의 사람들이 살고 있거든 그 많은 사람 중에 한사람이 나야."

"어머 그럼 그렇게 먼 곳에서 어떻게 오셨어요? 절 만나러 오셨어요?"

"음 그래 예쁜 볼리아가 보고 싶어서 온 것이지, 너무너무 사랑해서 한순간에 뿅 하고 온 것이지 어-흠!"

"피-이 순 엉터리 그래도 기분은 좋아요. 헤헤헤 아빠 그런데 그렇게 먼 곳을 올 수 있다는?"

"그래 그것이 시공을 초월한 자란 뜻이야."

"그럼 그곳에 아빠의 육체가 있겠네요?"

"그래 지금은 죽어서 썩었겠지. 산속 동굴에 숨겨놓고 입구도 바위로 꽉 막아뒀거든."

"우와! 어떻게 올 수 있는지 알려주면 안돼요?"

"안 돼! 절대로 다시는 안 해 그걸 알려 드리자마자 할아버지는 어딘가로 떠나버리고 또 너마져 어딘가로 가버리게 안 돼! 안 해!"

"아-아빠 죄송해요. 몰라도 되요. 저 어디 안가요. 전 아빠만 사랑하고, 평생 아빠 곁에 꼭 붙어서 살 거예요. 죽는 그날까지요."

"-----"

"아빠 울어요? 어머 눈물이 흑흑 죄송해요. 아빠 으앙!"

"음! 스승님은 어디 계실까? 그것이 궁금해 지구엘 가보고 싶다고 하셨는데 육체가 죽으면 그 의식도 사라져 버리는데 이미 육체는 소실되었을 텐데."

"할아버지도 아빠처럼 다른 육체에 이식해서 살 수 있잖아요?"

"그것이 지구에는 아직 그런 기술이 없단다. 육체가 있더라도 말이다."

"아! 그러네요. 이식 할 수 있는 기술이 없다면 불가능하잖아요."

"그렇단다. 그래서 스승님은 저 우주너머의 평안의 바다로 가신 듯해. 뵙고 싶은데."

"아 나도 할아버지 보고파~ 힝!"

그렇게 또 하루가 저물어 간다. 산의 계곡에 들어온 우리는 적당한 장소를 물색한다. 동굴이 최고 안전하고 따뜻하지만 찾을 확률이 어-저기 폭포다. 동굴도 폭포 물줄기 아래에 입구가 보인다. 깊이가 꽤 있어 보이는 동굴이다. 물이 코앞에 있으니 사냥감도 곧 나타날 확률이 높다. 물을 마시려고 오는 짐승이 있기 마련이니까. 말 등의 짐을 내리고 고삐를 풀어주자 두 녀석은 물을 잔뜩 마시더니 풀을 찾아 나선다. 우리도 목을 축이고 짐을 동굴 안으로 옮기고 동굴을 둘러보니 꽤 넓고 깊은 동굴이다. 바닥과 천장이 모두 암석으로 되어 있는 것을 보니 물에 의한 침식으로 생겨난 동굴인 듯하다. 너무 안쪽으로 들어갈 필요도 없이 평평한 바닥을 골라서 천막을 치고 침구를 설치하고, 사냥을 위해서 주변 탐색을 해본다.

"볼리아 내 얼굴만 들여다보지 말고 목욕하러 가자. 바로 앞에 목욕탕 있잖아 좋지?"

"와-아! 네 가요, 가요. 좋지요. 아빠 얼굴 보다가 시간 가는 줄 모르네요. 볼리아는 아빠만 있으면 시간도 멈추고~요. 그리고 아빠만 있으면 너무 ♪너~어~무♩ 좋~아~요♪."

노래를 부르면서 입구로 나간다. 녀석 참 나도 너만 있으면 세상 부러울 것 없단다. 흠흠! 목욕이 끝난 후 능선에 올라 넓은 지역을 돌아본다. 기감을 펼쳐서 멀리 시각이 닫지 않는 곳까지 살피는데, 이제는 그 범위가 한 방향으로 뻗치는 데에는 수십 키로까지 가능하다. 자연경 최고 수준까지 오른 것이다. 마나유동 하나 없이 그냥 자연에 분포된 마나에 편승해서 자유로이 판별이 가능해진 것이다. 발전하다 보면 또 다른 경지가 있겠지 생각하면서 우선은 움직이는 동물을 찾고 있는데 우측 3㎞ 정도의 봉우리에서 무엇인가에 쫓기는 동물이 느껴진다. 순록인데 엄청난 속도로 생명을 걸고 도주 중이다. 심장이 발작을 일으킬 정도로 빠르게 도주하는데, 그 뒤를 쫓고 있는 놈을 보니 생김새가 조금 이상하다. 심장은 분명 하나인데 대가리가 두 개다. 이족보행을 하는 몬스터인데 돼지보다 크고, 오우거 보다는 작다. 오우거 새끼인가? 무라카는 공중으로 날아오른다. 한 번의 점프로 놈의 상공에 도착했다. 몸의 색이 암갈색이다. 태양이 이미 산그늘을 내리는 시간이라서 반사광의 영향일까? 좀 더 접근을 해서 확실히 봐도 암갈색이다. 그리고 대가리가 두 개인 오우거 새끼가 분명하다. 트윈 오우거인 셈인데 저런 종은 자연계에 있을 수 없는데 돌연변이일까? 하긴 사람도 돌연변이인데 말이다. 곧 순록이 사냥 당하기 직전이다. 강환 두 개를 날려 오우거의 머리를 관통 시키자. 달리는 관성에 의해 그대로 순록의 엉덩이와 충돌하면서 두 마리가 한꺼번에 뒹군다. 벌떡 일어서는 순록도 그 자리에 무릎을 꿇으며 엎어진다. 다시 한발의 작은 강환이 순록의 심장을 관통했기 때문이다. 어떻게 오우거가 회색이 아니고 암갈색일까?

신기한 일이다. 자연산이 아닌 것일 확률이 높다. 자연의 법칙을 깨는 마법의 산물일까? 아니면? 진짜 돌연변이일까? 두 마리 모두를 동굴 쪽으로 옮겨서 폭포 옆 공간에 두고 순록은 해체작업을 해서 부위별로 굽기 좋게 넓적하게 잘라서 나무창을 깎아 산적을 꿴다. 이렇게 해야 제대로 바비큐처럼 익히기가 용이해진다. 불가에 나무창을 세워두면 자동으로 바비큐가 되는 것이다. 훈제를 할 것들도 꽤 많이 준비를 한다. 어차피 생명을 죽여 구한 것이니, 최대한 낭비 없이 이용할 생각인 것이다. 물론 내장까지 손질할 기술은 부족하다. 아직 그렇게는 시도를 안 해봤다. 껍질과 내장은 땅을 파고 묻어 버리는 것이 피 냄새를 풍기지 않아도 되고 좋다. 바베큐가 되어가는 동안 오우거 새끼의 사체를 면밀히 살펴본다. 암갈색의 피부가 일반 오우거 보다 훨씬 질기다. 그것보다 새끼인데도 뼈가 무지 단단하다. 무라카가 공력을 써야 부러지는 정도다. 강철보다 더 단단한 것이다. 어떻게 이럴 수가 있지? 검강으로 쳐야 절단이 될 정도이니 얼마나 단단한가? 어미라면 이보다 더 단단할 것이다. 화살로도 뚫을 수 없는 가죽에 강철보다 더 단단한 뼈! 이거 이상한 냄새가 난다? 이런 놈들에겐 발리스타 정도가 되어야 상처를 입힐 수 있겠다. 다자란 트윈 오우거가 수백 마리 집단으로 도시를 공격 한다면 막아 낼 수가 있을까? 아마 수많은 피해를 입겠지 어쩌면 그대로 도시전체가 박살이 날 수도 있고? 이 정도는 생 후 5년 정도밖에 안된 놈이다. 이런 놈이 순록을 따라잡을 정도라면 지구력도 대단하다고 봐야 할 것이다. 완전히 자란 놈은 거의 10m 정도의 크기일 텐데, 속도도 배는 더 빠를 테지 R-001로 촬영을 해서 R-2에게 전송하고 나니 바비큐가 완성이 되었다. 기름이 뚝뚝 떨어지면서 지글지글 익는 냄새가 식욕을 더욱 부채질 한다.

"사령관님 이 종은 처음 등록됩니다. 일반 오우거는 6~7m인데 이놈은 다자라면 9~10m는 될 것으로 추정되는데요? 그리고 머리가 두 개인데 종 이름을 무어라고 기록 할까요?"

"트윈 오우거라고 해라. 변종이다. 좀 더 조사를 해 봐야 알 것 같다. 드론을 지금부터 투입해서 세밀한 조사를 해야 할 것 같다. 정상적으로는 두 개의 머리가 될 수가 없다. 그리고 드론을 15기만 투입해서 크리스탈 산맥 일대를 샅샅이 수색을 시키고 나머지 15기는 크로스 아르메니아 대륙 전체의 산들을 분할해서 몬스터 집단행동을 하는 것이 있는지를 조사하기 바란다. 그리고 수시 보고를 하라. 이상 끝"

"명령 접수 완료 R-1과 동조해서 조사를 하겠습니다. 즉시 시행합니다. 아웃!"

"아빠 앞으로는 사냥도 같이 다녀요. 저 혼자 두지마세요. 잉-잉!"

"그래 고기나 많이 먹어라 아가야. 앞으로는 사냥도 같이 하자 됐지? 사냥기술도 가르쳐 주면서 말이야."

"헤헤헤 알았어요. 아빠도 고기 많이 잡수세요. 맛있게 익었어요."

어느 땅에서나 사슴은 슬픈 눈 때문에 사람들의 사랑을 많이 받는 동물이다. 지금 이것은 사슴이 아닌 순록이지만 비슷하지만 과가 다른 것이 덩치는 엄청난 차이가 있다. 진짜 사슴은 너무 약해서 잡히면 가만히 둬도 죽어버린다. 겁이 많고 심장도 약하고 해서 그런지 몰라도 그만큼 예민한 동물이라서 가축화도 못하는 종인 것이다. 순록은 원래 덩치도 크지만 초식동물로서는 좀 사납고 집단 서식을 하다 보니 수놈들은 당연히 서열 다툼도 벌인다. 거친 성격도 일부 있는 것으로 안다. 그래서 가둬두고 키우는 것을 지구에서도 몇 번 본적이 있다. 어쨌든 사슴고기와는 다르다. 그래도 바비큐 식으로 구워진 것은 맛이 아주 좋다.

배가 빵빵해지도록 먹었다. 고기를 먹을 때마다 느끼는 것인데 그 놈의 기억이 잊혀질 만도 한데 절대로 못 잊을 소금 생각은 갈수록 선명하게 떠오른다.

백인은 멜라닌 색소 부족으로 피부가 유난히 약해서 지구의 인류 역사를 보면 매우 단명했고, 또 피부암으로 인해 무척 고난이 많았다. 백색인종은 될 수 있는 한 북반구나 남반구 멀리로 적도로부터 벗어나서 살아남은 것으로 아는데, 이곳은 먹거리가 많아서 그런지 비타민이 풍부해서 그런지, 백인들이 훨씬 많은 것을 보았었다. 도시지역이나 농촌도 마찬가지로 말이다. 물론 유색 인종도 넘치게 많아서 골고루 잘 배합되어서 잘 융화가 되고 있었지만 말이다. 그리고 무라카 부녀는 워낙 특별한 유전 인자를 가지고 있으니 그런 사소한 것들은 상관이 절대 없다. 진화로는 다다르지 못할 부적절한 방법으로 3개의 DNA를 더 추가시키고 하나는 변화시켜서 성장한 무적의 육체인 것이다. 불사는 아니지만 천년을 넘기는 긴 수명과 뇌의 활성화로 인해 보통 사람은 백년이 넘게 익혀야 할 검술을 단 몇 년 만에 숙달을 해버리고 어렵고 난해한 마법도 짧은 기간에 익히는 그런 괴물들이니 말이다. 육포와 건식과일이 주식인 셈인데 생고기를 잡아서 바로 바비큐를 만들었으니 얼마나 맛이 좋았을까? 그래도 소금이 없으니 아쉽다. 또 녀석은 내 얼굴만 들여다 보고 있다. 별 취미야~허허허.

“녀석아 그렇게 있다가 내가 벌떡 일어나면? 둘 다 코가 깨진다. 알아? 조심해야지. 허허허”

“에이 설마요. 아빠가 그것도 모르고 벌떡? 히힛 그럼 코 깨지던 가? 히히힛!”

“이 녀석 아빨 놀리네?”

“헤헤헤헷 재미있는 걸요. 아빠 표정이 시시각각 변하는 모습이요.”

“그래? 내 표정이 그렇다고?”

“네 무슨 생각을 하시는지 감은 눈까풀이요. 순간순간 움직이죠. 또 콧잔등이 살짝 찌푸려졌다가 펴지기도 하고요. 음 또”

“어 알았다. 이리 온 안아줄게 아가야! 찡긋 찡긋!”

“넵 아빠 사랑해 줘요. 자꾸자꾸요. 힝! 그런데 그건 어떻게 하는 거예요?”

윙크를 해줬더니 그것이 신기한 모양이다. 눈이 초롱초롱 해진다. 그리고 자기도 따라 해보려고 콧잔등까지 주름이 잡히며 홋귀엽다.

“아~ 저는 안 되는데 아빠 그거 어떻게 하는 거죠?”

“왜 안 돼? 된다. 아무나 다 한다. 눈에 힘 빼고 해봐.”

“엥 그런데 나는 어 된다. 와! 이렇게 키키킥!” 찡긋 찡긋!

“그런데 왜 하는 거예요? 이렇게 양쪽 다?”

“하하하 녀석 이게 윙크라는 거야. 나는 당신에게 관심이 있다하고 전하는 뜻도 있고, 너와 나만 아는 비밀스런 것을 전할 때 쓰는 신호가 되기도 하고, 에 또 둘만이 약속을 딱 한거야 다른 사람과 어울리려고 가기 전에 말이야. 같이 섞여서 놀다가 집에 가고 싶을 때 이렇게 살짝 윙크를 하는 거야. 그럼 다른 사람은 그것이 무슨 뜻인지 모르잖아, 그러나 너와 나는 사전 약속이 있었으니 아 이제 집에 가자는 신호구나 하고 둘만이 아는 거지 그리고 슬그머니 둘만 빠져 나오는 거지 남들이 눈치 채지 못하는 사이에 말이다. 이런 때에 써 먹는 거야 어때? 재미있지?”

"아-! 그럼 여러 가지 경우에 다 적용 할 수 있네요? 한 가지 배웠다. 잊어먹기 전에 써먹어 봐야지. 헤헤헤헤"

"찡긋!" "찡긋! 히히힛!"

"요럴 때 쓰면 되지 앞으로 내가 말로 하지 않고 윙크하면 사랑해 줄 테니 오라는 뜻이야. 알았지?"

"넵 알았어-용. 아빠는 신기해용 뭐든지 재미있게 만들어요! 아항 그 기 만져줘-용 아 잉! 좋아요."

그렇게 또 하루의 뜨거운 밤이 깊어가고 있었다. 둘은 원래 하나였던 것처럼 꼭 붙어서 잠이 들었다. 그런데 위험신호가 잠재의식을 흔들자 눈을 뜬 무라카 기와 일체가 되면서 다가오는 큰 덩치의 오우거가 보인다.

"쿵 쿵 쿵 쿵!"

트윈 오우거의 어미가 온 것이다. 자식의 피 냄새를 따라 온 것일까? 소리하나 없이 일어난 무라카! 몸이 공중에 부양되어 있는 상태에서 가죽옷이 자동으로 입혀진다. 일종의 마나를 이용한 허공섭물인 것이다. 주변의 모든 마나가 무라카와 일치가 되어 있는 것이다. 손짓으로 볼리아에게 그대로 있으라는 신호를 보내고 스르르 몸이 동굴 입구 쪽으로 이동한다. 아무런 기척도 공기의 유동도 없다. 그때 동굴 입구에 대가리를 디밀고 코를 벌름거리는 트윈 오우거 두 마리로 착각이 들 정도로 두 개의 대가리가 제각각 두리번 거린다. 덩치가 워낙 크니까 몸을 숙여서 무릎걸음으로 들어오려는 모션. 어깨근육이 굵은 밧줄처럼 꼬여있어 보기에 징그러울 정도이다. 피부는 적갈색이다. 새끼보다 붉은색이 많이 섞여있다. 소리 없이 날아간 강환이 놈의 심장을 약간 빗겨서 관통된다. 그만큼 이놈도 느낌이 예민한 모양이다.

"쿠-엑 크-왁 크왁 쿠 르 르 르!"

연이어서 콩알만 한 강환 여섯 개가 놈의 두 개의 머리에 박힌다.

그리고 폭발! 머리통이 아예 없어져 버렸다.

"퍽 퍽 퍽 퍽 퍽 퍽 쿵!"

엄청난 놈이 동굴입구를 막아버렸다. 아직 끝난 것이 아닌데 말이다. 수놈이 남았는데 달려오는 소리가 들린다.

"쿵 쿵 쿵 쿵!"

"볼리아야. 옷 입어라. 한 마리 더 있다."

"네-엥 다 입었어요."

"그래 굴 무너질지 모른다. 조심."

"전부 암석인데요 뭐!"

"이놈들의 힘은 그깟 바위는 두부처럼 으깰 걸."

"힉! 그 정도에요?"

"나간다. 넌 그대로 있어!"

암놈 오우거 시체를 동굴 밖으로 차서 날리면서 총알처럼 튀어 나오니 그 순간 놈도 막 몸을 날려 동굴 입구로 들어서는 순간이라 암놈의 시체와 부딪혀 밖으로 튕겨 나간다.

"크와-악-악!" "쿵!"

폭포 아래로 곤두박질치며 떨어진 아빠 오우거 그기에 같이 떨어져 내린 엄마 오우거의 시체.

"우-우-악! 크르르르르--!"

화가 머리 꼭대기까지 오른 수놈이 벌떡 일어서드니 나무 몽둥이를 폭포수 옆 바위를 내려친다. 힘자랑 하나 자식이 여기 오지 않고 새로 새끼를 만들었으면 죽지는 않을 걸. 지가 무슨 자식 복수 한다고 쫓아와 쫓아오기를 쯧쯧 병신 힘자랑 하러 온 거냐? 소리도 없이 날아간 강 환이 심장을 관통하고도 뒤쪽의 바위까지 뚫고 지나간다. "쿵!" 재미없는 상대다. 세상에 있어서는 안 될 별종들이설치니 인정사정 볼 것 없이 싹 없애야 할 대상일 뿐이다.

'두두두두두'

두 개의 시체가 공중으로 떠오른다. 그리고 움푹 들어간 개울가 한 곳에 나란히 쌓인다. 그 옆에 이미 새끼 시체도 있으니 오우거 가족 합동 묘지인 셈이다. 없애기 전에 이놈들의 시체에서 알아내어야 할 정보가 많다. 내일 날이 밝은 다음에 말이다.

"괜찮아요?"

"아니 안 괜찮아."

"네? 어디 다쳤어요?"

깜짝 놀라는 볼리아!

"그게 아니고 대가리가 두 개인 트윈 오우거가 있다는 것이 이상해서 그리고 저놈들은 정상적인 종이 아니라 일종의 돌연변이인데 새끼도 트윈 오우거야. 내가 아는 과학적 상식을 벗어난다 그 말이야. 걱정이 되네, 이 땅에 무슨 일이 벌어지고 있는지 궁금해!"

"아이 놀래라. 아빠가 다치신 줄 알았잖아요. 휴"

"아가야 내가 누군데 다쳐? 다만 의심스런 낌새가 있어서 그렇지."

"네? 의심스런 낌새라니요? 아빠, 아빠, 아빠!"

"웅 웅 웅!"

"그게 뭔가요? 낌새라는 거요?"

“글쎄. 아니길 아니 아닐 거야. 만약 내 생각이 맞는다면 정말 큰일이다.”

“아 그러니까요. 아빠 생각이 궁금해요. 네?”

“그래 얘기 해주마. 마법의 최고 단계에는 ‘창조마법’이란 것이 있단다. 스승님도 그기에 대해서 이론만 알고 계셨는데, 서클로 따지자면 10서클 즉 신의 마법이라는 것이지. 금단의 마법이고, 따서는 안 되는 금단의 열매 같은 것이지, 그 단계는 사람으로선 거의 익히기 불가능한 단계인데, 잠깐 그 문안을 기웃거려 봤는데 말이다. 이것은 마치 신이 무엇을 창조하는 행위 그 자체란 말이지. 트윈 오우거가 자연의 법칙을 벗어난 돌연변이라면 새끼는 태어나지 못하든지 아니면 새끼는 보통 오우거가 태어나야 맞거든, 그런데 새끼가 트윈 오우거로 태어났단 말이야. 이것은 마법으로 태어난 것일 가능성이 십중팔구야. 그렇다면 누군가 창조 마법을 사용했다는 뜻이거든. 금지 마법을 익혔다는 것은 행성에 지대한 영향을 미칠 거란 말이야. 다른 종들의 멸종. 그리고 심지어는 인간들의 멸종. 또 나아가서는 행성 자체가 사라질 수도 있는 문제야.”

“우와! 역시 아빠는 천재중의 천재예요. 어떻게 그런 생각까지, 그럼 대처방안도 있을게 아녜요. 예를 들어서 트윈 오우거 활동 범위를 역추적해서 그 원인을 찾아내고, 그리고 또 금단 마법을 사용한자를 찾아내서 제거하면 될 것 아니에요?”

“그렇지 물론 찾아내야지. 그리고 제거 해야겠지. 분명 천족의 일원이겠지. 그것이 말처럼 쉬운 게 아니란다. 볼리아야 아빠가 무적 같지만 상대는 10서클의 마법 최고수란 말이다. 그 정도 실력이면 장담 못한단다.”

“헉! 아빠보다 더 쎄요?”

“더 쎈 건 아니지만 10써클 마법은 바나 행성 자체를 소멸시킬 수도 있는 그런 대단한 마법도 있단다.”

“우와 행성자체를 말도 안 돼. 어떻게 그런 마법이 있지요?”

“그것은 네가 아직 마법을 완전히 인식을 못해서 모르는 게지. 너도 우주선을 타 봤잖아. 그런 엄청난 우주선을 만들었던 선조들이 왜 갑자기 마법으로 방향 전환을 했겠어? 최고의 과학 기술이 집약되어 그 한계를 넘어선 것이 마법이야. 마법이 어떻게 생겨난 것 같아? 과학이 극도로 발전하니까 도달한 것이 우주전체에 꽉 차 있는 에너지를 발견 한 것이지. 음이온의 음의에너지! 행성들이 탄생 하는 것은 양이온의 양의에너지야. 양의 에너지는 태양과 같이 계속 뿜어지며 수십억 년을 타기도 하지만, 일시적으로 압축되어 폭발도 한단다. 초신성이 되는 것이지. 그런데 우주는 양의 에너지가 탄생하는 만큼의 음의 에너지도 생성이 되어 공간속에 남게 되지. 그것이 에테르 즉 ‘어둠의 에너지’야. 그냥 그렇게 부르는 것이지, 이 어둠의 에너지는 무한 한 것이야. 아무리 사용해도 질량의 변화는 없는 것이지. 형태의 변화는 있어도 말이야. 이것이 마법의 기본 원리야. 사람의 의식이 여기에 간섭을 하는 것이야. 그리면 질량의 변화는 없어도 형태의 변화는 다양하게 이루어지지. 압축, 폭발, 회전 또 이곳에서 저곳으로 움직이고, 다른 형태의 에너지로 탈바꿈시키기도 하고 말이야! 그러면 질량은 불변이지만 형태와 체적, 동기화, 흐름 등등 수많은 변화를 만들어 내지, 이 비밀을 과학자들이 알게 된 것이고 수천 년간 수많은 시행착오 끝에 초과학의 문을 연 것이 마법이야. 초과학의 산물이 마법이라는 꽃을 피운 것이지 원소의 재배

열, 형질의 변화, 압축 그리고 회전 폭파! 등등 그렇게 발전해오다가 창조라는 단계까지 온 것이지. 흔히들 신의 영역이라는 창조 마법이 이론적으로 공식이 생겨나고 그리고 부딪혀서 들여다보니, 이 또한 가능하단 말이야. 그러나 왜 '금단의 열매' 라고 부르는지 알아? 자연의 법칙에 대치되기 때문이야. 근본적으로 말이야. 즉 질량을 변하게 하는 부분이 있다는 것이기도 하고 여기에 손을 대면 우주 생성의 법칙까지 부숴지기 때문이야. 우주의 멸망이 올 수도 있게 되는 것이지. 근본 싸이클에 혼란을 일으키면 자연의 섭리가 망가지고 우주가 사라지는 것이지. 그 어떤 것도 섭리를 벗어나면 멸종 시켜버리는 자연의 거대한 스케일을 조금만 안다면 그것에는 손을 대면 안 되는 거야. 천족이 지금 간당간당 하는 이유가(멸종 직전에 처함.)바로 그것 때문인지도 몰라. 이해가 돼?"

"아- 너무 어려워요. 아빠 제겐 아직 이해도 못하겠어요. 그럼 아빠는 그 문을 살짝 들여다봤다면서요."

"음 그래 살짝 봤지. 곁눈질로 살짝 보듯이"

"와-! 역시 아빠는 멋져요. 이-얏호!"

"녀석아 지금 그게 문제가 아니잖아 핵심을 잡아내야지. 지금 창조마법의 증거물을 잡았다. 그러면 그 다음은 무얼 어떻게 해야 하겠어?"

"네. 그 원인 조사 및 분석 그리고 그 원인을 주도한 대상을 알아내고 그리고 원래대로 돌려놓는다. 이상!"

"옳지. 하! 볼리아 똑똑해. 역시 내 딸이야."

"헤 헤 그렇죠? 히히힛!"

"곧 동이 터겠지. 밝아지는 되로 움직이자. 그러기 위해선 순록

고기를 전에처럼 훈제해서 챙기자."

"넵 명령만 하십쇼. 볼리아는 착착 진행하겠습니다요. 헤헤헤"

새날이 밝아오자 분주해졌다. 볼리아는 순록고기 훈제 하느라 바쁘고 무라카는 트윈 오우거 시체를 조사하느라 바쁘다. 장신이 10m나 되는 우람한 체격. 강철보다 강도가 높은 뼈대, 가죽의 질김이 검을 무색하게 하는 정도이다. 심줄은 얼마나 강하고 탄력이 있을까? 이것은 래드 와이번 보다도 더 우수한 시체가 아닌가? 광선검으로 가죽을 벗기고 시체를 해체해서 심줄을 뽑아내니 이건 그야말로 탄성이 와이번 보다 3배는 좋다. 혈액은 분석할 만 한 도구가 없으니 아니 있다. R-2 폰 프린스에는 있다. 영상통화로 혈액 샘플 체취, 뼈 분석, 이 가능 하단다. 지금 즉시 내 위치로 착륙을 명령하니 금방 도착한다. 투명시스템을 가동해서 말이다. '언-져 빌리티' 시스템 이란 일종의 빛을 굴절시켜 주변을 왜곡시키는 장치인데 마법과는 그 방법이 상반된다. 어쨌든 소리는 공기의 휘돌림 때문에 어쩔 수 없지만 보이지 않으니 비행체가 있는지 없는지 완전히 투명한 것은 아닌데, 과학도 눈속임을 쓰는 얄팍한 방법도 사용함을 오늘 처음 본다. (무라카 생각임) 그것 보다 놀라운 것은 로보의 등장이다. 일명 '몰리아스 공주'이다. 셔틀에서 내려온 완전히 눈이 돌아갈 만큼 아름다운 아가씨를 보고 깝짝 놀란 무라카!! 그런데 아주 짧은 치마를 입고 사뿐사뿐 내려온 아가씨가 무라카 앞으로 오더니 고개를 숙이면서 인사를 예쁘게 한다.

"몰리아스가 주인님께 첫 인사를 올립니다. 저의 이름을 지어주셔서 더욱 감사합니다. 주인님 저는 주인님의 예쁜 종입니다. 앞으로 많이 사랑해주세요. 까닥!"

“아-깜짝 놀랐네! 왠 예쁜 아가씬가? 하고 말이야. 눈이 부시군! 그래. 그런데 옷을 누가 그렇게 짧게 입힌 겨? 음”

“제가 스스로 주인님 사랑을 독차지 하려고 입었는데 예쁜지요?”

“억! 그래그래 많이 예쁘군. 자 임무는 이 몬스터들의 혈액과 뼈. 그리고 에 저기 동굴 안에 있는 짐도 실어야 하는데 몰리아스 힘은 쎈가?”

“넵 주인님 저 보기보다 힘도 세고 동작도 빠르죠. 지시만 해주시면 금방 해치우겠습니다. 호호호호호 ”

“이-크! 그렇게 웃지마. 나 울렁거려! 힉”

“주인님 앞으로 저를 인격체로 대해주시면 저도 주인님을 최선을 다해서 즐겁게 해 드릴께용! 저도 사랑도 할 줄 알고 섹스도 할 수 있어요. 호호호호!”

“힉! 뭐? 뭐? 으-핫! 볼리아 여기 너의 적수가 나타났다. 캑!”

“까르르르르-홋 볼리아 공주님! 저는 공주님의 동지이지 적이 아닙니다. 그렇죠?”

“히-야! 너 예쁘게 생겼네. 이름이 몰리아스라고?”

“넵 공주님! 저도 몰리아스 공주인데요. 앞으로 언니라고 불러도 되나요?”

“옹? 그래, 그래 동생 이-쁜 동생하나 생겼네. 헤헤헷!”

무슨 로보가 사람과 똑같이 농담도 하고 자신을 사람이라고 착각까지 하다니 컥 놀랄 노자다. 그런데 움직이는 몸놀림까지 여성스러움이 넘친다. 그렇게 프로그램이 된 것일까? 에이 설마 진짜 섹스도 가능 하도록 만든 것일까? 히야! 과학이 어느 수준이 아 아니 A s i 용량이 얼마나 되어야 저 정도로 감정 표현을 할까? 150기가플롭스 정도? 스스로 인간으로 착각할 수준? 그리고 스스로 진화도 할까? 어쩌면 그럴 수도? 충분히 그럴 수 있겠다. 모선을 보라 그 설계가 무서울 정도인 것뿐만 아니고 살아있는 기체라는 것을 누가 감히 상상이나 할 수 있으랴. 상처를 입으면 스스로 치료한다지 않는가? 통증을 느낀다니 어쩌면 저 '로보'도 재질이 같은 것이고 하니 통증도 느끼고, 아니 그런데 피부가? 색이 백인과 같이 뽀얗고 엥? 스톱 생각 중지! 그 사이에 짐을 모두 화물(무기 싣는)칸에 다 실었다. 샘플도 다 채취하고 해서 몬스터 시체를 '레이져 샷건'으로 분해해 버리고 이륙했다. 모선에 도킹한 두 부녀는 그 간의 고생한 보람이 지금 하나의 단서를 획득한 것이다. 드론들의 활약상을 보고 받은 후 깊은 상념에 빠져드는 무라카와 그 코앞에서 들여다보기를 시작한 볼리아 그리고 그걸 보고서 고개를 갸우뚱 거리고 있는 몰리아스! 우주에서 바라보는 동방 대륙은 다른 대륙의 2~3배 크기이다. 그리고 특히 주목되는 것은 크리스탈 산맥과 사파이어 산이다. 사파이어 산의 높이는 15,732.4m이다. 햇빛에 반사되어 사파이어처럼 반짝인다고 붙인 이름이다. 확대 영상으로 산을 샅샅이 살펴봐도 전혀 이상이 없다. 흔적이 없다는 것이다. 분명 조사를 하다보면 무언가 흔적 아니면 트윈 오우거 떼가 잡힌다든가 하겠지. 이젠 우주 공간이니 마음이 느긋해진다. 볼리아는 제일 먼저 천사 R-4 에게 달려갔다. 그리고 너무나 기쁜 사실을 알게 되었다. 즉 임신을 한 것이다. 5주가 되었으며 아주 건강하고 아직 성별은 분별이 안 되며 8주가 되면 천사의 축복을 꼭 받아야 한단다. 그것이 바로 천인으로 D N A를 추가 또는 변화 시키는 것임을 이제는 알고 있다. 천사에게 비밀을 하루만 지켜 달라고 부탁을 하고 중앙 통제실로 돌아왔다. 지금 볼리아의 기분은 공중에 붕붕 떠다니는 기분이다. 아빠를 보니 두 눈을 지긋이 감고 명상에 빠져 있다. 어떻게 해야 빨리 저것들의 근거지를 찾아낼 수 있을까를 깊이 연구하고 있는 것이다.

그동안 수집한 몬스터의 동향 등을 세밀히 검토하면서 사파이어 산 일대를 25시간 감시 체제로 들어갔다. R-1은 전 역량을 동원해서 크리스탈 산맥 탐색임무를 전담하고 R-2는 사파이어 산을 계속 감시하는 임무를 몰리아스는 드론들의 정보회합 및 보고 임무를 그리고 드론 15기는 사파이어 산을 돌아다니면서 근접 촬영 및 움직이는 모든 것을 파악 보고하는 조사임무를 수행한다. 충전이 필요하면 즉각 임무를 교대한다. 대륙 각 지역에 나가 있던 모든 드론을 복귀시켜 크리스탈 산맥 및 사파이어 산 감시에 투입한 것이다. 그리고 사왕 껍질과 트윈 오우거 심줄로 옷과 신발도 제작을 하고 있다. 트윈 오우거 뼈에서 탄소 섬유질이 다량 포함되어 있다는 분석 결과가 나왔다. 43.2%나 말이다. 그러니 강도가 어마 어마할 수밖에 지구에서는 탄소섬유질로 방탄복을 만든다. 총탄조차 뚫지 못하는 방탄기능! 그렇다면 가죽 역시도? 가죽도 역시 12.3%나 섬유질이 포함되어 있단다. 대단한 괴물 몬스터인 것이다.

모처럼 우주 공간에서 제대로 된 음식과 휴식을 갖게 된 무라카는 깊은 사색에 잠긴다. 왜 저런 괴물 몬스터를 만든 것일까? 저놈들은 분명 모든 몬스터들의 먹이사슬 꼭대기에 올라설 것이다. 짧은 시간 안에 말이다. 그리고 수백만 마리의 몬스터를 지배하는 체제가 만들어 진다면 인류의 존속이 위협을 받을 것이다. 무너져 내리는 바나행성의 인간 조직들 그리고 그 위에 군림하려는 야심을 가진 한 천족의 선택. 충분히 가능한 시나리오다. 그렇다면 천족의 살아남은 일부 인원이 있다는 것이 된다.

"쾅!!!"

생각에 잠겨 있던 무라카가 내려친 테이블. 그리고 아빠의 얼굴만 들여다보고 있던 볼리아가 깜짝 놀라서 폴짝 뛴다.

"으-악! 애 떨어지겠어요. 깜짝이야 후아! 후아!"

"뭐? 애? 생겼나? 정말 정말이야?"

"아욱 아파요 아빠 아 아파요. 말이 어떻게? 알았어요? 우와 아빠 놀라게 하려고 비밀로 하려 했는데 헤헤-헷!"

"하하하하 드디어 애기가 생겼다고? 아이고 요 귀여운 것 애기가 애기를 가졌다고? 크크-큭 쪽! 쪽! 쪽! 으아 경사 났네. 그런데 언제 천사한테 갔다 왔지?"

"아빠 너무 좋죠! 그렇죠? 아빠, 아빠! 아빠 닮은 애기 낳을 거예요. 볼리아 예쁘죠? 아빠 매일 매일 사랑해 줘요 네?"

"그럼, 그럼 으-하하하하 스승님 들으셨죠? 저 과제 두 가지 달성 했어요. 인제 남은 한 가지도 곧 찾아 낼 겁니다. 곧요."

아! 중요한 분석을 했는데 잊어 버렸네. 이것을 기계들은 못하니 기록해 둬야지.

"R-1 기록해!"

"넵 사령관님!"

"나의 분석이다. 현재 자연을 역행하는 행위를 하고 있다는 증거물로 트윈 오우거와 트윈 오우거 새끼까지 발견되었고, 뼈와 살에 탄소성분이 다량 함유되어서 강철보다 더 강한 뼈와 피부를 가진 괴물 몬스터로 분석 결과가 나왔다. 그 주범을 찾아 처리해야 할 막대한 책임과 의무가 있다. 그리고 차후에는 모든 업무에 이 사나리오가 최우선적이며 앞으로 진행될 우리의 과제이다. 이상!"

"R-1 기록 완료 했습니다. 사령관님의 모든 명령에 최우선임을 명심하겠습니다. R-2,3,4 로보 몰리아스 공주, 그리고 R-001까지 연계하여 공유 되었습니다. 각 임무 철저히 수행 하겠습니다."

"결과가 나오면 그때그때 즉각 보고 할 것. 나는 쉬러간다. 계속 임무 수행토록 무엇보다 쌍둥이 행성이 사라진 역사적 사실에 통감하여 다시는 그러한 일이 재발하지 않도록 하는데 집중할 것."

숙소로 돌아오자 엄청 오래 기다렸다는 듯이 안기어 온다. 이상한 만남 이였지만 이렇게 서로 사랑하는데 그 무엇이 문제 될 것인가?

외로운 인생이라는 여정에 이보다 더 좋은 반려자가 있을까?

"볼리아야 이제 홀몸이 아니니 우리 아기를 항시 우선해서 생각하여 행동해야 한단다. 그것이 어미의 사랑이지 모든 것을 아기가 듣는다는 것을 의식하고 아기를 사랑해야 한단다. 그리고 이것이 아빠로서의 조그만 조언이야. 하하하"

"네 아빠 우리아기 저 아빠 다음으로 사랑할게요. 행복해요. 여자로서 이제는 아이의 엄마로서 그리고 아빠의 여자로서 모두 행복해요."

"그래 이것은 아빠로서가 아닌 당신의 남편으로서 그리고 아기의 아빠로서 하는 말인데 나도 당신을 만나서 무지무지 행복해. 사랑해."

"어머머머 당신이라뇨. 앞으로 그런 말하기 없기예요. 아빠, 아

빠, 아빠 하던 대로 하는 것이 제일듣기 좋아요. 아빠 아셨죠?"

"웅. 그래 웅 웅."

"호호호 웅이 뭐예요. 웅 웅 웅 호호호 아빠가 귀여워요. 이러면 안 되는데 키-킥 저 이상하죠. 헤헤헤"

"웅 그 웃음이 이상하다. 호호에서 키-킥으로 그리고 헤헤헤라니 아얏! 이제 꼬집기도 하네."

"씨 미워 이-힝!"

"어이쿠 이거 내가 큰 실수를 했네. 미워 하자마 사랑해줘~ 잉"

"까르르르 호호호!"

"하하하하-하!"

지상으로 내려가서 탐색해야 하나? 아니면 드론들의 활동반경을 좁혀 볼까? 사파이어 산만 이 잡듯이 뒤져봐? 그건 아니지 크리스탈 산맥 중에서 트윈 오우거가 나타난 산맥의 줄기를 타고 고산지대로 들어가 보면 확률이 높아지겠지. 지금 현재 입장에서 최선책은 뭘까? 어쨌든 당분간은 넓은 지역 전체를 탐색 해보고 또 다시 트윈 오우거가 발견 된다면 그 일대를 중점적으로 정찰해 보는 수밖에 그리고 드론들의 능력을 믿어 보는 수밖에 다른 대안이 없다.

"이-크 그렇게 가까이 얼굴을 디 밀면 코와 코가 닫잖아. 어이쿠 이제 윙크가 능숙해졌네."

"아빠 아-잉! 무슨 생각을 그렇게 골돌이 하세요? 저 심심해요. 만져 주세요."

"그래그래 잠시 엉뚱한 생각에 빠져서 내 사랑 볼리아가 심심했겠네. 미안 쉴 때는 잡생각 뚝 해야겠지."

"아-항 우리아기 이름은 생각해 봤어요?"

“가만 있자 그런데 아들? 딸? 아직 모르잖아.”

“8주째 다시 검진해야 한데요. 그때 DNA를 어떻게 한다더라? 아 듣긴 했는데 잊었네, 천족의 축복 어쩌고 하면서 DNA에 뭘 추가 한다는 식으로 천사가 얘기 하던데요?”

“그-으-래? 오 그런 것이 있었구나. 그래서 능력이 강화되고 수명이 연장되는 게로군. 음 내일 확인 해 봐야겠네. 어떤 것인지.”

“성별도 곧 알려 주겠데요. 조급해 할 필요가 없겠네요. 아빠 아기 임신하면 그것은 못하나요? 아기에게 영향을 끼치게 되나요?”

“아냐. 오히려 그 반대야. 내가 알고 있는 의학 상식으론 말이다.”

“히히힛 그러면 안심이네요. 아빠 그거 해줘요. 자꾸자꾸 그 생각만 떠올라요. 하고 싶어서요. 다른 일은 모두 건성으로 넘어가고, 그것만 생각이 꽉 찼어요. 제가 정상이 아닌가요?”

“하하하 지극히 정상이야. 지극히 말이야. 가까이 온나. 사랑놀음이나 하면서 푹 쉬자고. 어이구 귀여운 나의 반쪽-쪽!”

모선 무라카를 ‘KOREA’라고 명명했다. 고향별의 고국 명칭을 그대로 사용한 것이다. 코리아호는 백만 명이 살아갈 수 있는 모든 시스템이 갖추어진 대형 전함인 것이다. 먹을 음식조차도 자동으로 생산되는 그야말로 우주 최대의 살아있는 생존 행성인 것이다.

이제부터는 긴 기다림의 싸움이 시작되었다. 언젠가는 나타날 잔여 천족을 찾아내는 일(반란한 천족). 그리고 그들을 처리하는 임무! 왜 반기를 들었는지? 왜 황제의 명령을 불복 했는지? 알

수 있으면 알아보고 아니면 바로 처리해버리고, 그런 후에는 나의 삶을 즐기면서 살아가리라. 천족의 후손을 번성케 하는 일은 억지로 되는 일이 아니지 않는가? 자연이 반대하는 일은 구태여 인위적으로 하려 한다고 얼마를 더 번성할까? 과학적 기술로 수명을 늘리고 능력을 고양시키고, 하는 일은 어찌 보면 그 자체가 자연의 섭리를 반하는 일이다. 그래서 지금과 같은 '반역행위'가 일어 난 것이 정답일지 모른다. 행성에 피해만 입히지 않는다면 그대로 방관 할 수도 있는데 '시나리오A'처럼 획책 한다면 그대로 둘 수 없다. 사전에 원천봉쇄작전을 수행하는 수밖에!

천사의 축복

시간은 계속 흘러간다. 드론들의 충전을 위한 교대시간 이외에는 계속적인 정찰 임무가 수행된다. 각 대륙의 언어 수집 임무도 완료 되었고, 바나행성의 전체에 살고 있는 각종 지성체 들의 종과 수도 파악이 된 상태이다. 동 식물들의 종과 수도 어느 정도 진척이 이루어지고 있다. 앞으로 지속적으로 추가되는 정보를 정리하면 되는 일이고, 다만 몬스터들의 종과 그 개체 수는 오리무중이다. 트윈 오우거처럼 언제 어디서 새로운 종이 나타날지 예측 불가다.

화산 지대에서나 나타나는 탄소 섬유질의 주성분 ‘co^2’ 원소가 대량 발생할 만한 화산은 없다. 이 행성에 화산은 전무하다. 화산 활동 자체가 아예 관측된 것이 없다. 그러나 지하 깊숙한 곳엔 용암이 있고 마그마가 있기 때문에 생명체가 살 수 있는 기온이 유지되고 살아있는 행성이 된 것이다. 아주 깊은 지하에는 용암이 있고, 그것을 에워싸고 있는 플레이트 즉 땅덩어리가 그 압력을 견디고 있기 때문에 화산 활동이 없다. 그렇다면 생명체가 그곳까지 들어간다는 것은 불가능한 일이다. 혹여 깊은 동굴 속에 암반층을 통해서 ‘라돈가스’가 나온다면 그런 일은 있을 수 있다. 일말의 가능성도 간과해서는 안 된다. 대기권의 대기는 지구와 비슷한 수준이다. 다만 산소가 23%를 웃돈다. 지구는 21%인데 반해서 훨씬 상회하는 수준이다. 그래서 포유류들의 덩치가 크고, 몬스터라 명명하는 이상한 종들이 생겨나서 계속된 진화로 인해서 무서운 능력을 가지고 있는 것이다. 각설하고 현재 코리아 호에서 조차 정보수집이 어려운 지역이 있으니, 우주선에서 조차 관측이 어려운 곳. 크리스탈 산맥의 남서쪽 일대이다. 바다와 연접한 거대한 절벽 지대이다. 수십억 년 전에 플레이트의 충돌로 인해 치솟아 오른 듯한 크리스탈 산맥 뒤쪽 해안지대가 그곳이다. 그 길이는 실로 어마어마하다는 말로는 표현이 안 되는 길이를 구태여 얘기하자면 대륙 의 1/3을 빙벽이 둘러쳐져 있는데 3~4만 ㎞가 넘는 길이이다. 얼음벽인 셈이다. 그 높이가 수백미터 이상이다. 그러니 생명체는 물론이고 조류 즉 새들도 생존이 불가능한 지역인 셈이다. 그래서 상권에서도 잠깐 언급되었지만 포롤 군도가 유일하게 크로스 아르메니아 대륙으로 접안 할 수 있는 해상로(海上路)인 것이다. 그 덕분에 해적들이 거머리처럼 오고가는 상선들을 털어서 또 여자들은 납치해서, 잘 먹고 살아 왔지만 한사람에 의해서 전멸을 당하고 지금은 없어진 것이다. 대륙으로서 천예의 지형을 갖춘 곳이 이곳 동방대륙 이라 불리는 크로스 아르메니아 대륙인 것이다.

만약에 잔여 천족들이 황제의 시야에서 벗어나 완벽하게 숨을 수 있는 곳이 있다면 그것은 당연히 생명체가 살아갈 수 없는 곳이 아닐까? 천국의 황제 구루로아님의 능력을 잘 알고 있는 그들은 살기위해서 생존이 불가능한 지대를 택했을 것이다. 그렇다!

눈을 번쩍 뜨자. 코앞에 볼리아의 긴 속눈썹이 깜빡거린다. 또? 벌떡 일어났으면 둘 다 코피가 터졌을 것이다. 아니면 이마에 혹을 달고 낑낑대거나.

"잉? 또 그렇게 코앞에서 보고 있었어?"

"헤헤헤 아빠 속눈썹이 떨리는 것을 자세히 보려면요. 키키키 그 정도 가까이서 봐야 하거든요. 히힛 정말 재미있어요. 아빠 얼굴 보면요. 헤헤헷"

"그-참! 그렇게 재미있을까? 매일 보는 얼굴 일 텐데."

"짝짝짝 네 매일 봐도 볼 때 마다 다르거든요. 그리고 순간순간 바뀌는 표정. 그리고 얼굴 근육들이 움직이는 모습이 얼마나 신기 한데요. 헤헤헤"

"아이고 그래그래 신기하면 매일매일 보세요. 참!"

"넵 그럴게요. 아빠 히히힛"

"쪽! 중앙 통제실 다녀올게 여기 있어."

"싫은데, 전 아빠 옆에 붙어 있어야 되요. 따라 갈래요."

"으음 그러시든지요. 공주마마! 흠"

무라카 뒤를 강아지처럼 졸래졸래 따라온다. 손을 잡고 아예 보조를 맞추어서 걸어간다. 무라카 혼자면 0.3초 정도 걸릴까? 그런데 둘이서는 5분도 더 걸린다. 허허허

"R-1 크리스탈 뒤쪽 빙벽 쪽엔 드론들이 나가 있지 않지?"

"네 현재까진 그쪽은?"

"한기만 투입해봐 그리고 절대 너무 접근하지 않도록 1㎞정도 멀리서 정찰 시켜봐!"

"넵 드론 1기를 암흑의 빙벽에 투입하겠습니다. 원거리 정찰을 실시하도록 입력 하겠습니다. 즉시 시행합니다."

"영상은 R-1이 직접 바로 분석하도록 그리고 조금이라도 생명체의 움직임이 포착되면 바로 보고토록 해. 이상!"

"넵 명령 수행합니다."

그로부터 3일이 지난 후 R-1으로부터 긴급 보고가 들어왔다. 문제의 암흑 빙벽에 대량의 생명체가 발견된 것이다. 그것도 사파이어 산의 후면에 위치한 빙벽의 8부 지점. 그 일대는 빙벽이긴 하지만 꽤 넓은 평지가 존재하고 또한 바다 쪽에선 전혀 관측이 되지 않을 빙산이 앞에 가로 막혀있어 자연 동굴이 있었으나 공중에서조차 사각지대인 곳에 수만 마리의 몬스터들이 활동하고 있다는 보고이다. 가까이 접근이 불가능한 지역이라 더 이상 자세한 영상은 없고 20~30마리씩 집단적으로 움직이는 모습만 일부 촬영된 것이 있어 면밀히 분석해보니, 트윈 오우거와 트윈오크 그리고 트윈트롤도 가끔 보인다. 모두가 피부색이 암갈색을 띄고 있는데 12,000m의 고도 빙산에서 생존하는 것 자체가 불가사의하다.

그것도 집단으로 서식한다면 먹 거리가 풍족해야 가능한 것인데, 그 지역은 정 반대인 곳이다. 전혀 다른 동물이 없는 지역이다. 설사 설인 같은 종이 있다 해도 개체수가 극히 제한적일 텐데 말이다.

"R-1드론을 추가 파견해라. 10기 정도를 투입해서 몬스터들이 활동하는 전 과정을 촬영하도록 하라. 근접 촬영도 허락한다. 최대한 몬스터들에게 발견되지 않도록 하고 발견 되었을 경우는 자폭 하도록 장치한다. 모든 영상은 즉시 즉각 R-1이 수집하여 기록한다. 이상."

"넵 명령 접수완료. 추가파견 드론10기. 근접 정보수집 및 몬스터들의 활동 전체를 촬영한다. 그리고 발견 되었을 시 즉각 자폭한다. 즉각 시행합니다."

무라카도 볼리아와 셔틀 폰 프리스에 탑승해서 현장 상공으로 출행했다. 충분이 활동 가능한 경로 탐색을 위한 것이다. 분명히 인위적인 요소가 없다면 그 혹독한 위치에서 군집해서 살아갈 몬스터 들이 아닌 것이다. 그것도 서로 식량이 될 수도 있는 다른 종들이 모여 있다는 것은 명백히 훈련이 된 놈들이 분명 한 것이다. 또 모두가 대가리가 두개씩이다. 오우거도 돼지도 트롤도 모두 말이다. 피부도 적갈색이다. 무슨 바위도 아니고 몬스터들이 적갈색이라니 말도 안 된다.

"볼리아야 드디어 그 마법사의 본거지를 찾아낸 것 같다. 이제부터 매우 조심해서 관찰해볼 일이다."

"와 이제 한판 붙는 거예요? 아빠랑 그 마법사랑 말이에요?"

"한명인지 여러 명인지도 불분명하다. 지금은 그것을 알아내는 것이 가장 중요한 것이야."

"히잉! 나도 몸이 근질거리는데 단번에 쳐들어가서 샷-건으로 박살 내버리면 안돼요?"

"하이고 무슨 성격이 그 모양으로 급하냐? 그리고 넌 홀몸도 아닌 데 막가파처럼 설치면 난 어쩌란 거야. 휴 내가 말을 말아야지. 모든 싸움은 내가하는 거고 부사령관은 나서면 안 됩니다. 이건 사령관 특별 명령이다. 알았어?"

"헹! 싫은데요. 그 명령 철회 해주세요. 네?"

"안 돼! 절대 안 돼. 암 볼리아는 앞으로 코리아호에 남아서 전체 적으로 정보총괄 및 분석 임무를 담당하도록."

"아-안돼요. 절대로 아빠랑 떨어져서는 안돼요. 한시도 아빠 없음 전 못살아요. 제발요. 아빠 저 구경만 할게요. 진짜, 진짜, 진짜 구경만 할 테니 아빠랑 같이 있게 해주세요. 힝-으앙!"

"음 그래 그 약속 명심해. 그러면 생각해 볼게."

"히-익 히끅히끅! 으앙!! 그냥 생각해 보신다고요? 으앙 아-앙!!"

"씨끄러 뚝! 억지 부리면 지금 당장 코리아호로 데려다 놓는다."

"딸꾹 히-끅 딸꾹!"

"-----"

떼 써봐야 안통 하니까. 눈치만 본다. 초점을 아빠 얼굴에 딱 맞추고 눈도 깜빡이지 않는다. 못 본 척 외면하고 '투명장치 개방' 그리고 ⓧ지점 상공 5㎞까지 접근한다. 지형이 특이하긴 특이하다. 일부러 빙산 하나를 만들어 놓은 듯하다. 인위적으로 그렇게 만들어 놓을 수도 있다. 그리고 상당히 넓은 평면 빙판도 그렇게 건물 짓듯이 만들어 놓은 것일 것이다. 축구장 20~30개 넓이의 크기이다. 동굴 입구도 직경이 20m는 될 듯하다. 자연 동굴에 인위적으로 넓게 뚫은 것일 테지. 동굴 안은 어떨까? 엄청난 시설이 있을 수도 있고 그 깊이도 예사로운 생각을 벗어날 정도로 깊을 수도 있을 테지 잠시 후에 사냥감들을 잔뜩 들고 돌아오는 몬스터 들이 보인다. 역시 식량 조달은 사파이어 산 너머에서 해오는 모양이다. 수백 마리씩 훈련 겸 사냥을 하러 나갔다가 돌아오고 있다. 지휘체계가 잘 잡혀 있는 것이 보인다. 다툼도 없고, 모든 행동이 일사 분란하다. 더 이상 이곳에서 관찰할 필요가 없는 사실이다. 동굴 안쪽 정보나 아니면 사냥터에 가서 그것을 방해 하거나, 사냥 나온 놈들을 깡그리 없애거나 하는 것이 효율적인 대응책이 될 것이다. 오늘은 사냥을 어느 길로 나갔다가 돌아오는지 그것부터 파악해 보자.

"R-1 여기는 사령관이다, 오버"

"넵 R-1입니다. 오버"

"드론 3기만 남기고 모두 철수 시켜서 다른 임무에 투입하고 여기 3기는 트윈 몬스터들의 사냥터를 파악하고, 사냥 하러 다니는 길이나 파악 하도록 해. 이상"

"네 명령 접수완료. 즉각 시행합니다. 이상 끝."

트윈 몬스터들이 다니는 길이 뚜렷이 보인다. 사파이어 산 8부 능선을 좌측으로 돌아서 북동쪽으로 연결된 길이 나 있다. 그 길을 따라서 이동하고 있는 무리들이 간혹 눈에 띈다. 100여 마리 단위로 집단적으로 움직이기 때문에 적갈색의 개미 떼가 기어가는 듯한 모습이다. 한번 사냥에 엄청난 수의 사냥감들이 포획 되는데도 여태껏 드론들의 정찰에 발각되지 않았다는 게 신기할 따름이다. 사냥을 지속적으로 하지 않고 한꺼번에 한다면 그럴 수도 있으리라.

"볼리아야 사냥 한번 해볼까?"

"핫! 네 넵 좋지요. 아빠 저것들 사냥해요?"

"그래 그런데 조심해야 된다. 생각 외로 강한 놈들이고, 빠르기도 하니까. 그리고 검강(劍罡)이 아니면 베어지지도 않는다. 물론 광선검이라면 아무 문제도 없겠지만, 샷-건으로 하자. 한 놈도 남김없이 전멸시켜야 하니까. 샷-건은 총구 방향을 조심해야해! 알았지?"

"오호 샷-건으로요. 전 처음인데 오늘 마음껏 연습해 봐야지. 헤!"

"R-2 자동 조종으로 전환하고 우리는 저 지점에 착륙 시켜라. 투명모드로 전환 착륙!"

"넵 사령관님!"

놈들이 돌아오는 중간 지점에 착륙했다. 그리고 샷-건을 발사 모드로 전환한 채 기다린다. 사실 나도 처음이다. 생명체를 타킷으로 하기는 처음인 것이다. 잠시 후 아무것도 모르는 채 나란히 오와 열을 맞추어서 올라오는 무리를 향해 발사되는 샷-건의 위력은 대단하다는 말로는 좀 모자라는 것 같다. 무음에 파괴력은 열의 맨 선두를 향해서 발사하니 그 열은 하나도 안 남고 싹쓸이다. 먼지가 되어 풀풀 거릴 뿐이다. 재가 되는 것이 아니라 그냥 사라져 버린다. 빗겨간 레이져는 빙산의 일부까지 모조리 날려버린다. 2~3초 후에는 남아 있는 몬스터는 하나도 없다. 어떤 원리인지 너무 위력 적이라서 진짜 함부로 사용을 하지 않는 것이 좋겠다. 저 뒤쪽에 아군이라도 있으면 사용 불가다. 그것이 제한 사항이다.

"R-2 이 레이져 샷-건은 사거리가 얼마냐?"

"제원에 1㎞로 나와 있습니다."

음 1㎞라 그러면 그 거리를 벗어난 지점은 안전할까? 시험을 해 보기 전에는 모르는 법 멀리보이는 얼음벽을 향해서 조준사격을 해본다. 거리 1,258m이다. 조준경에 표시되는 정확한 표적까지의 거리다. 이상무이다. 다시 다른 표적을 찾아보니 982m가 있어서 발사! 표적이 사라져 버린다. 다시 1,004m 표적은 그대로다. 확대해서 자세히 보니 엄청난 고주파 진동으로 빙벽이 금이 간 상태다. 곧 붕괴가 이루어 질 것이다. 역시 제원대로 1㎞가 정확한 유효사거리 인 셈이다.

"R-2 샷-건은 한꺼번에 몇 번을 사용 후에 충전하는가?"

"네 제원에는 계속 사용 시에 25시간까지로 기록되어 있습니다.

사용 후 다시 25시간 충전이 필요하고요."

"충전은 어떤 방법으로 하나?"

"충전은 사용중지 상태가 충전이 되는 상태입니다."

"음! 이것 진짜 무서운 무기로군. 그래서 회수 불가 시에 자동 폭파를 하도록 만들어져 있군. 개인소지 무기가 이정도면 무적에 가깝다. 이 보다 더 위력적인 무기는 우주전체에 없을 것이다."

"아빠, 아빠 이거요 제가3살 때 아빠 등에 업혀서 봤거든요. 그때 아빠가 3일 동안을 계속 싸우신 적 있어요. 몬스터들 하고요. 지금도 기억이 생생한데 자다가 깨보면 계속해서 정신없이 많이 죽였죠. 그러다 한번 씩 샷-건은 어깨에 걸고, 광선검으로 싸우시더라고요. 그것이 약이 떨어져서 그랬나 봐요. 이제 생각해보니 그러네요."

"그랬었어? 그렇게나 많은 몬스터 들이 도시로 쳐들어 왔다고?"

"네 수많은 병사들이 죽거나 다치고요. 그리고 시민들이 피난도 가고요. 아~ 지금도 그 생각을 하면 무서워요."

"또 그런 일이 곧 벌어질 것 같은데?"

"네? 또요?"

"그래 이놈들 사냥해 오는 것도 다 새끼를 키우기 위해서야. 그리고 이곳 대륙뿐만이 아니라 8개 대륙 전체에 이런 일들이 벌어지고 있다고 봐야 해. 무서운 계획이다. 이놈은 어느 대륙에 있을까?"

"이놈이라뇨? 아빠 그 마법사 얘기 하시는 거예요?"

"그래 그놈 말이야. 한 놈뿐이면 다행인데 여러 놈이라면 어려워 우린 둘 뿐인데 말이야."

"아빠 어떡해요? 그러면 저도 따로 싸워야 하잖아요. 그럼 아빠랑 떨어져 있어야 되잖아요. 싫은데 그건 정말 에이-씨! 힝”

“만약 그런 경우가 생기면 너는 바젤란 대륙을 맡아라. 내가 없었던 때도 그랬던 것처럼 그 대륙을 지켜줘야 한다. 알았지?”

“히-잉! 아빠랑 떨어지기 싫은데 그래도 어쩔 수 없죠. 그럴게요. 아빠 그리고 나머지 대륙은 어쩌죠? 6개나 더 있는데요.”

“그래 내말이 그게 문제야 하 이거 참! 이곳은 우선 섬멸하자. 굴 자체를 무너뜨려서 아예 씨알도 안남기고 묻어버리자. 그리고 나서 연구 해보자.”

“네 그래요. 그렇담 얘들 일일이 쏴 죽일 필요 없이 있다가 다 기어 들어가면 폭파시키죠 뭐.”

“그래 그게 좋겠다. 그리고 난 후 각 대륙의 가장 생존이 어려운 지역을 중점적으로 정찰해야 되겠군. 이곳처럼 인간의 발길이 닿지 않는 그런 험지를 말이야. 바젤란 대륙은 어디쯤일까?”

“습지나 아니면 바벨산맥의 어디쯤?”

“습지라 그곳도 의심스럽군. 그래.”

“아빠 셔틀 타요. 고공에서 기다리게요.”

“웅 그래 그러자.”

잠시 정적이 흐른다. 동굴 안을 정찰해 봐야겠다. 아무래도 그 놈이 이 동굴 안에 없는 것 같은 느낌이 든다. 그렇다면 드론을 투입해서 근접 촬영을 한다면 속속들이 볼 수 있다.

“R-2 명령을 정정한다. 드론 1기를 자폭 장치를 개방하고 동굴 안을 근접 촬영한다. 촬영과 동시 영상은 R-2가 직접 기록할 것. 그리고 만약 드론이 포획 당할 경우엔 그 즉시 자폭한다. 지금 즉시 실시하라!”

“넵 R-2 명령 접수 드론1기 바로 투입 합니다. 이상”

화면을 바로 띄워서 상황스크린으로 본다. 동굴은 꼬불꼬불 나선형으로 계속 지하로 내리 뻗었다. 수 키로를 내려가는 동안 중간에 넓은 공간이 간혹 있고 그런 곳엔 몬스터들이 모여 있다. 드론 자체를 모르나 보다. 적으로 인식을 하지 않고 멀뚱멀뚱 쳐다보기만 한다. 전혀 관심이 없다. 내려가면서 본 몬스터의 수만 해도 수만 마리는 될 것 같다. 드디어 마지막인 듯한 넓은 공간이 나타나고 수십 키로를 내려온 그곳에 트윈 오우거의 새끼들이 바글바글하다. 개체수를 따질 정도를 넘어 이건 유치원 같은 곳인데, 수만 마리의 새끼들이 키워지고 있는 곳이다. 그런데 이제 겨우 뽈뽈 거리며 기어 다니는 놈들이 부지기수이고, 심지어 갓 태어난 새끼들도 모두 여기로 옮겨와 키우는 모양이다. 즉 양육 공간인 것이다.

희미한 빛을 발하는 돌들이 천장에 빽빽하게 박혀 있고, 희미한 연기가 동공 안에 가득 퍼져 있는 것이 저것이 '라돈개스'임이 분명하겠지 co^{2}가 저렇게 가득 찬 곳에서 어린 새끼들을 키워 강철 같은 뼈와 피부로 만드나 보다. 드론을 구석구석 개스가 유입되는 곳을 찾으려고 살펴보니 가스가 흘러나오는 곳이 한두 군데가 아니다. 구석구석 바위틈으로 새어나오고 있는 것이 보인다.

"R-2 저곳의 공기를 분석할 수 있나?"

"넵 가능합니다. 드론이 모아서 돌아오면 분석 할 수 있습니다."

"그럼 즉시 공기표본을 모아서 철수 시켜라. 분석 결과를 기다리겠다."

"넵 명령 접수완료 즉시 표본을 모아서 철수 시킵니다."

동굴내부에 아예 관리를 위한 사람도 없다. 몬스터들이 얼마나 훈련이 잘 되어 있는지 이미 자체적으로 조직을 관리하는 단계이다. 마치 정예병들을 보는 듯한 느낌이 든다. 몇 분 후 철수한 드론이 가지고 온 공기를 분석한 결과는 역시 라돈가스가 맞다. 라돈가스는 마그마에서 분출되는 가스로 CO^2가 가장 많이 함유된 가스인 것이다. 저런 환경에서 사육되니 피부는 단단해지고 특히 근골은 강철보다 더 강해지는 것이다. 그런데 이놈은 어디로 가고 몬스터들만 자동 시스템으로 생산이 되고 있는 것일까? 기발한 착상이다. 이놈은 천재다. 아니면 이놈들은 천재들일 것이다. 그러니 창조 마법까지 손을 댄 것이리라. 어디서 주범을 찾을 수 있을지 걱정이다.

"R-2 저 동굴을 완전히 파괴 할 수 있나?"

"넵 현재 남은 에너지로는 불가능합니다. 코리아호의 도움을 받죠. 그럼 저런 정도는 일도 아니죠. 사령관님!"

"R-1을 호출해."

"넵 사령관님 R-1입니다. 듣고 있습니다. 오버"

"현재 위치의 동굴을 전체적으로 파괴하라! 이상"

"넵 명령 접수완료! R-2는 지금즉시 비행하여 10㎞이상 내륙쪽으로 떨어 질것! 1분 후 사파이어 산 일대가 폭파된다. 사령관님! 되도록 안전기리 밖으로 피해 계십시오. 폭파장면은 자동으로 영상 기록 됩니다. 카운트 시작합니다. 59,58,57,-------!"

"그래 우리는 내륙 쪽으로 15㎞ 정도 비행하라."

잠시 후 사파이어 산이 레이져 포에 의해서 지진이 일어난 듯 들썩이면서 내려앉았다. 한 순간에 수백 미터가 무너져 내린 것이다. 다행이 마그마가 있는 곳까지는 영향이 없는지 더 이상의 다른 징후는 없다. 크로스 아르메니아 대륙의 몬스터 토벌은 그렇게 일반인들은 모르게 처리가 되었다. 이제부터가 바빠질 것이다. 바젤란 대륙을 위시해서 7개의 대륙을 다 언제 정찰을 할 수 있을지. 모든 드론들을 회귀시키고 셔틀도 모두 코리아 격납고에 안착시켜두고 사색에 빠져드는 무라카!!

“엥! 그러다가 이쁜 볼리아 코 납작코 되는 수 있어?”

“피 알고 계시면서 절 놀리시는 거죠? 헤헤헤”

“웅? 들켰네. 하하 아참 8주째 천사에게 축복 받아야지? 나랑 같이 가자.”

“넵 아빠 같이 가요.”

둘이서 팔짱을 끼고 재생기 천사 앞으로 들어선다.

“어서 오세요. 폐하 그리고 공주님! 공주님은 제 품에 누우세요. 네 아주 건강하십니다. 아기가요. 자 그럼 아기에게 ‘천족의 축복’을 시행 하도록 하죠. 폐하께서도 이곳에 계속 계실건가요?”

“어-흠! 나의 천사여 천족의 축복은 구체적으로 어떤 것인가?”

“네 폐하! D N A 일부를 수정을 하고, 3개의 염색체를 추가 시키는 의술을 말합니다. 상당히 까다롭고 조심스러운 작업이죠. 현재까지 수천만 번의 시술들 모두100% 성공 했으니까 안심 하십시오. 이 이론을 연구하고 발전시킨 과학자는 이것이 새로운 세계를 여는 첫걸음이라고 했습니다. 본인은 이 혜택을 받지 못했죠. 원리는 너무 복잡하고 난해해서 설명 드리기가 불가능 합니다. 또 설명을 하자면 며칠은 걸립니다. 그러니 폐하 그 점을 양해해 주시길.”

“음 그래서 뇌의 기능이 활성화되고, 신체기능도 엄청나게 증폭 되는 것이군. 그리고 수명도 10배나 길어지고 말이야.”

“네 그렇습니다. 그분이 좀 더 시간이 있었으면 불사지체에 이를 수 있었을 텐데 아깝습니다."

"지금도 과해 불사지체? 그건 좀 지나치다 생각 안 해? 허허"

"과학에서 심한 것은 없습니다. 가능하다면 실현시키는 것이 과학정신이죠. 앞으로 많은 자식을 가지시고 저에게 많은 일을 시켜 주십시오. 폐하! 이제 공주님은 더 이상 가임이 불가능 합니다. 후궁을 많이 두셔서 많은 황자들을 보시길 간곡히 부탁드립니다. 폐하. 이는 천국의 백성들에게 큰 기쁨이 될 것입니다. 폐하!"

"고맙다 나의 천사여! 공주는 언제 깨어나는가?"

"네 3일후에 모든 시술이 완료 됩니다."

"그래 천사여 수고하라. 나는 바쁜 몸이니 그럼"

"안녕히 가십시오. 폐하!"

짐 바브 대륙

중앙통제실로 돌아온 무라카는 R-1의 기록 보관실을 Open해서 이 행성으로 이주할 당시의 상황을 면밀히 검토하기 시작했다. 그 당시 화산활동이 있었던 대륙과 그때 몬스터들의 이동 상황을 알 수 있다면 조금이라도 도움이 될 단서를 찾을 수 있을지도 모른다. 화산과 관계가 있는 특수 몬스터들을 보건데 이놈도 그 당시 화산을 찾았을 가능성이 크다고 본다. 불시착 당시에 촬영된 영상을 계속 리플레이를 하면서 반복하다가 바젤란 대륙의 서쪽에 있는 대륙의 하늘이 흐리게 언뜻 보인다. 충돌하기 직전에 수초동안에 찍힌 영상에 스치듯 보이는 광경! 틀림없이 함선에서 흘러나간 연기가 아닌 것이 서쪽 하늘을 일부분 흐리게 만들고 있다. 화산의 징후다. 바젤란 대륙의 서쪽은 무슨 이름의 대륙이 있지?

"R-1 저기 왼쪽의 대륙 말이야 저 대륙 명칭이 있나?"

"네 003,028,112 대륙으로서 --"

"아 알았다. 지금부터 짐 바브 대륙이라 기록하고 명명한다. 앞으로 그렇게 부르도록!"

"넵 짐 바브 대륙으로 수정 기록합니다."

"지금부터 드론들 모두 저 대륙으로 보낸다. 그리고 R-1은 별도로 다른 대륙을 근접 촬영하여 기록한다. 이상한 징후가 있으면 그때그때 보고한다. 드론들은 짐 바브의 모든 산들을 근접 탐색한다. 특히 몬스터들의 움직임을 놓치지 않고 관찰하고 그리스탈 산맥 에서와 같이 동굴을 잘 살핀다. 이상!"

"명령 접수완료 즉시 시행 합니다."

짐 바브 대륙 상공으로 셔틀 폰 프린스를 타고 이동한 무라카는 충분한 고공에서 대륙을 살피기 시작했다. 바젤란 대륙의 절반도 안 되는 크기인데 다이아몬드 모양으로 육각형 비슷하게 생긴 대륙인데 산맥이 4개나 서로 엉켜서 불가사리 같은 모양이다. 아마 중앙의 높은 산이 그 당시 화산 활동을 했던 산인 것 같다. 저산도 실제로 내려가면 만만치 않는 고산이다. 일단은 드론들의 활동을 기다려 보자.

짐 바브 대륙은 산이 전체 면적의 70%를 차지하고 있어 평원보다 산이 한배 반은 더 땅을 뒤덮고 있다. 그러니 사람이 살 수 있는 땅은 지극히 좁아서 제국은 없을 테고 왕국도 그 수가 몇 개 되지 않아 보인다. 인구 분포는 어떨지 몰라도 말이다. 모선 'Ｋｏｒｅａ에서 볼리아가 아빠를 찾아 난리란다. 어느새 시간이 그렇게 흐른 것이다. 코리아호에 도착하여 통제실로 들어서니 눈물이 범벅이 된 볼리아가 달려와 안긴다. 내가 이 맛에 산다. 허허허

"이-잉! 아빠 혼자서만 가버리면 난 어쩌라고 히-이잉 엉엉! 아빠 나빠 씨-잉." 꼬집 꼬집.

"아이쿠 아야! 꼬집기는 누가 안 가르쳐 줘도 고수네. 하하하 아이고 그새 보고 싶었어? 쪽 쪽 쪽!"

완전 닭살이다. 누가 봤으면 눈뜨고는 보기가 좀 민망한 연출

을 한다. 600살을 넘긴 두 노망난 고조 할배, 할매들의 엽기니까. 이해를 히히히힛!

"아빠 미워 혼자두기 없다 해놓고선 그새를 못 참아 혼자 나가요? 힝-헹!"

"아-미안 알았어. 알았다고 그냥 공중 정찰 좀 한거야. 나간 게 아니지 암 땅에도 안 내려 갔으니깐."

"정말 정말이죠? 땅에 안 내려 간 거죠?"

"아니 아빠가 언제 거짓말 하는 거 본적 있어?"

"헤헤 거짓말 한적 있잖아요. 처음에 만났을 때 히히힛 진짜 아빠 인척 했지 롱 그것은 거짓말 아닌가요?"

"억! 캑 졌다 졌어."

"호호호홋 앞으론 진짜, 진짜 어딜 가시던지 절 데리고 가요. 약속해요. 아빠!"

"그래그래 그렇게 약속했다. 자 손가락 걸고 맹세!"

"엥? 그건 또 뭐예요? 그렇게 약속 하는 거예요?"

"웅 우리 지구에선 그렇게 해 여기 새끼손가락을 걸고, 그렇지 엄지를 이렇게 꾹 눌러서 도장 찍고 나면 약속이 성립이 된 거야."

"히힛 재미있다. 그것도요, 헤헤헤"

"아 이거 공짜로 가르쳐 주는 것 아닌데-엥!"

"공짜 아니면 돈 받고 가르쳐 주나요?"

"돈은 아니고 뽀뽀를 받는다던가 뭐 그런 대가를 받고 가르쳐 줘야 하는데 그래야 안 잊어버리고 오래 기억 하거든. 허허허"

"에잉 아빠 자 뽀뽀 해줄게요. 쪽 쪽 쪽 됐죠?"

"웅 그래 됐어 가만 천사한테 가보자 나더러 진단 받으러 오라 했거든."

"어서 오십시오! 폐하 그리고 공주님!"

"그 있자나 폐하, 폐하 그만하고 그냥 전시 임무 명칭으로 사령관으로 통일하자 엔젤 어때?"

"힉! 아니 됩니다. 저는 항상 폐하를 모실 때마다 딱 한분 전시라 해도 그건 제 임무가 다르기 때문에 그렇지요. 용서 하십시오. 폐하!"

"아! 그렇군. 알았어, 그런데 내 몸에 무슨?"

"아닙니다. 폐하 폐하의 옥체는 전무후무한 진화를 이룩한 최고의 옥체가 되었습니다. 그래서 궁금한 것이 좀 있어서 특별히 기록을 남길까 해서요. 마법과 검법의 마나가 따로 조화를 이룬 이런 옥체는 역사상 처음이라서요. 폐하!"

"허허 그것 때문인가? 이해가 되는군. 별것이 아닌데 말이야."

"별것이 아닌 것이 아니옵니다. R-1의 기록과 지식 그 어디에도 없는 신비한 것이옵니다. 폐하!"

"그래? 기록해 두도록 그리고 우리 아기 말이야 성별이 어찌되는가? 아들이야? 딸이야? 예쁜 딸이면 더 좋은데 말이야."

"몇 주 더 지난 후라야 분명해 지지만 아마도 딸일 가능성이 높습니다. 폐하!"

"허허허 그래? 기분이 좋구나. 허허허 볼리아를 쏙 빼닮은 딸이라 옳거니 그래 이름을 '무라니'라고 하자. '구루 무라니 세바스찬!' 어때? 볼리아야!"

"와! 예쁜 이름이네요. 무라니! 무라니! 무라니! 헤헤헤 좋아요. 아빠!"

"저-폐하! 그런데 말입니다. 옥체는 전혀 이상이 없는데 폐하의 뇌는 이미 인간의 범주를 훨씬 벗어나서 저로선 측량이 불가해

합니다 이것은 어떤 방법으로?"

"음 천사여 궁금한 것을 못 참는구나. 크-흠! 좋다. 내가 마나를 세곳에 특별히 압축해서 집적을 했는데, 그 첫 번째가 여기 단전이라는 곳이고, 위치가 아랫배이지 그 다음이 가슴 즉 심장 부근인데 마법을 사용할 때 주로 사용하지, 세 번째는 여기 머리야. 이곳을 상단전이라 부르지. 이렇게 하는 것은 지구의 방식이야. 뭐 온몸이 다 단전과 같은데 구태여 나눌 필요도 없지만 말이야. 이렇게 하면 활용하기가 편하고, 빠르고, 쉬워지기 때문이야. 또 질문 있나?"

"헉 아니옵니다. 두 곳이 아니라 세 곳? 이-크! 잘못 기록 할 뻔 했네. 아 그것이 가능한 것이군요. 폐하!"

"그래 머리는 상단전, 그리고 가슴은 중단전, 아랫배는 하단전 이렇게 기록하면 된다."

"오 그것이 가능 한 것이군요. R-1은 불가능하다 해서 온몸에 다 마나를 가득 채웠었는데."

"그래 고맙다. 천사여 그래서 마나양이 무제한이야. 허허허"

"그게 600년 동안 채운 겁니다. 폐하 기계가 채운 것이라 인간이 채운 것보다 배는 많을 것입니다. 폐하"

"그렇겠지 쉬지 않고 행하였으니 2.5배는 될 거 같은데?"

"우와 그럼 1,800년 정도예요? 히히힛"

"폐하의 뇌는 천인으로서도 다다를 수 없는 입신의 경지까지 도달했고요. 그래서 용량이라는 말로는 표현이 안 되고요. 측정불가 상태 입니다."

"그럼 아기는 우리아기도 태어나면 그 정도 될 수 있는 거야? 엔젤?"

"그건 천성적인 것이 아니라서 지금으로선 알 수가 없습니다. 태어난 후에 검진을 해보면 어느 정도 알 수 있겠지요. 공주님!"

"이-얏 호! 알았어. 아무래도 아빠를 닮겠지 뭐"

"그런 게 아니고 후천적으로 노력해야 된다는 것입니다. 공주님!"

"에헤헤헤 그럼 노력 하도록 아빠가 가르치면 되잖아요. 그렇죠? 아빠?"

"험험 그게 그러니까 에 스스로 깨달아야 그런 경지에 들 수 있다는 건데 하여간 열심히 가르쳐야지 암!"

"히히힛 그-봐! 엔젤! 된다잖아! 헤헤헤"

설명으로는 불가능한 것이 깨달음이다. 지구에서의 지식과 또 집중력 스스로 겪었던 사선을 넘어 우주의 광활한 공간을 횡단했던 그 참담했던 경험. 모든 것을 걸었던 그리고 몇 번인가 포기하려 했던 그 기나긴 어둠의 허공! 그리고 신(神)도 잡아먹히는 블랙홀! 휴! 그러는 동안에 정신이 아주 고양되어 높은 곳에 오른 것일까? 바위처럼 흔들리지 않는 의지의 힘! 초월의식이 표면으로 부상해서 의지하에 놓인 것이 최고의 깨달음이 된 것일까? 붓다의 깨달음에 대한 설명이 팔만대장경이 될 분량이라도 다 설명하지 못한 그 것!

"폐하 R-1의 보고가 들어 왔습니다. 어서 통제실로 가 보십시오."

"그래 알았어. 가자 볼리아!"

통제실 한가운데 상황판 스크린 위에 입체적으로 나타나 있는 그곳 불가사리 산 서쪽 측면으로 개미떼처럼 쏟아져 나오는 몬스터들 벌써 움직이기 시작했다.

"R-1 이것들이 움직이기 시작 한 것이 언제부터지?"

"약 10분 정도 전입니다. 드론이 동굴의 입구를 발견하자마자 파괴 되었습니다. 그 수단이 마법 같습니다. 아니고서는 공중 1㎞ 높이의 드론을 발견하기도 어려울 텐데 단 한 번의 공격에 바로 부숴 졌습니다. 나머지 드론들은 각각 자신의 범위 안에서 활동 중입니다."

"그래 저산을 불가사리 산이라 명명하고 짐 바브 대륙의 산맥을 불가사리 산맥이라 명명한다. 서쪽으로 뻗은 줄기는 '불가사리 원'이고 북쪽은 투, 그리고 동쪽은 쓰리, 남쪽은 포이다. 이제 곧 대륙의 전 왕국들이 몬스터의 대대적인 침공을 받을 것이다. 어떻게 대처 하는지 잘 살펴보고 다른 대륙도 R-1은 계속 감시를 할 것. 나는 우선 불가사리 원 쪽으로 가볼 것이다. 볼리아는 모선 코리아에 남아서 전체 행성에서 일어나는 일들을 수시로 보고 해줄 것. 이상이다."

"으앙! 아빠, 아빠 나 아빠 따라 갈래 네? 저 같이 있고 싶단 말이 예요. 헹!"

"안 돼! 볼리아야. 나도 그러고 싶지만 지금은 안 돼. 내가 매일 코리아에 와서 잘 테니까. 그때 보면 되지 그렇지?"

"정말? 매일매일 밤에는 돌아올 거죠? 자 약속!"

"그래 약속 성립 쿡!"

"헤헤헤 아빠 조심 하세요.네?"

"오냐 그래 조심할게. 다른 대륙 잘 살펴봐 R-1과 함께 말이야."

"넵 볼리아 명령접수 완료. 충성!"

"나도 충성! 갔다 올게. 쪽!"

셔틀 폰 프린스로 불가사리 원 쪽으로 이동했다. 그리고 상공 10㎞ 접근 비행을 하며 지상을 관측한다. 산맥 줄기를 타고 이동하는 몬스터 대 군단의 속도가 어마어마하게 빠르다. 달리는 것인지 미끄러지는 것인지, 혼란이 올 정도로 빠르다. 그리고 2/3 이상이 트윈 오우거이고, 나머지가 트윈오크, 트윈트롤들이다. 이제보니 와이번을 타고 전쟁을 치루든 곳이 이곳 짐 바브 대륙이다.

불가사리 산의 험악한 지형은 바위투성이로 이루어졌고 그 봉우리부근은 와이번들의 서식지이다. 수백 마리의 와이번들이 동시에 날아올라 산맥 아래쪽으로 사라져 가는 모습이 보인다. 저렇게 와이번들이 많으니 새끼들을 잡아서 키우면서 길을 들였을 것이다. 그런데 문제는 와이번들도 피부색이 보통 와이번들과는 틀리지 않은가? 자세히 영상으로 촬영된 화면을 당겨서 확대해 보니 역시 트윈 와이번들이 많다. 피부색이 적갈색이 많다. 즉 어릴 때부터 라돈개스 지역에서 자랐다는 뜻이다. 그렇다면 저 와이번의 위력은 어느 정도일까? 의문이 든다. 어쩌면 무적의 와이번? 방금 떠오른 수만 100마리 정도이니 $\frac{1}{3}$이 트윈 와이번이면 30마리가 넘는다. 저 숫자 정도를 지휘하는 것은 분명 사람이리라. 서둘러 와이번이 움직이는 방향으로 투명 시스템을 개방하고 저공비행으로 따라간다. 뒤쪽을 바짝 다가서자 보인다. 저 선두 와이번등에 타고 있는 사람의 모습이 확대해서 보니 노인이다. 바짝 마른 체구에 얼굴! 눈두덩이 해골처럼 푹 꺼지고 광대뼈가 산맥처럼 툭 튀어나온 모습이 미이라를 보는 듯하다. 금단의 열매를 먹은 모습이군. 어쩔 수 없이 제거 해야겠군.

"R-2 레이져포 발사준비!"

"네 넵! 표적은요?"

"저기 와이번을 타고 진두지휘 하는 자다. 조준 발사!"

슉-하고 빛이 스치고 지나간 공간에 20여 마리의 와이번이 먼지가 되어 사라졌다. 그 노인도 마찬가지로 함께 사라졌다.

"다음 표적은 흩어지는 와이번이다. 무조건 사살하라!"

"넵!"

속도나 회전력 회피동작 어느 것 하나 폰 프린스를 벗어날 수 없다. 아무리 사방으로 흩어져 도망치지만 80% 이상이 먼지로 사라졌다.

줄행랑을 친 와이번은 트윈이 아닌 보통 와이번들은 일부러 쫓지 않았다.

"사령관님 에너지 충전이 필요 합니다."

"알았다. 여기서 나는 지상에 내려갈 테니 충전 후에 나의 부근에 있어라 물론 공중에 말이야."

"넵 R-2 명령 접수완료. 시행 합니다."

'점프! 점프! 점프! 점프! 그리고 점프 불가사리 원 산맥의 중간 쯤에 내려온 무라카! 아직 몬스터 군단이 이곳까지 오려면 이틀은 걸릴 것이다. 그 영감은 누구였을까? 저런 마법사가 도대체 몇 명 일까? 셔틀이 자폭하기 전에 공간이동으로 살아남은 자들이라면 모두 마법사로 봐야 된다. 그리고 그 후손들? 일반 와이번도 막강한데 트윈 와이번이야 오죽하랴? 트윈 종은 무조건 마법의 산물로 봐야 된다. 그리고 보이는 쪽쪽 제거해야 된다. 저것들이 도시 지역에 들어간다? 생각만 해도 끔직하다. 도시하나 휩쓸어 버리는 것은 트윈 오우거 10마리면 차고도 넘치리라. 그 두텁고 질긴 가죽에 강철 같은 뼈. 심줄의 탄력 이런 것을 종합해 봤을 때 소드 마스터가 아니고선 상대가 되지 않을 것이다. 그런데 지금 그런 놈들이 군단 급이 몰려가고 있다. 이것은 아예 하루 만에 왕국하나 잡아먹는 것은 일도 아니다. 대륙을 아예 아

-작을 내어 버리려고 작정을 하고 일을 저지르는 것이 아니고 무엇인가? 그런데 와이번까지 타고 날뛰는 놈들이라니 대륙 간의 거리가 멀긴 해도 와이번을 타고 날아가면 그렇게 먼 거리가 아니다. 그렇다면 이놈들의 본거지가 짐 바브 대륙 어딘가에 있다는 것인가?

"R-1 여기는 사령관이다. 오버"

"R-1입니다. 사령관님! 오버"

"불가사리 산의 동굴을 지금즉시 폭파하라. 오버"

"명령 접수완료 5분후에 폭파 됩니다. 오버"

"그리고 셔틀 라오미를 보내서 폭파 후에 불가사리 산 다른 지역에 동굴이 있는지 정찰하라. 그리고 드론도 모두 투입하라. 이상 끝"

"R-1 접수완료. 끝"

빠져나온 놈들이야 어쩔 수 없고 아직 동굴 속에 있는 놈들은 묻어 버려야지. 다른 방법이 없다. 이제부터는 소규모 지상 전투가 어떻게 전개 될지가 의문이다. 얼마나 많은 희생자를 내고 끝이 날지를 말이다. 지상 전투까지 일일이 도와주고 간섭 하고픈 것은 아니다. 스스로 지킬 수 있는 힘을 길러야지 지난 600년간 볼리아가 마젤란을 도왔다는 것이나 마찬 가지가 아닌가? 될 수 있는 한 지상 전투는 그대로 두고 놈들의 근거지만 일망타진 하는 식으로 전략을 짜서 진행하는 것이 지금처럼 화급한 경우에는 필요한 전략인 듯하다. 일일이 지상전까지 도와주려다 놈들이 도망쳐서 숨어 버린다면 더 큰일을 발생시킬 말미를 주는 격이 되리라.

"R-2 충전 완료까지 얼마나 걸리나?"

“R-2입니다. 두 시간 정도소요 됩니다. 오버”
“알았다 충전 완료되면 통보하라. 이상”
“R-2 접수 완료. 끝”
‘우르르릉 쾅!!’ 괴성과 함께 불가사리 산이 전체적으로 지진을 만 난 듯 흔들린다. R-1의 공격이 끝이 난 것이다.
“사령관님 여기는 R-1입니다. 오버”
“R-1 말하라. 오버”
“불가사리 산은 완전히 파괴 되었습니다. 오버”
“그래 알았다. 우주에 그대로 대기하라. 끝”
“접수완료 끝.”
이곳은 적도 지역 인근이라서 그런지 기후가 전반적으로 후덥지근 하다. 그기에 갑자기 비까지 쏟아진다. 마치 물동이로 쏟아 붓는 듯이 쏟아지는 빗줄기 우선 어디서 비를 피해야 하는데 하긴 온몸이 젖어본들 무슨 대수냐 만은 아니 샤워하는 셈 치면 된다. 오랜 만에 배낭을 열어 방갓을 꺼내어 쓰고는 빽빽한 숲을 서성거리면서 동굴이 없나 살핀다. 그런데 바보같이 관심이 없으니, 강기막을 둘러치면 얼마나 편해 쯧쯧 무인이 일반 생활에는 관심이 없나? 물론 마나의 소모는 일어난다. 에코! 남아도는 것이 마나다. 그래 무협지에 나오는 것처럼 짠! 이것 정말 쓸 만하군! 빗방울이 머리 위 한자 높이에서 튕겨 나간다. 상하 좌우 모두 마찬가지. 훌쩍 나무 위로 뛰어올라 보니, 시야는 쏟아지는 빗줄기 때문에 제로에 가깝다 동굴을 찾아볼까? 슬슬 미끄러지듯이 움직이며 방향감각도 없이 이리 저리 다녀본다. 그런데 동굴은 아닌데 바위가 짱구라서 비가 들이치지 않는 한 마른 공간이 있다. 그곳에 기대앉아서 쏟아지는 비를 바라보고 있자니 새삼 지구의 태백산에 입산할 때 생각이 난다. 그곳에서 올무로 잡은 멧돼지를 메고 안간힘을 다해 동굴로 돌아갈 때 이렇게 비가 억수같이 쏟아졌었지. 갑자기 쏟아지는 비는 땅을 미끄럽게 만든다. 조금만 균형을 잃어버리면 넘어지기 일쑤다. 그래서 몇 번을 뒹굴고 나서 계곡에 굴러 떨어진 멧돼지를 그 자리에서 내장을 걷어내고 해체를 해서 맛좋은 부위만 챙겨서 칡넝쿨에 묶어서 메달아놓고 나머지 부분을 메고 동굴로 돌아왔다.

그 다음날 나머지 부분을 가지러 갔더니, 글쎄 반쪽짜리 멧돼지가 살아서 도망을 쳤는지 없다. 칡넝쿨만 뎅그러니 남아있고 나무 주변엔 발자국이 쫙 깔렸다. 밤새 배고픈 짐승 놈들 파티하고 간 흔적들이다. 고양잇과 동물 발자국인데 시라소니 같았다. 다른 동물은 없으니까. 그때 나이가 65세였나? 그런데 180kg 정도는 거뜬히 둘러메고 산길을 다녔으니 근력이 대단했었지. 그러니 6개월 이상을 아무런 영양 섭취도 없이, 물도 안마시고도 육체가 견딘 것이리라. 지금은 30대 초반이다. 육체는 말할 필요도 없이 우주 최강이다. 허허허 삐-릭! 어?R-2 인가?

“사령관님 지금 착륙할까요?”

“어 R-2 나무 위 50m 상공에 멈춰 투명장치 개방 했지?”

“네 물론이죠. 지금 도착 했습니다.”

“웅 보인다. O p e n!”

“고공으로 상승! 2km 상공에 정지!”

역시 셔틀을 타니 편하다. 괜히 지상군 전투에 끼어들 생각으로 땅에 내려갔다가 고생만 했다.

“불가사리 산 동굴 있었던 곳에 가보자.”

어? 볼 것도 없네. 정상이 100m 이상 폭싹 내려앉아서 형태

자체가 변해 버렸다. 완전 이지러져서 알아 볼 수조차 없다. 완전 초토화되어 버렸다.

"코리아호로 복귀한다."

"넵 시행 합니다."

모선으로 돌아오니 역시 좋다. 볼리아가 응석 부리는 것도 좋고 편해서 좋고, 우주공간이라 고요해서 더욱 좋다.

"지상전투에 참여하려다가 그냥 왔어 우리 볼리아 보고파서"

"넹 아빠 잘하셨어요. 호호호 아이구 귀여워요. 아빠 쪽"

"엥 뭐? 귀여워? 그럴 땐 그런 말 쓰는 게 아냐. 그럴 땐 아빠 짱이야. 최고예요. 이러는 거야."

엄지손가락을 위로 펴드는 시늉까지 쳐다보더니 흉내를 내어 본다. 귀여운 건 볼리아가 귀여운거지 깨물어 주고 싶을 만큼 말이다. 중앙통제실 화상 앞에 앉아서 지상 상황을 지켜본다. 아직 몬스터가 산맥을 벗어나려면 이틀이라는 시간은 있다. 절반 이상이 사라져 버리고 와이번 마저 초전 박살이 난 이때 과연 저 놈들이 명령대로 끝까지 움직일까? 그것도 볼만 하리라. 흑 마법의 피조물은 그 마법사가 사라지면 그 효과도 사라지는데, 지금 이것들도 창조마법의 피조물들은 이미 사라졌는지도 모르지만 그 후손 즉 그 새끼들은 다르다는 게 문제이다. 엄연한 하나의 몬스터 종인 것이다. 얼마나 훈련이 되어 있는지 몰라도 막대한 피해가 발생 하리라. 그러든 말든 일단은 두고 보자. 불가사리 산맥 원, 투, 쓰리, 포 네 방향으로 분산되어 내려가고 있는 몬스터 군단. 적어도 2~3만 마리씩의 트윈 오우거, 오크, 트롤들이 내리닥치면 생 연옥이 발생되겠지. 짐 바브 대륙엔 제국이 없고 왕국만 산맥 외곽으로 총총 붙어 있어서 연합체제가 한 번도 없었으리라고 본다. 지금도 불가사리 쓰리와 포 사이는 왕국간의 전쟁이 한창이다. 와이번을 타고 공격하는 왕국도 있고, 그리고 코끼리 같은 왕 덩치를 길을 들여서 마주 받아치는 것을 본 기억이 있다. 어디 구경이나 한번 해보자고. 국력이 남아도니깐 전쟁을 벌여서 난리이지 않나? 불가사리 산맥 원을 기준으로 확대해서 보는 불가사리③과④사이는 두 왕국이 전쟁이 한창이다. 땅따먹기를 하는지 아니면 철 천지 원수지간인지, 그쪽으로 가장 많은 수의 몬스터들이 내려갔으니, 원수가 친구가 되어 힘을 합치면 모를까. 아니면 두 왕국은 모두 사라지겠지. 저렇게 많은 몬스터를 길들이자면 그 세월이 얼마나 걸렸을까? 그리고 그기에 얼마나 많은 예산이 투입 되었을까? 그것 모두가 국민들의 피가 흘러들어간 것일 텐데, 미친놈들 사라지든 말든 도와줄 마음이 전혀 안 생긴다. 볼리아의 배를 쓰다듬으며 아기를 들여다보니 건강하게 잘 자라고 있다. 심장 소리가 아주 강한 것 보니까 강한 아기가 태어날 모양이다. 고놈 참 얼마나 귀여울까? 상상이 안 된다. 크크크 늦둥이, 막내둥이 하면서 50대에 아기를 가지는 부부들을 본적이 있지만 600살이 넘은 사람이 아기를 가졌다면 이것은 괴사이다. 그러니 더 예쁘게 보일 테고, 더 귀엽게 여겨질 것은 당연지사다. 그런데 은발에 파란 눈의 꼬맹이를 상상해 보라. 어이구! 살 떨려 아직 나오려면 한참 남았는데 말씀이야. 지금 지구의 코리아에는 독신자들이 넘친다. 결혼을 한 부부들도 많이 낳아야 딱 두 명이고, 혼자 사는 것은 유행처럼 번져서 능력만 되면 혼자 살면서 마음껏 연애질이나 한다. 피임약도 진화를 해서 캡슐을 주사기로 몸속에 투입해 두면 자동으로 피임이 된다. 그러니 여자들도 아무 때나 언제든지 섹스놀이를 할 수 있다. 그러니 인구가 점점 줄어드는 추세이다. 사회풍조가 그렇게 변해가니 가정교육도 엉망이다. 그래서 아이들이 말을 잘 안 듣는다고 폭력을 휘두르는 그런 일들이 빈번해지고 자연적으로 자녀 교육도 엉터리가 많다. 교육제도도 제 길을 못 찾는 형국이니 옥석을 제대로 가리지 못한다. 숫자놀음을 잘 못한다고 공학도가 못 되는가? 절대 아니올시다. 교육 시스템이 속빈 강정이니 젊은이들이 제대로 자신의 특기를 살리지 못하고 인생을 낭비한다. 그러다 보니 자연히 국제사회 경쟁력에서 밀려난다. 세월이 흐를수록 점점 더 차이가 심화되어 영원히 쫓아가지도 못할 수준으로 떨어지면 그때는 누가 세금을 내며 어느 누가 정부를 신뢰할까? 무정부 시대는 그렇게 발단이 되어서 일어날 것이다. 주 적국이 사라지면 자연히 그런 시대가 열릴 것이다. 각설하고 좋은 교육 제도가 국가의 흥망을 좌우한다는 진리는 새겨들을 필요가 있는 말이다. 똑똑한 후세를 잘 키우는 것이 최고로 큰 이 익을 남기는 장사이다. 정답! 나의 고국 코리아여 눈을 크게 뜨고 멀리 볼지어다. 다음날 날이 밝자 지상이 생 연옥으로 변해간다. 하늘에서 내려다보니 이것은 그야말로 일방적인 도륙이다. 엄청난 피해가 발생하고 있다. ①과②가 있는 상공으로 이동했다. 볼리아가 같이 가겠다고 우기는 통에 아기가 한창 자라는 시기에 참혹한 광경을 보면 절대안 된다는 식으로 뱃속의 '무라니'를 팔아서 달래놓고, 셔틀을 타고 날아온 것이다. 정말 참혹한 광경이 펼쳐지고 있다. 그런데 3개의 왕국이 연합한 것 같다. 역시 이들은 좀 도와야 할 것 같다. 같이 힘을 합쳐 살기위해서 몸부림치는데 당연히 도와 줘야지 지금 막 도시 외곽에 목책을 세우고 있고, 방어선을 설치하고 20만 정도의 병력들이 바쁘게 움직이고 있다. 그런데 너무 늦은 대응이다. 두 시간 후면 수천마리의 오우거를 앞세운 몬스터가 들이닥칠 것이다. 그것도 트윈 몬스터가 말이다. 셔틀 폰 프린스를 상공에 대기시켜놓고 지상으로 점프했다. 지휘부 막사가 있는 부근으로 점프를 한 것이다. 터벅터벅 지휘부 천막으로 다가가도 아무도 제지하는 자가 없다. 사람에 대한 경계심은 일체 없고 오로지 몬스터를 주적으로 인식하는 모양이다. 그리고 또 긴박한 상황이다 보니 눈코 뜰 새 없이 다들 바쁜 것이다.

"이곳 사령관이 누구요?"

"넷? 누구신지요?"

"아 나는 지나가는 용병인데 지휘관을 만나고 싶군. 좀 급한데."

"네 저를 따라 오십시오. 워낙 지금 화급해서 모두 정신이 없습니다. 산맥 아래로 두 개의 도시가 뭉개지고 지금 '타알리'시도 바람 앞의 촛불입니다."

"아 여기가 '타알리'시 인가요? 사령관은 누가 맡았소?"

"네 크리스티나 소울 공작이 연합군 사령관입니다. 이쪽으로 사령관님! 손님이 오셨습니다."

"네? 손님요? 아! 실례 너무 바쁜 와중이라서 절 아시는 분인가요?"

"아니요. 난 이런 사람이요. 조금 도움이 될까 해서요."

"우-왓! 초특급 용병이시네요. 슈퍼 용병 와! 대륙에 한명도 없는데 다른 곳에서 오셨나 보네요? 도움이 되고말고요. 지금 너무 밀려서 희생자들이 너무 많습니다. 제발 도와주세요."

"그러지요. 앞으로 한 시간 후면 트윈 오우거 떼가 들이 닥칠 거요. 공성무기 같은 거 없어요? 트라뷰셋(평행추 원리를 이용한 장치) 말입니다. 일명 투석기죠,"

"있죠. 있습니다. 지금 준비할까요?"

"네. 될 수 있으면 많이요. 모든 위버랜스(Wiber lancer)들은 목책 바로 뒤에 배치하고 궁수는 높은 지대에 위치시키십시오. 투석기는 제가 신호하면 최대속도로 무조건 발사 시키게 해주십시오."

잠시 후 사령관의 명령으로 방어 진형이 갖추어졌다. 모두 정예병 들이라 동작들이 빠르고 눈빛이 살아있다.

"자! 잠깐 나의 말을 들으시오. 나는 용병이지만 소드 마스터이기도 하오. 그리고 저 괴물 녀석들과 3번이나 싸운 경험이 있소. 용감한 기사들 그리고 병사들이여! 여러분들이 이 방어에 실패하면 여러분뿐이 아니고 왕국전체가 전멸 당할 것이오. 그래서 정신 바짝 차리고 죽기 살기로 싸워야 하오. 그런데 무서운 것은 대가리가 두 개인 트윈 오우거인데 이놈은 가죽과 뼈가 강철 같아서 칼에도 베이지 않소, 키가 10m가 넘는 괴물들이오. 그렇다고 겁먹지 말고 내 얘기 잘 들어보시오. 공성 무기에 편성된 조는 무조건 큰 바위를 내일 아침까지 쓰고도 남을 만치 모으시고, 그리고 궁수들은 오우거의 눈이나 입속에 화살을 박아야 하오. 몸통은 100발을 쏴도 소용이 없소이다. 오늘 한번 멋지게 죽읍시다. 살려고 달아나면 무조건 죽소. 그러니 죽기로 싸워야 그나마 살길이 있소. 이상 전투준비!"

"와-와! 마스터다. 전투준비!"

"와-죽자 여기서 죽자! 와 와!!"

"사령관님 사령관님은 투석기에 쓸 바위를 계속 조달해 주시오. 떨어지면 건물을 뜯어서라도 충당해야 하오. 저 괴물을 뭉개버리는 것은 바위뿐이오. 난전이 되면 병사들은 무조건 성안으로 후퇴 시키고 성안에서 바위를 날리시오. 그것 외엔 방법이 없소이다."

"넵 알겠어요. 잘 부탁드립니다."

"네 이곳은 내가 막죠. 그럼!"

벌써 쌔 까맣게 달려오는 괴물들이 눈에 들어온다.

"공성 조. 투석기 준비!"

"준비완료."

"투석기 발사! 발사!"

'휘-잉 쿵 휘-잉! 슈 우-웅! 쿵! 쾅! 캑!'

오우거 몸통만한 돌덩이들이 공중을 날아서 벌떼처럼 달려오는 무리에 떨어지자. 뭉개지는 놈. 아예 대가리가 박살나는 놈! 다리가 부러지는 놈 요란하다.

"투석기 계속 발사! 자유발사!"

"자유 발사! 최대속도로~발사!"

슝슝슝 50대의 투석기가 쉴 틈 없이 돌을 날린다. 교대로 체력을 유지 하면서 그리고 바위를 실은 달구지가 줄을 잇는다. 성내의 민간인들까지 나와서 돌을 나르는 것이다. 아줌마들까지 물통을 들고 다니면서 땀 흘리는 병사들 물을 공급한다. 그 모습을 보고 무라카는 여기는 살겠군. 고개를 끄덕이면서 생각한다. 그렇게 전투는 계속 돌을 날려서 접근을 못하게 한다. 창병과 궁수들이 눈을 빛내며 전방을 주시하고 있다. 트윈 오우거도 겁을 먹자 뒤로 주춤거리면서 빠지려 하고 있다. 100여 마리가 곤죽이 되어있는 것을 보고 겁을 먹은 것이다. 뭔가 희망이 보이는가 싶었는데 무리의 뒤쪽에서 괴상한 소리가 들리자. 갑자기 미친 듯이 오우거들이 앞으로 달려 나온다.

"투석기 다 같이 발사!"

"발사! 발사! 와~ !"

"투석기 최대 속도로 자유 발사!"

'슝-슝-슝-슝 슈우웅! 쿵 쾅 콰르르르- 쿵!'

돌덩이가 새까맣게 날아가는데 그 속을 뚫고 앞질러 달려오는 무리가 있다. 30여 마리의 오우거 떼가 몰려오고 있는 것이다.

'쾅! 콰르르 쿵! 쾅!! 우르르르- 쾅!!'

뒤를 이어 달려오는 놈들은 피떡이 되어 뭉개지고 부숴지며 시체가 쌓여 가고 있다. 그런데도 꾸역꾸역 앞으로 밀고 나온다. 뒤에서 괴상한 소리를 지르는 놈이 대장인 모양이다.

"겁먹지 마라! 창병 준비! 창병 준비하라! 궁수 사격개시!"

앞으로 튀어나온 30여 마리가 100미터 앞으로 달려온다. 5m짜리 몽둥이를 들고 쿵쿵거리며 뛰어오는 모습이 괴물 같다. 가까워질수록 10m짜리 거구가 단단한 근육과 함께 꿈틀거리는 모습이 질리게 한다. 위압적인 거구에 근육이 실타래처럼 꼬였다. 또 몽둥이가 굵고 길어서 목책이 견디기 어려울 정도다. 화살이 비 오듯 날아가도 다 튕겨 나온다. 창병 뒤로 기사들이 세 겹으로 늘어선다. 난전에 대비를 하는 것이다. 기사들은 이미 죽음을 각오한 눈빛들이다. 이러다가 목책이 부셔지면 야단이다. 무라카는 총알처럼 튀어 나간다. 옆구리의 광선검을 뽑아 들면서 목책을 가볍게 뛰어 넘어서 30여 마리의 오우거를 향해 마주쳐간다. 목책 밖을 바람처럼 달려 나가는 무라카의 하얀빛의 광선 검이 '오러'처럼 빛이 난다.

"와- 소드 마스터다. 와! 와!"

함성이 하늘을 찌른다. 제일 앞에 달려오는 오우거의 어깨를 뛰어 넘으면서 목을 베고, 그 뒤의 놈들 속으로 눈으로 쫓지도 못할 정도의 속도로 지나간다.

"쿠-엑!" "꺅!" "쿠르르-캑!" "쿠-당-탕!"

삽시간에 6마리의 오우거를 베어 넘긴다. 그 큰 덩치가 대가리도 없이 뛰뚱 거리다가 쿵 하고 쓰러지는 모습을 본 병사들은 사기가 하늘을 찌를 듯 높아진다.

"와~ 와- 와~오우거가 작살난다. 창병 정신차렷!"

그 중에 두 마리가 목책까지 도달해서 목책을 내리치고 있다. 쿵! 쾅! '크르르 쿠-왕!' 화가 나서 지랄발광 하지만 목책도 만만한 것이 아니다. 뾰족한 끝부분이 많아서 함부로 타 넘지도 못하는 것이다. 그 사이에 반 이상을 목과다리 심지어는 몸통채로 베어 넘기는 무라카! 쓰러지는 놈의 어깨를 밟고 뛰어 오르며 춤추는 듯한 동작으로 회전하면서 한꺼번에 두 마리를 두 동강 내어 버리고 겁을 먹고 주춤 거리는 놈의 다리사이로 빠지면서 두 다리를 절단한다. 그리고 뒤쪽의 놈들 사이로 파고들면서 공중회전 돌기로 대가리를 갈라 버린다. 닭 무리 속을 노니는 제비 같은 몸놀림이다. 그런데 목책이 뚫려 버린 곳에 기사들이 막아섰다. 30명이 넘는 기사들이 롱소드에 검기를 피워 올리면서 오우거 두 마리와 대치중이다. 그런데 검기가 실린 검에도 상처는 물론이고 긁힌 표시도 안 난다. 상하 좌우에서 번갈아 가면서 공격해도 이놈의 껍질이 강철인지 끼릭 끼릭 미끌림 소리만 들리지 표시도 없다. 오히려 오우거를 화나게 하는 결과를 불러오는 행동이 될 뿐이다. 기사 두 명이 오우거의 몽둥이를 얻어맞고 날아간다. 무려 7~8미터를 날아가서 땅에 쳐 박힌다. 빈자리로 새로 기사 두 명이 가담하고 빙글 빙글 돌면서 약 만 올린다. 붙잡고 있기만 하면 곧 무라카가 올테니 말이다.

어쩔 수 없다. 오우거의 다리통이 장정의 팔로 두 사람이 안을 정도이니 빙글 빙글 돌면서 약만 올려도 이놈이 이곳을 통과하지 못할 것 아닌가? 또다시 기사 세 명이 몽둥이를 맞고 날아간다. 다시 채워진다.

"와~와! 마스터님 오셨다."

그때 28마리를 모두 베어 넘기고 무라카가 달려왔다. 병사들의 고함 소리가 울려 퍼진다. "이 얍!" 오우거 뒤쪽에서 앞으로 뛰어 넘으면서 휘두른 동작에 오우거가 뚝 멈추어 선다. 그 사이 무라카가 남은 한 마리 쪽으로 달려가 버리자. 기사들의 표정이 황당한 모양이다. 아니 오우거를 뛰어 넘기만 하고 가버렸으니 기가 찰 수밖에 그런데 오우거의 대가리 두 개가 스르르 미끄러지면서 굴러 떨어진다.

"히-익! 캑! 언제 베어버린거야?"

"우와! 와 역시 소드 마스터다. 와!"

벌써 저쪽 오우거도 두 쪽 내고 터벅터벅 걸어온다.

"창병들 내말 들어요."

"네 네-넵 마스터님!"

"급하면 이렇게 창을 비스듬히 들고 손잡이를 이렇게 땅에다가 콱 꽂으면 오우거가 목책을 뛰어 넘든지 밀고 들어오다가 어떻게 되겠어요?"

"아 넵 옆구리 찔립니다."

"그렇죠? 그렇게라도 해야 목책이 안 뚫립니다. 아시겠죠?"

"네 넵!"

목소리는 크다. 그리고 용기백배다. 사기가 오른 것이다. 바로 눈앞에서 오우거 30마리를 아작 낸 마스터가 있으니 얼마나 든든한 가! 저 쪽을 보니 투석기는 계속 돌아가고 있다. 즉 교대로 계속 돌을 날리는 중이다. 몬스터 쪽을 보니 우왕좌왕이다. 맨 앞의 오우거가 전진을 못하니 뒤쪽의 오크나 트롤은 앞으로 나오지도 못한다. 그리고 괴성을 지르는 놈은 지금 미쳐가고 있는지 눈앞의 오우거를 꽥꽥 거리며 짓밟고 있다. 저놈이군 저놈을 죽여야겠군. 창병으로부터 창을 하나 뺏어들은 무라카는 창을 들고 목책을 휙 뛰어 넘더니, 초속 30m의 속도로 몬스터 쪽으로 달려간다. 기사들 병사들이 눈을 빛내면서 바라보는데, 그 속도 그대로 창을 날리는 것이 아닌가! 그 긴 창이 일직선으로 화살보다 더 빠르게 날아가더니 미쳐서 자기 졸개들을 짓밟고 있던 대장 오우거의 심장에 정확하게 틀어박힌다. "캑!!" 그것으로 끝이다. 괴상한 소리도 더 이상 들리지도 않고 오우거들도 멍하게 이쪽을 바라보고 있다.

무라카가 손을 들어서 투석기 조를 멈추게 하자. 투석기 병사들도 모두 무라카를 바라본다. 드디어 다시 무라카가 광선검을 뽑아들었다. 그리고 목책을 뛰어 넘어서 중간쯤 지점으로 달려간 무라카!

"이-이-얍!!"

어마어마하게 큰 소리가 무라카의 입에서 튀어 나오면서 그대로 돌진한다. 어마어마한 기합소리에 마나를 실어 보냈으니, 몬스터 떼는 지금 바짝 겁을 먹은 상태다. 그기에 살기를 품어내며 하이얀 검을 들고 달려오자 혼비백산한 몬스터 떼는 뒤로돌아서 달아나기 시작한다. “와! 와-악!! 와 와 와 이-이-얍!” 그 통에 병사들까지 모두 고함을 지르자. 꽁지에 불이 붙은 말들처럼 돼지를 짓밟고, 트롤을 깔아뭉개면서 달아나기 시작한다. 얼마나 빨리 달아나는지, 꼭 메뚜기 떼가 튀어 흩어지는 모습이 이러할까? 3만 마리에 가까운 몬스터가 벌떼처럼 흩어지며 달아나는 모습을 상상해보라!

“푸-하하하하 핫! 으-하하하 핫!”

일부러 주변의 마나를 공조케 해서 쩌렁 쩌렁 웃음소리를 크게 내니까. 달아나는 몬스터들이 뒤를 돌아보는 놈 하나 없이 숲 속으로 사라져 버린다.

잠시 후 휴! 털-석 하고 그 자리에 주저앉은 무라카!(연극임) 기진맥진 한 듯이 주저앉아 광선검을 옆구리에 걸고 떨어져 있는 소드를 하나 챙겨 놓고 멍하게 앉아 있다. 그러자 기사들 병사들 그리고 사령관까지 헐레벌떡 달려온다. 달려온 기사들이 원형으로 방진을 치며 경계를 한다. 역시 정예 기사들답다. 속으로 쓴웃음을 지어면서도 얼굴은 지친 듯하고 온몸은 피투성이다.

“저 마스터님 혹시 머리 다치셨나요?”

예-쁜 사령관이 옆으로 와서 안절부절 한다.

“어-! 다친 데는 없는 것 같은데 힘이 빠져서요. 후후후”

비틀비틀 일어선다. 그러니 크리스티나 소울이 화들짝 놀라서 부축한다.

“아! 힘 빠지도록 싸워 보기는 오랜만이네. 휴 목이 다 타네 쩝! 조금만 더 저놈들이 버팅 겼으면 큰일 날 뻔 했네 하하하 십 년 감수했수다. 크크큭” 비틀 비틀!

"어이 병사 빨리 성에 가서 물 준비하라 일러 마스터님 마실 물 씻을 물 모두 준비시켜!"

"네 넵" 후다닥! 얼마나 신이 났으면 말처럼 달려간다. 저렇게 빠르면 최소 익스퍼드 중급이다. 목책 안으로 들어서니 모든 기사 병사들이 쭉 늘어서서 존경스런 시선으로 우러러본다. 가운데 길을 열어 놓고서 그러자 사령관이 무라카 뒤를 따라 오면서 박수를 친다.

"와-와 마스터님 만세, 만세, 만세 와 와!"

그렇게 사령관 천막 안으로 안내 되어서 물을 맛있게 마시고 얼굴도 씻고, 옷에 묻은 피도 시녀들이 와서 싹 닦아준다. 아-참 연극하기도 힘드네.

"정말 감사합니다. 마스터께서 도와주시지 않았으면 아마도 타알리 시도 끝장났겠죠. 이 은혜를 어떻게 보답해야 할지 연합 사령관으로서 진심으로 고맙습니다. 그러니 오늘은 이곳에서 푹 쉬시고 저는 3국 대표들과 회의를 하고 오겠습니다. 제가 올 때까지 꼭 좀 기다려 주셨으면 합니다."

"어 나 바쁜데요. 크리스티나 소울 공작이시라 했죠. 저는 무지무지 바쁜 사람이라서 또 다른 왕국에 구해주러 가야 되요. 지금이 대륙 곳곳에 몬스터 대란이 일어났어요. 그래서 제가 달려온 거구요. 일단은 착하고 정의로운 왕국부터 구하고 그리고 전쟁이나 하기위해 국민들 생피 빠는 왕국은 망하든지 말든지 그냥 놔둘 거요. 그래도 여기 3국처럼 서로 돕는 왕국은 구해야지요. 에 이번에는 ①과④사이로 가봐야 되는데 밥이나 좀 주시오. 힘 빠지게 싸웠더니 배고프네. 허허허허"

"넵 조금만 기다려 주세요. 그리고 오늘은 너무 늦은 것 같은데 여기서 쉬시면서 기다려 주세요. 제발! 저는 잠시 다녀올게요."

"네 그러세요. 밥 먹고 있을게요. 험험"

일단 밥은 챙겨먹어야 ①과④사이로 가든지 말든지 하지. 큼한 20분 있으니까. 햐 진수성찬이 차려진 밥상을 기사들이 들고 들어온다. 우와 진짜 진수성찬이다. 전쟁터에서 말이다.

"어? 같이 먹읍시다. 배가 고파서 말이요. 허허 같이 먹어요. 기사님들."

"아니 저희들은 좀 있다가 먹을 겁니다. 여기 술도 있으니 천천히 맛있게 드십시오. 충성!"

허 그 양반 목소리 진짜 크네. 냠냠 쩝쩝 하여간 먹는 건 잘 챙겨 먹어야해. 코리아 호에 가면 맨날 죽 뿐이야. 어이구 그 놈의 죽! 그렇게 해서 차려진 음식을 싹 다 먹어치우고 트림을 하면서 일어선다.

"R-2 현재 위치 어디야?"

"네 사령관님 상공 5km 지점입니다."

"알았다. 오픈해."

점프, 점프! 그렇게 사라져 갔다.

천족의 막내 라누고

불가사리 ①과④ 사이로 이동하니 제법 잘 짜여진 방어진이 구축 된 가운데 역시 엄청난 병력들이 집결해 있는 것이 보이고 계속되는 몬스터들의 공격에도 간신히 버티고 있는 것이 보인다. 산맥과 연접한 왕국 하나를 통째로 내어주고, 지금 이곳에 최후 방어를 위해서 연합한 연합군이 평원 가운데 있는 토성을 거점으로 방어를 하고 있는 모습이다. 영상으로 확대해서 관찰하니 짐 바브 대륙에서 가장 넓은 저지대 5개국이 연합전선을 구축한 모양이다. 투석기가 군데군데 분산 배치되어 있다. 그래도 꽤 현명한 지휘관이 있는 모양이다. 다시 ③과④지역으로 이동해보니 벌써 몬스터 판이다.

지들끼리 전쟁을 치루더니 얼마 바티지도 못하고 박살이 나서 애꿎은 백성들만 몬스터 밥이 되고 있다. 너희 백성들에게도 책임이 있다. 아무리 계급 사회지만 잘못을 알고도 방관한 죄가 있는 것이다. 피난민들이 바닷가로 이동을 하고 있는 모습이 보인다. 저것은 그냥 두면 모두 몬스터 밥이다. 특단의 조치를 해야 할 것 같다. 일반 백성들이 바닷가 저지대에 몰려있는데 지금 그쪽으로 트윈 오우거 떼가 접근해 가고 있다. 마법으로 상공 2㎞까지 접근한 무라카는 광역 마법을 오우거 떼 머리 위에다가 쏟아 붓는다. '그레잇 라운드 파이어 레인' 순식간에 하늘이 어두워지며 불비가 쏟아지기 시작한다. 제 아무리 강철 같은 가죽이면 뭐하냐? 꺼지지 않는 불인데 말이다. 녹아버리기는 마찬가지인 것을 피난 나온 백성들이 하늘을 우러러 보면서 무릎을 꿇고 절을 해댄다. 몬스터 밥이 되기 직전이었으니 오죽하랴. 30분 후에는 살아 있는 몬스터는 한 마리도 없다. 10㎢ 내에는 땅까지 까맣게 변해 버렸다.

다시 ②와③ 지역으로 돌아온 후 관찰을 해보니 10여개의 왕국들이 제각각 극히 위험한 상황에 봉착해 있다. 오늘 밤을 넘기기 어려운 상황이다. 그러나 간섭할 마음은 전혀 없다.

"R-2 코리아 호로 돌아간다."

"네 사령관님!"

볼리아가 눈이 빠지게 기다리고 있을 테니 빨리 돌아가야지. 그런데 그 순간 엄청난 마나 파동이 불가사리 산 정상 부근에서 일어나는 것이 아닌가! 응? 뭐지? 저것은 텔레포트 마법사용 시 일어나는 현상이다. 얼마나 원거리 이동이기에 이 정도 마나 파동이?

"R-2 잠시대기!"

막 우주로 출발 하려던 폰 프린스가 정지 상태로 전환한다. 몇 시간 전에 강력한 폭발로 사라져버린 그 공간이다. 그렇다면 필시 그 놈일 것이다. 행성장악 시나리오를 진행하는 그자 천재 마법사 어디 얼굴이나 한번 보고 갈까? 대륙을 건너 온 것이 분명하다.

"R-2 계속 이곳에서 대기 하도록!"

"넵 사령관님 !"

마법을 사용하지 않고 접근해야 한다. 그래야 놈이 눈치 채지 못할 테니까.

"R-2 영상만으로 낮에 공격한 동굴주변을 살펴보자."

"넵"

"그리고 투명 시스템은 개방하고 있는 거지?"

"네 그렇습니다. 사령관님!"

"R-1도 불가사리 산 정상부근을 세밀히 촬영하라."

"R-1명령접수 완료. 시행합니다."

놈이 보인다. 잡혔다 영상에 공격으로 폭파된 정상부근에서 꼼짝도 않고 서 있는 인물이 보인다. 완전히 뼈다귀에 우의를 덮은 모습이다.

"R-2 저놈에게 조준해 레이저 포를 내가 손을 내리면 바로 발사한다."

"넵 준비 완료!"

(그대의 이름을 밝혀라. 나는 천족의 후예 구루 무라카 세바스찬이다.)

녀석이 두리번거린다. 자신이 노출된 것을 아는 것이다. 섣부른 행동은 죽음뿐이란 것도 아는지 부르르 떠는 모습이 매우 당황하는 모습이다.

[구루 무라카 세바스찬? 그대는 600년 전에 죽은 것으로 아는데? 어떻게? 나는 라누고라 불렸던 반대파의 막내다. 구루로아님은 안녕 하신가?]

(막내 라누고? 너희들은 도대체 몇 명이나 살아남은 것이지? 그리고 지금 무슨 짓을 저지르고 있는가?)

[후후후후 처음 의견이 갈렸듯이 우리는 이 행성을 장악해서

천족의 땅으로 삼을 것이다. 영원한 우리의 땅으로 삼을 것이다. 공존은 없다. 저 하찮은 몬스터 같은 인간들은 멸종 시킬 것이다. 우리의 일에 방해하지 말라. 계속 방해하면 전쟁도 불사 하겠다.]

(전쟁? 하하하 그만한 능력은 있고? 암습 따위나 일삼는 주제에 그리고 같은 인간을 멸종시키겠다고? 그 따위 망상은 도대체 누가 생각한 거냐? 이 우주에 우리만 있는 줄 아느냐? 우리 보다 훨씬 앞선 문명을 보았다. 그들이 가만히 있을 것 같나?)

[뭐? 우리보다 앞선 문명? 어디? 어느 행성에 그런 인류가 있다는 건가?}

(지구라는 행성이다. 여기서 그렇게 멀지는 않다. 1,400 광년거리에 있으니, 그러니 망상은 접고 공존만이 우리 천족의 유일한 길이다. 진정으로 멸종당하지 않으려면 돌아가서 모두에게 알려라. 나 구루 무라카 세바스찬이 명한다. 공존을 모르면 멸망만이 있다는 것을 전해라. 지금도 라누고 그대를 없애 버리려다가 보내주는 것이다. 나의 깊은 뜻을 전하기 위해서 돌아가라.)

[컥! 고맙소. 그대 무라카여 마지막 남은 천황의 후손이여, 그대의 뜻은 전하리다. 그 후의 사항은 나로서도 어쩌지 못한다는 것을 이해 해주기 바라오. 그리고 우리의 수도 이젠 얼마 남지 않았소이다. 겨우 남자 12명 여자20명만이 남아 있소. 그것도 생산이 멈춘 상태요. 원인을 알 수 없는 질병인데, 임신이 되지를 않소. 이미 멸종의 문턱에 선 셈이지 부디 마지막까지 천족의 멸종은 막아주시오. 그럼 무운을 빕니다.]

텔레포트로 빛과 함께 사라졌다. 충분히 역추적이 가능 하지만 그렇게 하지 않았다. 그의 말이 가슴에 앙금처럼 남아서 맴을 돈다. 메아리처럼! 총32명인데 그것도 어떤 질병으로 인해서 가임이 불가능한 상태라면 그대로 두어도 곧 사라질 운명인 것이다. 그래서 피부가 검게 변했고 '금단의 열매'까지 손을 대었다는 것인가? 라누고가 서 있었던 위치에 점프해서 마나 사용량을 검토해본다. 그렇게 먼 거리가 아니다. 하나의 대륙정도를 건너가는 거리인 것이다. 폰 프린스로 돌아와 위성 지도를 띄우고 살펴보니 바젤란 대륙이 아니면 그 거리의 사정거리 안에는 다른 대륙이 없다. 그러니까 바벨산맥 속 어딘가에 숨어서 살아왔다는 결론 밖에는 없다는 뜻이다. 그런데 크리스탈 산맥까지 진출한자는 누구였을까? 궁금한 것이 많지만 일단은 코리아 호로 귀환해서 검토를 해봐야 하겠다.

"R-2 코리아 호로 돌아가자."

"네 사령관님!"

코리아호로 돌아오니 볼리아가 칭얼대며 달려와 안긴다.

"에-잉! 심심해 죽는 줄 알았어요. 아빠! 아빠! 아빠! 그래도 지금은 아니에요. 헤헤헤"

"웅 잘 있었어? 정보 취합하고 행성 살피면 심심하진 않을 텐데 쩝 그걸 R-1에게만 맡기고 노니깐 심심하지요 바보 귀염둥이! 허허"

볼때기를 쭉 늘리며 놀리자.

"아참 그렇게 놀아야겠구나. 앞으로 혼자 있을 땐 에-잉 바보다 볼리아는 키키킥!"

"말이 그렇다는 것이지, 진짜는 아냐 큰일 날 소리 우리 이쁜 볼리아가 왜 바보야? 얼마나 똑똑한데. 쪽"

"헤헤 그렇죠. 저 똑똑하죠. 그런데 아빠 앞에서만 바보 되는 건 괜찮아요. 히히힛"

"스크린 보면 이 아빠 뭐하는지 다 보이잖아 알면서 일부러 그러는 것 다 알아. 모르는 척 하는 거지 그렇지?"

"캑! 호호호 그것도 알아요? 제가 다 보고 있다는 것?"

"그럼 그것도 모를까봐? 이거 어째 자꾸 여우 닮아간다. 꼬리는 안 생겼나? 어디어디 한번 보자!"

"호호호 꼬리 생기면 볼만 하겠다. 그-쵸?"

"꼬리 생기면 잡을 대가 한군데 더 있어서 좋지 롱."

"에-게게 징그러워요. 꼬리가 있다면 캑"

"우리 아기는 잘 있나 어디 보자."

"아빠 부끄러워요. 기계들이 보잖아요. 씨!"

"보면 어때서 기록에 다 남아 있을 텐데 모를까봐? 허허허"

"그래도 너무 노골적이다. 히히힛!"

"천족이 남은 인원이 32명이란다. 바젤란 대륙의 바벨산맥 어딘가에 숨어서 지내는 가봐. 모두 질병에 걸려서 세포가 검게 변해가고 있는 모양인데 어찌할지?"

"네 그럼 만났어요?"

"라누고라는 막내를 만났어. 남자가 12명 여자가 20명 남았다는데 그 중에 하나가 나한테 죽었으니 이젠 31명인가?"

"어머 그럼 그들이 있는 곳에 가 봐요. 잘 타일러서 질병도 치료 해주면 될 거 아녜요."

"그게 그렇게 쉬운 것이 아니다. 그들은 한번 배신했을 뿐만 아니라. 바나 행성을 장악해서 행성의 모든 사람을 죽여 없앨 음모를 꾸미고 있어. 용서 할 수 있는 범위를 벗어난 것이지. 돌아올 수 없는 다리를 건넜다고."

"어떻게 하실 건데요."

"글쎄 그것을 아직 결정을 못했어. 스승님 같으면 어떻게 하실 거 같아?"

"글쎄요. 아마 용서치 않을 거예요. 저라도 배신을 하면 다 죽일 것 같아요. 그리고 어쩔 수 없이 따라간 자들은 고려해 봐야죠. 여자들은 그랬을 것 같은데요. 아빠 여자들은 고려해 봐야 할 것 같아요."

"음! 좀 더 깊이 생각해보자. 그리고 그들의 반응도 기다려 보고"

"네 전 무조건 아빠 의견을 따를게요. 그런데 모든 사람들을 왜 죽이려 하지? 그것은 이해가 안 되네요."

"아마도 그 11명의 무리에 그 수장이 깊은 원한이 있는 것 같아. 저 아래 사람들과 말이야."

"아빠는 식사 하셨어요?"

"웅 그래 엄청 많이 먹었지."

"힝~ 나는 죽만 먹게 두고 혼자서만 헹"

"그래 내일은 같이 내려가자 처리할 몬스터들이 많아."

"얏-호! 정말이죠? 그래요. 헤헤헤"

우주공간엔 밤도 낮도 없지만 그래도 시간으로 구분을 해서 쉴 시 간엔 쉬는 것이다. 그렇게 하루가 마무리 되어 간다.

침실로 돌아와 조용히 명상을 하고 볼리아를 꼭 안고 잠이 들었다. 다음날 중앙 통제실 스크린을 보며 불가사리 ②와③사이의 평원을 살펴보니 피해는 크지만 그런데로 각각의 왕국들이 버티어 내고 있다. 얼마나 버틸지는 미지수 이지만 말이다. ③과④사이의 왕국은 싹 쓸렸지만 주민들은 어느 정도 살아남았으니,

스스로 자구책을 마련 할 테고 ①과④사이의 왕국은 굳건히 반격에 나서며 점차 우위를 보이고 있다. 뭉쳐서 대처를 하니 그 힘이 막강한 것이다. ①과②사이의 왕국은 승리로 끝이 나서 바람처럼 사라져 버린 슈퍼용병 무라카를 찾느라 난리다. 그러거나 말거나 대륙의 남쪽인 ①과④사이의 왕국을 도와주러 출격했다. 수많은 병력들이 연합 전선을 형성하고 싸우고 있는 후면에 소리도 없이 나타난 젊은 남녀 한 쌍이 총사령관을 찾아 온건 오전 이른 시간이다.

"사령관님을 뵙고 싶은데 어느 천막에 계십니까?"

볼리아의 질문을 받은 기사는 얼이 빠졌는지 눈만 껌뻑거리며 서 있다. "저"

"핫 넵 제가 큰 실례를 음 저기 저를 따라오십시오. 두 분이 너무 아름답게 생기셔서 제 정신이 잠깐 외출을 했던 모양입니다. 이거 정말 죄송합니다."

"호호 괜찮습니다. 한두 번 당해 본 게 아니니 사령관님 성함이 어떻게 되시는지?"

"아-네 폴 크래스 공작님이신데 덴마트 왕국 분이시죠."

"네 몇 개의 왕국이 연합 한 건가요?"

"네 계속 연합을 해오고 있어서 현재는 7개 왕국이 병력을 모두 보내 주었고요."

"자 여깁니다. 잠시만 기다려요."

천막 안으로 사라졌던 기사가 다시 나오더니 안으로 안내한다. 천막 안에는 많은 귀족들이 모여 있다. 회의 중이였던 모양이다."

"어서 오십시오. 제가 총지휘를 맡고 있는 폴 크래스입니다. 어느 왕국에서 오셨는지?"

“연합을 위해서 온 것이 아니고요. 용병인데 조금이라도 도움이 될까 해서 들렀습니다. 피해가 크다는 소문을 듣고 지나는 길에 들린 것이죠. 여기 용병 패.”

“아이고 소식 들었습니다. 그 천신 같은 소드 마스터님이시라고 인근 왕국에서 찾아서 난리가 난 그분이시군요. 이런 영광이 이리로 앉으십시오.”

자리에 앉자 폴 크래스가 무릎을 털썩 꿇는다. 민망 서럽게 무슨?

“제발 도와주십시오. 도저히 더 버틸 방법이 없습니다. 크리스티나소울 공작의 얘기를 들었습니다. 혼자서 트윈 오우거 30마리를 순식간에 해치우시는 천신 같은 소드 마스터님! 이라고 꼭 보시면 칼라이 왕국을 들려주십사고 당부를 했습니다. 여기도 어제까지는 어떻게 버티었는데 오늘은 정말 대책이 없습니다. 부탁드립니다.”

“허 칼라이 왕국이 여기서 그곳까지 거리가 어딘데 벌써 소문이 났나? 와 무지 빠르다.”

“아-그건 추이라는 새로 연락을 취하죠. 하루에 만리를 날아간다는 추이 라는 새는 서신 전달용이죠.”

“아 그런 방법이 있었군. 그건 그렇고 현재 상황을 좀 알 수 있을 까요?”

“넵 물론이죠. 지금 막 회의를 시작하려든 참인데요.”

손을 내밀어 폴크래스 공작을 일으키고 앉아 있는 귀족들을 죽 둘러보며 고개를 숙여 인사를 하고 자리에 앉았다.

(볼리아 아무 소리 말고 가만히 보고 있어라.)

[네 전 가만히 있을게요.]

젊은 장수가 일어서서 브리핑을 시작한다. 상황판에 그려진 지도를 보고 설명이 끝나자 폴 크래스가 귀족들의 의견을 묻는다.

"잠깐만요. 그러니까 3만 마리 정도의 몬스터가 지금 지도의 선을 따라서 침입해 왔는데 현재 투석기로 지연작전을 펼치고 있지만 산맥 쪽 일대는 초토화 되었다. 이 얘기죠?"

"네 그리고 트윈 오우거는 도저히 상대 할 수조차 없습니다. 칼, 창은 물론이고 화살은 아예 튕겨 나옵니다. 이 괴물이 몇 천 마리나 되니 대책이 없습니다."

"음 뛰어난 기사들 30명 정도면 한 마리씩 분산시키면 잡을 수 있을 텐데요. 그리고 투석기는 몇 대나 되나요?"

"다 모으면300대는 되지만 지금 흩어져 있어서."

"공작님 투석기는 한곳에 모아 주십시오. 300대면 그것만 잘 활용해도 오우거는 상대 할 수 있습니다. 그리고 방어목책 바로 뒤에 장 창병(위버랜스)을 배치하고, 그 창병들을 보호하는 기사들을 몽땅 창병 뒤에 배치하십시오. 그리고 궁수들은 고지대에 모아서 집중 사격을 할 수 있도록 하세요. 그럼 빨리 움직입시다. 몬스터는 우릴 기다려 주지 않습니다. 네"

역시 경험자가 오니 일사천리다. 모두 바쁘게 자리에서 빠져나간다. 오로지 투석기만이 오우거를 뭉개는 데는 최고인 것이다. 흩어져 있던 투석기를 주 접근로 앞으로 끌고 오느라 야단이다. 투석기 한 대에 병사30명이 붙어야하니 바쁜 것이다. 투석기에 돌을 조달하는 사람들은 일반 백성들이 $\frac{1}{3}$이 넘는다. 농부고 귀족이고, 심지어 여자들도 많다. 방어선의 총병력 수는 대충 잡아도 50만은 상회할 정도이다. 이곳이 무너지면 끝장인 것이다. 한마디로 왕국의 전 국민이 총출동 한 것이다. 뭉치면 살고 흩어지면 죽는다는 누구의 말이 생각난다. 충분히 살아날 수 있다. 이

정도면 말이다. 그래서 여태까지 버틴 것이다. 훌륭하다. 이곳은 사람 사는 맛이 나는 동네인 것이다.

"볼리아 투석기 부대만 지휘해 내가 심어로 명령할 테니 그대로 발사 시간만 정확히 지키면 된다. 오케이?"

"오케이? 어 그건 처음 듣네요. 아빠 가끔씩 이상한 말 하시는 거 알아요? 히힛!"

"아 그렇지 알아들었냐? 하는 말이야. 허허 쩝"

"넵 볼리아 접수완료! 실행하러 갑니다. 헤헤"

"조심하고 다치면 안 돼. 알았지?"

"넹 아빠도 조심하세요." 끄떡 끄떡.

무라카는 최 일선 즉 목책 앞으로 나아가서 모두의 상태를 둘러본다. 그리고 마나를 실어서 멀리까지 들리도록 큰소리로 한마디 한다. 사기 진작을 위해서.

"자! 제 말을 들어 보세요. 저는 소드 마스터인 용병 무라카입니다. 트윈 오우거와 싸워본 것이 이제 다섯 번째입니다. 물론 그 동안 저 괴물들을 한 천 마리쯤 죽였습니다. 저 혼자 말입니다."

그러자 조용해진다. 모두 눈만 끔뻑 거린다. 에이 공갈치기는?

"그래서 말인데요. 저놈들의 약점을 잘 알고 있습니다. 오늘은 방어만 하는 것이 아닙니다. 오늘은 용감한 여러분들과 저 괴물들을 한 마리도 남김없이 잡아 죽이기 위해서 여기 왔습니다. 두려워 할 것 하나도 없습니다. 이제 보시면 알겠지만 기회가 오면 저 혼자 저놈들 속을 휘젔고 다닐 겁니다. 그 전에 저놈들을 흩어지게 만들어야 하고 또 중요한 것은 저놈들 중에 대장이 있습니다. 그놈은 화가 나면 괴상한 소리를 내는데 그놈이 눈에 띄면, 그때가 제가 그놈을 죽이기 위해서 달려 나갈 때인 것입니다. 그놈이 죽고 나면 이 괴물도 오합지졸이 됩니다. 그놈이 어느 놈인지 찾아내는 방법은 투석기 부대가 얼마나 잘 신호에 따라서 신속히 움직이느냐가 관건입니다. 저기 투석기 부대 손들어 봐요. 네 모두 동시에 흔들어 봐요. 네 좋습니다. 그 앞에 있는 여자분 있죠? 그분이 제가 보내는 신호를 알고 시간에 맞추어 여러분을 지휘할 겁니다. 모두 한사람 같이 신속하게 움직일 수 있죠?"

"와! 넵! 네-이!"

"좋습니다. 오늘 여기서 멋지게 싸워 봅시다. 몬스터를 전멸시킵시다. 저는 실행하지 못할 말은 절대하지 않습니다. 겁내지 마시고 정신 똑바로 차리고 지휘자의 신호에 따라 움직이면 됩니다. 다 같이 승리를 위하여!"

"와! 승리를 위하여! 승리를 위하여! 와 와 와!"

갑자기 고함소리가 터져 나가자 몬스터들이 스믈스믈 몰려든다.

놈들이 배터지게 사람들을 잡아먹고 그동안 자빠져 자고 있었던 걸까? 꼭 군인들처럼, 인간들의 병사들처럼 오우거들이 오와 열을 맞추어 전진해 온다. 5m가 넘는 몽둥이를 하늘높이 치켜들고 꽥꽥거리면서 전진한다.

(볼리아 투석기 준비! 셋 둘 하나 발사!)

하늘을 뒤덮으며 날아가는 돌덩이들 아니 바위 덩어리들!

'슈슈슈수--우----슉! 쿵! 쿵! 쾅!! 쿠르르르르릉 쾅 콰-쾅!!'

땅이 흔들리는 요란한 굉음이다. 멋-모르고 오와 열 착착 맞추어 전진하던 오우거 선두 무리의 머리위로 쏟아지는 바위들!

"쿠엑! 쿠-엑! 크-와 꽥!꽥! 크르르르르 캑 캑!"

단번에 100여 마리 이상이 곤죽이 되어 버린다. 말 그대로 뭉개져 버린다. 아무리 강철이라도 수백 미터를 곡선을 그리며 날아오는 바위의 파괴력은 어마어마하다. 톤이 넘는 무게에 가속도까지, 그리고 중력의 힘이 가중치가 되어 땅이 푹푹 꺼지는 타격을 남기는데 제깟 괴물이 피떡이 되는 놈. 가루가 되기 직전인 놈! 등 아수라 장이다. 맞는 놈은 즉사다. 그 옆 놈도 병신 된다. 다리가 부러지고 아니면 몸통 채 부숴 진다. 슬금슬금 눈치를 보면서 주춤주춤 뒤로 물러난다.

(볼리아 기다려 준비하고)

[오우케이! 아빠 저도 써먹어야지 호호]

앞에선 뒤로 물러나고, 뒤에선 앞으로 밀어부치고, 몬스터 군대에 혼란이 일어난다.

"키-액! 키-엑! 키-키-끼익! 쿠엑 쿠르르르!"

맞아 저 소리 어느 놈이지? 어 아직 안 보이는군. 저자식이 미쳐서 앞으로 튀어 나와야 되는데 슬슬 눈치만 보던 오우거들이 앞으로 나온다.

(볼리아 준비 셋 둘 하나 쏴! 발사! 전속으로 계속 날려!)

[넵]

"슈-슈-슈-수-수-수 휘이 휘잉 콰-콰-쾅!!"

"캑! 꼬-르-르-륵! 키-엑!- 크르르르- 키-액! 꽥!"

완전히 연옥(燃獄)이 펼쳐졌다. 피가 비 내리듯이 안개처럼 피어오른다.

2~3백 마리가 되는 듯 피떡이 된 놈들이 계속적으로 허공이 까맣게 날아간다. 약이 오른 놈이 드디어 발광한다.

"쿠-악 쿠-악! 쿠-악 쿠-악 캑 캑! 크르르 쿠-악! 쿠-악!"

방방 뛰는 놈이 나타났다. 저놈이다. 대가리 하나는 더 크다. 다른 놈들도 10m인데 저놈은 머리통 하나는 더 있다. 몸집도 우람하다. 드디어 나의 차례이다.

(볼리아 사격중지 준비만 하고 있어.)

[넵]

광선검을 뽑아 들면서 대포알처럼 튀어 나간다. 5m 짜리 목책을 손살 같이 뛰어넘어 100m를 0.1초에 돌파하는 속도이다. 그걸 보는 모든 눈들이 왕방울 만 해지고 입은 찢어질까 무섭다. 그 정도로 빠르게 200미터를 남겨둔 곳까지 달리면서 왼손에는 환을 주먹 크기로 6개나 만들어서 발사한다. 슈욱! (사실 보이지도 않고 무음임) 그중 제일 먼저 대장 오우거의 심장을 뚫고 그 뒤로 줄줄이 사탕이다. 그리고 다섯 개도 앞에 나와 있는 놈들을 관통해서 산적 꿰듯이 뚫어간다. 그리고 바로 달려드는 무라카 한번 휘두르는데 검에5~8마리 왼손의 강환에 10~15마리가 나뒹군다. 한 호흡쯤 지나자 200마리가 넘는 숫자가 동강난다. 좀 심했나? 물러 날 때다. 뒤로 돌아서 달아나듯이 뛴다. 화가 난 오우거 수백 마리가 따라 온다.

(볼리아 발사! 자유사격 최대속도!)

[넵 아빠 빨리요.]

"슈-슈-슈-수 수-슈-슉! 콰-콰-콰-콰! 콰-르르르 꽈 꽝!!"

"우와! 와-와-와-와! 반은 잡았다. 와 와 전멸시켜라!"

"쿠-엑! 쿠-엑! 캬! 깩 캑!! 크르르르 캑! 케-캑!"

오우거의 비명이 땅을 뒤흔든다. 계속 날아가는 바위 덩어리! 10분도 안 되는 시간에 천 마리가 넘는 오우거 시체가 쌓여서 언덕이 되었다. 그러자 몬스터 무리가 멈춰 선다. 더 이상 대장의 소리도 들리지 않는데 두려운 전진을 왜 할까? 이때가 호기다. 광선검을 뽑아든 무라카 하얀 칼이 솟아오른다. 대낮인데도 그 빛이 두려울 만큼 밝은데, 그것을 들고 달려 나간다.

"이-이-얍!!"

주위의 마나까지 공명하는 어마어마한 소리와 살기! 곧 저 칼이 심장을 뚫고 들어올 듯한 살기가 풀풀거리며 퍼져나가자. 그 소리에 혼비백산! 선두의 오우거들이 뒤로 몸을 돌려 오크 무리를 몽둥이로 치면서 길을 만들어 달아나기 바쁘다. 트롤은 오크에 밟히고 오크는 오우거의 몽둥이에 맞아죽고, 밟혀죽고 히익! 오우거나 오크나 똥오줌 질러대면서 목숨을 저당 잡힌 듯이 줄행랑이다. 순식간에 까만 점이되어 사라지는 몬스터들 몬스터가 달아나 버린 빈 공간에는 흙먼지만이 풀풀 떠돈다.

"우-왓! 우리가 이겼다. 와! 와! 와! 마스터 만세!! 만세! 만세!"

오십만이나 되는 병력이 목청이 터져라 소리를 질러대니 땅이 울리고 산맥이 울린다. 하늘도 진동에 부르르르 떠는 듯하다. 달아나서 동굴로 가본들 이미 사라져 버린 동굴! 뿔뿔이 흩어져 자기들끼리 잡아먹고 살아남아도 다시는 무리지어 세상을 어지럽히진 못하리라.

(볼리아 우리는 떠나자. 내있는 쪽으로 오너라. 윙크!)

[헤헤헤 저도 윙크 금방 갈게요.]

그렇게 전설이 사라져 버렸다. 둘은 점프로 셔틀에 올라서 자신들을 찾아 헤메는 병사들을 보며 웃는다.

"하하하하."

"호호호 재미있어요. 아빠 그런데 왜 마법으로 전멸시켜 버리지 나머지는 살려 줬어요?"

“마법을 함부로 쓰지 않기로 스승님과 약속 했거든.”

“아-저도, 저도 함부로 안 쓸래요. 그럼”

“그래 마법이 발현된 지역은 그 휴유증이 남지, 오래도록 식물도 나지 않을 거야.”

“네 맞아요. 아빠! 짱이야 멋져요. 아빠! 아빠! 아빠!”

배신자들의 최후

모선에서의 생활은 정말 적응하기 어렵다. 첫째 음식이 그렇다. 죽이니까.(스프: 영양가 만땅) 어떤 원리인지 알려면 몇 천년을 연구해야 알 수 있을까? 자동으로 생산되는 시스템의 산물이다. 백만명을 먹여 살렸으니 대량 생산이 가능하겠지. 둘째는 시간이다. 한쪽이 아침이면 다른 한쪽은 저녁이다. 모선 자체가 하나의 행성으로 생각하면 금방 이해가 될 것이다. 모양이 타원형으로 그 지름이 10㎞정도인 원반 형태이다. 그러니까 납작한 원반이 우주에 떠 있는 것이다. 그래서 수면 시간이 뒤죽박죽이 된다. 즉 싸이클이 깨져 버린다. 생체 싸이클이 말이다. 그리고 공기는 신선하다. 수련하기에도 좋고 어떤 위험도 없다. 우주를 떠도는 유성? 그런 것은 모선의 외부 방어시스템에(방어막: 전자기장)튕겨 나가거나 아님 분해되어 버린다. 모선 자체가 거대한 생명체라서 스스로 알아서 보호한다. 또 용량이 측정 불가인 컴퓨터가 모선을 방어하고, 관리하고 최적의 상태로 유지 시킨다. 유기체인 인간은 자연적인 것을 좋아하고 무한한 자유를 갈망하는 동물이다. 그래서 눈만 뜨면 똑 같은 환경은 질려 버린다. 특히 무라카는 탐구심 많고 새로운 것을 향한 도전을 좋아하는데 계속 선내에 있어야 하니 죽을 맛이다. 매일 사방이 물결무늬 아닌 것이 없으니 지겹다. 게임 중독자라면 천국일 것이다. 인간의 상상력이 만들 수 있는 게임이란 게임은 다 있다. 아니 만들면서도 할 수 있다. 그런데 불행하게도 무라카는 게임을 싫어한다. 어쨌든 식사가 문제다. 피가 뚝뚝 떨어지는 사슴고기가 눈앞에 왔다 갔다 하는 날 바벨 산맥을 뒤져서 잔여 천족을 소탕하기로 결심한다.

스승님의 유지를 받들어서 모두 회유하거나 아니면 없애기로 했으니 셔틀 폰프린스와 라오미까지 데리고 대기권으로 진입해서 바벨 산맥 정상의 10㎞ 상공에 투명시스템을 개방하고 드론들을 투입했다. 라오미도 한 지역을 분담시켜 정밀 정찰에 돌입했다. 드론 29기가 저공비행하며 각기 분할된 지역을 근접 촬영한다. 만약 발각 되든지 포획 당하면 자폭 시스템이 가동 하도록 입력 시켰다.

이제 기다리는 일만 남았는가? 그들이 자진해서 나타나 준다면 설득 해보고 아니면 제거하는 수밖에 없다. 적대시하고 공격해온다면 전쟁이 일어날 수밖에 없다. 라누고 라는 사람에게 충분히 납득이 가도록 얘기 했으니 어떤 반응이 있으리라. 아무리 천재 마법사들이 있다지만 코리아호의 위력엔 상대가 안 될 것이다. 더구나 알 수 없는 질병에 걸려 있다고 했으니 남자11명 여자20명 총31명의 천족들 마법을 사용하는 사람은 몇 명일까? 그것이 가장 신경 쓰인다. 원거리 이동 마법을 마음대로 구사할 정도면 고급 마법까지 통달 했을 테고 그중에 한둘은 창조 마법까지 익혔다는 뜻인데 그 점이 신경을 날카롭게 자극한다. 금단의 열매를 먹은 자 선악의 경계를 넘어서게 되므로 육체를 가진 인간으로 존재하기엔 위험한 상태가 되기 쉽다. 마음속에 선과 악의 기준이 허물어져 버리면 이미 인간의 범주를 벗어나 버린 상태라 아무런 죄의식도 없이 일을 벌일 가능성이 너무 높은 것이다. 그런 상태에서 정신계 마법을 펼친다면 모든 인간들을 자신의 종으로 만들 수도 있게 된다. 그래서 안식시켜 줘야한다. 물리력을 행사 할 수 없는 영혼의 세계로 보내 줘야 하는 것이다. 스승님도 그런 얘기를 해 주신 적이 있었다. 어쩌면 스승님도 그 경계에 도달하셔서 스스로 육체를 벗어 버린 것일지도 모른다. 그 분 자신만이 알고 계셨을 뿐!

밤이 되었다. 드론들은 정찰에 아무런 지장이 없지만 사람은 시력의 제한이 있기에 적외선으로 전환해서 촬영되는 화상 앞에 앉아서 생각에 잠겨있다. 조금이라도 이성이 남아 있다면 그들 스스로 연락을 취해오리라 믿으며 기다린다. 그렇지 않을 경우는 모두 제거하는 것이 정답이 되는 것이다.

"억! 그 봐 결국은 코와 코가 부딪히지?"

"헤헤 그래도 안 아파요. 아빠 무슨 걱정거리가 생긴 거예요? 나누면 반이라면서요. 얘기해 봐요. 헤헤헤"

"웅 어떻게 알았지? 여우가 된 건 아는데 꼬리까지 생겼나 보구나. 어디보자 우리여우 꼬리가 몇 갠가?"

"깔깔깔 꼬리 없어요. 에잉 대답하기 곤란하니깐 딴청이시다 헹!"

"이-크! 그것도 금방 알아버리네. 아무래도 안 되겠다. 궁둥이를 봐야겠어 분명 꼬리가 생긴 것 같아. 맞지? 허허"

"호호호 홋! 정말 못 말려 아빠도 꼬리 있는 거 아닌가요?"

"으-앗! 그건 언제 봤어? 내가 꼬리 있는 거?"

"히히힛 잘 때마다 만지면서 자는데요 뭐 매일 만졌죠. 키킥!"

"호호호"

"하하핫"

"사령관님 R-3입니다. 오버"

"R-3 빨리 보고해 뭐냐? 오버"

"이쪽 지역 드론 한기가 자폭 했습니다. 이상!"

"정확한 위치를 표기해라. 영상으로 말이야. 바로 전송해. 이상"

"넵 전송합니다. 이상!"

영상을 보니 적의 모습은 어디에도 안 보인다. 다시보기를 반복해 봐도 역시 마찬가지다. 이것은 자폭이 아니다. 마법 공격에 의한 파괴일 가능성이 높다.

"R-3 어째서 자폭이라고 판단하는 것이지?" 오버"

"분명히 외부 충격이 아닌 상태에서 폭파 되었습니다. 오버"

"드론에 대해서 잘 아는 마법사라면 자폭을 유발 시킬 수 있는가? 오버"

"그것은 R-1의 기록실에서 찾아봐야 할 것 같습니다. 이상"

"R-1 사령관이다. 들었으면 그것이 가능한지 찾아보고 보고하라. 오버"

"네 R-1 아! 그런 일이 가능하답니다. 실제 실험 기록도 있습니다. 이상"

"알았다. R-1 끝"

"수고 하십시오. 사령관님! 끝."

"R-2 R-3위치로 이동한다."

"넵"

위치는 바벨산맥 서쪽지역 그러니까 역시 빙벽이 있는 지역이다. 바다 쪽에선 보이지 않는 사각 지역에서 정찰 중이던 드론이 공격당한 것이다. 이것은 트랩일 가능성이 90%이상이다. 나를 유인하려는 함정을 판다? 그렇다면 그 부근은 본거지가 없다. 즉 성동격서의 전술이다. 굳이 확인 할 필요도 없는 것이다. 적대시 하겠다는 확실한 액션이다. 아무런 망설임도 필요 없어진 것이다. 모두 잘 가시오. 입체 화상을 띄우고 그 위치에서 반경 50㎞ 이내의 세부적인 정찰을 지시한다. 곧 전 드론들의 탐색지역이 변경되었다. 28개의 화상을 사람은 동시에 볼 수 없다. 그래서 5개씩 나누어 세밀히 관찰 할 것을 지시한다. 무라카는 8개 화상을 주시하고 있다. 저기 스톱! 뒤로 다시 리 플레이! 그렇지. 정지 저 곳이군. 그리고 나를 다른 곳으로 유인 한다? 도저히 대화의 여지도 없다는 것인가?

"R-1 응답하라. 여기는 사령관! 이상"

"네 R-1입니다. 오버"

"드론 23의 위치 확인할 것. 보이나? 확인하고 레이져 빔 에너지 40% 조준하라. 준비되면 보고하라. 이상!"

"넵 15초 걸립니다. 준비 끝. 이상"

"다음 명령 대기하라. 발사 명령 대기 하도록 오버"

"발사대기 중! 오버"

"R-2 드론 24를 저 입구로 들여보내라. 그리고 나의 영상을 저곳에서 볼 수 있게 하라."

"넵 드론 24진입 합니다. 영상 준비 중 10초 후 부터 영상 전송 됩니다. 9, 8, 7, 6, 5, 4, 3, 2, 1 지금!"

"나는 천국 황제의 마지막 후예 '구루 무라카 세바스찬'입니다. 마지막 권유입니다. 누구든지 돌아오시면 처벌 없이 수용 하겠습니다. 그리고 질병도 치료해 드립니다. 금단의 열매를 먹은 휴유증이 있는 줄 압니다. 그래서 금단의 문은 열면 사람으로는 살 수 없는 겁니다. 여러분의 수장이 이미 그것을 연 것 같은데 지금 그 분은 정상이 아닙니다. 우리 천족은 더 이상 멸종되지 않습니다. 5분 드리겠습니다. 그 후엔 모든 것이 사라집니다. 마지막 기회입니다. 그럼."

동굴 안은 어두운 그대로 불도 밝히지 않고 생활하고 있는 듯하다. 여인들이 보이는데 이들도 이미 피부가 검게 변했고 눈빛도 비정상이다. 그리고 남자는 10명뿐이다. 한명이 없다? 그자가 수장인 모양이다. 나를 유인한자 3분이 남았다. 2분이 남았다. 그때 환한 빛이 터지면서 수장이란 늙은이가 돌아 왔다. 움푹 패인 눈! 동자는 보이지도 않는다. 뼈 밖에 없는 몸 그리고 이빨도 없다. 육신이 폐사되어 가고 있는 모습이다. 똑바로 드론을 바라보자 동굴처럼 어두운 눈두덩 사이로 붉은 빛이 일렁이며 아지랑이처럼 피어오른다. 아~!너무 늦었군. 이미 이성이 남아있지 않다. 정신계 마법을 익힌 모양이다. 흑마법의 달인인 것이다. 금지마법을 익히다니 그래서 모두가 저모양인 것이다.

"1분 59, 58, 57, 56, 55,-----" 카운트다운이 시작된다.

"유감이군. 그대들 기록에서 모두 삭제 하겠소. 당신들은 존재치 않은 사람이 되는 것이지 평안히 안식에 드시길!"

"9, 8, 7, 6, 5, 4, 3, 2, 1 슈-우!"

드론 24도 함께 먼지가 되어 흩어진다. 산이 100m 이상 침몰되어 지하로 내려앉는다. 산봉우리 하나가 계곡이 되는 순간이다.

"R-2 드론들을 모두 회수하고 모선으로 가자."

"넵"

이제 드론도 26기밖에 안 남았다. 4기가 폭파 또는 파괴된 것이다.

엄청난 고가 장비인데, 더 이상 자재가 없어 못 만든다. 앞으로는 아껴 써야지. 코리아에 돌아와서 그들의 기록을 모두 삭제시켰다.

악마가 되어버린 31명의 천족들!

이제 무얼 할까? 323명의 제자들이나 둘러볼까? 그리고 아직 가보지 못한 5개의 대륙을 돌아보아야지. 일단 좀 쉬고 내일은 구미호에게 가볼까? 위드는 잘 있으려나? 세월이 참 빠르다. 이곳에 온지 10년이 지났다. 그 쯤 된 것 같다. 처음 이 행성에 도착해서 스키라 산 중턱 쯤 이였나? 스승님을 만났던 때가 10년 전이였다. 다행히 그 분께선 이미 영혼을 느끼는 정도의 경지에 도달해 있어서 단번에 알아 차렸지, 후 이제 생각해 보니 정말 운명적 만남이었다. 그분을 만나지 못했다면 그 고생 끝에 행성이나 한번 제대로 둘러보았을까? 육신이 죽어버리면 그대로 나도 사라졌겠지. 그렇게 되면 지구의 육체로 귀환해도 이미 늦었을 것이다. 너무 쇠하여진 육체로 소생이 불가능 했으리라. 그린 왕국은 그때 모습 그대로다. 변한 것이 아무 것도 없다.

"볼리아야. 내려가 볼까? 이젠 육상으로 다니자. 말을 타고서 천천히 그렇게 돌아보자고, 그래야 우리 무라니도 튼튼해지고 그렇지?"

"네 그래요 아빠! 그래야 더 재미있지요."

"일단 저기 호수에 점프해서 저기서부터 지상 여행이나 하자. 얘들은 코리아 격납고에 보내버리고 오우케이?"

"넵 호수 옆에 있는 성이 그린레인 백작 성 인가요?"

"그래 위드도 저 곳에 있겠지."

사람들이 꽤 많이 와 있는데, 눈에 띄지 않게 호수 언덕위에 점프로 안착했다. 갑자기 보이지 않던 사람이 나타났는데도 신경 쓰는 사람은 없다. 원래 관광지가 그런 곳이다. 일행이 아니면 신경을 안 쓴다. 그런데 나타난 사람이 눈에 확 띄는 그런 경우는 좀 다르지만 말이다. 은발의 남녀가 그것도 둘 다 쌍둥이처럼 닮았는데 무지하게 아름다운 모습이라면 눈길이 한 번 더 가게 마련이다.

"어? 저 사람들 좀 봐 조금 전에는 안 보이더니 어디서 나타났지? 우와! 선남선녀네. 무지 아름답게 생겼는데 어이 그-기 두 분 어디서 오신 분들이요?"

기념품 가게 아저씨가 제일 먼저 말을 붙여온다. 뭐 설마 갑자기 스르륵 나타나는 것을 보기야 했을까?

"아-아저씨 우리요? 여기 종종 놀러오는데 오늘 처음 봤어요?"

"종종? 내 머리 털 나고 첨 보는데?"

"하하하 아저씨 농담도 잘하시네, 그나저나 그린레인 백작님은 요즘여기 안 오시나요?"

"헛 그럼 우리 예쁜 백작님 친구 분들?"

"뭐 그냥 아는 사이죠. 백작님은 안녕 하시죠?"

"네 네 안녕하시죠. 그럼요 요즈음 새벽에 말을 타시고 꼭꼭 이곳으로 지나가셔요. 얼마나 예쁜지 관광객들이 인사하는 것도 잊어버리고 백작님 얼굴 쳐다보느라 정신이 없죠. 다들! 하하하하"

"아 다행이군요. 승마를 즐기시면 건강 해 질수 밖에요. 에 그리고 이곳 영지민들은 행복하게 지내시나요?"

"물론이죠. 영주님이 세금을 10%로 팍 낮춰 주시는 통에 요즘 모두 살 판 났죠. 그리고 이웃 영지 주민들도 모두 우리영지로 이주하려고 난리도 아니죠. 세금 적지 영지 병사들 봉급도 올려 주지 부러울 것 없어요. 그린레인 영지가 소문이 자자하지요. 암요"

역시 뭔가 하나씩 고쳐 나가고 있다는 얘기다. 그래야지 평등한 세상을 만들어 가는 거야. 모두가 자유롭고 행복한 삶을 살 수 있는 여건을 만들어 주는 것 흐뭇하군! 가르친 보람이 있어, 영주성으로 가볼까? 볼리아의 손을 잡고 천천히 걸어서 레인 백작성으로 다가간다. 바둑 판 같은 느낌을 주는 농로를 따라 걸어보니 농사꾼들의 땀 냄새가 나는 듯한 착각이 들 정도이다. 잘 닦여진 수로와 길은 항상 농민들의 손길이 느껴진다. 농민들이 스스로 길을 보수도 하고 손질을 한 표시가 나기 때문이다. 이 정도면 무공해 농법을 하고 있는 지구의 어느 평야지대 못지않다. 이곳은 특이하게도 병충해도 없고 물난리도 있을 수 없다. 그만큼 농사에 오랫동안을 투자해온 결과인 것이다.

"아빠 감회가 새롭죠? 그래도 7~8개월은 지난 것 같은데요."

"그 동안 우리가 바빠서 세월 가는 줄을 몰랐네. 그렇지?"

"네 어이쿠 무라니가 발길질을 하네요. 호호호"

"응? 정말? 그동안 순둥이가 안하던 짓을 해? 녀석 빨리 세상에 나오고 싶은 게로군 볼리아야. 그러다 우리 여행 중에 아기 나오면 어쩌지?"

"에헴 그럼 셔틀 불러서 모선으로 슝 가면 되지요 아빠는 걱정도 헤헤"

"음 그렇지. 무라니야. 아빠 말 잘 들어 발길질을 자꾸 해야 태어나서 빨리 걸을 수 있어. 많이 연습해라. 허허허"

"아-! 전 행복해요 아빠! 무라니 빨리 보고 싶어요. 얼마나 귀여울까? 헤헤헤"

"그렇지? 그러고 보니 볼리아가 천하태평이네 느긋해서 좋구만! 진짜 순둥이가 태어나려나 보다. 하하하"

"아빠 저 업어줘요. 저기 성문까지요. 히"

"그래 업혀! 옳지 배가 제법 부르네."

"사실 많이 불러요. 티 안 나게 제가 옷을 입어서 그렇지!"

"음 나는 오늘 업어보고 처음 알았네. 허허허"

"애기가진 여자를 본적이 없어서 저도 잘 몰라서 그렇지 그렇게 많이 부르진 않을 거예요. 아마도."

"어디서 오시는 분들입니까?"

"네 레인 백작님 만나러 왔는데 성에계시죠?"

"넵 잠간만 여기 들어오셔서 기다리시면 전달하겠습니다. 누구시라고 보고 할까요?"

"무라카와 볼리아라고 전해줘요."

"합 충성! 백작님의 사부님 되시는 그-그 저 무라카님 이시라고요? 잠시만 여기 앉아 계십시오."

후다닥! 튀어나가는 병사 그야말로 번개같이 달려간다. 그리고 5분도 안되어 달려오는 레인과 위드다.

"사부님!" "사부님! 우-앙 으앙 앙앙"

"쯧쯧 두 어린애가 뛰어 오는 것 같구나 허허허"

"사부님 절 받으십시오."

"오냐 오냐 그래 보기가 좋구나. 둘 다 얼굴도 좋아지고 허허 위드는 이제 체격이 딱 잡혔구나. 허허허 일어 나거라."

"공작니-임! 더 예뻐지셨어요. 훌쩍 훌쩍"

"반가워요. 레인백작! 위드경 그동안 잘 지냈나요?"

"네" "넵"

하나는 완전 청년이 되었고, 하나는 아직 울보 그대로다.

"들어가자 백작이 그렇게 잘 울면 울보 백작이라고 놀림감 된다."

"헤헤헤 그냥 너무 반가워서요. 히힝 좀 빨리 오시지 않고 그동안 어디 계셨어요?"

"응 우리도 바빴단다. 들어가서 얘기 하자꾸나."

"네 들어가요. 어머 공작님은 배가 많이 불러지셨네요."

"에 그게 표시나요?"

"네 행복 하시겠어요."

"네 그래요. 오늘은 반가운 사람 만나는 날이라고 발로 툭툭 차요. 아기가요. 호호"

"어머 벌써요? 아직 산달 아니잖아요."

"에게 레인 네가 그걸 어떻게 알아?"

"다 아는 수가 있죠. 호호호"

식사시간에도 조잘조잘 식사 후에도 조잘조잘 무슨 얘기가 끝이 없다. 저녁 늦은 시간까지 이야기는 계속된다. 여자 둘이 모이면 원래 그런가? 웃음소리가 끊이지 않는다.

"위드야 어디보자 팔 내밀어 보거라."

"넵 사부님!"

"오호 그새 마나가 많이 집적 되었구나. 아직 아무도 모르지? 네가 절정에 오른 것 누나도 모르나?"

"네 얘기 한 적이 없는걸요. 헤헤헤"

"그래 너 지금 18살 아니냐?"

"넵 그런데 한 달 후 19살 됩니다."

"그래 요즈음 어떠냐? 강기가 밖에서도 뭉쳐지냐?"

"그건 안 해 봤습니다. 오러는 확실히 색도 밝아지고 더 단단하게 발현됩니다."

"그래 급하게 할 거 없다. 천천히 단단하게 그렇게 하나씩 하거라. 마나 양은 이제 충분하게 집적되었단다. 그래도 평생을 매일 매일 대 주천을 해야 한단다. 시간이 좀 더 흐르면 오러 블레이드가 네 의지대로 될 것이다. 길어지는 건 아무 의미가 없다. 검과 검이 부딪히는 순간순간을 오러를 마음대로 강약은 물론이고 불어넣었다 뺏다를 마음대로 조절이 되어야 하는 거야. 그런 것을 반복연습을 하거라. 그리고 오러를 얼마나 오래 지속 할 수 있느냐가 가장 중요한 관건 이란다. 그런 것을 명상을 통해서 연구를 해야 한단다. 알겠느냐?"

"네 사부님 무슨 뜻인지 이해합니다. 사부님!"

"그래 너는 이미 절정의 중급 수준이다. 예를 들어서 너의 실력을 비교 하자면 대륙의 소드 마스터 그 누구도 너의 적수가 될 수 없다. 다시 말하면 너의 한 두수에 그들은 목이 잘릴 거야. 소문낼 필요는 없고 또 알려지면 귀찮은 일이 자꾸 생긴단다. 그 점 명심하고, 그동안 질문사항은 없는 게냐?"

"네 사부님 방금 설명 해주신 내용에 다 있습니다. 헤헤헤"

"오냐. 허허허 18살에 절정이라. 하하하 하하 핫!" 쓰담, 쓰담! 오랜 만이라서 그런지 사부님의 쓰담은 한동안 계속 된다. 웃음소리에 볼리아가 눈이 동그래진다. 레인도 무슨 일인지 고개를 갸웃거린다.

"사부님 무슨 좋은 일이라도 생긴 거예요?"

"그래 경사 났지! 위드가 절정의 중급에 들어섰다. 이보다 더 큰 경사가 어디 있겠니? 하하하"

"우-왓! 정말 이예요? 그럼 소드 마스터네. 18살에?"
"어디 레인아 너도 한번 보자. 음 너도 50년 치가 넘는구나. 애들이 매일 지나치게 검법에만 열중 했나, 하하하 너도 조금 만 지나면 절정이네. 이속도면 1년 내에 절정에 오르겠다. 허허허"
"50년 치라면 그게 무슨 뜻 이예요? 사부님!"
"어-흠 그게 말이야. 임독 양맥이 타동 된 아이는 60년치 마나만 되면 절정인 게야. 오러 블레이드를 발현 할 수 있게 된 게지."
"그럼 마나양만 많으면 그렇게 되는 건가요?"
"어허 그것은 다르지 내가 가르친 방법에 한 해서야. 천조, 천무만 그렇다는 것이지, 그기에 다가 '무혼경신' 보법, 경공을 다 익혔을 경우에 그렇다는 것이지, 위드야 레인에게 보법, 경신, 경공은 다 가르쳤느냐?"
"넵 사부님! 요즘은 저보다 더 빨라요. 누나가요 제가 도망쳐도 다 잡혀요. 창피하게도 씨-!"
"그으래? 일부러 잡혀 주는 거 아니고?"
"사부님! 맞아요. 제가 울까봐서 잡혀 줘놓고 거짓 보고 하는 거 봐 와 사형이라고 봐줬더니 밥도 챙겨 주고 하는 거 이제 안 할까보다."
"앗! 아니에요. 누나 제가 조금 더 빨라요 진짜로요."
"하하하핫 그래 보기가 좋구나. 허허허 소드 마스터가 되어도 비밀로 하고, 소문 안 나게 해야지 소문나면 귀찮은 일들이 많이 생길거야. 무슨 일이 있어도 둘이 떨어지지 말고 같이 살도록 하여라. 결혼을 해도 좋고 아니면 친 남매처럼 살아도 좋고 그리고 다른 아이들 소식은 듣고 있는 게냐?"
얼굴이 빨게 진 레인이 고개를 푹 숙인다. 부끄러운 모양인가?

"네 소식은 듣고 있어요. 석 달 전에 모두 다녀갔어요."

"우리 구미호가 부끄러워 할 줄도 아는군. 그래 핫핫핫 위드야 제국에서 아무리 너를 꼬여도 누나랑 떨어지면 안 된다. 알겠지?"

"넵 사부님 저도 여기가 좋아요. 누나랑 사는 것이 좋아요. 어디 안가요 사부님!"

"그래 그래야지 이 사부가 안심이 되지. 그리고 레인아 네 어머님 소식은 모르느냐? 왕국에서 신경 쓰면 찾을 수 있을 텐데?"

"네 곧 찾을 수 있을 거예요. 노스트 왕국 어딘 가에서 보았다는 소식이 왔어요. 상단에서도 찾고 있어요."

"음 다행이구나. 상단에서 신경써주면 일이 쉽게 풀리겠구나."

"우와! 아빠 두 사람 결혼하면 잘살겠어요. 그-쵸?"

"그래 내 생각은 그런데 본인들이 서로 사랑해야지 일단은 어머님부터 모시고 나서 생각해보자."

며칠 간 레인 백작 성에서 푹 쉬었다. 다크 호수에 뱃놀이도 하고 둘의 검술 대련도 잡아주고 하면서, 그리고 제국의 켈리포 상단의 본부로 출발했다. 위드가 따라 나서려는 것을 말리느라 볼리아가 애를 먹었다. 두 마리의 백마를 타고 천천히 제국을 향하여 출발했다. 한번 가본 길이라 쉬엄쉬엄 경치를 감상하면서 항상 한 마리의 말에 타는 그 방법으로 나아간다. 배가 부른 볼리아를 고려하여 안고서 가니 말도 지치지 않고 즐거운 여행이다. 그렇게 말을 타고 하는 여행이 진짜 여행인 것이다. 직접 몸으로 부딪혀서 경험하고 사람들과 어울려 보기도 하는 여행의 묘미가 새삼 느껴진다. 그리고 이 땅에도 아는 사람들 가족 같은 제자들이 있다는 생각을 하자. 그것이 한층 더 친근감이 생겨나고 또 볼리아가 어렸을 때부터 살아온 땅 이라는 것이 더욱더 자신들의 집에 온 듯한 생각을 가지게 된다. 이동하면서 들리는 소식에 의하면 황제가 노환으로 인해서 칩거에 들어가고 손자 중에서 가장 똑똑한 한 아이가 대를 이어 황제의 위에 올랐다는 것과 이번 황제는 30대 초반의 젊은 황제인데 공명정대하고 건실해서 귀족들이 잘 따른다는 것 등이다.

황제 이름은 '소리어스 리오 쿠빌라이 Ⅱ세'로 불리기를 스스로 원했다 한다. 즉 할아버지의 이름을 그대로 이어가는 영민함을 보인 것이다. 그리고 지난 황제의 간곡한 부탁으로 권력 다툼은 일어나지 않았다고 전해진다. 즉 너희들이 정적 간에 파를 나누어 싸우게 되면 그 순간 볼리아 공작의 무서운 칼 맛을 보게 될 것이란 황제의 협박 아닌 협박에 모두 조용해졌고 그리고 손자들 중에서 가장 온순하고 똑똑한 아이를 선정해서 대물림을 한 것이다. 한마디로 볼리아가 무서워서 정파다툼도 못하는 것이 제국의 현실인 것이다 역대에 그런 일을 세 번이나 경험 했는데 그런 일이 있을 때마다 잔혹한 결과가 있었던 것이다. 그것이 기록에 고스란히 남아 있으니 누가 감히 음모를 획책하려 들겠는가? 소리어스 리오 쿠빌라이 Ⅱ세는 공명정대한 황제임을 분명히 보여 주고 있다. 엄격하고 냉정한 정치인으로 서서히 자리매김해가는 중이며 역사에 기록된 사실들과 할아버지의 얘기를 통해 꼭 지켜야 할 비사를 전해 듣고 온몸에 돋아나는 소름을 느끼며 몸을 떨었다.

600년을 넘는 세월을 그 모습 그대로 사는 것도 불가사의한 일인데 대륙 최강의 검술 실력은 수십만이 달려들어도 상대가 안 될 정도이고 세 번이나 암살을 시도해서 모두 실패 후 그 결과는 잔인한 죽음밖에 없었다는 얘기는 인간을 뛰어넘은 단계라는 것을 알게 된 것이다. 한마디로 황제위의 공작이란 말이 정답인 것이다. 현 황제의 성격이 온건 순수파로서 모험을 하거나 위험을 자처할 그런 사람과는 거리가 먼 사람이라서 제국이 흔들릴 일은 없으리라.

각설하고 제국의 수도 쿠알라 시로 향하고 있는 두기의 백마는 세월이야 흐르든지 말든지 하루에 10km를 가던 100km를 가던 관심이 없는 듯 느릿느릿 이동하고 있다. 오늘도 작은 산하나 넘고는 그냥 쉰다. 사냥을 해서 맛있는 불고기를 먹으면서 말이다.

“아빠 이제 천족은 아빠와 나 그리고 무라니 뿐인 거죠?”

“응 그래. 천족이라고 해서 종이 다른 것도 아니잖니? 염색체 조절과 추가로 즉 엄청난 과학의 산물인 것을, 볼리아야! 우리가 특별한 것은 맞지만 자연의 법칙에서 조금 벗어난 존재일 뿐이야. 그러니 앞으론 천족이라 부르지도 말고 그렇게 구분 않기로 하자. 보통 사람들과 똑 같이 어울려서 생활하고 그리고 우리 아이는 그들과 결혼해서 살 수 있도록 그렇게 키우자. 응?”

“네 알았어요. 아빠 전 무조건 아빠 의견에 절대 복종이에요. 그게 제 행복인걸요. 우리 아이도 평범하게 살기를 원할 거예요. 혼자만 특이 하다면 그것이 행복함과는 거리가 멀어지는 고독함과 가깝게 되는 것이죠.”

“역시 볼리아는 현명하고 똑똑해 그리고 예쁘기도 하고, 굿이다!”

“굿요? 그것이 좋다는 뜻이에요? 아빠?”

“응 그래 ‘베리~굿’하면 매우 좋다는 뜻이고, 굿하면 좋다는 거야.”

"호호호 그건 어느 왕국 말 이예요? 지구 왕국?"

"그래 내 고향 왕국의 말이지 허허허"

"뻬리 굿! 호호 베리 굿! 베리 베리 굿! 발음이 어렵네 호호호"

"잘하는 거야. 정확하게 하누만. 볼리아 몸은 어때?"

"가끔 발로차요. 이제는 익숙해져서 요 녀석 심심한가보다 하는 생각에 아기와 얘기도 해요."

"어디보자 무라니야 아빠란다. 아빠가 너 만져 보련다. 허허"

마나를 흘려 넣어서 아기의 몸을 쓰다듬자 녀석이 좋은지 가만히 있다. 녀석이 말을 알아듣는 것이다. 귀여운 딸! 얼마나 예쁠까?

(음 우리 무라니 착하구나. 너의 정식 이름은 '구루 무라니 세바스찬'이다. 예쁜 이름이지? 무라니야 어때?)

갑자기 대답이라도 하는지 팔다리를 세차게 움직인다. 어이구 녀석

"녀석이 말을 알아듣네, 내가 심어로 얘기하니 방금 팔다리 세차게 움직였지? 그게 대답 하는 거야. 후후 녀석!"

"응 아빠 방금 좋아서 쿨렁 거리던데요. 호호호 벌써 말을 알아들으면 매일 얘기를 해줘야지. 노래도 불러주고요."

"우리 무라니 기다린단다. 아빠가 빨리 보고 싶어서 허허허"

"윽! 또 세게 찼어요. 대답한 거네요. 호호호 벌써부터 아빠 좋아하나 봐요. 헹! 질투 나게 씽!"

"아마 그럴 거야 8개월 지나면 확실히 알아들어 앞으로 무라니와 종종 얘기해야 되겠구나. 허허허"

"으악! 무라니야 그만 차 엄마 배 아프단다. 헤헤헤 진짜 알아듣네요. 아빠 얘기에 반응해요. 호호호"

“무라니야 엄마 아프게 자주차면 안 된단다. 그래도 가끔은 한번 씩 차도록 해. 그래야 우리 무라니 건강해 지니까. 하하하하”

기로 살살 쓰다듬어 주니까 좋은 모양이다. 여러번 ‘쓰-담’을 해주자 잠들었는지 조용하다. 앞으로 자주 얘기를 하면서 쓰-담을 해주기로 했다.

“후후후 녀석 잠들었어.”

“어머 그것을 느껴요?”

“웅 그래 조용하지?”

“네”

“앞으로 자주 해 줘야겠어. 녀석 말도 알아듣고 하니까 얘기를 자주 해줘.”

“호호호 네 알았어요. 행복해요 저 꿈만 같아요.”

엄마도 품에 안겨서 잠이 든다. 그렇게 또 하루가 저물어 간다. 그러나 무라카가 꿈에도 모를 위험이 다가오고 있었으니, 그것은 천족의 남은자 중에 막내였든 ‘라누고’가 살아남아 있었던 것이다. 천족 중에서도 가장 마법에 뛰어났던 라누고는 정신계 마법의 영향도 받지 않고 무너져 파괴된 현장에도 없었던 것이다. 함정을 만들어 유인하려고 했던 것도 라누고의 계책이었고 그곳에서 끝까지 기다려도 나타나지 않자, 눈치 챈 줄 알고 동굴로 돌아오지 않고 피했던 것이다. 그리고 반드시 힘을 키워서 복수하고야 말겠다고 이빨을 갈면서 바벨 산맥 깊숙이 숨어들었으니, 어떤 방법으로 복수를 획책할지 두고 볼 일이다.

제자들을 만나다.

그로부터 한 달이나 계속된 여행 끝에 드디어 쿠알라 시가 보이는 지역에 도착하게 된 무라카와 볼리아, 이제는 볼리아의 몸이 눈에 띄게 무거워진 가운데 천천히 제국의 수도 쿠알라 시로 들어선다.

제국의 수도답게 쿠알라 시는 그 규모가 아주 큰 대도시이다. 300만 명이나 되는 인구가 살아가는 대도시 쿠알라. 제국의 경제력이 집중된 시는 오전 시간대인데도 상당히 번잡하다. 시가지 중심부로 관통하는 도로는 바닥을 석재로 깔았는데, 지구의 아스팔트도로 보다 더 매끄럽고 보기가 아주 좋다. 얼마나 많은 인부를 동원 했기에 저런 대규모 공사를 빈틈없이 할 수 있을까? 불가사의 한 광경이다. 돌을 다루는 아주 뛰어난 장인들이 수천 명이 투입 되더라도 몇 년으로는 아니 수십 년이 걸려도 불가능할 것 같은 공사이다. 그 반질거리는 도로 위를 마차 행렬이 줄을 지어 다닌다.

그 모습이 서울 시내의 모습을 보는듯한 느낌이다. 정체되어 움직일 줄 모르는 자동차 행렬처럼 말이다. 건물도 고층이 꽤 보인다. 10층 정도 되려나? 그런 석재건물들이 많이 있다. 돌을 가지고 건물을 짓는 방식이 어떨지 모르지만 저 정도의 높이라면 기술력이대단할 것이다. '피라밋'을 세우듯이 그런 방식으로 지었을까? 궁금해진다. 이것은 정말 획기적인 발견이다. 건물이 콘크리트 건물과는 비교 할 수조차 없는 아름다움을 발하고 있다. 색조도 그렇지만 돌의 문양들이 그대로 살아있는 예술품 같은 건물들이 쭉 늘어서 있다. 큰 바위를 쪼개고 다듬어서 지은 것들이다. 그래서 더욱 묵직한 무늬들이 돋보이고, 지붕을 어떻게 입혔는지 색이 칠한 것처럼 판이하게 다른 색깔의 돌을 사용해서 두드러지게 처리하여 시선을 사로잡는다. 입이 벌어질 정도로 아름다운 건물들 그리고 도시의 동쪽과 서쪽을 가로지르는 강! 그 강위로 세워져 있는 다리도 석재를 이용해서 몬스터들의 종별 형상들이 다 새워져 있다. 마치 살아있는 듯한 모습들이다. 말을 천천히 몰아서 마차들 사이로 빠져 나간다. 볼리아가 앞장서서 나아간다. 시의 지리를 잘 아는 모양이다. 켈리포 상단 본부로 가고 있는 것이다. 그냥 상단에 들러서 제자들이나 만나보고 조용히 떠날 예정인 것이다. 시내 깊숙이 들어와서 화려한 빌딩 앞에 섰다. 이 건물이 상단의 본부이다. 정문에는 기사로 보이는 복장의 검사들이 안으로 들어가는 사람들을 체크 하고 있다. 무라카가 말에서 내려 다가가자 신분과 용건을 묻는다.

"어디서 오신 누구신가요? 방문 목적도 알려 주시면 절차가 간단해집니다."

"무라카 세바스찬이요. 안젤리나 양을 만나러 왔소이다."

"소주님을요? 아시는 분이신가요? 소주님이?"

"그렇소. 통지를 해보면 알 것이오."

"신분을 증명 할 만 한 것은 없습니까?"

"여기 있소."

목에 걸고 있던 용병 패를 벗겨서 건네준다. 용병 패를 받아든 기사가 그제서야 자세가 달라진다.

"핫! 이거 결례를 했습니다. 잠시만 여기 앉아 계십시오. 바로 통지를 하고 오겠습니다."

후다닥 건물 입구로 달려가는 기사의 몸놀림이 번개처럼 민활하다. 의자에 볼리아를 앉히고 등을 쓰다듬어 준다.

"힘들지? 이제 좀 쉬고 아이들 만나보고 코리아호로 돌아가야 겠구나. 네가 힘들어서 안 되겠어."

"네 아빠! 아빠 뜻대로 하세요. 저 아직 힘들지 않아요."

"허허 그야 네가 워낙 몸이 강하니까 그렇지. 그래도 아기가 이젠 나올 때가 다가오니 내가 다 불안하다. 조심을 해야지."

"네 조심 할게요. 그래도 아빠 제자들 저도 보고 싶어요."

"그래 곧 보게 되겠지. 허 허 녀석들 잘 지내는지 궁금하네."

그때 한 무리의 사람들이 와르르 달려 나온다. 주위의 사람들이 웬 소동인가 의아한 시선들을 보낸다. 제일 선두에 우람한 덩치의 덤프 단장이 그리고 안젤리나와 그 외의 30여명의 제자들이다.

"스승님! 스승님! 스승님!"

'왁자지껄' '와글와글' 북새통이다. 제일 선두의 덤프가 땅바닥에 털썩 무릎을 꿇자, 뒤따르던 30여명의 제자들도 모두 무릎을 꿇고 고개를 숙인다. 무라카가 앞으로 다가서자 모두 큰절을 올린다. 지구의 한국식 인사법인 것이다. 수제자 위드에게 배운 인사법이다. 구배를 올리는 것이다. 무라카도 엄숙해지며 절을 받는다. 고개를 끄덕이면서 모두를 둘러본다. 상단의 모든 창문이 열리며 고개를 내밀고 그 광경을 내려다보는 이들은 고개를 갸웃거린다. 저런 엄숙한 인사법은 처음 보는 것이라 신기한 것이다. 대로를 지나든 길 위의 마차와 사람들도 모두 멈추고 구경을 한다.

"스승님 다시 뵙게 되어 기쁩니다. 건강하시지요?"

"오! 덤프단장! 그리고 안젤리나양! 또 여러 제자들 나도 이렇게 너희 들이 보고 싶어서 오지 않았나! 모두 그동안 잘 지냈지? 수련도 열심히 하고 말이야. 상단 일도 열심히 최선을 다했겠지? 다시 보니 반갑구나. 자 다들 일어나라. 얘기는 들어가서 하자꾸나. 여우야! 그냥 세워둘 참이냐? 하하하"

"우앙! 스승님! 흑흑흑 너무 반가워요 좀 일찍 오시지 않고요. 그동안 어디에 계셨던 거에-용? 으앙 으앙! 흑흑"

품에 뛰어 들어서 펑펑 운다. 부끄러운 줄도 모르고 다 큰 처녀가 눈물 콧물 흘리면서 말이다.

"어허 다 큰 처녀가 대성통곡 하면 남들이 욕해. 뚝! 뚝해!"

"어머 공작님도 오셨네요. 우와! 공작님 더 예뻐 지셨어요."

"응-응! 그래 안젤리나 양! 오랜만이야. 이젠 시집가야 되겠다. 이렇게 얼굴이 환해지고 예뻐졌을 때 시집가야지. 호호호"

"어머 놀리시기예요? 어머 아기 가지셨나봐. 와! 부럽다 씽!"

"호호호 부러우면 빨리 시집가세요. 호호홋"

"어서 안으로 들어가요. 스승님! 엉큼하셔요. 딸이라고 속이시고 힝! 난 뭐야 힝! 스승님께 시집가려고 기다렸는데 히-잉!"

"뭐? 나를 핫-하하하하! 이 나이 많은 영감을 좋아했다고?"

"에-잉! 영감 아니잖아요. 씽씽 하시면서 영감인척 하시잖아요."

"오냐 오냐 그래 맞다. 나 싱싱해 시집와 받아줄게. 여우야!"

"어머 정말요? 모두 들었지? 나중에 딴말하기 없기예요. 헤헤헤 아이 좋아라! 얏-호! 그럼 공작님이 언니 되네요. 언니 잘 부탁드려요!"

이-크 농담 했더니 이거 진담으로 못질해 버리네. 빼도 박도 못 하게 어이쿠! 코야! 꿰었네, 꿰었어. 그-참!

"호호호 좋아요. 동생! 이 언니가 잘 가르쳐 주지. 키키킥! 혼자 보다 둘이면 더 좋지 히히힛!"

"어-머머멋. 언니 웃음소리가 갑자기 요상해지네요?"

"히히힛 반가워서 그래 동생이 생겨서 그리고 아빠도 좋아 하시잖아 봐 얼굴이 싱글벙글 하시잖아 헤헤헤 윙크!"

"우-왓! 여기 여우 두 마리가 늙은 영감을 놀린 닷! 하하하"

"와 하하하하"

"호호호호홋"

"깔깔깔깔!"

왁자지껄 씨-끌, 씨-끌! 그렇게 건물로 들어선 일행들. 9층까지 걸어서 오르는 동안에도 계속 웃음소리가 끊이지 않는다. 아니 건물이 울릴 정도로 웃음소리가 이어진다.

9층은 한 층이 통 채로 휴식 공간인 모양이다. 500평은 되는 넓이다. 그리고 원형 테이블과 긴 의자들이 잘 정리되어 놓여있다.

323명중에 30여명만이 사내에 있고, 나머지는 상행 호위 임무로 멀리 나가 있단다. 한사람씩 모두 몸의 상태를 체크 해본 무라카는 빙 둘러앉은 제자들을 둘러보면서 각 개인들에게 한마디씩 조언을 해주고는 모두를 향해서 이야기를 시작한다.

"그동안 모두들 노력을 많이 했구나. 바쁜 와중에도 수련을 열심히 한 것이 보이는구나. 특히 덤프 단장은 깨달음만 얻으면 절정에 오르겠구나. 깨달음은 이 스승도 어떻게 도와주지 못한단다, 스스로가 깨우쳐야 되지. 그리고 여우는 짧은 시간에 장족의 발전을 했구나. 마나 친화력이 상당히 높은 줄은 알았는데 그 정도 인줄은 몰랐구나. 벌써 30년 정도의 마나를 집적 시켰으니, 남들보다 5배는 빠른 진전이다. 그리고 다른 이들도 급할 것 없다. 천천히 단단히 다져가면서 수련해야 더욱 강해지는 법이니까. 그동안 수련하면서 의문 사항들을 질문 받겠다. 이상!"

숨소리도 크게 안내드니 조금 술렁인다. 시녀들이 차를 내어온다.

"저 스승님 덤프 질문 있습니다."

"그래 얘기 해봐!"

"깨달음이란 것이 구체적으로 어떤 것입니까? 예를 들어서 좀 알려 주십시오."

"그래 잠깐 차를 들면서 모두들 질문해도 다 답변 해 줄 테니 망설이지 말고 질문을 하기 바란다. 토의도 하면서 질문도 하고 그런 시간을 갖도록 하자꾸나. 후루룩!"

"자 그러면 우선 덤프단장의 질문을 답변 할 테니 모두가 해당되는 사항이니 잘 듣고 깊이 새겨두기 바란다. 깨달음이라고 하면 흔히들 착각을 하는 우를 범하는데, 거창하게 머릿속이 확 트이고 빛이 번쩍이는 그런 현상으로 생각하기 쉬운데 그럴 수도 있지만 아주 평범한 일상에서 깨달음이 오는 경우가 많다. 수련을 하다보면 이럴 땐 어떻게 해야 하지? 하고 의문이 생기기 마련이다. 예를 들어서 대련을 하는데 상대가 이렇게 저렇게 공격을 해 오는데 저 공격을 어떻게 방어를 하면 수세에서 공세로 전환을 할 수 있을까? 하는 문제를 골돌이 생각해 보는 거야. 물론 대련이 끝난 후에 말이다. 명상을 하면서 스스로 그 문제를 그냥 지나치지 않고 연구를 하는 행위! 이것이 깨달음을 향해서 한발 다가가는 행위가 되는 것이지, 그리고 그 연구를 깊이 하다가 보니 그 해결책이 떠오르는 것이야. 몇 일간을 아니 어쩌면 더 오래 그것을 붙잡고 해결책을 찾다가 보면 반드시 해답이 떠오르게 되어 있어. 그것이 바로 깨달음이다. 다른 예를 하나 더 들어 보지, 경공을 펼쳐 달리는데 보다 더 빨리 달리고 싶은 마음은 누구나 다 있다고 본다.

그런데 몸속의 힘만으로는 도저히 더 빨리 달릴 수 있는 방법이 없는 거야. 여기서 그냥 세월이 해결해 주겠지, 해버리면 그걸로 끝이야. 하지만 분명히 방법이 있을 것이다. 하고 매달리면 즉 깊이 연구를 아니 고민을 하면서 한 생각을 포기하지 않고 계속 마음이 그것에 머물러 있다 보면 왜? 더 이상의 속도가 나지 않는 원인이 무엇인가? 공기의 저항? 몸집이 클수록 공기의 저항은 더욱 크지, 그런데 그 공기의 저항을 받지 않고 달릴 수는 없을까? 그러는 와중에 숲속 나뭇가지에서 떨어져 내리는 낙엽을 우연히 본다. 바람의 결을 따라서 팔랑이며 떨어지는 나뭇잎을 보는 순간 낙엽은 공기의 저항을 맞서지 않고 그것을 타고 여유롭게 떨어진단 말이지 오히려 그 공기의 저항을 이용해서 더 부드럽게, 우아하고 아름답게 날리는 것! 그러면 공기의 저항이 아니라. 공기의 도움을 받아서? 도움? 공기에 편성해서-편승? 아하! 이것이 비결이군! 하는 깨달음을 얻는 것이다. 그 다음부터 공기의 저항이 공기의 도움이 되는 것이지? 자 그러면 좀 더 깊이 들어가서 시냇가에서 물이 흐르는 모습을 자세히 관찰해봐! 물이 흘러내리다가 앞에 바위가 있으면 빙그르르 돌면서 회전력으로 변화를 하면서 싹 바위 옆으로 부드럽게 흘러내리지? 자연을 거슬러 저항을 하면 오히려 더 마나의 소모량만 증가하고 속도는 줄어드는데 자연에 순응하니 마나도 적게 소모되고 오히려 주변의 산재한 마나의 도움도 받는 그런 현상이 일어난단 말씀이야. 이것이 바로 깨달음이야. 일상생활에 수많은 무의 진리가 있다. 다만 우리가 대수롭지 않게 생각하고 지나침으로써 그것을 못 보는 것이다. 고수들은 일상을 허투루 보지 않고 그 속의 깊은 뜻을 이해하려 하기 때문에 깨달음을 일찍 얻어서 그런 경지에 오르는 것이다. 이해가 되는가? 덤프 단장?"

"네 넵! 스승님 뼈에 새겨졌습니다. 감사합니다. 감사합니다. 스승님!"

끄떡 끄떡! 그리고 일어서서 인지를 세워 입술에 붙인다. 그리고 여우를 비롯한 몇몇을 손으로 가리킨다. 7명이나 되는 제자들이 몰입해 있는 모습이다. 무아의 경지로 몰입 한 것이다. 그 옆의 제자 들을 바라보자 각기 일어서서 호법을 쓴다. 나머지는 발소리를 죽이면서 모두 밖으로 이동한다. 문을 조심스럽게 닫아주고 8층으로 내려간다. 8층은 숙소 공간이다. 그중에 가장 넓은 거실에 모두 모여 앉았다.

"자 너희들도 모두 이해는 했지?"

"넵 스승님!"

"그래 그럼 다른 질문을 받도록 하마. 질의응답은 계속 된다."

"저기 스승님 그동안 어디서 무엇을 하셨는지 궁금한데요?"

"오 그래 그것도 궁금할 테지. 너희들은 모두 제자들이니 숨김없이 얘기 해 주마 그 대신 제자가 아닌 사람들에겐 비밀로 하도록 해라. 내가 천인의 후예인 것은 다 아는 사실이지? 천인이란 곧 하늘에서 온 사람이란 뜻이다. 무슨 엄청난 능력이 있어서 천인이라는 것이 아니다. 천인들 중에는 보통 사람도 많이 있단다. 이 스승은 천인 들 중에 전사이고 또 사령관이기 때문에 능력이 조금 뛰어난 것이란다. 그리고 그 천인들 중에 나 이전에 사령관이 있었는데 나와는 둘도 없는 친구였지. 마치 한 몸처럼 친한 친구. 그 친구의 딸이 바로 볼리아이다. 여기 있는 볼리아 공작 말이지. 그런데 그 친구가 음모에 말려서 볼리아가 3살 때 죽었단다. 이 땅에 볼리아만 남겨진 것이지. 그런데 다행이도 볼리아는 씩씩하게 잘 자라서 제국의 공작도 되고 말이지. 그런데 그 친구가 못다한 사명이 있어서 그 사명을 완수하기 위해서 내가 왔고. 그래서 볼리아를 만나게 된 것이지. 혼자서 얼마나 외로웠겠어? 600년 이란 긴 세월을 말이야. 나를 만난 볼리아는 이제는 외롭지 않게 되었지. 그리고 나를 사랑하게 되었고, 나도 볼리아를 매우 사랑하지, 친 딸처럼 말이야. 그래서 볼리아 영지에 가서 볼리아의 실력도 가다듬게 가르치고 또 우리 결혼도 했단다."

어디서 훌쩍 거리는 소리가 들려서 얘기를 잠시 중단했다. 눈물을 훔치는 제자들이 몇 명 보인다. 내 얘기가 슬프게 들렸나?

"어-흠! 그리고 남아 있는 사명을 완수해야 할 것 아닌가? 그래서 전 대륙을 다 다녔어. 배신한 천족의 후예를 찾아서 그들을 회유 하던지 아니면 사라지게 하는 것이 나의 사명이지. 그들 또한 대단한 능력자들이 많아서 또 무시무시한 무기도 회수해야하고 해서 엄청 나게 바빴단다. 크-흠!"

"그럼 그들을 찾았나요?"

"그래 모두 찾았지. 그리고 이 땅에서는 상당히 위험한 그들을 회유 하는 데는 실패를 했단다. 그래서 어쩔 수없이 모두 안식에 들게 했단다."

"저 스승님 안식이 뭔가요?"

"아 하늘 저편에는 영원히 쉬는 공간이 있단다. 그들은 육체는 이 땅위에 재가 되어 사라졌지만 그들의 영혼은 모두 그곳으로 돌아갔지.”

“헛 그럼 그들만 영혼이 있는 건가요?”

“아니다. 너희들도 수련을 고되게 하고 일정 경지에 오르게 되면 강한 영혼을 갖게 된단다. 모든 사람이 다 그렇단다. 꼭 무예만 수련 한다고 영혼이 생기는 것이 아니라 자신이 좋아하는 것을 무지 무지 고수가 되도록 수련하면 누구나 다 영혼이 생기게 되지. 명심 할 것!”

“넵 스승님!”

“그리고 한 가지 더 부연 설명을 하자면 경지가 아무리 높아져도 선과 악의 경계를 벗어날 수는 없단다. 무슨 말이냐 하면 남에게 피해를 주는 일을 하게 되면 영혼이 생겼다가도 소멸해 버리지. 그 반대로 남에게 도움을 주는 일을 많이 하게 되면 영혼이 강해져서 자신의 의지대로 무한한 자유를 누리게 된단다. 끝없는 우주를 여행도 마음대로 할 수 있는 그런 강한 영혼이 되는 것이지.”

모두의 눈빛이 불길이 이는 듯하다. 스승의 말씀은 몸은 죽어도 영혼이 다시 사는 비전을 알려주는 말씀인 것이다.

“자 또 다음 질문 받도록 하지”

“훌쩍 훌쩍! 흑흑 그럼 스승님 이제까지 남에게 피해를 주는 나쁜 일을 많이 했는데 앞으로 어떻게 해요?”

“오호 그런 일이 있었더냐? 앞으로는 남에게 도움이 되는 일을 많이 하고 그리고 수련을 열심히 해서 경지에 오르도록 하렴. 그러면 되느니라.”

“네? 정말요? 그럼 다시 영혼이 생기나요?”

"그래그래 그럼 그렇고, 말고."

"저 스승님 볼리아 공작님이 배가 많이 부른데 애기는 언제 태어나나요?"

참 별것도 질문이 된다. 하긴 이 아이들에겐 몹시 궁금할 것이다.

"허허 다음 달에 예쁜 공주가 태어난단다. 이름은 '무라니'란다. 그때 보여주지 허허허허"

"헤헤헤 우와? 공주인 것도 다 알아요?"

"하하하 얘기해 달라고 팔과 발로 엄마가 깜짝 놀라게 차기도 하고 두드리는데? 그리고 얘기 해주면 발로 차서 대답도 하거든."

"네? 정말요? 뱃속에서 어떻게?"

"쓰담 쓰담을 해주는 것을 아주 좋아해. 허허"

나오기도 전에 딸 바보! 아빠의 전형적인 모델이다. 입에 침이 튀도록 자랑이다. 옆에서 볼리아가 윙크를 해서 멈추게 하려해도 본체만체 한다. 큭 딸 바보는 눈치도 소용없다.

"그런데 스승님 쓰담쓰담이 뭔데요?"

"기(氣)로 온몸을 쓰다듬는 거야. 그러면 녀석이 금방 잠이 들어."

"어머나 정말 신기하다. 태어나자마자 말도 하겠다."

"요즈음 공부도 하고 있다. 운기를 완전히 배워서 대주천도 하고 있단다."

"꺄-악! 세상에 배속에서 고수 되어서 나오겠다. 호호호호"

"우-왓 천재다 천재! 빨리 보고 싶다. 무라니!"

"저 스승님 위드 사형과 레인 사제는 보셨나요?"

"응 그래 그곳에 들렸다가 온 거야."

"위드 사형은 어느 경지 인가요? 실력이 대단했거든요."

"그래 위드는 절정 중급이다. 대륙에서 제일의 검사다. 레인도 곧 절정이다. 1년이 안 걸릴 거야. 이런 사실은 우리끼리만 알고 있어야 한다. 무슨 뜻인지 알겠지?"

"우-와! 레인 사매가 벌써 절정? 캑!"

"노력하면 다 될 수 있다. 모두 말이야. 이 스승이 헛말 하는 것 본적 없지? 개인 별로 조금씩 차이는 있어도 그것은 노력의 결과 일뿐. 조금 더디다고 조급해하지 마라. 천천히 단단히 가야 하느니라."

"넵 물론이죠. 스승님! 그렇게 하겠습니다."

"자! 질문이 생기면 언제든지 질문 할 것. 지금 호위 임무에 나간 동료들도 돌아오면 알려 주거라. 이상이다."

"아빠! 아빠, 아빠는 제자들 가르치는 방법도 짱 이예요. 역시 천재는 다르네요."

"허허허 그러냐? 나는 내가 생각하는 반도 설명을 못했는데!"

모두들 움직일 생각을 안 한다. 그대로 자리에 앉아있다.

"자 다들 맡은 일들이 있을 것 아니냐? 일을 해야지 상단도 힘을 쓰지. 다들 가서 일들 해. 그리고 단장! 여기 식당 어디냐?"

"네 스승님 제가 안내하죠. 저를 따라 오십시오."

"볼리아 가자 배고프지?"

"넵 아빠 가요 저도 배고파요."

"그래 잘 먹어야 해. 그래야 무라니가 빨리 자라서 세상구경 나오지. 허허허"

"어-맛! 애 좀 봐! 아빠 말 듣고 배를 찼어요. 밥 먹으러 가자고요. 호호호"

"그래 우리 공주가 배가 고픈가 보구나. 밥 먹으러 가자."

상하수도 시설 방법을 알려주다.

저녁때가 되어서야 깨달음의 맛을 본 아이들이 하나 둘 깨어났다. 그리고는 달려와서는 스승님께 큰 절을 올린다. 감사함을 표하는 것이다. 모두의 머리를 '쓰담쓰담' 해주고 볼리아를 데리고 일찍 숙소로 돌아왔다. 같은 건물의 2~6층은 모두 숙소로 되어 있다. 수도시설이 없는 것이 조금 불편 하지만 그것 외에는 모든 것이 고급스러운 건물이다. 사람들이 날라 온 목욕물을 보면서 무라카는 수도 시설에 대한 이야기를 해 줘야겠다고 생각하고 있는데 노크 소리가 들린다. 들어오라는 대답을 하니 안젤리나와 그 뒤를 따라 들어오는 깡마른 노인이 있다. 아마도 상단주인 여우의 부친인 모양이다. 조심스럽게 다가온 노인이 무릎을 꿇는다. 과례는 비례인데.

"아 이러시지 마시고 일어나세요. 어르신."

"어찌 미천한 상인이 천인 앞에서?"

"천인도 사람입니다. 그리고 안젤리나 양이 이미 나의 제자이니 군사부일체라 해서 황제나 사부나 부모는 동격입니다. 그러니 일어나세요."

"네 넵 철없는 딸아이를 제자로 삼아주시고 가르침을 주신 은혜 큰 영광입니다. 애비된 자로서 그 어떤 방법으로든지 꼭 은혜를 갚을 수 있는 길이나마 열어 주시기 바랍니다."
"그래요. 앉아서 얘기를 합시다. 예쁜 딸을 두셔서 기쁘시겠습니다. 총명하고 예쁘기도 해서 부럽습니다. 어르신 허허허"
"네 감사 합니다. 하나 뿐인 딸이라서 버릇없이 키웠습니다. 잘 가르쳐 주시기 바랍니다."
"상인은 수많은 왕국과 제국을 먹고 살 수 있도록 좋은 일을 하는 것입니다. 물론 이익을 챙기는 것이 상행위이지만 또 한편으론 그 이익을 어려운 사람들 구제하는 일에도 사용하시는 것으로 압니다. 앞으로도 많은 좋은 일을 하시기 바랍니다. 안젤리나 양 필기구를 준비해 오도록 해. 험험"
"네 스승님 잠시만요."
잠시 후 여우가 가지고 온 커다란 종이 위에 무라카가 낑낑거리며 그림을 그린다. 볼리아는 옆에 착 달라붙어서 재미있다는 듯이 아빠의 표정만 들여다본다. 시시각각으로 변하는 아빠의 얼굴이 그 어느 때보다 진지하고, 그리고 변화무상하다. 무슨 큰일을 치루는 사람 같다. 그것이 신기하고 재미있는 모양이다. 앞에 앉은 상단주는 그 모습이 하도 귀엽고 예뻐서 넋이 나간 사람처럼 보고 있다. 여우도 마찬가지고 한참 만에 3개의 그림을 완성한 무라카 드디어 고개를 든다. 이마에 땀이 송송하게 맺혔다. 세상에 수십만 명을 죽여도 땀 한 방울 안 흘리는 사람이 볼리아가 수건으로 이마를 닦아 드린다. 그런데 이게 뭐지? 전혀 감이 안 잡히는 그림이다.
"상단주님! 그리고 여우야 너도 마찬가지 지금부터 내가 설명하는 것을 잘 듣고 머릿속에 꼭 집어넣도록 하시오. 이것이 금속으로 만든 파이프입니다. 이렇게 길게 땅속으로 들어갑니다. 자

이위의 것을 잘 만들어야 합니다. 그리고 물이 있는 곳까지 이렇게 들어갑니다. 이것을 크게 그린 그림이 이것입니다. 저 파이프가 이렇게 연결 되어있고요. 이 부분은 부드러운 고무인데 이것을 또 에참! 이곳은 고무가 없지. 그러니까 제가 입고 있는 것이 가죽인데요. 이정도 부드러운 질감이면 되요. 자 여기에다 물을 붓고 왜냐하면 공기가 새면 안 됩니다. 여기에 속이 비어있는 파이프도 공기가 새면 안 됩니다. 이것을 이렇게 원형 바퀴를 돌립니다. 네 힘이 좋은 말을 이용해서 돌리면 됩니다. 그러면 이 밑의 물이 빨려 올라옵니다. 우선 여기까지 설명 이해하시겠습니까?"

"------?"

"네 그러니깐 땅속의 물을 빨아올리는 장치네요."

"오우! 역시 우리 여우는 영리해. 하하하" 쓰담-쓰담!

그 모습을 바라보는 상단주의 눈이 땅에 떨어질 듯이 커진다. 세상에 다 큰 처녀의 머리를 쓰다듬는 스승에 그것이 얼마나 좋은지 모른다는 듯이 대고 있는 딸. 우와 이거 벌써 스승님의 사랑에 빠졌나? 그건 그렇고 물을 빨아올린다? 땅속의 물을? 이건 대박이다. 이거야 말로 떼돈 버는 것 아닌가? 누런 황금이 추악 추악 빨려 올라오는 소리가 들린다.

"저 이거 진짜로 그러니까 이대로 만들면 물이 쫙 올라오는 겁니까? 천인님?"

"네 물론이죠. 자 다음 그림 설명입니다. 이것이 이 건물 이예요. 여기가 제일 꼭대기이고요. 네 이곳에 커다란 물통을 설치합니다. 그런데 물통도 이런 가죽 같은 질감의 것이면 좋고요. 아니면 금속통도 상관없어요. 그런데 통아래 이렇게 구멍이 있고,

잠글 수 있는 장치를 만들어야 합니다. 건물마다 이렇게 벽속으로나 벽에 붙여서 파이프가 각 방으로 설치됩니다. 자 이것은 목간통입니다. 네 이렇게 사용한 물은 파이프를 통해서 건물 밖으로 자동 배출 됩니다. 질문 받습니다."

"짝! 짝! 짝! 어이쿠 아프네. 꿈은 아닌데~! 어이쿠 이런 실례를 하늘같은 천인 앞에서 제가 추태를 용서 하십시오."

"이야! 이거 획기적인? 어머나 아빠! 아빠! 아빠! 이것 아빠 머리에서 나온 생각이에요? 우-왓! 역시 아빠는 천재 닷! 히히힛!"

"언니! 언니 생각도 그렇죠? 우와 나 스승님께 시집갈래. 아버지! 네? 허락해 주시는 거죠?" 끄떡 끄떡!

"얏-호! 언니 보셨죠? 아버지 고개 끄떡이시는 것 헤헤헷 언니 잘 부탁 드려요."

"여우 동생 그 대신 내말 잘 들어야 해. 알았지?"

"넵 언니 물론이죠. 그야 당연하죠."

아니 지금 얘들이 무슨 소리여? 지들끼리 콩 심고, 콩으로 메주까지, 아니 된장 만들었다. 벌써 나-참! 상단주는 눈알이 튀어나오던지 말든지 그림만 들여다보고 있다.

옆에서 딸이 팔려가든가 말든가 자신과는 관계도 없는 것처럼 그림 속으로 들어가 버릴 기세다. 기어들어 갈 수만 있다면 말이다. 여자 둘은 착 달라붙어 앉아서 속닥거린다. 한참 만에 제 정신으로 돌아 왔는지 상단주가 이번에는 뺨이 아니라 자신의 뒤통수를 쿵쿵 친다. 이상한 사람이다. 저러다 목 부러지면 자살인가? 아니면 미필적 방관 죄로 모두 걸리는가?

"저 천인님!"

"네 질문 하세요."

"에 그게 그러니까. 제게 이렇게 하늘에서 사용하시는 방법을 가르쳐 주시는 이유가 있을 텐데 그것이 좀?"

"하하하 이유요? 물론 있죠. 이 제국 아니 대륙 전체 건물들 공장들 모두 이런 시설 갖추면 돈 무지무지 벌겠죠?"

"네 넵!"

허리까지 납작 숙인다.

"그 이익의 5%는 나의 제자들에게 나누어 주세요. 그리고 또 5%는 밥도 못 먹고 사는 어려운 사람들에게 구제금으로 나누어 주세요. 구제사업의 책임자는 여우를 시키면 됩니다. 그것이 답니다."

"네? 그러면 천인님은요?"

"아 나는 아무것도 필요 없습니다. 허허허"

눈이 아니 눈알이 잘못하면 발아래로 흘러 떨어져 버릴지도 모를 정도로 커진다. 그리고 무라카를 뚫어질 듯이 바라본다. 그렇게 천인을 바라보다가 정신이 들었는지 시선을 내리 깔면서 고개를 숙인다.

"저 그러면 각 10%씩 두 군데 20%는 꼭 드리도록 하겠습니다. 천인님!"

"음! 그렇게나 많이요? 5%씩만 줘도 충분 할 텐데. 큼"

"아빠 10%씩 하세요. 그래야 동생이 넉넉하게 구제사업 맘 놓고 하죠. 많은 사람들 구제도 되고요. 헹 그렇게 해요. 아빠!"

"웅 그래 알았다. 여우야! 아버지와 계약서 작성해라. 너 이름으로"

"네 넵 스승님! 이-얏호! 아버지 이해 안 되는 것은 제가 다 알아요. 그러니까~ 에 엣-취! 제가 계약서 갖고 오겠습니다."

"저-저저 다 큰 처녀가 아가야 넘어질라 천천히 갔다 오너라. 헛 참! 딸은 크면 도둑한테 보낸다더니 애비 편인지, 천인님 편인지 분간이 안 되네 허허허"

"하하하 섭섭해 마십시오. 어르신 그래도 얼마나 예쁩니까. 허허"

"호호호 그렇죠? 아빠? 예쁜 동생 생기게 해줘서 고마워요. 아빠! 호호호!"

{아니 이 여자는 지 신랑 나눠주면서 좋아죽네 죽어 뭐 이런 여자가 다 있누? 그것 참! 당최 내가 지금 꿈을 꾸고 있나?}

상단주 생각이다. 금방 돌아온 여우가 척척 계약서를 작성하고 도장도 팍팍 찍고 마무리 된다. 인사하러 왔다가 대박을 맞은 것이다. 상단주 얼굴이 복사꽃처럼 피어난다. 세상 오래 살고 볼일이다.

다음날 이른 아침부터 상단에 비상이 걸렸다. 전 간부 비상 소집령이 떨어진 것이다. 대륙에서 제일 큰 켈리포 상단의 비상회의는 장장 하루 동안 계속 되었다. 여기도 보안! 저기도 보안! 철통 보안령이 내려진 가운데 업무가 분담이 되고 젊고 능력 있는 사람들을 선발하여 각각 설계도가 작성이 되고, 파이프 공장과 펌프제작 공장부지가 선정이 되면서 바쁜 나날이 연속된다. 우선 최고로 급한 일은 모델을 만들어 시험하는 일이다. 실험이 준비되면 자신에게 연락 하라는 천인의 지시를 받고 여우도 이리 뛰고 저리 뛰면서 하루가 너무 짧다고 생각하는 여우다. 그러든지 말든지 느긋한 사람이 딱 두 사람 있다. 그 이름도 찬란한 무라카와 볼리아이다.

두 사람은 미미의 안내로 상단 이곳저곳을 둘러보면서 소일을 한다. 그리고 틈틈이 제자들의 수련을 돕기도 하면서 그렇게 일

주일이 후딱 지나가 버렸다. 그리고 무라카는 R-1에게 지시를 한다. 아직 가보지 못한 5개 대륙의 문화조사를 지시하고 언어도 공용어가 있으면 필히 잘 촬영을 해서 쉽게 배울 수 있도록 하라는 지시이다. 10일이 지난날 상단주가 실험 준비가 되었으니 참석해 달란다. 빠르기도 하지 번갯불에 콩이라도 구워 먹을 양반이다. 현장에 가서보니 진짜 준비가 되어 있다. 다만 파이프가 무슨 넝쿨인지 아니면 속이 빈 나무뿌리인지? 별 해괴한 식물이 있나보다. 제법 단단한 것이 고무호스 대용으로는 충분 하겠다. 그러나 파이프의 용도로는 너무 약하다. 일단 실험이니까. 물이 빨려 올라오는지 여부가 관건이니까 공기가 새는지 여부를 면밀히 살펴보고 바로 실험에 들어간다. 펌프가 엉터리 그림으로 만든 것 치고는 아주 잘 만들었다. 30m높이의 물통으로 물이 쑥쑥 빨려 올라간다.

"짝 짝 짝! 와 성공이다."

단번에 성공을 시키다니 대단한 것이다. 박수를 치면서 우는 간부도 있다. 고생을 제대로 한 사람일 터이다.

상단주를 조용히 불러서 어느 부분이 가장 견고해야 하며 파이프는 반영구 적인 금속으로 만들어야 함을 설명해주고, 또 파이프를 길게 연결 할 때 볼트와 넛트의 원리로 하면 물이나 공기가 새지 않는다는 것을 상세히 설명을 해주고 돌아온다. 단주는 너무 굽실거린다. 앞으로 장인 되실 분이 말이다. 당분간은 상단에서 묵어야 하겠기에 숙소로 돌아와서 볼리아를 눕혀놓고 무라니와 얘기를 나눈다. 그리고 교육도 시키고 아빠와 엄마는 무라니가 나오기를 손꼽아 기다린다고 그러니 지도 빨리나오고 싶단다. 캑! 조그만 한 게 벌써 자기의사 표현을 확실히 한다. 그리고 천조심법은 잘하고 있냐니까. 계속 그렇게 하고 있고 아빠가 넣어준 마나를 휘획 잘 돌리고 있단다. 뱃속에서부터 공력을 가지고 있으니 잘못하면 엄마 배 째고 튀어 나올지도 몰라 엄마는 겁을 바짝 먹었다.

"아빠! '무라니'가 뱃속에서 고수되면 안돼요. 세상에 나와서 고수되어야지 힝!"

"어어? 볼리아 왜 그래? '무라니'가 꼬집 꼬집 하는 거야?"

"헤헤헤 아녀요. 그냥! 우리 무라니 꼼지락 거려요. 히히힛"

"아 그렇게 웃지마 우리 공주도 그렇게 웃는 것 배우면 어쩌려고 그래 웅?"

"키키킥 귀엽고 좋죠 뭐 아빠도 좋아 하시면서 헤헤헤"

그러던 어느 날 자다가 벌떡 일어난 볼리아! 아래가 축축하다. 통증도 없이 물이 터진 것이다. 무라니가 나오려나 보다. 아빠를 깨우고 손가락을 하늘을 가리키면서 윙크한다. 끄떡끄떡 간단하게 메모지를 문틈에 끼워 놓고서 폰 프린스를 부른다. 30분 후에 쿠알라시 상공에 도착한 폰 프린스에 점프로 셔틀에 올라 코리아 호로 돌아왔다.

"어서 오십시요. 폐하 부사령관님! 아기가 나올 때가 된 거죠?"

"응 그래 천사! 볼리아와 '무라니'를 부탁한다."

"네 염려마세요. 제품에 눕혀주세요. 그리고 옷을 벗겨 주시고요."

"그래 웃-차 다 되었네. 볼리아 수고해줘. 그리고 사랑해. 사랑해 무라니야 서둘지 말고 천천히 나오너라. 쪽!"

R-4의 뚜껑이 닫히고 그 옆에서 서성이는 딸 바보 아빠!

"저 폐하! 통제실에 가 계셔요. 쉬고 계시면 2~3시간 후에 공주님을 보실 수 있을 거예요."

"응? 나 여기 있으면 안 될까?"

"안돼요. 제가 신경 쓰이잖아요."

"익! 알았어. 통제실에 가 있을게 연락 해줘."

"넵!"

기계가 신경이 쓰인다? 웃기는 표현이다. 그러니까 기계도 생각하고 판단 한다는 뜻이다. 인공지능(ASI) 어쩌고 하는 것의 발달이 만년 정도 업그레이드되면 저렇게 된다는 것 아닌가? 몰리아스는 완전히 섹시함이 넘치는 진짜 아가씨처럼 굴어서(응석도 부리고, 연애하자고 달려들다가 볼리아에게 걸려서 격리됨.) 중앙 통제실 부근에는 접근금지중이다. 가장 강력한 볼리아의 호적수인 것이다. 휴 어찌했던 현재 우주 최고의 의사가 신경 쓰인다고 쫓아내는데 버틸 수 있나? 안절부절 못한다. 무슨 초 늦둥이 하나 만들어놓고 후후후 입신의 문턱에 오른 것 맞아? 무슨 무인이? 엥!!

4시간 후 모든 치료가 끝났다는 통지를 듣고 달려오니 무라니가 방실방실 웃고 있다. 완전 판박이다. 볼리아 판박이 파란눈과 은발! 예쁜 쌍꺼풀이 너무 큰 눈에 뚜렷해서 앙증맞다고나 할까?

"어이구 우리 무라니 공주구나. 예쁘기도 해라! 볼리아 무라니 만져도 되지?"

"피! 저한테는 한마디도 안하고. 히잉 으앙!"

"헛! 수고 했어. 볼리아 고생했어. 쪽 쪽 쪽! 누가 아기야? 큰아기 작은 아기 인거야?"

"헤헤헤 무라니 예쁘죠?"

"응 그래 에-휴 쌍꺼풀진 눈 좀 봐! 내가 보이나 봐! 초점이 또렷한 걸."

안아들자 제법 다리에 힘이 들어간다. 뱃속에서 연습한 발차기가 효과를 본 모양이다. 손을 꼼지락 거리는데 주먹질도 연습을 했나? 입이 오물오물 거린다.

"무라니 아빠보이니? 어이구 귀여워!"

시선을 맞추자 방실방실 웃는다. 어떻게 된 것이 아기가 우는 것이 아니라 웃다니? 참! 그기에 다가 입을 오물오물 거리는 것이 말은 하고 싶은데 아직 잘 안 되는 그런 모습이다.

"아빠 해봐. 아--빠! 아~빠! 그렇지 소리를 내야지 숨을 들이쉬고 뱉어내면서 아~~빠! 소리를 내면서 입모양을 움직이는 거야!"

"아-아-아-바"

"이야 그새 배운다. 그래, 그래 아빠, 아빠, 아빠!"

"아바, 아바, 아바"

"이얏! 우리 무라니 공주 천재 닷! 천재!

"아바, 아바, 아바"

"내일이면 말하겠다. 계속 연습해. 무라니 연습해 자꾸 해봐. 그러면 된다. 아빠, 아빠, 아빠."

"아바 하-흠!" 하품한다. 그새 피곤한가? 하긴 방금 나왔으니.

"그래 '쓰담쓰담' 무라니 자자. 쓰담쓰담" 금방 잠들어 버린다.

"하이고 귀여워! 볼리아 오늘은 젖먹이지 말고 내일부터 젖 먹여!"

"네 아빠. 저 젖이 아파요. 빨아내야 할 것 같은데요?"

"아참! 그렇지 이리로 내가 빨아 줄게. 쪽 쭉 쭉 쭉 꿀꺽 쭈우욱!"

나온다. 처음엔 빡빡 하더니 그렇게 양쪽 다 빨아내자. 탱탱하던 것이 좀 가라앉는다. 이렇게 하지 않으면 고통이 심각하다는 얘길 들었던 적이 있다.

내 나이가 얼만데 그런 것도 모르랴? 후후후 엄마가 워낙 건강하니 젖도 풍족하다. 엄마가 되고 싶어 하더니 결국 건강한 엄마가 되었다. 자기를 빼다 박은 예쁜 딸이다. 탯줄만 떨어지면 바로 뛰어 다닐 아이인 것이다. 말도 금방 배우겠지. 태어나서 웃기부터 하는 아이! 바로 아빠라는 단어를 발음할 정도면 뱃속에서 들은 말들이 있기에 금방 다른 말도 하리라. 아이 엄마를 한참 쓰담쓰담을 해주자 아이 엄마도 잠이 든다.

그 며칠사이에 상단은 숨 쉴 틈도 없이 바쁜 나날이 되었다. 황궁의 전체 상하수도 공사를 맡은 것이다. 그것도 황제의 명에 의해서 강제로 떠안게 된 것이다. 상단주가 황궁의 집사격인 곱슬리 후작에게 넌지시 자랑을 했단다. 근위대 부사령관인 '곱슬리' 후작은 틀기만 하면 먹는 물, 씻는 물이 쏴하고 쏟아지는 장치 얘기를 듣고는 트라키곤 공작에게 옮겨졌고, 공작은 아침 문안차 황제를 뵙는 자리에서 젊은 황제에게 넌지시 올린 말씀에 황제는 당장 상단주를 불러들이라는 명을 내려 대략적인 설명을 듣고는 당장 황궁부터 공사를 진행 하라는 특명을 내린 것이다. 공사 대금은 원하는 만큼 지불 할 테니, 전력을 다해서 황궁을 상하수도 공사를 해서 설명처럼 편리하고 깨끗한 황궁을 만들라는 것이다. 이에 상단주와 소주인 여우는 발등에 불이 떨어진 상황에 당황하여 무엇부터 해야 할지 갈팡질팡하는데 공사기간 불문, 공사대금 불문, 이라는 것이 그 나마 조금의 위안이 되는데, 첫 공사부터 어떻게 시작을 해야 할지 대책을 세우느라 연일 간부들을 닦달하고 있다. 우선 공사에 투입 할 인부부터 모집을 해야 사전 교육을 시켜서 터파기 작업부터 시작을 할 것이다. 배수관을 설치하는 공사를 말하는 것이다. 인부 모집 공고가 수도 곳곳에 나붙자 수도의 시민들은 난리가 났다. 새로운 직업이 생기는 전조인 것이다. 먼저 배우는 자가 당연히 높은 임금을 받을 테고 또 기술을 익혀두면 앞으로 두고두고 계속 쓰임새가 늘어날 전망이니, 서로 먼저 채용이 되려고 야단법석인 것이다. 상단주는 한 가지 지침만 내렸다. 사지 멀쩡하고 건실하면 무조건 채용하라는 것이 그 요지이다. 또 석수 경험자들은 별도로 채용을 서두르고 그들을 주축으로 공사요령을 교육시켜서 공정을 계획하자는 것이다. 그러나 무엇보다 중요한 것은 공기가 새지 않는 파이프를 생산하는 일이다. 이것이 해결되지 않으면 모든 것이 수포가 되는 것이다. 고민에 빠져 있는 단주와 간부들 누구든지 좋은 아이디어가 있으면 제출을 하여 채택이 되면 상금으로 황금 백 냥을 걸었다. 공개 아이디어 공모전인 셈이다. 그렇게 시간만 죽이고 있는데, 멀리 상단 호위 임무를 마치고 돌아온 제 자들 팀! 상단에 스승님이 와 계시다는 소문을 들은 것인가? 스승님을 찾아 상단 구석구석을 돌아친다. 그러다가 소주 여우에게 달려온 레온 부단장이 모두에게 전달해준다. 갑자기 생긴 개인 적인일로 당분간 상단을 떠나셨는데 곧 돌아오실 거라는 소식이다. 그동안의 스승님 행적을 전해들은 제자들은 그제야 안심을 하는 눈치들이다. 한편 단주는 여우를 불러놓고 닦달을 한다.

"아니 얘야 천인께서는 정문으로도 나가신 적이 없다는데 어디로 사라지신 게야? 땅으로 꺼지신 것도 아닐 테고, 하늘로 솟아버리신 것도 아니실 텐데 에-잉!"

"아버지 그분은 하늘로 솟아서 지금 하늘에 계셔요. 아버지께선 아직 그분의 능력을 못 보셔서 그러시는 거지요."

"엥? 무슨 말이야? 정말 하늘로?"

"네 그분은 하늘을 날아다니시는 분이예요. 다른 사람들 들을 땐 그런 얘기 하지 마세요. 저 혼나요."

"뭐? 그게 정말이냐?"

"쉿! 그렇게 큰 소리로 말씀 하시면 어떻게요. 누가 들으면 어쩌려고요."

"그-그 그게 정말이냐? 하늘을 날아다니신 다는 것이?"

"허허 맞는 말이요. 여우가 아버지라고 비밀을 다 일러바치는구나."

"캑!"

"힉!"

"단주님! 뭔가 문제가 생겼군요. 얼굴이 쯧쯧쯧 며칠 사이에 이거 원 반쪽이 되셨네요."

"아이고 천인님 언제 제방에 들어오신 겁니까? 문도 다 닫혔는데요."

"허허허 하늘에 있다가 왼쪽 귀가 간지러워서 내려와 본 겁니다. 문제가 뭡니까? 대체 사람들이 왜 저렇게 많은 겁니까?"

"네 네 황제께서 황궁 공사를 명하시어서 지금 교육 시키고 있습니다. 작업인원을 불러들여서 안전 교육과 공정관계 그리고 터파기공사요령 등을 교육시키고 있지요. 그리고 무엇보다 파이프를 만들어야 하는데 이것을 만들 방법이 없어서?"

"아하! 그것이 문제로군요. 음~! 이것 공장부지는 준비 되었나요?"

"네 지금 짓고 있습니다. 석조건물 짓는 것은 어려운 일이 아니거든요."

"여우야! 큰 종이하고 펜을 가지고 오너라."

"네 넵 스승님!"
"단주님 황궁 설계도를 가져 오세요. 그리고 석수들은 어디서 교육 중인가요?"
"설계도요? 그것을 왜?"
"아 공사 하려면 설계도가 있어야지요. 그리고 황궁 지을 때 그때 일한 사람 혹시 있나요?"
후다닥 뛰어 나가는 단주! 무슨 뜻인지 알아차린 것이다. 설계도도 가지고 오겠지. 내가 뭐 제조 공장엘 가봤나. 이거 그냥 TV볼 때 뉴스를 본 것 밖에는 없는데 말이야. 파이프는 금형으로도 안 될 텐데 사출인 것이 맞나? 고민이 되네? 반쪽씩 만들어 붙이자면 용접을 해야 될 테고, 이곳 기술로는 불가능하고, 쇳물을 어떻게 부어야 파이프가 되지? 고민이네! 우선 빨갛게 달은 강판으로 이것을 말아 붙인다. 이것도 아니고 햐! 생각해보니 굉장히 어려운 문제이다. 아! 머리야 지구에 있을 때 자세히 좀 봐 두는 건 데 에-공! 낑낑! 재료는 철 보다 플라스틱이 더 좋은데 말이야. 일단 R-1에게 자문을 해볼까? 그러고 있는데 여우가 들어온다.
"저 언니는요? 아기는요?"
"응 둘 다 건강해. 그리고 너 말대로 무라니는 눈 뜨자마자 울지도 않고 웃었어. 세상에 그렇게 귀여운 애는 첨 봤어. 쉿!"
"네? 울지도 않고 웃어요? 말도하고요? 우와! 나도 그런 아기 낳고 싶다. 헹!"
"그래 너도 곧 만들어 줄게. 잉? 내가 무슨 말을 흡! 음"
"히히힛 그래줘요. 아기 어떻게 만들어요? 오늘밤에 만들어줘요. 네?"

"음 생각을 해보자 너 언니는 허락을 했다만 어? 가만 그럼 너 둘째 부인 되는데 그래도 괜찮아?"

"네 괜찮아요. 스승님 저 얼마든지 잘 모실께요."

"응 그래 알았다. 지금은 파이프 만들 궁리부터 해야 한다."

가만있자 보자 그러니까 금형으로 일단 해야 하는데 그 세부적인 방법이 문제란 말이야. 비스듬히 각을 준 금형에다 부으면 압력과 열에 밑 부분이 터지겠지. 압력을 견딜 방법은? 아니다 붓자마자 식어버리면 압력을 안 받자나? 쓱싹 쓱싹 그림을 그리기 시작한다.

하단 부분에 물을 붓고 이렇게 움직이는 금형에다가 그리고 또 용광로가 중요하잖아! 불에 가장 잘 견디는 것은 흙이다. 그렇다. 흙이 금형의 재료가 되고, 그리고 에?

"엉? 너 지금 뭐하는 거야? 내 얼굴에 뭐 묻었어?"

"호호호 아녜요. 생각에 골몰해 있는 모습이 너무 아름답고, 귀엽고 읍! 죄송해요. 스승님 나몰라 히힝!"

달아나 버렸다. 부끄러운 줄은 아나보네 어디 이거 익숙한 모습이다. 엥? 얘도 볼리아 닮았다. 그새 배워가지고 킁킁 아이고 이것들 같은 종이네? 그-참! 다시 파이프 뽑을 생각을 해야지 엥? 뽑는다? 뽑는다? 뽑을 방법은? 그렇지 뽑아야 한다. 부으면서 뽑는다. 어떻게? 이것 정말 어렵다. 마법으로 싹 해치워 버리면 되는데 그럼 애들이 만들 땐 못 하잖아 그런 것은 정답이 아니다. 지속적인 생산 라인이 갖추어져야 애들이 돈이 되지 말이야. 일단은 용광로부터 만들어야 되겠다. 그래놓고 파이프 뽑는 것은 나중에 생각하자. 자 정리해보자 설계도가 오면 공사 현장 터파기 공사를 진행 시켜 놓고, 그다음 공장을 짓고 아! 짓고 있다고 했지.

공장 내에 철을 녹일 용광로를 만든다. 이것은 흙을 다룰 줄 아는 사람이 있어야 하는데, 가만 지붕의 기와를 본적이 있는데, 쿠알라 시내에서 봤는데? 어디였지? 상단으로 오는 길에 봤으니 물어보면 알겠지. 용광로 설계는 그 사람을 일단 찾아야 해. 용광로 그림을 대충 그리고 있는데 여우가 빨게진 얼굴로 차를 들고 들어온다.

"여우야. 너 왜? 도망쳤니? 부끄러워서?"

"네 스승님!"

"에-잉 그걸 부끄러워하면 어떻게 해 애기 만들려면 옷도 다 벗어야 하는데."

"어-맛! 어떻게 해?"

"어떻게 하긴 넌 가만있어도 내가 다 가르쳐 줄게. 쩝!"

"네!"

모기소리 만하다. 부끄럼을 많이 타는 아이이다.

"아버지는 안 오시나? 이거 설계도를 빨리 가져 와야 되는데, 그래야 저 인부들 일을 시키지? 돈을 주고 산 사람들 놀리면 안 되는데 말이야. 에~? 너 여우야. 너 말이야. 저기 오다가 보니까. 흙을 구워서 만든 기와지붕이 있더라고 그것 만든 사람 빨리 찾아와라. 무슨 수를 쓰던 그 사람 찾아서 데려 와야 해. 그 사람 중요한 일 시킬 게 있거든."

"기와? 그것이 뭔데요?"

"이리와 봐! 아니 옥상에 올라가자 보일 걸 아마?"

옥상에 올라오니 보인다. 그렇게 멀지 않은 곳에 생김새는 틀리지만 구운 것이 확실한 돌들로 지붕을 덮어 놓은 집이 있다.

“저기 봐! 하나 둘 세 번째 건물 보이지? 저기 위에 올려져있는 돌들 말이야. 저것은 원래 돌이 아니고 흙을 구워서 만든 돌이야. 저것을 만든 사람을 찾아오란 말이야. 저 정도 실력이면 아주 딱이야. 지금 파이프 만들려면 흙으로 저렇게 돌을 만들 수 있는 사람이 필요해. 많을수록 좋고 말이야.”

“아! 저것이 흙으로 구워서 만든 돌이예요?”

“그래 얼른 가봐 빨리 기술자 데리고 와 어? 너 혼자 가지 말고 단장이나 부단장 하고 같이 가라. 알았지? 몸조심 해야지. 다 큰 처녀 아니 내 부인될 사람이 위험한데 혼자 보내면 안 되지 그렇지? 윙크(찡긋!).”

“호호호 그게 뭐예요? 이렇게 하는 거요.”

“아-참! 너한테 안 가르쳐 줬구나. 사랑하는 사람한테만 보내는 신호야. 자세한 것은 나중에 밤에 가르쳐 줄게. 애기 만들면서 말이야. 빨리 갔다 와!”

“넵 알았어요.”

몇 시간 후에 부녀가 다 돌아 왔다. 설계도를 보니 다 낡아서 알아보기 힘들 정도다. 어쩔 수 없지 이걸로 라도 없는 것 보단 나으니까. 그리고 기와 쟁이는 이외로 젊다. 젊은 사람이 기술자라. 영 안심이 안 되는데.

“저 돌 당신이 구운 거요?”

“네? 넵 제가 아니고요. 아버지가 구운 것인데 아버지 지금 아파서 못 움직여요. 그래서 제가 대신 온 거요.”

“아버지? 어디를 다친 게요?”

“네 지붕에서 떨어져서 다리를 다쳤어요. 팔도 옆구리도 다치고요.”

“여우야! 너 다시 사람 데리고 가서 그분 업고오든지 들것에 싣고 오던지 일단 모시고 오너라. 치료도 해준다고 하고 빨리 이거 시간 이 바쁜데 자꾸 왔다 갔다 하면 에-잉!”

“넵 여러 명 데리고 가서 싣고 올게요.”

“빨리 갔다 와 아이고 답답해 동작들이 무슨 지렁이도 아니고 어르신 간부들 모아요. 회의해야 하니까요. 현장 감독하고 작업 지시 할 사람들도 같이 모이라고 해요.”

“넵 천인님! 즉시 회의실에 집합 시킬게요.”

그렇게 해서 회의실이 꽉 찼다. 제자들이 몰려와서 대기실에서 큰절을 올리느라 바쁘다. 이놈들이 언제 구배 올리는 것을 배워 가지고는 허허허

“오냐오냐 반갑구나. 다들 얼굴들보니 수련을 열심히 했구나. 내 얘기는 동료들한테 다 들었겠지?”

“네 네 넵 들었습니다. 그런데 스승님 재들은 질의응답해서 얼마 전보다 훨씬 나아졌던데 우리는 그거 안 해주십니까?”

“음 그래 지금은 바빠서 안 된다. 그 대신 따로 시간을 내어 보마. 너희들도 보이지? 지금 황궁공사 때문에 바쁘단다. 알겠지?”

“스승님 공사도 전문가이신가요?”

“아니 아니다. 그냥 조금 아는 것뿐이야. 그래서 그 지식을 오늘 설명해줘야 한단다. 너희들도 듣고 싶으면 참관해도 된다.”

“와-! 스승님은 모르시는 게 없나 보네요. 저희들도 듣고 배울 겁니다.”

그때 여우가 환자를 들고 들어오는 병사들과 같이 들이 닥친다.

“아이고 나 죽어 다리 부러졌는데, 그렇게 막 흔들면 사람 죽어라는 거야 뭐냐?”

엄살이 엄청 심한 영감이다. 호호 백발에 바짝 마른 노인이다. 손짓에 따라 바닥에 내려놓는다.

"영감님 팔과 다리 부러 진거요? 다른 데는 괜찮고?"

"네 옆구리도 결리고 온 몸이 다 성치 않아요, 죽기 직전이란 말입니다. 그런데 나더러 어쩌라고 아이고 아파라."

부러진 다리를 만지자 비명이 울려 퍼진다. 다리뼈는 다행히 부러지지 않고 금이 간 모양이다. 팔을 만져보자 팔은 제대로 부러졌는데 어긋나 있다.

"어이 부단장하고 그-기 덩치 좋은 그래 이리 와서 영감 붙들어!"

"네 넵!"

"꽉 잡아 엄살이 엄청 심한 양반이라 꽉 잡아야 해. 그렇지!"

"으악! 사람 죽는다. 아악!"

뼈를 맞추고 '큐어-힐링' 하얀 빛이 온 몸을 훑고 지나가자 멍한 눈으로 쳐다본다.

"영감님 일어서 봐요."

"어? 벌떡 엥!"

"이제 다 나았죠? 엄살 부리면 다시 부러뜨릴 거요. 저기 빈자리에 앉으세요. 지금부터 회의 할 거니까 잘 듣고 자신이 할 일이 뭔지 그리고 얼마나 걸리는지 이런 것 얘기해요 알았죠?"

"히끅! 히-히끅! 덜덜덜 네-넵 알고 말 굽쇼. 감사합니다. 감사합니다. 천인님!"

꾸벅 꾸벅 절을 해댄다.

"부단장 영감님 저 자리에 데려다 앉혀요. 자 모두 주목 지금부터 토의도 하고 서로 의견도 제시하는 시간을 갖겠습니다. 누구든지 손을 들고 자신의 생각을 말 할 수도 있으니까. 망설이지 말고 그때그때 의견을 얘기하시기 바라고 제가 잠깐 설명을 드립니다. 우선 내일 아침부터 터파기 작업을 시작 하는데 현장 감독이 누구신가요? 네 일어서 보세요. 지금 내가 들고 있는 것이 설계도 입니다. 땅을 파야 할 곳을 표시를 해 뒀으니, 자 이것을 받아요. 내일부터 작업을 시작 하세요. 그기에 선을 그려놓은 것 보이죠? 깊이를 50㎝씩 파면됩니다. 무릎보다 좀 깊게요. 허리보다는 좀 얕게 파세요. 이정도 굵기의 파이프를 묻을 겁니다. 아직은 파기 공사만 하면 됩니다. 그리고 영감님! 영감님 정신 차리시고 고개를 드세요. 이 그림 보이죠? 이것이 지금 짓고 있는 건물 안에 설치할 용광로입니다. 용광로가 뭐냐 하면 영감님 아세요?"

"네 용꽝로이?"

"그 보세요. 정신 차리시라니깐요. 쇠를 즉 철을 녹이는 솥을 용광로라 해요."

"철을 녹여요? 어떻게요?"

"철도 녹습니다. 1,200도가 넘는 고열에서 녹지요. 그만큼 화력이 좋아야 합니다. 그래서 영감님의 기술이 필요한 것이고요. 그 정도 뜨거운 불을 피울 솥을 만들어야 되거든요."

"아! 돌 굽듯이 안에 불을 피워서 녹이나요?"

"네 맞아요. 이 그림처럼 커다란 솥을 흙을 붉은 흙 있죠? 그것을 물에 이겨서 솥을 만듭니다. 그리고 서서히 불을 피워서 단단해지게 합니다. 할 수 있죠?"

"네 넵 천인님! 할 수 있습죠. 그건 제가 해봤습니다. 헤헤헷"

"네 그래서 모셔온 겁니다. 해내시면 상단주께서 영감님을 부자로 살 수 있도록 해드립니다. 아셨죠?"

"아-감사합니다. 천인님 제 몸도 금방 고쳐주시고 흑흑 은혜를 입었습니다. 돈 안 주셔도 해드릴 작정입니다. 헉!"

"아 잘하시면 큰 부자 되십니다. 영감님 아셨죠?"

"네-넵!"

"자 이제 부터가 문제입니다. 여러분 상단 간부들이 다 오신 것으로 아는데 철이 녹아서 빨간 쇳물이 이런 솥에 들어 있습니다. 이것을 부어서 이 그림에 있는 속이 뻥 뚫린 쇠 파이프를 만들어야 합니다. 물처럼 녹은 쇳물은 1,200도나 되는 무섭도록 뜨거운 물입니다. 사람의 몸에 닫으면 살과 뼈까지 녹습니다. 이것으로 이런 파이프를 어떻게 만들 수 있을까요? 옆 사람과 토의도 해보시고 서로 의견도 나누어 보고해서 20분 뒤에 발표를 합니다. 이것을 연구해낸 분에게는 상단주께선 상금을 얼마? 네? 아 100냥을 걸었습니다. 20분 뒤에 봅시다."

씨-끌 벅적! 씨-끌, 씨-끌 떠들기 시작하자 시장 통에 온 것 같다. 단주와 여우를 한쪽으로 불러내어서 그림을 보여준다. 고개를 갸웃거리는 상단주! 여우는 얼굴을 붉히면서 내 얼굴만 쳐다본다.

"여우야! 내 얼굴만 보지 말고 연구해봐! 이 그림처럼 저 영감이 붉은 흙으로 돌을 만든단 말이지, 그리고 이쪽으로 쇳물을 부으면 이렇게 흘러들어 가잖아. 그런데 문제는 안에 들어간 쇳물이 빨리 식어야 이쪽이 압력을 덜 받아서 터지지 않지 그런데 1,200도나 되니까 쉽게 식지를 않는단 말이야. 그것이 문제야. 단주님 공장부지 주변에 물이 있나요?"

"네 있어요. 옆에 호수가 있습니다."

"음 그럼 그 물을 끌어다가 냉각수로 쓰면 되는데 공장안에 연못을 만들어서 여기까지 차오르게 하고 쉿물이 흘러 들어가면 이건 실험을 해봐야 되겠네. 단주님! 여우야 엥? 왜 그렇게 내 얼굴만 쳐다봐? 응(쓰담쓰담)예쁘네, 우리 여우! 찡긋!"

"아-잉! 부끄러 힝!" 얼굴이 빨게 진다.

"뭐가 부끄러? 허허허 장인어른 오늘부터 이 여우는 나의 작은 부인입니다. 식은 뒤에 날 잡아서 하고요. 딸 예쁘게 잘 키워 주셔서 감사합니다. 장인어른 꾸뻑!"

"아이고 제가 오히려 은혜를 입는 건데 철없는 안젤리나를 잘 좀 가르쳐주시고 이끌어 주십시오."

"네 그러죠. 일단 모두의 생각을 한번 들어보고 그 다음에 제 방식대로 진행할 겁니다. 자리에 앉죠."

"자 여러분 충분히 생각들을 해 보신 듯합니다. 허심탄회하게 의견 들을 얘기해 주십시오."

"네 속이비고 둥근 파이프를 만들려면 바로 만드는 것은 불가능 할 듯싶습니다. 그래서 제 생각은 반쪽씩 만들어서 붙이는 것은 어떻습니까?"

"네 좋은 생각입니다. 그런데 반쪽 두 개를 어떻게 붙입니까? 붙일 방법이 있으면 가능한데 붙여도 물이 새지 않게 완벽하게 붙여야 합니다."

"----?"

"다음은 네 저기 말씀하세요."

"네 제 생각엔 납작하게 펴지게 만들어서 원으로 구부리면 어떨까요?"

"네 앞에 분과 조금 다르죠? 그러나 결론 적으론 같죠. 붙여야 하니까요."

“-----?”

“또 없습니까? 네 영감님! 어디 들어봅시다.”

“네 미천한 소인이 험 흠! 저기 천인님 ‘용광로’도 흙으로 만든 겁니다.”

“네 그렇죠.”

“그렇다면 파이프 용광로도 만들 수 있습니다. 흙으로요.”

“짝 짝 짝! 네! 만들 수 있겠죠. 영감님 솜씨라면 이렇게 만들 수 있겠죠? 이 그림처럼요.”

“네 자신 있습니다. 그렇게 만들어 놓고 한쪽은 연못에 담그고 삐닥하게 해서 쇳물을 부어 넣으면 파이프가 연못에 풍덩 빠집니다. 예-암요. 풍덩 푸시시 소리를 내면서 말 입니-다.”

“단주님 영감님이 정답이요. 상금은 영감님 것이고 보안 유지를 위해서 여기서 토의된 내용은 특급 비밀입니다. 그것에 관하여 덤프 단장에게 교육을 시키게 하십시오. 그리고 영감님은 오늘부터 상단 내에서 생활 하십시오. 먹고, 입고, 자고, 모두 공짜고요. 공장지어 놓고 나면 상금 100냥 드립니다. 황금으로 그리고 공장 지으면서 일하시는 대가는 따로 드립니다. 되었죠? 영감님?”

“아이고 이 은혜를 어찌 갚-노? 천인님! 감사합니-데이 감사 쿵! 흑흑!”

그렇게 결론이 났다. 기와쟁이 영감의 생각이 나와 일치 한 것이다. 실제로 그 일은 영감이 다 만들고 실험하고 몇 번을 실패하다가 결국은 성공했다. 파이프가 영감 말대로 커다란 독-크 안에 풍덩 풍덩 빠지듯이 생산이 되는 것이다.

그날 밤 여우가 왔다. 보기보다 엄청 숙맥에다가 부끄럼이 어찌나 많은지 불을 끄고도 부끄러워 어쩔 줄을 모른다.

“여우야! 여우야! 어디에 있니?”

“저 여기요.”

“이리로 와야지 그렇게 멀리 있는데 아이를 어떻게 만들어?”

“히히힛 스승님 저 부끄러워요. 힝!”

“더듬더듬! 보이지도 않는데 뭐가 부끄러워 어디 그래 이리로 와서 안겨야지 쓰담, 쓰담! 자- 여기 누워 아이고 이뻐라! 그래그래 옳지! 쪽쪽쪽!”

“스승님 좋아요. 스승님 사랑해요!”

“응 나도 여우가 좋아 조금 아플 거야. 처음엔 아프고 피도 나고 그렇단다. 그래도 되겠지?”

“네 스승님 밑에 뭐가 찔러요. 으-힝 앗 아파요.”

그렇게 첫날밤은 깊어만 간다. 부끄럼쟁이 여우도 여인이 되고 두 개의 달 이리나 자매도 사팔뜨기처럼 하늘에서 세상을 비춘다.

“아빠라고 불러봐!”

“아빠? 아빠! 아빠! 헤헤헤 사랑해요. 아빠!”

“오늘 바쁠 거야. 그곳 아픈 것 치료 했으니까 괜찮지?”

“네 아빠!”

“바빠서 낮엔 못 볼지도 몰라 그래도 밤에는 볼 수 있으니까 괜찮지?”

“넵 아빠 제가 차가지고 아빠 옆에 있을 거예요. 헤헤”

“음 그래도 되겠네. 현장에 갈 때는 어쩔 수 없잖아. 허허허”

“아-참! 궁에 들어가실 거예요?”

“아니 공장에 말이야. 도-크 만드는 것 도와 줘야지.”

“네 헹 아빠 옆에 있고 싶은데-힝! 언니 없을 때 꼭 붙어 있어야 하는데 히힝 씨!”

"언니는 무라니 키우느라 당분간은 하늘에 있으니까. 밤마다 붙어 있으면 되지 뭐 허허허"

"아빠 하늘에도 집이 있어요?"

"웅 그래 너도 애기 생기면 하늘에 데려갈게."

"우아! 정말이죠? 히힛!"

"그렇게 좋아?"

"넵!"

"난 오늘 공장에 갈 건데 넌 다른 일 많잖아."

"히힛 저 인제 다른 일은 안 할 거예요. 아빠 차 심부름만 할 거예요. 저도 공장에 따라 갈 거예요. 그래도 되죠?"

"그럼 하고 싶은 데로 해. 일어나자 이제 나가 봐야지."

"조금만 더요. 아직 새벽인데요. 뭐"

"그럴까? 어디보자 호 이젠 안 부끄러운가?"

"네 이젠 아빠 앞에선 안 부끄러워요."

"그것 참 신기하네. 하룻밤사이에 여우가 바뀌었네."

"아-잉 놀리지 마용!"

공장이 세워지고 용광로가 만들어지고, 냉각수가 가득 찬 도크가 만들어지고 상단 소유의 철광산에서 계속적으로 무기를 만들던 라인이 중지되고 대장간의 장인들도 공장으로 불러들여서 파이프 만드는 일에 투입하자 속도가 빨라진다. 소드와 갑옷 만드는 베테랑 장인들이 합류하자. 모든 일들이 빨라지고 개선되고 발전되어 진다. 한 달이 지났을 때 정상적인 파이프들이 생산되기 시작한다.

더불어 황궁의 공사도 일사천리도 진행이 되어 두 달이 되어 갈 때쯤에는 가죽으로 된 빠-킹이 만들어져 더욱 공고한 상하수도 시설이 완공 되었다. 황제는 꼭지만 틀면 쏟아지는 욕실을 보면서 대단한 기술력에 격려의 뜻으로 청구된 금액보다 한참 더 많은 황금을 내린다.

기초 지식도 없는 상황에서 쇠 파이프를 생산하는 공장을 세우기까지는 많은 시간이 소요 되었으나 성공 했다는데 보람이 있다. 이 행성에 드디어 대량 생산 공장이 최초로 세워진 것이다. 그것도 무기를 만드는 공장이 아니라 생활시설을 만드는 공장이 말이다.

황궁의 공사가 성공적으로 완료된 것은 20,000여명의 인원이 투입되어 순전히 사람의 손으로 끝이 난 대형 공사였다. 이 공사가 끝나면서 소문이 퍼져 나가자 대륙의 전 왕국이 주문을 해오기 시작한다. 그것이 1년도 되지 않는 어느 날의 켈리포 상단의 모습이다. 부서도 여러 개 생겨나고 업무도 분담을 하는 개혁과 발전이 거듭 되는 모습이기도 하다. 상하수도 공사는 3년간 해야 할 주문이 밀려 있는 상태이다. 그래서 무라카는 지구의 이름을 딴 영업부를 새로 신설해 주고 영업부에서 모든 수주업무를 총괄하는 체제를 가르쳐 주고는 이제는 자신의 일을 위해서 떠나야 할 때임을 자각한다. 공장을 세우고, 황궁 공사를 총괄 지휘해주고, 모든 일들을 총감독으로 일을 해온 무라카였기에 제자들은 스승님의 다재다능한 상식을 뛰어넘는 지혜로움에 혀를 내어두르는 일이 한두 번이 아니였다. 그래서 당연히 총감독 일을 계속 하시리라 믿고 있는 모양이다. 그동안 321명의 제자들이 특별하게 요소요소의 중요한 직책에 투입되어서 뛰어난 기량을 발휘해 줌으로써 잘 이뤄냈던 것이다. 단주와 독대를 하게 된 오전 시간에 조용히 회장실을 찾은 무라카는 회장과 차를 마시면서 용건을 전달한다.

“장인어른 이제 모든 기초가 닦여졌으니, 저는 제 할 일을 위해서 떠나야 합니다. 그래서 드리는 말씀인데 레온 부단장이 차기 총감독에 어울리는 인물입니다. 물론 제 개인적인 의견입니다만. 험”

“어? 떠나신다고요? 아니 좀 더 체계가 잡힌 후에 손을 떼도 때야지 이렇게 중요한 시기에 가시면 나는 어쩌라고요?”

“저 장인어른 저도 계속 있고 싶지만 그게 저의 할 일이 따로 있어서 계속 머물 수 없습니다. 이점 양해해 주시고 인재들이 많으니까 안심하셔도 됩니다. 제자들이 321명이나 됩니다. 예쁜 딸을 주셔서 감사합니다. 여우도 요즈음 행복해 하고요. 자주 들리겠습니다. 저 대신 총무 부장인 여우가 여기 남아서 일을 계속 도울 테니 염려 놓으시고요. 곧 손자도 태어 날 텐데 좋지 않습니까. 즐겁게 사셔야지요. 너무 일에 매달려 건강 해치지 마시고요. 그럼 저 갑니다.”

“아니! 아니 나만 남겨두고 에이 자주 와 주셔야 됩니다. 그러실거죠?”

“네 장인어른 제가 아무리 바빠도 아이 태어날 때는 옵니다. 그때 다시 뵙겠습니다. 건강하시고 너무 일에 혹사 하지 마십시오.”

눈물이 글썽 글썽 해서는 문 앞까지 나오시려는 것을 자리에 앉혀드리고 조용히 돌아 나왔다. 그리고 여우 사무실로 간다.

“흠흠! 나왔어 여우야!”

“아이 힝! 여기, 여기 앉으세요. 아빠! 차 드릴게요.”

부른 배를 안고서도 차는 직접 타온다. 얼마나 예쁘게 잘하는지.

“차 드세요 언니한테 가시게요?”

"음 코리아 호에도 가봐야지. 그것보다 이제 5개 대륙을 탐방하기위해서 떠나려고 그래."

"네? 아빠! 으앙! 난 어쩌라고요. 엉엉!"

"뚝해 뚝! 너도 셔틀 타봤잖아 천사에게 축복도 받았고, 여기 오는 것은 금방이지 왔다 갔다 할 거야. 그런데 왜 울어?"

"정말 그렇게 하실 거죠? 우리 아기 매일 아빠얘기 듣고 좋아하잖아요. 네?"

"암 그렇고말고 '무투'가 태어날 날도 두 달 정도 밖에 남지 않았는데 허허 녀석 좀 있음 발길질도 할 거야."

"호호호 빨리 보고 싶어요. 우리 아기요. 무투야 아빠 여행 잘 다녀오세요. 하고 인사드리렴."

"그린 왕국 수도공사 잘되고 있으니까 레온 부단장을 총감독으로 밀어 그 친구가 딱 이야. 내가 직접 많이 가르쳐 줬거든 허허 우리여우 매일 보고 싶을 텐데 어쩌지? 쪽쪽"

"네 일은 걱정 마세요. 아빠 보고 싶으면 무투랑 얘기하며 달래야지 힝! 키스해 줘 용!"

코리아로 돌아오니 무라니가 달려와 안긴다. 한 살이지만 3개 대륙공용어를 유창하게 하고 벌써 기초 마법에 입문해서 천재의 진가를 보여 주고 있다.

"아빠! 무라니 보고 싶었어요?"

"그럼 우리 공주 얼마나 보고 싶었다구 어디보자 어이구 조금 더 컸나보다 허허 엄마는 어디 계시니? 수련장에 계시니?"

"네 아침 운동하시나 봐요. 아빠 저 땅에 내려가고 싶어요."

"무라니야 아직은 아니다. 몰리아스 공주랑 놀면 심심하진 않잖아.

무라니 3살 되면 그때 아빠가 데리고 다닐게. 지금은 무라니 몇 살이지?"

"헤헤 한 살 요. 아-빨리 3살 되고 싶다."

"죽 많이 먹고 빨리 커야지 쓰담-쓰담!"

너무 아는 것이 많으니까 그것이 참 통제하기 까다롭다. 겨우 한 살인데 말이다. 덩치가 너무 작은데다가 벌써 로보 몰리아스의 교육을 받아서 세상을 환하게 아니까.(정보로만) 내려가고픈 욕구가 매우 강하다. 아빠만 보면 땅에 내려간단다.

"어? 아빠 언제 오셨어요?"

"웅 방금 왔어 지낼 만하지?"

"네 저야 뭐 여우는 잘 지내죠? '무투'는요?"

"웅 그래 인제 떠났어. 상단 그거 너무 바빠서 내겐 안 어울려 레온 부단장한테 자리 물려줬다. 대륙 여행이나 해야지. 그동안 문화정보나 언어 공부나 좀 하고 말이야."

"야 신난다. 저도 같이 가는 거죠?"

"물론이지 나 혼자는 재미없어 볼리아랑 같이 다녀야지. 허허"

"아빠, 아빠 '무라니'도 3살만 되면 데리고 다녀요. 네?"

"그래 안 그래도 무라니랑 약속 했어. 무라니 그렇지?"

"엄마 나 빨리 3살 되고 싶어 힝!"

"호호호 아가야 억지로 안 되는 것 알잖니? 마법 공부나 열심히 해둬 3살 때 땅에 내려가면 몬스터들 위험하단다. 알았지?"

"몬스터요? 엄청 크다면서요?"

"그래 우리 무라니처럼 작은 아이는 한입에 꿀꺽 해. 무섭지?"

"악! 무서워요 아빠 앙!"

"하하하하" "호호호호"

중앙 통제실에 오니 R-1이 반갑게 인사한다. 몰리아스는 애교를 부리며 안겨온다. 여전하다. 볼리아에게 그렇게 혼이 나고도 나만 보면 꼬리를 친다. 프로그램이 그렇게 되어 있으니 인간은 본능을 억제하지만 로보는 프로그램에 따라서 행동하니 당연한 것인지도 모른다. 그동안 수집된 정보들을 다 보고나니 오전시간이 다 흘러갔다. R-1에게 무라니가 실제 대련으로 익힐 몬스터와의 전투 프로그램 을 만들어서 수련하도록 하라는 지시를 하고는 몰리아스를 데리고 숙소로 간다. 각 대륙의 언어를 배우기 위해서다. 동방 대륙에서 북동쪽에 위치한 A대륙의 언어부터 익히기로 계획했다. A대륙은 짐 바브 대륙보다 배 정도 큰 대륙으로 북 반구에 속한 대륙이다. 80%가 백인들인데 유난히 인구 밀도가 높은 대륙이다. 두 개의 긴 산맥이 둘러싸고 있는 모습인데 비교적 평야지대가 넓은 대륙이다. 강이 많고 대륙의 중심에 커다란 호수가 있어서 수상 교통이 발달된 대륙이다. 큰 함선은 없고 주로 소형 선박으로 이동 수단을 삼고 강을 따라서 이동하는 것이 가장 빠른 교통수단이 된 모양이다. 대륙 중심에 있는 호수는 아마 땅에다가 바다의 일부를 옮겨 놓은 듯한 모습이라서 그 주변의 왕국들은 수산업이 주요 식량이 되는 것일 터이다. B대륙은 A대륙에서 가장 가까운 대륙으로 북극지방에 2/3의 땅이 포함된 대륙이다. 빙토(氷土)의 땅인 것이다. 추운 지방으로 인구수도 적고 왕국도 몇 개 없다. 농사를 지을 수 있는 땅도 일부 남쪽 끝의 작은 바닷가 평야뿐이다. 당연히 그 땅 쪽에만 사람들이 살고 있고 대부분 수산업이 주요 식량일 터이다. 바다가 그들의 자원의 보고인 셈이다. 바다 어로가 발달해 있어서 큰 선박 들이 많으면서 해양기술이 상당히 발달 되었다고 보면 될 것이다. C, D, E대륙은 아직 미정이다. 우선 두 개의 대륙을 살펴보고 그다음에 추가 계획을 짤 것이다. 나머지 3개의 대륙은 모두 남반구 쪽에 있다. 어쨌든 아이들이 자라면 각 대륙을 둘러보고 아이들이 살아갈 터전을 닦아야 하니 대륙 탐방은 빠를수록 좋은 것이다. 몰리아스에게 무라니와 무투의 교육 프로그램을 좀 더 많은 자료로 그리고 광범위하게 시킬 수 있도록 제작하게 했다. 언어, 문화, 몬스터 그리고 지리적 환경과 역사 등, 또 그 대륙들을 통치하는 귀족들의 성향과 통치 원칙 같은 것들 땅위에서 가장 위협적인 것은 역시 인간들이니까. 나쁜 성향을 띤 인간들이야 말로 가장 간악하고 잔인하며 교활한 것이다. 천족들을 보라. 행성마저도 파괴해 버리는 그 위력과 잔인성을 말이다. 아이들에게 더 이상 지난 천족의 역사 따위는 없다. 오로지 살기 좋은 바나 행성에서부터 새로운 역사를 만들어 갈 것이다. 무라니만 혼자 두고 가자니 여간 신경이 쓰이는 것이 아니다. 이제 겨우 한 살짜리가 아닌가? 땅위의 아이라면 아무것도 모르고 엄마 젖이나 먹는 나이가 아닌가? 볼리아와 머리를 맞대고 방법을 연구해 봐도 답이 없다. 그래서 대책이 마련될 때까지는 무기한 연기를 할 수밖에 없다. 그렇게 무라니 교육에만 집중하여 시간은 흐른다. 천무검법 128수도 거뜬히 해내고, 중급마법 이론까지 마스터 한 '무라니'이다. 아마 지상의 사람들이 봤다면 기절할 수준이다. 이제 겨우 이빨이 나서 엄마젖을 뗀 아이가 말이다. 1.8살의 아이가 목검을 들고 휘두르는 동작이 수준급이다. 어떻게 된 것이 마법보다 검술을 더 좋아한다. 엄마 영향인 것인가? 계집아이가 말이다. 너무 어려서 분별력이? 절대 아니다. 지금 무라니의 사고력은 어른 수준이다. 체내 마나양이 10년 치를 웃돈다. 배내에서부터 집적 했으니까. 그래서 오늘 부터는 경공을 가르칠 생각이다.

한편 켈리포 상단은 밀려드는 상하수도사업 주문량이 앞으로 5년 동안을 해 나갈 양이 이미 계약이 체결 되었다. 한마디로 더 이상 주문을 받을 수 없는 상태가 된 것이다. 여우는 부른 배를 안고 뛰뚱 거리면서 쉴 틈이 없다. 보고 싶은 아빠를 생각할 겨를조차 없이 바쁜 나날의 연속인 것이다. 그래서 총감독을 두 명 더 늘였다. 레온이 1팀을 덤프가 2팀을 울프펙이 3팀을 총괄하는 수장이 된 것이다. 당연히 여우는 부회장이 되어서 행정 및 상단 전체를 관리하는 업무를 총괄한다. 무예가 뛰어난 인원들이 하나 둘 생겨나면서 몬스터들의 습격이 있어도 희생 없이 거뜬히 방어하는 수준이 된 것이다. 제국에서는 난리가 났다. 입수된 정보에 의하면 켈리포상단의 호위 무사들이 제국의 소드 마스터에 견줄만한 정도의 능력자들이 한둘이 아닌 것이다. 비밀 정보 집단을 운영하고 있는 제국이 그것을 모를 리 없는 것이다. 그건 그렇고 그린 왕국의 위드라는 청년은 일반 소드 마스터와는 차원이 다른 소드 마스터라는 것이다. 자세히 알아보니 그 모두가 한분의 제자들이다. 구루 무라카 세바스찬이라는 천인의 제자인 것이다. 권력으로 함부로 할 수 있는 사람들이 아닌 것이다. 그나마 다행인 것은 그린 왕국에서는 이 사실을 모르고 있다는 것이다. 만약에 알게 된다면 그린 왕국의 위상은 제국에 버금가는 강국으로 부상하게 될 것이다. 그린 왕국의 국왕이 공작위라도 내리면 당장이라도 '위드' 라는 청년 한 사람으로 인해서 제국의 힘으로 그린왕국을 어쩌지 못하는 것이 될 것은 불을 보듯 뻔한 사실이다. 그렇게 되는 데는 시간문제이다.

지금 한창 그린 왕궁이 상하수도 공사가 한창이다. 레온개발 1팀이 투입되어 위드와 레인이 왕궁을 드나들고 있기 때문이다. 위드는 수제자라서 사제들이 대거 몰려와서 왕궁에서 일을 하는데 그들을 보러 들락거릴 수밖에 없는 것이다. 오늘도 멋진 백마를 타고서 누나와 둘이서 데이트 겸 왕국의 수도 '마즈메리안'으로 올라 왔다. 사부님이 누나랑은 단 한시도 떨어지지 말라는 지시를 뼈에 새기고 있는 위드이다. 국왕이 요즈음은 레인 백작을 자주 찾는다. 켈리포 상단 때문이다. 마침 안젤리나 부회장이 그린 왕국에 와 있다. 특히 레인은 여우가 사부님의 아이를 가졌다는 얘기를 듣고 밤새 울었다. 자기도 사부님을 사랑하는데 안젤리나 언니에게 빼앗긴 듯해서 혼자 서럽게 운 것이다. 사부님 미워! 씨! 레인이 사부님을 얼마나 사랑하고 있는지 몰라주니 말이다. 그러나 레인이 모르는 것이 있다. 지구에서는 사부와 제자는 원래 결혼을 안 하는 것이 통례인 것이다. 여우는 그냥 스승과 일반 제자이니 조금 용납을 했지만 위드와 구미호는 벌모세수도 시켜준 사부와 제자 관계이니 말이다. 그래서 위드와 친 남매 이상의 사이가 아니면 나이차이가 8년이나 나지만 결혼얘기를 언급한 것이다. 사부의 마음을 짐작조차 못한 레인은 짝사랑에 몸이 달아서 지금은 눈만 뜨면 사부님이 보고 싶어서 가슴앓이를 하고 있으니, 위드가 아무리 곁에 오래 붙어 있어 본들 그냥 남동생인 것이다. 그냥 어린애로 보이지 남자로는 안 보이는 것이다. 백인들이 성적으로 상당히 개방적이고 열정적이지만 마음에 없는 사랑은 절대로 안 하는 것 또한 유전적인 요인도 있다고 봐야 할 것이다. 특히 레인은 빨강 머리에 뛰어난 미모라서 수많은 남성들이 집적거리려 해도 철벽 방어를 해온 구미호라는 사실을 잊어서는 안 될 것이다. 나이는 벌써 26세 노처녀인데 말이다. 개발 1팀 현장 사무실에서 만난 세 사람!

"오 이게 누구야! 울보 레인 백작과 위드 사형이잖아! 와! 오랜만이야. 울보 백작님! 그리고 꼬마사형 위드님! 호호호"

"어머나 아가씨! 아니 이젠 아줌마 됐네. 그냥 언니가 제일 좋겠네. 언니 엄청 예뻐지셨네, 사부님이 많이많이 사랑해 주셨나보다. 이씨 나도 사부님 사랑 받고 싶은데 으-앙!"

"어머머머! 울보가 울음이 터지면 어떻게 해? 뚝! 구미호 뚝해! 우리 아기 놀라잖아."

"히-끅! 뚝 헤헤헤 언니는 좋겠다. 부럽다 씽! 또 울고 싶다 헹"

"울보동생 그러지 말고 이리로 앉아요. 우리 밀린 얘기나 하자고."

"언니 사부님은? 사부님은 안 오셔요?"

"응 떠나셨어. 아직 다른 대륙에 일이 남았나봐!"

"안젤리나 누나! 사부님 어느 대륙에 가셨는데요?"

"응? 위드 사형? 여기 앉아요. 우와! 사형도 멋지게 되셨네. 고수되시더니 표가 나네요."

"아 난 사부님 따라 다니고 싶다. 그러려면 더 강해져야 되는데."

"뭐요? 더 강해지면 데리고 다닌 데요?"

"사부님께 짐 안 되고 따라다니려면 최소 그랜드 마스터는 되어야 되지요."

"우와! 그랜드 마스터라 어느 세월에 힝 울고 싶다. 나는 소드 마스터만 되면 따라 붙을 겨. 씨-잉!"

"에게게! 누가 데리고 다닌데? 볼리아 언니도 잘 안 데리고 다니시는데 호호호호 꿈 깨라. 꿈 깨!"

"미워 언니 우-앙! 으앙! 엉 엉 엉!"

"뚝 노처녀가 울보면 시집 못가 뚝해!"

"히끅 뚝! 헤헤 언니, 언니! 어떻게 사부님 사랑 받을 수 있는 방법 좀 알려줘요. 언니는 어떻게 했어? 엉?"

"호호호 얘가 왜이래 너 혹시 사부님께 시집가려고?"

"응 그러고 싶어요. 알려 주세요 네?"

"-------!"

농담이 아니라 진심이다. 레인의 눈이 그렇게 하기로 목숨을 걸은 눈이다. 이야 이 계집애 단단히 각오 했는데? 아빠께 알려야 되겠다. 저대로 두면 어떤 일이 벌어질지 모르겠다.

"언니 뭐야. 그것 좀 알려 달라니까-옷!"

"야! 너 진짜네 난 농담인줄 알았더니."

"에이-씨 언니! 그런 걸 농담 하는 사람이 어딨어요? 중대사를 요?"

"응 알았어. 네 마음을 내가 얘기 해볼게 알았지?"

"정말? 와 언니 고마워요. 히힝 와-앙! 언니 고마워요."

"아 뚝해 뚝 자꾸 울면 안 할 거야. 뚝!"

"네 뚝! 헤 헤 헤 헤"

"아이고 누나들 참 무슨 그따위 얘기를 난 현장에나 가야겠네 흥!"

위드가 화가 나서 나가버렸다. 무슨 사부님이 노처녀 구제소야? 썅! 괜히 화가 난다. 그러거나 말거나 레인과 안젤리나는 조잘조잘 재잘재잘 참새 두 마리 같다. 짹짹짹짹!

그러다가 여우가 갑자기 생각났다는 듯이 계산을 하더니 금고에서 돈을 꺼낸다. 자그마치 6,200냥을 레인에게 건 낸다.

"응? 이게 뭐예요. 언니?"

"아 이것 제국의 황궁공사 이익금 배당이야. 사부님이 켈리포 상단에 수도시설 아이디어를 알려주시면서, 이익금 10%는 무조건 제자들에게 나눠 주라고 하셨거든. 그 이익금이야. 두 사람 몫이지. 위드 사형 것이 3,100냥이고 동생 것도 그래. 받아서 갖고 있다가 사형 것도 드리라구! 그리고 가난한 사람들 구제금도 좀 줄게 그린 왕국에 못 먹고 굶주리는 사람들 구제금도 있어. 자이건 전표로 줄게 동생이 꼭 구제 사업에 쓰도록 해."

"어머나 이렇게 많아요? 사부님이 지난번에 4,000냥이 넘는 돈을 주고 가셨는데, 으앙! 사부님 잉잉 보고 싶어 용. 힝! 으앙!"

"어어 어? 너 완전 상사병이다. 이거 큰일 나겠네."

"몰라, 몰라 몰라요. 돈만 자꾸 주면 뭐해 씨-힝! 으앙! 엉엉엉!"

"아 뚝해 뚝! 운다고 될 일이 아녀 이건 심각 하구만! 쯧쯧쯧!"

"아줌마 왜 울어? 누가 때렸어? 누가 아줌마 울린 거야?"

"엥? 얜 누구야? 우와! 귀엽게 생겼다. 호호호 너 이름이 뭐냐?"

"저요? 무라니예요. 무라니 세바스찬요. 어? 금방 안 우네. 아줌마 이상하다. 어디 아파요? 이마 이리 대봐요. 열 있나 보게요."

쬐끄만 한 게 찌깨 발로 선다. 손을 내밀고 이마를 짚어 보려는 것이다. 레인은 그 모습이 너무 귀여워서 고개를 숙여 손이 닫도록 해 준다.

"어? 열은 없는데, 아줌마 이젠 괜찮은 건가요?"

둘은 눈이 왕방울 만 해진다.

"너너 너 아빠는 엄마는? 어디계서? 응? 무라니! 아빠랑 같이 온 거야?"

"네 아빠 엄마 저기 저기요. 보이죠?"

후다닥 튀어 나가는 레인 한 마리 제비같이 냅다 뛴다. 사부님! 사부님! 으앙! 눈에서 눈물이 쏟아져서 앞도 잘 안 보이는데 용하게 안 넘어지고 달린다.

"사부님! 사부니-임! 왕! 으앙! 엉엉엉 으앙!"

와락 품에 날아든 한 마리 제비 새끼 같다.

"어어 어? 울보 백작이구나. 허허허!" 쓰-담! 쓰-담! 가슴이 다 젖는다.

"사부님! 보고 싶었떠-요. 흑흑흑" 히끅! 히끅!

"오냐 오냐 그래 잘 지냈느냐? 위드는 조금 전에 봤느니라. 아직도 그 울보 근성은 그대로구나. 어이구 울보 백작 허허허"

"호호호 울보 백작! 나는 보이지도 않나 보네?"

"어-맛! 헤헤 안녕하세요. 공작님!"

"호호호 사부님 품에 안기고 싶어서 어떻게 참았어요. 그래 호호"

"아-잉! 몰라-욧! 놀리지 마세요. 공작님!"

"공작님, 공작님 하지 말고 앞으론 언니라고 불러요. 그래야 아빠 사랑 받을 수 있어요."

"넵 그럴 게요 언니! 히히힛! 부끄럽게 놀리지 마세요. 헤헤헤"

"어? 또 둘이서만 노네. 무라니야! 그새 어디를 간 게냐? 1.8살 밖에 안 된 아이가 이리와!"

"아빠? 이 아줌마는 누구야?"

"어? 너 작은 엄마야 너 동생이 그 작은 엄마 뱃속에 자라고 있단다. 작은 엄마 몸 무거우니까 내려라 힘 든다. 아빠한테 오너라."

"동생? 와! 동생 '무투'?"

"그래 동생 '무투' 두 달만 있으면 보겠네."

"작은 엄마 동생 빨리 낳아줘요. 뱃속에 있으면 답답해요. 저도 빨리 나오려고 발로 막 찼거든요. 헤헤헤"

"어머나 뱃속에 있을 때 그걸 알아?"

"네 아빠 목소리 다 들었어요. 재미있는 얘기도 많이 들었고요. 그리고 천조심법도 그때 배운걸요. 헤헤"

"뭐? 심법을 배 속에서부터 배웠다고? 우와 너 무라니 천제네!"

"아빠아빠 천재가 뭐예요?"

"응 빨리 배우는 아이를 천재라 한단다."

"헤 그럼 맞네요. 제가 뭐든지 빨리 배우거든요."

"사부님! 얘 몇 살 이예요? 와 귀엽다."

"응 1.8살이야. 4개월 아니 5개월 있으면 두 살이지."

"으앙! 나도 이런 아이 낳고 싶다. 으아앙! 흑흑"

"아줌마 울지 마. 응 아줌마 울지 마. 아줌마 울면 '무라니'도 슬퍼요."

"뚝! 무라니 미안해 아줌마 안 울거야! 흑 히끅 히끅!"

"아줌마도 작은 엄마 할 거야? 내 동생 낳으려고? 아빠한테 부탁해봐! 그럼 안 울어도 돼 울지 말고요."

"어머 어떻게 알았지? 무라니가 내편이구나. 와! 귀여버! 히히히힛"

(엥? 뭔 소리야? 저저 구미호 저거 위드와 결혼하라고 그렇게 눈치를 줘도 에-잉!)

"호오 울보 백작이 아빠를 무지무지 사랑하나보네 아빠! 아빠! 저 좀 봐요. 어디로 도망가시려고? 우와 세상에 아빠도 도망 갈 때가 다 있네. 오호호호홋!"

이땐 36계가 정답이다. 다른 방법이 없잖아 방법이 진짜 제자가 사부하고 결혼하는 예도 있나? 어이구 저 울보 어쩌지?

"으-앙! 우-엥 엉 엉 엉 우-왕 으앙 으-앙 앙 앙!"

"알았어. 알았다구. 뚝해 뚝! 어이쿠 이게 뭐야? 너 울보 구미호 너 위드랑 에-공 말을 말자!"

"헤헤헤! 저 사부님 너무너무 사랑한단 말이에요. 날마다 사부님 얼굴만 떠올라서 잠도 못자고, 밥맛도 없고, 히힝 저 사부님 없음 못살아요. 히힝!"

"오냐오냐 알겠다. 구미호야 쓰담쓰담!"

쓰다듬어 주니 그렇게 좋은가 입이 찢어진다. 볼리아는 처음부터 알고 있었다. 구미호의 마음을 그리고 아빠도 구미호만큼은 진정으로 아끼고 사랑 한다는 걸 알고 있었다. 산장에 있을 당시부터 그건 자연스러운 현상이라 누가 말린다고 되는 게 아닌 것이다.

그리고 또 회피한다고 피할 수 있는 것도 아니고, 자연적인 이끌림인 것이다. 아무리 늙은 정신의 소유자라도. 그렇게 무라니의 작은 엄마가 또 생겼다. 가장 좋아 하는 건 '무라니'다 땅에 내려오자 새엄마도 둘이나 생겼다. 좀 있으면 동생도 태어난단다. 그리고 땅에 내려오니 사람이 많아서 좋다. 보는 사람마다 만나는 사람마다 한 번씩 다 안아주니 무라니는 신이 났다. 그지께 배운 경공을 발휘해서 공사 현장을 쏘다닌다. 어른 뺨치는 속도로 이동하니 말릴 새도 없다. 너무 조그만 하니 잡을 수도 없다. 잘못하면 다치기도 하는 현장인데 웬 귀여운 꼬마가 토끼처럼 뛰어 다니니까 여간 곤혹스러운 일이 아니다. 말은 얼마나 또 박또박 잘 대꾸하는지 금방 소문이 났다. 무지무지하게 귀여운 아이가 다니니 다치지 않도록 하라는 지시가 내려졌다.

한편 레인은 무라니 잡으러 다니느라 식사도 못했다. 눈에 띈다 싶어서 달려가면 어디로 사라졌는지 없다. 일하는 아저씨들이 좋아서 여기저기 다니며 질문을 해대다가 사라진다. 의문이 생기면 물어보고 대답을 듣고는 곧 다른 곳으로 이동해서 또 질문하고 그런 식이다. 집을 짓는 게 아니라 상수도 공사이다 보니 여기저기 땅이 파 헤쳐진 곳이 많다보니, 빠지면 위험한데 이 꼬마는 얼마나 날렵한지 1.5m의 깊이에 빠지는 것을 보고 달려가니, 벌써 꼬마는 폴짝 뛰어 오르더니 쌩하고 사라져 버린다. 어른도 따라가지 못할 속도다. 당연히 다리도 짧고 키도 작은데 내공이 있으니 속도가 빠를 수밖에 레인은 큰일 났다. 큰 언니가 무라니 젖 먹을 시간이라고 데려오라고 했는데 아직 찾지도 못하고 있는 것이다.

"무라니야! 무라니 어디 있니? 무라니야. 무라니 젖 먹어야지 어서 어 저기 저것이?"

불붙은 몬스터 한 마리가 온몸 털에 불이 붙어서 뒹굴다가 어느 건물 안으로 도망치는 것이 보인다. 그러니까 귀족 가정에서 키우는 일종의 애완용 몬스터인 것이다. 그게 하필이면 무라니 눈에 띈 것이다. '로보'에게서 각종 몬스터에 대한 것을 배운 무라니는 몬스터의 생김새와 위험성을 교육 받은 무라니가 가만히 둘 이유가 없는 것이다. 단번에 파이어볼로 공격해서 몬스터가 몸에 불이 붙자 땅에 뒹굴어서 끌려고 해도 안 되자. 주인에게로 달아난 것이다. 다행이 집에까지 불은 옮겨 붙지는 않았는데 애완용 몬스터는 2도 화상을 입는 사고가 난 것이다. 무라니가 방글 방글 웃으면서 걸어온다.

"작은엄마! 작은엄마 내가 몬스터한테 이겼어요. 그놈 도망갔어요. 헤헤헤"

"아이고 우리 무라니 큰일 날 뻔 했네. 어디 다친 데는 없고?"

"네 마법으로 힙!"

"아가야 왜 그러니?"

"------" 고개만 살랑살랑 젓는다. 엄마가 다른 사람들한테 마법 얘기 하면 절대 안 된다고 교육 받은 것을 순간적으로 까먹은 것이다.

"아이고 무라니 다행이다. 다친데 없어서 너 배 안고프니? 엄마가 젖이 다 불었다고 오라고 했단 말야."

"아 배고파요. 안아줘요 작은 엄마!"

"그래 엄마한테 가자."

"땅에 내려오니 무지무지 재미있어요. 헤헤헤"

"땅? 그럼 넌 땅에 안사는 거야?"

"네 저기 하늘 흡!"

"하늘 뭐?"

또 고개만 살랑살랑 젓는다. 얘가 왜 이러지? 아까도 그러더니 뭔가 수상해 그런다고 아이에게 물을 수도 없고 사부님께 물어봐야지.

"무라니야. 다 왔네 저 안에 아빠 엄마 계신단다."

"------" 말똥말똥 눈만 말똥거린다. 갑자기 두 번이나 하는 통에 찔린 것이다. 차라리 아무 말도 안하면 되는데 말이다. 슬그머니 걱정이 된다. 엄마가 그런 얘기 하면 안 된다고 하셨는데.

"무라니 말 안 할 거야?" '끄떡끄떡'

"왜?" '도리도리'

"호호호 너 웃긴다. 그것도 귀엽네. 호호"

“언니 애기 데려 왔어요. 아이구 얼마나 쌩쌩 돌아다니는지 찾는다고 혼났네. 아- 글쎄! 얼마나 빠른지 공사장 아저씨들 무라니 모르는 사람 없어요. 휴!”

“에고 그-봐! 무라니 너 공사장에 막 돌아 다녔지?” ‘끄떡끄떡’

“얘가 갑자기 말을 안 해요. 얘기를 하다가 입을 딱 막더니 그때부터요. 뭐라더라? 아 마법? 그리고 하늘? 그다음부터 저래요.”

“호호호 무라니야. 작은 엄마 한 테는 얘기해도 괜찮단다. 자 이리 온 내아기 젖 먹자.”

“엄마 그래? 해도 되는 거야?”

“그래 그렇단다. 어서 젖 먹어야 빨리 크지. 그래야 아빠 등에 업혀서 땅위에 여행도 다닐 수 있지.”

“네”

“에게게! 귀여워 젖도 안 뗀 아이가 막 날아 다녀요?”

“호호호 동생도 얼른 애기 낳아봐 그럼 알게 되지.”

“으-앙! 빨리 애기 낳고 싶다. 히힝!”

“애기부터 만들어야지 만들지도 않고 어떻게 낳으려고?”

“호호 언니 애기는 어떻게 만드는 거예요?”

“오-호호호홋! 아빠한테 물어봐요. 그건 남자가 하는 일이니까.”

“히히힛 사부님 오면 빨리 만들어 달래야지 키키킥”

“어머머머 낮에 애기를 만든다고? 밤에 옷 다 벗고 만들어야지 동생 쑥맥이네.”

“네? 옷 다 벗고? 엥? 그거 잡아먹는 다는 거 아니에요?”

“뭐? 잡아먹어? 깔깔깔 호호호 아이구 배야 웃겨 정말.”

“전에 술집에서 그런 얘기 들은 거 같아요. 히힝! 잡아먹을 때 많이 아파요? 언니, 언니 좀 알려줘요. 네?”

“우헤헤헷! 히히히 키 키-킥 오호호호호호 아이고 웃겨 동생 킥 컥! 누가 잡아먹는다고 했어? 오호호호 응? 누가? 히히히힛.”

“저 저기 그러니까. 술집에 있는 꼬마가 그때 남자들이 여자를 늑대처럼 잡아먹는다고 그랬어요.”

“우핫핫하하하 호호호호 꼬마? 키키킥 헤헤헤헤!”

“헤헤헤 언니 언니도 멀쩡하고, 작은 언니도 멀쩡한 거 보니까 잡아먹어도 멀쩡 한가봐. 씨 나도 잡아먹어라 하지 뭐 헤.”

“아이고 배야 아이고 나죽어. 오호호홋 낄낄낄낄!”

“아이참 대답은 안 해 주시고 웃기만 하셔요. 언니 미워 힝-헹!”

“오호! 오호 휴~ 아래가 축축하네, 히야! 그렇게 웃겨 정말 호호호”

“저는 심각하단 말이예-욧. 치”

“아니 무슨 얘기 하는데 그렇게 웃음소리가 괴상한 것인가? 응?”

“어 맛 나몰라 사부님! 다 들으셨어요?”

“아니 이제 막 오는 길인데 무슨 얘기야?”

“아휴 막내 동생이 얼마나 웃기는지 호호호 에-휴 이제 좀 안정이 되네요. 글-쎄 아빠가 가르쳐 줘요. 애기 젖먹이 잠들었네. 에-휴 동생이 어 어디 도망가려고 이리와!”

“네 저 부끄러운데 히힛 언니 얘기하지 마세-욧. 헤”

“아이고 알았어. 알았으니깐 아빠한테 물어봐 그럼 직접 가르쳐 주 실거야.”

“???” 어? 무라니 보러 왔더니 무라니 안고 도망쳐?

“험험 구미호야 뭐가 그렇게 웃어 운 얘기냐? 나는 알면 안 되나?”

“저 저 있자나요. 사부님! 저 헤헤헤”

"아니 무슨 얘긴지 말을 해야 알지."
"사부님이 절 잡아먹을 때 안 아프게 잡아먹을 수 없나요?"
"엥? 잡아먹어? 내가? 널 왜 잡아먹어?"
"저 애기 만들려면 잡아먹어야 된다면서요."
"엥? 우하하하핫! 하하하하 누가 그런 얘기 해줬어?"
"어? 아닌가요? 전에 술집에서 난이가 그랬잖아요. 잡아먹는 늑대가 남자라고요. 헤"
"키키키킥 억 푸헤헤헷 낄낄낄낄 그래서 웃었어?"
"저는 무서운데 모두 그렇게 웃어 운가요?"
"아이고 이런 미안, 미안 휴! 이리 오너라. 이리 온."
"넵 사부님!"
진짜 잡아 먹힐까봐 조심조심 다가온다. 그 모습이 얼마나 귀여운지 덥석 끌어안는다. 26살짜리가 그것도 술을 10병씩이나 마시던 아이가 아직 남자에게 키스도 한번 못 받아본 모양이다. 점프로 폰 프린스에 올라왔는데도 못 느끼는 모양이다. 너무 바짝 긴장을 해서 주변이 싹 바뀌었는데도 모른다. 옷을 하나둘 벗기자 바르르 떤다. 손으로 '쓰담쓰담' 해주면서 키스를 해주니 그제야 조금 안심이 되는 모양이다. 태양은 아직 하늘 가운데 있는데 아기를 만드는 일은 엄숙하게 이어진다. 통증은 잠깐이고 곧 찾아드는 쾌감은 지속 된다. 그렇게 26세의 낙화는 커다란 기쁨이 되어 물결친다.
"아! 사랑해요. 사랑해요. 사부님! 사 부 님! 죽어도 좋아요."
"나도 널 사랑해. 울보야. 널 처음 봤을 때부터 마음이 끌렸지."
"아- 아- 아- 앗!"
세 번이나 거듭된 사랑행위 끝에 레인이 잠들어버린다. 깰까봐서 조용히 그냥 안고 있다. 두 시간 정도 지난 후에야 깨어난 레인!

“사부님 저 행복해요. 매일 매일 잡아먹히고 싶어요. 사랑해요.”

“그래 울보 구미호야. 인제 잡아먹히는 것이 무엇인지 아는가?”

“넵 헤헤헤 무섭게 일부러 그런 거죠? 언니도 여우 다 되었어. 힝”

“두 언니한테 잘해야지.”

“네 잘할게요. 아-앗 진짜 아프긴 아프네요.”

“어디? 그래 ‘큐-어 힐링!’ 이젠 괜찮지?”

“어? 어떻게 하신? 여긴 어디예요? 어마나 하늘에 올라 왔네, 우와 이거 뭐예요?”

“넵 저는 R-2입니다 아가씨!”

“헉 깜짝이야. 말도 하네.”

“넵 사령관님의 부인이 되신 걸 축하드립니다.”

“응 R-2 고마워요.”

“R-2 우리를 코리아호에 데려다 주고 무라니와 두 엄마 모시고 오너라.”

“넵 즉시 수행합니다.”

모선의 격납고에 무사히 안착하고 그린레인을 데리고 R-4 엔젤에게 데리고 갔다.

“엔젤 나의 셋째 부인이다. 검진하고 비정상 부분은 치료해라.”

“넵 엔젤 즉시 수행합니다. 아가씨 제 품에 누우세요. 네 쿵!”

뚜껑이 닫히고 5분쯤 지나자 뚜껑이 열리면서 레인이 일어난다.

“아가씨께선 아주 건강하십니다. 성함이 무언가요?”

“그린레인이다. 이젠 그린레인 세바스찬이다. 기록하도록.”

“넵 폐하! ‘그린레인 세바스찬’ 기록 되었습니다.”

“울보야 가자 손잡아 왜 그렇게 멍하니 있어?”

“저 놀라서요. 여긴 더 높은 하늘인가요?”

“그래 우주 공간이지 이리와 봐! 공부 할 것도 많아 놀랄 일은 한두 가지가 아냐 저기 보이지? 저게 우리가 살고 있는 바나 행성이야. 여기서 보니 작지?”

“어머 저게 땅 이예요? 동그라네요.”

“그래 모든 행성은 다 그렇지. 자 여기가 중앙 통제실이야.”

“사령관님! 환영합니다. 함께 오신 분은요?”

“그린레인 세바스찬이다. 기록하라.”

“넵 그린레인 세바스찬씨 오른손을 내미세요.”

“네 여기요.”

“네 되었습니다. 저는 R-1! 이 함선을 관리 통제 유지하는 기계입니다.”

“기계가 말도하고 치료도 하고 그래요?”

“응 숙소로 가자꾸나.”

“호호호 그린레인 세바스찬 환영한다. 이제 잡아먹혀 봤으니 더 이상 질문 없지? 키키킥”

“에잉! 언니 미워 힝!”

“호호호 이 언니도 그렇게 놀림 당했지 그래도 넌 부끄러움은 없네. 난 부끄러워서 혼났어. 호호호”

“무라니는 아직 자나?”

“네 그렇게 설치고 다녔으니 피곤하겠지?”

“후후 진단은 받아 봤나?”

“아뇨.”

“지금 갔다 와”

"네"

"오늘은 여기서 쉬고 내일 아침에 얘기하자고 여행 계획도 세우고."

"네 아빠 전 먼저 쉴 게요 무라니도 자리에 눕히고요."

"웅 알았어."

제국의 소드 마스터

꿈같은 이야기를 다 들은 울보레인은 질문사항이 많을 텐데도 조용히 있다. 이 아이는 정반대 성향의 종인 모양이다. 조용해야 할 땐 떠들고, 할 얘기가 많을 땐 조용해지는 살짝 끌어당기자 금방 불이 붙는다. 마음껏 소리 지르며 자지러진다. 확실히 뜨거운 여자다. 예쁘고 귀엽기도 하고, 안으로는 뜨거운 여자! 그래서 잘 우는 걸까? 그렇게 쉬고 새로운 날이 밝았다. 우주선에서는 뚜렷한 경계가 없지만 신체 싸이클은 존재하니까. 식사를 위해 모였다. 비록 죽 한 그릇 뿐이지만 적당한 영양분은 다 포함된 아주 과학적인 주식이다.

"무라니 실컷 잤어?"

"네 아빠 땅에는 또 언제 가요?"

"왜? 또 내려가고 싶어?"

"네 그기 재미있어요. 사람도 많고 괴상한 몬스터도 있고요. 또 새엄마도 있을 거구요. 아빠도 좋잖아요."

"억 무라니야. 아빠 이제 새엄마 필요 없어 셋도 많은 거야."

"에? 많으면 많을수록 무라니는 좋은데."

"안-돼! 이젠 무라니야. 너 땅에서 살려면 훨~씬 더 강해져야 된다. 니가 불태운 그것은 몬스터가 아니다 알아? 그것은 사람이 키우는 가축이야. 가축 가축은 가족과 같은 거야."

"아? 그래서 그놈이 내게로 온 건가요? 겁도 없이 꼬리 흔들며 오길래, 파이어볼로 킥킥! 아 미안하네 죽지는 않았죠?"

"모르지 죽지는 안했어도 다치기는 했을 걸"

"아 어쩌지? 그기 있었으면 치료 해 줬을 텐데."

"아빠가 치료해 줬단다. 앞으로는 아무나에게 그렇게 공격하지 말고 확실히 널 해치려 할 때 만 공격해야 하는 거야. 알았어?"

"네 아빠 저 무라니 열심히 배우겠습니다."

"그래 그래야지 아이고 착하네. 쓰담쓰담!"

"무투는 건강한거지? 엄마도 건강하고?"

"네 아빠 아주 건강하데요."

"레인아 너는 앞으로 여기서 공부도하고 그리고 언니랑 무라니도 봐주고 그렇게 지내고 있어 내가 데릴러 올 때까지."

"네 사부님 큰 언니한테 검술도 좀 더 배울게요."

"그래 레인 너도 아빠라고 불러 사부님은 원래 제자하고 결혼 못 하는 거야. 내가 태어난 곳에서는 말이야. 나는 안젤리나와 그린 왕궁 공사나 좀 도와주고 올 거야. 그리고 나서 다음 계획을 짜 보자고."

"네 아빠 저 잠시 보고가세요."

"응 그래 찡긋!"

볼리아가 오랜만에 안기고 싶은 모양이다. 무라니 교육 시키느라 바빴으니, 무라니와 안젤리나는 함선 구경하러 가고 레인은 중앙통제실에서 교육 시스템에 들어가 역사 교육을 받는다.

각자의 선실이 따로 정해져 있으니 볼리아의 선실로 들어갔다. 투정 부리듯이 아빠 품을 파고드는 볼리아. 원래 볼리아는 능동

적 이였다. 언제나 지가 위에서 율동하는 것을 좋아했다. 오랜만이니 더 달아오르는 모양이다.

"아빠 사랑해요."

"그래 그런데 혼자 차지하지 왜 나눠 가지나? 볼리아는 바보?"

"히히힛 아빠가 더 좋아 하시면서 헤헷"

"어이구 요 귀여운 것!"

"아-바! 볼 찌 어 져 으 아파! 볼때기 떨어져요. 흣! 저는 애기 더는 못 낳죠. 아빠한테 홀라당 반한 아가씨가 둘이나 되는데 어때서요. 좋죠? 아빠도 레인은 정말 사랑 하시죠?"

"응 그래 그 아이는 처음부터 좀 그랬어. 신기하지? 늙은 영감이! 후후후후 가련해서 그런 걸까? 잘 모르겠어. 자연경을 넘은 사람이 허허허"

안젤리나와 공사 현장에 도착하니 위드가 달려온다. 녀석 누나가 없으니 찾았나보다.

"사부님 어제부터 누나가 안보여요."

"응 내가 공부시킬게 있어서 지금 공부하고 있단다."

"아! 네 그리고 사부님! 어제 제국의 공작 '스미스힐러' 라는 사람이 찾아 왔어요. 절 보러 왔다고 해서 만났는데 대련 도전을 하길래 실컷 두들겨 패 줬어요. 쓸데없이 오러 블레이드만 1m 넘게 뽑아서 덤벼들어서 목검으로 안 죽을 만큼 두들겨 팼어요. 다리하나 팔 하나 부러져서 갔어요."

"응 그래? 녀석이 수긍을 안 했구나. 지고도 계속 달려들었구나."

"네 두 번이나 목에 목검을 갔다 되었는데도 계속 죽여 버릴려

하다가 봐 준거예요."

"다음부터는 가차 없이 목을 잘라버려라. 검을 들었을 땐 죽을 각오를 하고서 도전 한 것이다. 그러니 잘라 버려도 된다."

"넵 사부님 앞으로는 그렇게 하겠습니다."

"너희 영지 기사는 몇 명 왔니?"

"네 27명입니다. 지금 수련 중입니다."

"응 그래 지금 출발해서 영지로 돌아가거라. 가는 길에 암습이 있을 것이다. 모두 조심하고 레인은 며칠 후에 영지로 바로 갈 것이다. 야숙 할 때 조심해야 된다. 음식에 독을 탈지도 모른다. 암살 전문가들은 수단과 방법을 가리지 않는다. 그들 중에는 살수도 있을 것이다. 네가 세상에 알려졌다. 앞으로 귀찮은 일들이 종종 일어 날 것이다. 위드야 진정한 무인은 잘 때도 의식은 깨어 있어야 한다. 그래야 진짜 고수가 된 것이다. 적들은 앞으로 너를 계속 노릴 것이다. 단호하게 도전해 오는 자는 목을 쳐라. 절대 살려두지 마라 며칠 간 경험해 보면 알겠지. 조심 하거라. 나의 제자는 절대지지 않는다. 알겠지?"

"넵 사부님! 영지에 도착 할 때까지 먹지도 자지도 않겠습니다. 사부님 건강하십시오."

큰절을 올리고 돌아서는데 녀석의 등이 제법 넓다. 허허허 녀석 든든해 진 것이다.

제국의 정보망에 걸린 것인가? 스미스 힐러가 와서 참패를 당해? 드와키콘은 온순하고 스미스 힐러는 음흉하다고 했다. 그놈을 베어 버렸어야 했거늘 쩝! 여행을 떠나기 전에 정리를 하고 가야 할 듯하군. 세상의 그 어떤 사부도 자신보다. 더 제자를 아낀다. 이것은 부모도 마찬가지다. 그런데 제자에게 참패를 당한 녀석이 인정을 하지 않고 계속 달려들었다? 그런 놈이 어떻게 절정에 올랐을까? 그것도 세 번이나? 그런 놈은 무인으로서 자격이 없는 놈이다.

또 무슨 암수를 쓸지 모르는 놈이다. 그냥 두면 세상을 패해시킬 놈이다.

위드는 27명의 기사들과 바로 출발했다. 사부님의 지시를 듣고 보니 분명 또 무슨 암수를 가해올지 모르는 것이다. 사주 경계를 하면서 영지로 돌아가는데 무엇인가? 찜찜하다. 뒤 꼭지를 누군가 쳐다보는 듯 한데 그것이 살기인지 아직 위드는 확실히 못 느낀다. 경험이 부족한 것이다. 암습은 처음이니 당연하다. 느낌은 오는데 구체적으로 분별을 할 줄 모르는 것이다. 더욱 경계를 철저히 하면서 그린 레인 영지로 돌아가고 있는 것이다. 아무리 천천히 가도 5일이면 충분히 도착할 수 있다. 전술에 대해선 문외한인 위드다. 그러나 정찰에는 뛰어나다. 상단 호위로 있을 때부터 단련된 것이다. 기습에 대비해서 기사들에게 야간 경계를 철저히 할 것을 지시하고 누운 척 하면서 대신 다른 기사와 자리를 바꾸고 어둠 속으로 소리도 없이 정찰에 나섰다. 주변 2~3㎞를 꼼꼼히 살피면서 적이 잠복할 만한 곳을 체크해 나간다. 그런데 갑자기 노숙 중이던 곳에서 기사들이 와르르 움직이기 시작한다. 기습인가? 아니다 하나의 그림자가 산 쪽으로 도주 중이다. 단번에 따라잡은 후 녀석의 급소를 쳐서 무력화 시켰다. 잡고 보니 얼굴을 가린 검은색 일색의 복장이다. 놈을 들쳐 메고 노숙지로 오니 기사들이 원형 방어진을 형 성 한 채 긴장 하고 있다.

"놓쳤습니다. 암살자---?"

"잡았어요. 누가 당했죠?"

"네 마스터님이 누웠던 자리에 있었던 '데리브' 기사입니다."

"데리브? 상태는요?"

"독이 묻은 비수라 절명입니다."

"음!" 잡아 온 놈을 던지자. 상급기사 오리온이 달려들어서 입을 벌리고 뭔가를 끄집어낸다. 이빨 한 개다. 독단이 들은 가짜 이빨인 것이다.

"제가 심문 하겠습니다. 마스터!" 끄떡끄떡!

지독한 놈이다 손톱을 하나씩 뽑아도 비명도 안 지른다. 이미 죽음을 각오한 눈이다. 기사들은 너나없이 화가 단단히 난 상태다. 손가락 하나가 떨어져 내리자 부르르 떤다. 그리고 두 개에 눈이 돌아간다. 뺨을 걷어차자 정신이 돌아온다. 또 하나의 손가락이 떨어진다. 다음은 오른손이다. 하나씩 하나씩 지혈은 해준다. 오른쪽발이 사라지자. 그때야 입을 연다. '블랙오크 암살단' 제국에 있단다. 1급 암살단 20명이 투입 되었고 조장 외엔 누구의 사주인지 모른단다. 전체 인원수는 자신들도 모른단다. 놈의 목을 단칼에 날려버린 기사 오리온. 아직 19명이 남아 있다는 뜻이다.

"좋아 앞으로 4일간 남았다. 우리가 영지에 도착하는 순간까지 놈들은 계속 노릴 것이다. 모두 정신 바짝 차리고 시체처리하고 바로 출발한다."

19:26이다. 질 리가 없다. 그동안 철지부심 훈련시킨 기사들이다. 잠은 13명씩 잔다. 그리고 나머지는 모두 경계 조다. 그냥 일어나서 경계 하는 것이 아니다. 자는 척 누워서 하는 것이다.

적의 기습을 유도 하는 것이다. 다음날 저녁 강가의 둔덕을 뒤로 하고 휴식 중인데 19명이 동시에 기습해 왔다. 제대로 걸려든 것이다.

위드가 단번에 3명을 베고 적의 뒤로 돌아 배후에서 베어 들어온다. 워낙 속도의 차이가 있다 보니까. 상대가 안 된다. 19명 중에 한명만 도주 했다. 크게 부상을 입고 도주 했으니 살아남기 어렵다. 기사들은 3명이 죽고 7명이 부상당했다. 기사들에겐 버거운 상대들인 것이다. 검술이 암습위주라 얇고 긴 칼을 사용하는데 상당히 이외의 검술이다 보니 당황해서 당한 것이다. 총 4명이 사망한 것이다. 위드의 눈에서 불똥이 튄다. 80년 내공이 된 지금 제국의 소드 마스터도 갖고 노는데 암살자들은 상대가 될 수가 없는데도 4명이 희생당한 것이다. 사전에 알고도 당하다니, 뭔가 곰곰이 생각에 잠기면서 좀 더 강해져야 한다는 경각심이 활활 타오른다.

그리고 암습과 살수들의 기술도 알고는 있어야 되겠다고 다짐하는 계기가 된 것이다. 시체들을 모아서 태우고 기사들은 가매장을 해놓고 영지로 돌아오니 사부님과 그린레인 백작은 이미 도착해 있다.

"위드야. 몇 명이 희생 되었느냐?"

"네 사부님! 4명입니다. 7명은 부상당했고요."

"적은?"

"19명중 18명은 그 자리에서 목을 잘랐고 1명은 부상당한 채 도주 했습니다. 제국의 블랙오크라는 암살단입니다."

"흠 그래 수고 했구나 어떻더냐? 암살자들은 처음이지?"

"넵 사부님 얇고 긴 칼을 사용하는데 독도 쓰더군요. 검술도 생소 하지만 그렇게 뛰어난 자는 없었고 1급 암살자들 20명이 저를 암살하려고 왔다고 했습니다."

"그래 잠을 못 잤겠구나. 들어가서 자도록 해라."

"넵 사부님! 그럼 꾸뻑"

"레인은 영지에 있어야 되겠지? 나 혼자 제국에 갔다 오마. 내 제자를 건드린 놈은 가차 없다. 설사 제국의 황제라 해도 즉참이다. 처리하고 올 테니 영지 경계 강화하고 있어라."

"네 아빠 조심하세요."

"오냐 2~3일 걸릴 것이다. 제국의 공작이란 놈이니."

말이 끝남과 동시에 사라졌다. 이제는 레인도 안다. 마법이란 것을 그리고 아빠가 얼마나 무서운 사람인 것도 안다. 폰 프린스로 제국의 쿠알라 시는 5분이면 족하다. 황궁은 공사까지 지휘 했던 곳인데 설계도조차 훤한데 쉽지 않은가? 황제의 집무실 정문을 성큼 성큼 들어서는 무라카! "쿵!" 발 구름 한번으로 황궁이 흔들린다. 그 울림 한번이 넓은 황궁 전체를 부르르르 진동시킨다.

"나 구루 무라카 세바스찬이 황제를 보러 왔노라! 쿵!!"

다시 한 번 황궁 전체가 뒤 흔들린다. 그리고 마나를 실은 목소리가 황실 전체로 퍼져나가자 모든 근위기사들이 다리가 떨려서 주저앉는다. 삐꺽 황실이 기우러졌는가? 문이 요란한 소리를 내면서 열리고 젊은 황제가 무릎걸음으로 부들부들 떨면서 기어 나온다.

"소리어스 리오 쿠빌라이Ⅱ세 천인을 뵙습니다."

"그래 이 제국에 '스미스 힐러' 라는 공작이 있겠지?"

"네 넵 그러하옵니다."

"그자가 내 제자에게 대련 도전을 했다가 패했다는 것은 알고 있는가?"

"힉 그 그게 아직 모르고 있사옵니다."

"간악한 자로다. 3번이나 패하고서 다리와 팔이 부러져 돌려 보냈는데 블랙오크라는 암살단을 사주하여 암살을 시도 하다니 그런 자가 제국의 공작자리에 앉아 있다니 벌레만도 못한 놈이로다. 어찌할까? 황제여 그자의 영지와 모든 것을 내가 사라지게 할까? 아니면 그놈과 그 사실을 알고도 막지 못한 놈들을 내 앞으로 잡아들일 텐가?"

"제발 고정 하옵소서! 시간을 조금 주신다면 군사들을 시켜서 '스미스 힐러'라는 벌레만도 못한 놈을 잡아 대령 하겠사옵니다. 선대부터 공작 이였던 자라 제가 흑흑 어쩌지 못했나이다. 용서 하옵소서 흑흑!"

"좋다 시간을 주지 얼마를 줄까?"

"네 넵 5시간 주시면 잡아서 대령 하겠나이다."

"좋다. 나는 황궁 위 하늘에서 기다리지 시행하라."

"넵"

"황제가보고 근위기사들이 보는 가운데 하늘로 떠오른다. 그리고 까마득한 공중에 까만 점으로 보인다.

"어-어서 서둘러라. 근위대 기사 단장을 불러 들여라!"

"넵 황제폐하!"

5시간이 지난 후 황궁 황제의 집무실 앞 연무장엔 그 위풍당당한 근위기사들이 도열해 있고 그 단상위에는 황제가 앉는 옥좌를 가져다 놓고 단상아래에는 황제가 무릎을 꿇고 엎드려 있다. 그리고 공중에서 점이 하나 나타나더니 서서히 내려온다. 모든 근위대기사 들이 눈을 부릅뜬 채 바라본다. 그 내려 온자가 옥좌에 앉자 모두 무릎을 꿇는다. 처음에는 신 같은 황제가 왜 저러나 했는데 그게 아니다. 사람이 어떻게 공중에서 천천히 수직으로 내려올 수 있단 말인가? 말로만 듣던 천인이 내려온 것이다. 신이 강림하는 형상으로

"저기 묶여 있는 자가 스미스 힐러라는 벌레보다 못한 놈인가?"

"네~넵 그렇습니다. 그리고 알고도 말리지 못한 집사와 기사단장 그리고 부단장 5군단 지휘관, 이렇게 잡아서 대령했나이다."

"황제는 일어서라. 그리고 죄인을 앞으로 끌고 오라!"

팔과 다리에 부목을 대고 있는 자가 스미스 힐러라는 놈인 모양이다. 생긴 것이 꼭 쪽 제비처럼 생겼다.

"네 놈이 스미스 힐러라는 놈인 모양이군. 맞느냐?"

"넵 소인이 '스미스 힐러'입니다."

"너는 무인이 무어라 생각하느냐?"

"네?"

"너는 무인이 칼만 잘 쓰면 무인이라 생각하느냐?"

"네?"

소리도 없고 보이지도 않는데 스미스의 오른쪽 어깨가 터지면서 팔이 뚝 땅에 떨어진다.

"으악! 크악!!"

"시끄럽다. 다시 묻겠다. 너는 무인이 뭐라 생각하느냐?"

"네 네 넵 무인은!"

퍽 하면서 이번에는 왼쪽 어깨가 터지면서 왼쪽 팔이 땅에 툭 떨어진다. 단상에서 15m나 떨어진 거리이다.

"크-악!"

기절해 버린다. 그러자 어디서 나타난 것일까? 공중에 물이 한

동이나 힐러에게 쏟아진다. 모두 입이 헤 벌어져 있다. 단상 옥좌에 앉아 있는 사람은 손가락도 꼼짝 안하는데 저절로 어깨가 끊어지고 이젠 물까지 쏟아진다. 꿈을 꾸는 것도 아니고 황제는 그것을 보고 사시나무 떨듯이 부들부들 떤다. 불쌍해 보일정도로 떤다.

스미스 힐러가 정신이 돌아왔는지 눈을 뜬다.

"다시 물을 필요도 없는 놈이로다. 옆에 있는 네놈이 집사냐?"

"네넵 그렇습니다."

"어제 힐러가 누구에게 대련 도전을 하였느냐?"

"넵 그린왕국의 레인 영지에 있는 위드라는 새로운 소드 마스터에게 간 것으로 압니다."

"그래 대련 결과는 들었느냐?"

"아니 못 들었습니다. 팔과 다리가 부러져 온 것을 보고 패하고 온 줄로만 알았나이다."

"너희 중에 그 대련 광경을 본 자가 있느냐?"

"네넵 근위기사단장 모르케입니다. 제가 봤습니다."

"일어서서 큰소리로 본 것을 모두 얘기하라."

"넵 18세의 소드 마스터 위드경에게 힐러 공작이 진검 대결을 도전을 했습니다. 그러나 위드경은 진검은 끌러두고 목검으로 맞았습니다. 힐러 공작이 오러 블레이드를 1m정도 뽑아들고 죽이려는지 달려들었고 이에 맞서는 위드경은 목검으로 진검을 제끼고 목에 목검을 올려놓았습니다. 보이지도 않는 솜씨였죠. 그런데 힐러 공작이 다시 도전 했습니다. 결과는 꼭 같았습니다. 이에 화가 난 힐러 공작이 그대로 칼을 휘둘렀습니다. 그러나 단 두수 만에 오른팔 이 부러지고 왼쪽 다리가 부러졌습니다. 승부에 패하고도 인정하지 않았습니다. 18살 애송이가 감히 하고 소리를 질렀고 팔다리가 부러지고 난후에는 내가 살아있는 한 너를 반드시 죽이겠다고 악다구니를 했습니다. 이상입니다."

"자! 여기 있는 근위기사들 모두 들었을 것이다. 저기 있는 기사! 그래 제일 오른쪽 무인이 뭐라 생각하나? 아니 기사니까 기사정신을 말해봐!"

"네넵 기사는 올바르지 않는 행동은 하지 않습니다. 그리고 주인의 명령은 목숨을 걸고 이행합니다. 이상입니다."

"그래 그것이 무인의 정신이나 기사도 정신은 같은 것이다. 바르게 명령하는 주인을 배신하지 않는다. 그러나 주인이 바르지 못한 명령을 할 경우는 주인에게 얘기를 해서 바로 잡는다. 이것이 기사도이다."

"아주 간단하지만 이 '바른정신'이라는 것이 칼을 쓰는 검사의 정신이다. 바르지 않는 정신의 소유자는 칼이 무디어져서 전진하지 못한다. 그런데 저 벌레보다 못한 놈은 어떻게 소드 마스터가 되었을까? 의구심이 일어나는군! 위드는 나의 제자이다. 그 아이는 18 세에 소드 마스터가 되었다. 나에게 검을 받은 지 딱 4년 만이다. 그 아이가 쓰는 검법은 하늘의 검법이다. 일반 소드 마스터 10명이 덤벼도 상대가 안 될 것이다. 검의 길은 멀다 내가 가리킨 이 손가락이 저 태양까지 가는 만큼 멀다. 하늘위에도 수천 개의 하늘이 있다. 소드 마스터는 검을 잡을 줄 아는 단계이다. 그것이 무슨 검의 완성으로 보이나? 웃기는 얘기다. 소드 마스터를 절정이라 하는데 그 위로 남아있는 것이 보이지도 않을 만큼 많다. 너희들 기사들은 아직 검을 제대로 잡을 줄도 모르는 아이와 같다. 저 힐러 라는 놈은 이제 겨우 검을 제대로 잡을 줄 아는 것이다. 그런 놈이 오만에 차서는 자기보다 센자를 음모로 죽이려고 블랙오크라는 암살단을 움직인 놈이다. 나 천군의 사령관인 구루 무라카 세바스찬이 명한다. 블랙오크 암살단이 한 놈도 내일아침 태양을 보게 해서는 안 된다. 황제여 무슨 말인지 알겠는가? 단 한 놈이라도 내일 아침 태양을 보게 놔둔다면 아예 제국 자체를 내일 중에 먼지가 되어서 사라지게 될 것이다. 명심하라! 나는 너희들 인간들의 일은 최대한 너희들 스스로 해결 하도록 두었다. 그러나 이번 일은 절대 용납을 못하겠다. 어떻게 저런 버러지보다 못한 놈이 제국의 공작이 될 수 있었단 말인가? 블랙오크는 오늘 밤에 다 사라져야 한다. 알겠는가? 황제여!"

"네넵 제 목을 걸고 그놈들이 내일 해를 보지 못하게 하겠나이다."

"알았다. 내 손짓 한번이면 제국이 사라진다. 명심하도록!"

슉! 화살보다 더 빠르게 수직으로 사라져 버렸다. 그러자 앞에 있는 죄수들의 목이 스르르 미끄러지며 굴러 떨어진다. 툭투툭! 떼구르르르르르!

숨소리도 안 들린다. 완전히 얼어 붙어버렸다. 황제가 다리에 쥐가 났는지 엉금엉금 기어서 단상으로 오른다.

"급하다 근위 대장! 지금 가용병력이 어느 정도인가?"

"그것이 경황이 컥!"

"정신 차려-랏! 황명이다. 지금 모든 가용병력을 모두 투입해서 블랙오크 암살단은 물론이고 블랙이라는 말이 들어간 모든 것을 말살 하랏!"

"넵 폐하 황명을 받자옵니다."

황실 근위대 소속 예하부대와 수도방위사령부 병력 일체 : 20

만명, 제3군단 소속 일체 : 10만 명, 쿠알라 시에 있는 용병일체 : 3만명, 이렇게 33만 대병력이 총출동하는 대 작전이 두 시간 후부터 시작이 되어 밤이 지나기 전에 블랙오크 암살단 제거 작전이 전개 되었다. 그 바람에 도둑 왈패 그리고 블랙이라는 단어가 들어간 모든 조직이 그날 밤 사라져 갔다. 그리고 한 가지 소문이 전 대륙을 강타했다. 천군 사령관의 수제자 위드경은 소드 마스터 10명이 동시에 공격해야 겨우 평수를 이룬다는 소문이다. 그 정도의 신진 고수가 나이는 18세 라는 것이다. 켈리포 상단에서도 야단이다. 그린 왕궁 수도 공사 중이던 수많은 사람들이 그 대결을 본 것이다. 단지 그 당시는 상대가 제국의 스미스 힐러 공작인줄 몰랐는데 뒤 늦게 그 사실을 알고는 100살이 넘은 힐러 공작이 18세의 소년 위드경에게 쪽도 못써보고 두들겨 맞아서 팔과 다리가 부러져 앙심을 품고 복수 하려다 씨 몰살을 당했다는 것이다. 소문은 일파만파 바람을 타고 퍼져 나간다. 그린 왕국의 국왕이 그 소문을 듣고는 귀족들 긴급회의를 소집했다.

그린 레인과 위드가 사부님 앞에 앉아 있다.

"위드야 이제 너도 그린이라는 성을 사용하여라."

"네 사부님!"

"그래 앞으로는 네가 많이 귀찮을 것이다. 소문이 쫙 퍼졌을 것이니까 말이다. 이제 부터는 진정한 무인의 정신으로 무장을 해야 하느니라. 어중이떠중이들이 너에게 도전해 올지도 모른다. 손톱만큼의 허점이 있어도 안 된다. 마음을 단단히 굳히고 인정을 베풀거나 사정을 봐주다 보면 점점 더 귀찮은 일에 말려들게 된단다. 무인이 검을 뽑을 때는 자신의 목숨을 걸고 최선을 다해야 한다. 명심하도록!"

"넵 사부님! 명심 하겠습니다."

"레인 누나는 나의 세 번째 부인이 되었단다. 그러니 더욱 호위에도 신경을 쓰도록 하고 음!"

"넵 사부님!"

"제국에서는 더 이상 너를 귀찮게 하지 못할 것이다. 그놈을 본보기로 아예 블랙오크 암살단까지 씨를 말려 버렸으니 말이야."

"아빠! 그럼 모두 다 죽이신 거예요?"

"그래 황제를 닦달해서 아주 깨끗이 청소를 해버렸지."

"우와! 그놈들 만 명도 넘는 다는 소문이 있던데?"

"레인아 너는 애기가 생기면 그때부터는 영지에 있을 수가 없단다.

그러니 새로운 영주 대리를 한사람 발탁을 해서 미리 교육을 시켜 서 네가 떠나 있을 때를 대비를 하도록 하거라."

"네 아빠 준비 할게요."

"그래 오늘은 쉬어라 위드도 쉬도록 해라."

"넵 사부님!"

밤이 되자 기다렸다는 듯이 파고드는 아이. 열정적이고, 또 얼마나 귀여운가? 자신의 의지를 그대로 표출하는 성격이 쾌활하기도 하지만 반면에 천진난만한 그 품격이 더욱 끌리게 하고, 보호본능을 자극 하는 묘한 매력을 가진 아이인 것이다. 마치 야한 여우같은 변신의 천재인 것이다. 그래서 밤이 새는 줄도 모르고 애기 만들기에 푹 빠져 열중하는 것이다. 날이 훤히 밝은 후에야 기절을 한 채 잠이 든다. 조용히 일어나 밖으로 나오니 동쪽이 붉게 물들고 있다. 붉은 빛 무리를 한껏 둘러치고서 떠오르는 태양! 마주 쳐다보아도 눈에 부담이 없는 광경이다. 해 무리가 쫙 깔려 있는 것이 습도가 높은 모양이다. 조용하고 좋은 장소를 찾아가니 선객이 있다.

위드가 천조심법에 열중하고 있다. 녀석은 하루도 빠트리지 않고 매일 조석으로 밥 먹듯이 기를 먹는다. 좋은 습관이다. 좀 더 성에서 떨어진 낮은 곳으로 이동했다. 체조를 하려는 것이다. 스스로 만든 천무검법을 이렇게 맨손으로 하면 체조가 되는 것이다. 이름 붙이길 천무검법 128수라고 이 세계에서는 최초의 체계적인 검법이다. 아무런 기의 운용 없이 순수 근육의 힘으로 행하면 아주 좋은 체조가 된다. 주위의 기들이 스스로 동조가 되어 따뜻하게 다가오는 것이다. 체조가 여러 차례 이어지다가 땅바닥에 정좌로 앉아서 천조심법으로 대 주천을 하고나니, 주변이 밝은 빛 무리에 달궈진 듯이 어울려 휘돌다가 사라진다. 오감을 아니 육감을 의지대로 조율하는 것이 가능한 지금은 구태여 기를 더 이상 받아들일 필요가 없는 상태이다. 가능한 지금은 자연스럽게 흐르는 대로 따른다. 즉 기뻐하는 것, 슬퍼하는 것, 분노하는 것, 즐거워하는 것, 행복해 하는 것, 아쉬워하는 것. 등 이런 것들도 흐르는 그대로 따르는 것이다. 마치 갓 태어난 아기의 감정이 이러할 것이다. 그래서 레인이 다가오면 동조 해주고 편승하며, 같이 사랑하고 기뻐하는 것이다. 그렇게 함으로써 더욱 깊게 좋아하고, 하나가 된 것같이 일체감을 느끼고 관조하게 되어 더욱 정이 들고, 똑 같이 행복해 하는 것이다. 각 개체에서 두 개가 아닌 하나가 되어 검무와 같은 행위 예술로 승화되는 것이다. 돌아오니 잠에서 깨어나 찾고 있었든가 보다. 가만히 안고 피부접촉을 해주니 안심하고 다시 수면에 빠져든다. 귀엽고 예쁜 그리고 떨어져 있기 싫어하는 병아리 같은 모습이다. 온몸을 '쓰담-쓰담' 해주니 더욱 깊은 수면 아래로 가라 앉아 초의식속으로 침잠해 들어서 업고가도 모를 정도로 깊은 숙면에 들어간다. 그래도 '쓰담쓰담'은 계속 된다. 손을 떼기가 싫은 듯이 친구도 되고, 오빠도 되고, 아빠도 되고, 스승도 되는 그런 관계가 가능한 사랑스러운 아이를 만난 것이다. 이 아이가 사랑한다면 누구나 그렇게 끌려오도록 만드는 신비한 힘을 가진 아이인 것이다.

어떻게 그런 아이가 잠시 방황의 길에 들어서게 된 것은 한 나쁜 인간에 의해서 만들어진 시련 이였던 것이다. 그 영향으로 더욱 자신의 본능이 업그레이드되어서 스스로를 보호 하도록 강하게 독심을 품고 검술에 매달린 결과로 이만큼 성장을 이룬 것이다.

쓰담쓰담! 아침 시간이 그렇게 흘러간다. 좀처럼 어려운 사랑이 그렇게(떼를쓰고, 울고불고) 이루어지고 완벽해지기 위해서 시간을 들이고 있는 것이다. 아이의 뱃속에는 또 하나의 고귀한 생명체를 품고서 자라고 있는 것이다. 사람과 사람의 관계는 좋은 쪽으로는 더 빨리 승화되어 일체감을 갖게 만들고, 그 반대가 되면 최대한 짧은 시간에 망각해 버리려고 의식의 저 밑바닥에 있는 초자아가 일어나서 뇌의 한 부분을 삭제해버리는 것이다. 이것은 누구나 다 가지고 있는 초자아의 힘이다. 그것을 인지하지 못하고 본인은 느끼지도 못한다. 그래서 사람은 생각하는 힘이 엄청난 일들을 이루어 낸다. 계속 한 가지에 생각이 머물러 있으면 그것을 실현 시키는 초자아라는 능력체가 일어나서 그 생각을 실현토록 만드는 것이다. 마치 마법처럼 말이다. 누구나가 각성하여 초자아가 현실의 나로 부상을 시키면 검법도 초 절정에 오르는 것이다. 눈이 온 머리에 달린 사람을 생각해보라. 다리에 제트엔진을 단 사람을 생각해보라 힘과 동작이 자기 몸의 10배에서 100배까지 업 된다면 그 능력이 어떠할까? 초자아를 자신의 의지하에 두게 된 무인은 이미 경지에 오른 사람이다. 그리고 의지한 바대로 이루는 것이다.

날이 완전히 밝아오고 태양이 하늘 중앙에 떠오를 때까지 레인은 숙면에 빠져 있다. 엄마 뱃속에 있을 때 그 물속에서처럼 편안한 것이다. 그대로 있고 싶고 깨어나기 싫은 그런 상태에서 행복함 속에서 평화를 마음껏 누리면서 그러다가 속눈썹이 파르르 떨린다. 아빠의 손길이 생생하게 느껴진다. 그 손을 잡아서 뺨에 가져다 대면서 방긋방긋 웃는다.

"아빠 사랑해요. 무지무지요."

"그래 잘 잤느냐? 배고플 텐데 잠만 자누?"

"앗 어떻게 알았어요? 제가 배고픈 것을요?"

"가자 밥 먹으러 나도 배가 고프구나."

늦게 일어나서 늦게 식사하러 가자 모두들 고개를 숙여 인사를 하면서도 수근 거린다. 그러거나 말거나 온몸 온 마음에서 피어오르는 사랑의 피어는 아무 상관이 없는 것이다. 완전 닭살이다. 히힛

사랑의 피어가 계속 피어오르게 하려면 밥도 많이 먹어야 한다.

그래야 에너지가 넘치듯이 사랑의 피어도 넘쳐흘러서 보는 이마다 전염이 되어서 멀리 멀리까지 퍼져 나가야 더 좋은 것이다. 소문처럼 퍼져 나가면 더 좋고, 무지무지하게 행복한 레인은 아예 아빠에게 찰싹 달라붙어서 따개비처럼 붙어서 떨어질 줄을 모른다. 헤 헤 거리고 조잘 조잘대고, 남들의 눈에서 질투의 화

살이 튀어 나오든가 말든가 아빠의 따개비가 된 그린레인 백작은 무라카 외엔 눈에 보이는 것이 없다. 아빠! 아빠! 오직 아빠뿐이다. 꿈이 강이라면 강에 흐르는 물은 미풍에 찰랑거리면서 결을 만들면서 흘러간다.

꿈결 같은 사랑의 시간이 그렇게 미풍에 찰랑거리면서 강물처럼 흘러간다. 영원히 따개비처럼 돌에 붙어 있는 것이 아니라 사부님의 품에 찰싹 붙어 있고 싶지만 강이 흘러가듯 시간이 흘러서 5일이 지나자 이젠 잠시 떨어져 있어야 할 때가 다가온다.

"내 사랑 울보야! 애기가 생겨 8주가 되거든 R-3이 너를 데리러 올 것이다. 다른 사람의 눈에는 보이지 않겠지만 저기 성의 꼭대기에 내려앉으면 그것을 타고서 모선에 가서 천사의 축복을 아기가 받도록 하렴. 그래야 너와나의 아기가 완전한 사람이 된단다. 꼭 명심 하거라. 시기를 놓치면 안 된다. 알았지?"

"아빠 가시게요? 피~떨어지기 싫은데-힝!"

"허허허 잠시 떨어져 있는 게야. 내겐 주어진 사명이 있단다. 그것을 져버리면 안 되지." '쓰담-쓰담!'

"네 알아요. 아빠! 그래도 떨어지기 싫은걸요. 헹!"

"그래 그 마음 나도 잘 알지 솔직히 나도 떨어지기 싫거든 울보야 너랑 같이 있으면 나도 행복 하단다.(쓰담-쓰담) 되도록 빨리 돌아오도록 하마 알았지? 쪽!"

"네 알았어요. 저 잘 있을게요. 걱정 마시고 다녀오세요. 아빠! 쪽"

"오냐 언제 어디에 있어도 내 사랑 울보도 여기에 같이 있는거야. 쿵!" 주먹으로 가슴을 친다. 그 한 동작에 많은 것이 함축되어 있다. 그리고 빙그레 웃으며 손을 들자 그대로 사라져 버렸다.

“앗! 아빠~아!”

폰 프린스에 올라 코리아에 돌아온 무라카는 그린레인에 대한 배려를 R-1에게 지시하고 그리고 볼리아를 찾으니 무라니와 켈리포 상단에 나가있다는 전갈이다. 켈리포 상단에 도착하자 볼리아와 안젤리나가 무언가 숙의를 하고 있다.

“아빠 오셨어요? 이제 출발하시게요?”

“음 그래 그런데 무라니가 안보이네?”

“네 지금 자고 있어요. 어제 신나게 뛰어다니느라 피곤한가 봐요.”

“어떻게 할까? 볼리아 무라니 곁에 있는 게 좋지 않을까? 곧 안젤리나도 분만 할 텐데 나 혼자 A와 B 대륙은 오고 가면서 탐색 할 게 그것이 좋겠지?”

“히힝 아빠 나도 가고 싶은데 혹이 있어서 이럴 땐 우리 애기 천천히 낳을 걸 그랬어요. 헤헤헤”

“푸 하하하하 그것이 마음대로 되면 얼마나 좋을까? 두 대륙은 영상보면서 공부해 찡긋!”

“네 아빠 알았어요. 그 대신 자주 오셔야 해요. 약속!”

“그래 약속 걸고, 찍고, 약속 성립!”

“어머머 그건 어떻게 하는 거예요? 애들 장난 하는 것 같은데?”

“아 내가 있다 가르쳐 줄게 동생 호호호”

“자 그럼 출발 한다. 여우야 너도 쪽해 쪽! 여우도 사랑해. 무투 나올 때 옆에 있을게. 알았지?”

“네 아빠 저도 사랑해요. 쪽! 잘 다녀오세요. 조심 하시구요.”

“오냐 그래 무라니 꼭 챙겨 간다. 아 ‘라오미’ 항상 대기시켜놔! 그래야 긴급 상황 발생 시 대처가 빠르지 안녕!”

그렇게 A대륙 상공으로 이동한다. 북반구의 고공이다. 두 개의 산맥이 보인다. 서쪽 산맥의 정상으로 내려섰다. 시야가 닫는 곳은 모두 하얀 눈이다. 저 아래로 구름이 걸쳐있다. 차가운 공기가 허파까지 따끔거리게 만든다. 해발 11,823m의 고산이다. 사람들을 만나 보면 불리는 이름이 있으리라. 기감을 펼쳐 봐도 아무런 생명체가 없다. 식물도 살지 못하는 곳이다. 너무 높다보니 공기도 희박하다. 내려가다 보면 하나둘 생명체들이 보이게 되겠지. 무흔 경공으로 산 아래로 내려가기 시작한다. 눈이 얼어서 딱딱하기도 하지만 발자국이 전혀 나지 않는 것은 경공의 수준이 이미12성에 도달해 있기 때문이기도 하다. 하나의 붉은 빛을 띤 그림자가 만년설위를 스치듯이 내려가고 있다. 아니 쏘아져 날아 내려간다는 표현이 더 적절 하겠다. 산 정상에서 동쪽 경사면으로 산 아래까지는 어마어마하게 먼 거리이고 험악한 길이기도 하다. 사람의 발길이 전혀 없는 지난 수천 년 동안의 정적을 지금 하나의 그림자가 깨트리면서 날아 내리고 있는 것이다. 반나절이나 쉬지 않고 달려 내려오자 간혹 나무가 자라고 있다. 덤성-덤 성 이상한 풀이 있고 키 작은 나무들이 보이기 시작한다. 어마어마한 빙산이다. 잠시 멈추어 서서 키 작은 나무를 보니 잎은 없고 가지만 자라는 나무인 데 키가 30㎝도 안 된다. 다시 2~3시간을 더 내려오자 짐승의 발자국이 보인다. 7부 능선 정도 될까? 이제 나무는 사찰의 돌탑처럼 그런 모양이다. 잎도 가지도 없이 둥글게, 둥글게 위쪽은 점점 작아져서 결국은 뾰족 하게 하늘을 향해 솟아 있는 탑 모양이다. 짐승의 발자국은 고양잇과 동물인 모양이다. 날카로운 발톱만 선명하게 찍혀있고 스펀지처럼 부드러운 발바닥은 살짝 눌려있다. 사족보행이다. 이곳 행성에는 이족 보행의 몬스터들이 많다보니 사족 짐승이 오히려 이상한 느낌이다. 잡아먹을 수는 있는 포유류인 것만도 다행이다. 좀 더 내려가면 초식 동물도 있겠지. 어느 정도 더 내려오니 이젠 얼음이 아니라 눈이다. 침엽수림이 보인다. 다시 쉬지 않고 바람처럼 날아 내린다. 내려가다 보면 뭔가 먹을 수 있는 것이 나타나리라. 과일이나 아니면 초식 동물이라도 말이다. 이 재미로 탐험을 하는 것 아닌가? 미지의 땅 미지의 동물 그리고 낯 선 사람들, 어느 땅이나 식물이 있으면 동물도 있다. 아직 기온이 영하권이다. 공중은 원래 영하권이지만 북반구라서 적도 부근의 온도와는 차이가 난다. 해발 7,000이상 된다는 뜻이다. 오늘은 아무래도 눈 속에서 자야 할 것 같다. 아니면 나무위에서 자던지. 그것도 싫으면 폰 프린스에서 자면 된다. 그러나 그러자고 여기에 온 것이 아니지 않는가? 기를 퍼트려 사방을 살펴본다. 있다. 그것도 많다. 크고 작은 짐승들이 다양하다. 그런데 곧 밤이 찾아올 것이다. 이런 상태에선 쉬지 못한다. 우선 휴식공간을 찾아야 한다. 그리고 사냥을 하자. 동굴을 찾아볼까? 극한 상황을 즐기는 그런 즐거움이 서서히 생겨난다. 그래 항상 이런 걸 즐거워하고 호기심 과 탐구심이 느껴 질 때가 즐거운 것이다. 즉 모험심이 정신력을 높이고 좀 더 발전시켜 가는 것이다. 한 동안 안일했던 생활 패턴이 답답했었는데, 오랜만에 스믈스믈 온몸이 간지러워진다. 모험심이 살아나고 있는 것이다. 인류 본질의 모험심이다. 인류를 발전시킨 위대한 힘이 이것이다. 아 즐거워진다. 그렇지 저기 어디 동굴이 있을 것 같은데 역시 있군. 동굴은 아니고 바위 사이의 공간이다. 외부의 차가운 공기를 충분히 차단해줄 수 있는 지형이다. 불을 피우면 내부의 따뜻한 공기가 쉽게 빠져 나가지 않는 그런 곳이다. 그것이면 충분하다. 이제 사냥을 해야 할 차례이다. 저쪽이군. 눈이 남아 있지만 나무도 있고 풀도 있다. 그러니 초식동물들도 많이 있을 것이다. 서서히 그쪽으로 다가가니 사슴을 닮은 짐승이 마른 풀을 뜯고 있다가 고개를 돌려 바라본다. 녀석아 그 틈에 36계를 해야지 쳐다보긴 왜 쳐다보나? 콩알만한 강환에 이마를 뚫린 놈이 스러지기도 전에 들쳐 메고는 돌아왔다. 덩치도 적당해서 버릴 것 없이 다 먹을 수도 있겠다. 이틀 동안에 말이다. 50~60㎏은 되니깐 이곳에선 보기 드물게 작은 것이다. 꼬리가 테니스 볼만하고 작다. 이런 것은 노루목인데? 맞는 모양이다. 꼬리가 어디서 많이 본 것이고 기억을 더듬어 보니 지구의 고라니와 생김새가 비슷하다. 고산에서 사는 것은 산양이랑 닮아있는데 말이다. 굽이 있고 바위지대이고, 에라이 모르겠다. 산양과 고라니 중간쯤이다. 피를 뽑고 손질을 하니 육질도 부드럽다. 노린내는 안 나겠지 눈 속에 사는 놈인데 말씀이야. 마른 풀과 나뭇가지를 모아서 아주 숙달된 솜씨로 두 짝의 갈비 바베큐를 굽는다. 이놈들아 냄새 맡고 몰려들지나 말아라 귀찮으니까. 두 시간이나 지긋이 익히니까 그야말로 온 산에 구수한 냄새가 다 퍼진 모양이다. 뭔 두더지 같이 생긴 놈들이 나타나질 않나. 어금니가 긴 사자 같은 놈은 힐끗 힐끗 거리더니 구경 온 두더지를 덥쳐서 물고 가버렸다. 산속에 혼자 인줄 알았더니 이렇게 친구들이 많다. 여차하면 식량이 되어줄 놈들도 있고 말이다. 사람을 별로 겁내지 않는 것을 보니 처음 보는 모양이다. 오랜 만이지 이런 기분! 차가운 공기가 밀려나고 모닥불에서 따뜻한 공기가 퍼져 나간다. 땅에도 바위에도 온기가 베어들자 이슬방울이 생겨난다. 오랜만에 먹어보는 싱싱한 고기가 배가 빵빵해지도록 먹었다. 남은 것은 내일을 위해서 훈제를 해서 배낭에 챙긴다. 내장과 머리는 제법 떨어진 곳에 두었다. 아마 밤이 지나기 전에 없어지리라. 자연의 것은 자연으로 돌아간다. 수백만 년을 어김없이 되풀이된 법칙이다. 잠이 들었을 때 잠자리를 기웃거리는 놈들도 있다. 그대로 두었다. 냄새가 퍼져 나갔으니 냄새 따라 온 손님들인 것이다. 따뜻하게 밤을 지내고 밝아오는 새벽을 맞는다. 충분히 쉬었다. 상쾌한 아침이다. 콧노래가 흘러나온다. 볼리아가 생각난다. 노래를 곧잘 불렀는데 그 중의 대부분이 콧노래였었지 같이 왔으면 좋았을까? 두 동생 보살피고 무라니 돌보자면 당연히 그곳이 볼리아가 있을 곳이다. 나는 혼자도 즐겁다. 라라라♬♩♩♪! 휘파람을 불면서 짐을 챙기고 다시 출발한다. 고독도 이럴 때는 한 박자의 음이 된다. 아득히 먼 산위로 떠오르는 태양은 붉은 서기를 두르고 반갑다는 듯이 땅을 밝히고 있다. 서두르지 않고 내려가는 발걸음이 가볍다.

수제자 그린위드

한편 그린레인 영지의 위드는 요즈음 성가신 일들이 한두 가지가 아니다. 사부님의 예견이 딱 들어 맞아가는 느낌이다. 사부님이 충고를 하시고 다녀가신 다음날 밀턴 후레이크 후작이 왔었다. 공손히 존칭을 사용하면서 말하는 내용인적 국왕께서 왕궁으로 초대를 한다는 내용이다. 그리고 왕국의 공작 위를 영지와 함께 하사하신다니 다른 왕국이나 제국에서 손을 내어 밀더라도 거절하라는 뜻을 전하고 공손히 허리를 굽힌다. 그래서 위드는 단칼에 거절해 버렸다. 영지도 필요 없고, 공작 위는 더욱 마음이 없으니 받을 수 없다고 일언지하에 거절하고 단지 이곳에 지금과 같이 있을 것이니 그 점은 염려 말라고 후작에게 말했다. 나는 절대 다른 왕국이나 제국으로 가지 않는다. 그린 레인 백작 즉 누나를 보호하라는 사부님의 명령을 지키는 중이다. 제발 가만히 두면 좋겠다. 아무것도 필요하지 않다. 그러자 후작이 어리둥절해 한다. 국왕께 그렇게 전해 달라. 누님 보호임무 외에는 아무것도 필요 없다. 성가시게 만하지 않으면 어디도 가지 않는다. 현재처럼 그린레인 백작성의 병사들을 훈련시키면서 조용히 지내고 싶다. 건들이지 말라! 이것이 내용의 핵심인 것이다. 후레이크 후작은 굽신! 굽신! 깍듯이 직접 상관을 대하듯이 하고는 그대로 전해 올리겠다는 말을 반복하고는 떠나갔다. 그리고 인접한 볼베키 왕국에서도 암암리에 접근해 왔다가 혼이 나서 달아났다. 볼베키 왕국으로 오시면 공작 위와 영지를 내리겠다는 쪽지만 전하고 레인 영지의 기사들에게 쫓겨 달아났다. 사부님의 말씀이 틀린 적이 없었다. 귀찮아지게 될 것이다. 그러나

그린 위드 경은 바위 같은 마음으로 오늘도 레인 영지를 위해서 병사 들을 훈련시키고, 그리고 백작인 누님을 항상 보호하며 스스로도 수련을 게을리 하지 않는다. 왜냐면 80년 내공에서 더 이상 진전이 없다. 멈춰버린 것이다. 그 이유를 알아내려고 명상에 잠기고 사색도 해보고 하지만 아직은 미숙하다. 집중력이 많이 떨어져 있기 때문임을 알지만 아직 멀었다. 사부님은 기를 손 위에 뭉치고 마음대로 조절을 하셨다. 그 모습이 눈에 선하지만 어떤 깨달음이 없으면 불가능 하다는 것도 안다. 그래서 더욱 수련에 매달리는 것이다. 명상하는 법을 사부님에게 자세히 배워야겠다는 생각을 하면서 목검을 가지고 순수체력과 근력만으로 8성에 이른 천무검법을 물 흐르듯이 검무를 추듯이 계속 무작위 반복 수련을 하고 있는데 자꾸만 몰입을 방해하는 일들이 생기는 것이다. 가만히 놔두면 얼마나 좋을까? 그래서 정문 경비대에 지시를 내렸다. 일체 들이지 말라는 것을 외부의 그 어떤 높은 지위의 귀족이 와도 무조건 중요한 수련중이니 돌려보낼 것! 누님도 요즈음 밖에 모습도 잘 들어 내지 않는다. 사부님이 보고 싶어 그러는지 영주 실에서 꼼짝도 않는다.(사실은 모선에 다녀와서 그렇다.) 백작 그린 레인은 임신을 한 것이다. 그래서 셔틀 라오미를 타고 코리아호에 다녀왔다. 벌써8주나 되었고 천사의 축복도 받았다. 3일간 천사의 품에서 잠들어 있다가 돌아온 것이

다. 작은 언니 여우가 순산을 했다. 무투가 세상에 나온 것이다. 은발 머리에 파란 눈의 인형! 쌍꺼풀진 눈을 보면 빨려 들것 같다. 조그만 손과 발! 완전히 빠져버린 두 언니를 보면서 '나도 빨리 저런 귀여운 아기를 낳을 거야' 생각한다. 무투도 3일 만에 말을 한다. 그리고 5일 만에 걷는다. 태어나 울지도 않고 또랑또랑한 눈으로 뭔가를 찾고 있는데 아빠를 찾고 있나보다. 그런데 온다는 아빠는 무소식이다. 하긴 여기서 통보를 안 했으니 알수가 있나? 무투가 태어난지 까맣게 모르는 아빠는 지금 어느 골짜기에서 몬스터와 씨름하고 있는 중이다. 그린레인은 무투를 안고 뺨을 문지르며 어쩔 줄 모른다. 너무 귀여워서 말이다.

"무투야 나는 작은엄마야. 작은엄마 해봐!"

"작은 엄마 예쁘다. 작은 엄마 예쁘다."

"우와 말 잘하네, 무투 귀여워~! 작은 엄마는 무투 사랑해 무투 사랑해. 무투도 한번 해봐."

"무투도 작은엄마 사랑해요. 엄마 다음으로요."

"오호 그래그래 아이고 이뻐 무투야 너 지금 몇 살인지 아니?"

"저요? 아직 나이 없어 0살이야. 작은 엄마는 몇 살 이예요?"

"음 26살이야 많지?"

"아니 별로요. 큰엄마는 610살 이래요. 그기에 비하면 쬐-끔 헤"

"헉! 뭐? 610세? 오마나! 오마나! 난 몰랐네. 아이에게 거짓말은 안하실거고 우와! 흡! 말을 말자. 무투야 너도 아무한테나 그 얘기 하면 안 된다. 알았지? 쪽 쪽 쪽 요 녀석 그건 비밀이야. 응?"

"헤헤헤 간지러 알았어요. 알았어요. 저도 알고 있어요. 엄마가 그랬어요."

"호호호 그랬구나. 엄마한테 가보자~"

그렇게 5일 만에 영지에 돌아 왔으니 위드 뿐만 아니라 시녀를 제외한 그 누구도 모를 수밖에 오늘도 머리 아픈 일이 생겼다. 제국에서 트와키콘 공작이 찾아온 것이다. 황제의 명으로 찾아 왔는데 영입 하려는 것이 아니라 인사도 하고 근황도 살펴보고 오라는 명을 받고 온 것이다. 천군 사령관의 제자이니 절대 경거망동 하지 말고 선물이나 전하고 그리고 할 수 있다면 친선 대련이나 해봐서 실력이 어느 정도 인지도 파악해 보라는 명이였다. 제국에서 공작이 왔다고 하니 무조건 돌려보낼 수도 없어 결국 자리를 마련했다. 마침 백작 누님도 나와서 반갑게 맞이한다. 영주집무실로 안내한 후 차를 내어오고 자리에 마주앉는다. 사부님이 제국에 가셔서 얼마나 혼을 내었으면 제국의 공작이 왕국의 백작에게 슬슬 긴다. 완전 눈치를 보면서 말이다.

"음 이렇게 뵙게 되어 영광입니다. 공작님 그린레인입니다."

"아! 네 이렇게 반겨주셔서 감사합니다. 백작님 트와키콘이라 불립니다. 스승님은 안계신지요?"

"네 다른 일이 있었어요. 다른 대륙에 가셨습니다. 바쁘신 제국의 공작님께서 이런 험지까지 무슨 일로?"

"네 황제께서 선물을 내리시며 그린 위드경께 인사도 드리고 천군 사령관님의 근황도 알아 오시라고 명하셔서 이렇게 왔습니다. 작은 성의이지만 이건 위드경이 받아 주십시오. 황제께서 전하시는 선물입니다. 자여기."

"아! 그린 위드 입니다. 이거 받아도 되는지 모르겠네? 사부님이 긁적긁적 네 감사히 받겠습니다. 고맙습니다. 어디 오 명검입니다. 어느 장인이 만든 것인지 대단하군요."

"네 대대로 전해 내려오던 것으로 황실의 전 전대 황제로부터

전해 내려오든 것이지요. 마음에 들어 하시니 좋습니다. 이것은 황제께서 백작님께 드리는 선물입니다. 자 백작님 받으십시오."

"어머 저에게까지 이렇게 감사히 받겠습니다. 황제께 감사인사 올려 주십시오. 호오! 황금 패라 대단히 중요한 물건 같은데?"

"네 그것은 필요시 어떠한 요청이라도 제국 황궁의 능력 범위 안에서 한 가지에 한해서 들어드리는 패이지요. 황제께서 내리셨으니 요긴하게 쓰십시오. 험험"

"아이고 이렇게 감사할 수가 공작님 차 식습니다 드십시오."

"네네 차향이 참 좋습니다."

"지난번에 사부님이 좀 화가 나셔서 제국으로 가셨던 일은 어떻게?"

"아이고 지금도 덜덜 떨립니다. 그날 제국이 사라질 뻔 했습니다. 휴 스미스 힐러 그 친구가 원래 엉큼하고 욕심 많고 그런 사람 이였죠. 100년을 넘게 살았으면 좀 나아지려나 했는데 웬걸 우리는 아무도 몰랐습니다. 그러니까 아무에게도 얘기도 않고 혼자 여길 왔던 것이죠. 그 가신들까지 모두 목이 잘려 죽었죠. 블랙오크 암살단은 완전히 몰살당했고요. 그 놈들 만 명이 넘는 꽤 큰 조직이더군요. 나도 그놈들 말살 작전을 지휘 했는데 33만 병력으로 하루 밤에 싹 쓸어 버렸죠. 아니었으면 제국이 먼지가 되어 사라 졌겠죠. 휴-우 지금도 오금이 저립니다. 천군사령관님의 그 위압감! 그리고 황궁이 지진을 만난 듯이 흔들렸어요. 황제께서 무릎 꿇고 사정하는 통에 겨우 그 정도로 끝났죠. 허허허"

"아! 사부님 평소에는 인자하시고 따뜻하시지만 화나시면 무서우셔요. 이 땅덩어리도 부숴버릴 수 있는 분이세요. 이 행성 자체를 말이죠. 그래서 조심 하셔야 해요. 백성들 고혈을 빨아서 전쟁이나 일으키고 하는 왕국은 제일 싫어하세요. 이웃 대륙 짐바브 대륙이 몬스터 침공으로 전 대륙이 전멸 직전까지 갔을 때 서로 돕고 연합해서 싸운 왕국은 다 구해주시고 일부 서로 전쟁을 하던 왕국은 그대로 두어서 멸망했죠. '트윈 오우거' 라는 특종 몬스터가 침공을 12만 마리나 침공을 했는데 그 트윈 오우거는 오러 블레이드로도 절단할 수 없는 신체인 데다가 키가 10m 이상 큰 괴물이라 어마어마하게 강했어요. 그래서 발리스타로도 상처를 못 낸다고 하더라고요. 그걸 모두 말살시키다 시피해서 구했죠. 그게 사부님의 성정이세요. 공작님!"

"힉! 트윈 오우거? 대가리 둘 달린 그 괴물 말이죠? 우리 대륙에도 있어요. 딱 한번 봤는데 다행이 큰 피해 없이 물러가더라고요. 바벨 산맥 쪽으로요. 아 그것들이 그렇게 강해요?"

"네 저는 직접 본 것이 아니고요. 큰 언니한테 들었어요. 아 참 잘 아시죠? 큰 언니 볼리아 세바스찬 공작님 말 이예요."

"아! 볼리아 공작님이 큰언니 시라뇨? 처음 듣는 말이라서?"

"모르고 계시는군요. 천군사령관이신 사부님이 볼리아 공작님 아빠세요. 이런 얘기해도 되는지 모르겠네. 공작님 비밀로 하세요. 세간이 알면 문제가 될 수도 있으니까요 볼리아 공작님 3살 때 무슨 일로 인해 아빠와 떨어졌대요. 그리고 몇 년 전에야 다시 만난 거고요."

"아~그랬었군요. 우리는 그것도 모르고 전설의 검사이신 볼리아 공작님이 천인의 딸 이였다니 후 이제야 이해가 되네요. 그 아름다운 얼굴 파란 눈, 은발모두 그분을 닮았네요. 호 120년 전이나 지금이나 변하지 않는 모습 끄떡끄떡 그렇네요. 전설의 검사 볼리아 공작님 때문에 그 정도로 끝내고 봐주신 거로군요. 후우!"

"네 될 수 있는 한 인간들의 일에 간섭을 안 하셔요. 그런데 제일 아끼는 수제자를 그것도 3번이나 지고도 살려줬는데 암살 의뢰를 했으니 화가 나신 거예요. 그만하기 다행이지-참!"

"그 그럼 볼리아 공작님은 지금 어디 계신가요?"

"네 이건 비밀인데 지킬 수 있죠?"

"아- 넵 물론이지요."

"저 위 하늘나라에 계세요 가끔씩 내려오세요. 상단에도 여러 번 들리셨죠. 그리고 여기 그린 왕국에도요."

"억! 하늘나라요? 그 그 그럼 진짜 하늘나라가??"

"네 있어요. 저도 한번 갔다 왔어요. 더 이상은 말씀 드릴 수 없어요. 지금 우리가 이야기 하는 것도 알고 있을지 몰라요. 그러니 입단속 잘하셔야 해요. 땅위의 일은 알고자 하면 모두 다 알 수 있어요. 심지어 지나간 일도요. 예를 들어 한 달 전에 황제가 무슨 말을 하고 이런 게 다 기록되는 장치가 있어요. 그래서 그걸 다시 볼 수 있어요. 흡!"

눈이 왕방울 만하게 커져서 눈알이 발아래로 떨어져 굴러갈 기세다. 두려움이 가득한 표정이다. 그리고 위드도 마찬가지 처음 듣는 얘기이다. 사부님이 그런 분일 줄이야!

"그 그 그럼 입조심 하십시다. 우리 네 저는 이만 가볼까 합니다. 그린레인 백작님 천군사령관님 오시면 제발 좀 얘기 잘해 주십시요. 그린 위드 경 앞으로 잘 부탁합니다. 기회 있으면 검술 지도도 좀 해주십사 부탁드립니다. 그럼 꾸뻑!"

"네 그러지요. 오늘 만남 즐거웠습니다. 꾸뻑!"

"공작님 선물 감사해요 황제께 고맙고 감사하다고 말씀 좀 올려주시고요. 꾸뻑!"

"네네 황제께서도 기뻐하실 겁니다. 안녕히 계십시오. 꾸뻑!"

허리까지 직각으로 숙인다. 제국의 소드 마스터인 공작이 완전히 쫄아서 저 자세다. 위드에게 대련한번하고 오라는 황명도 잊어버리고 똥줄이 빠져라 하고 달아나버렸다.

모든 것을 내려다보고 있다는 것에 겁을 먹은 것이다. 그리고 지나간 일도 되돌려서 본다는데 세상에 안 무서워 할 인간이 있을까? 황제에게 어떻게 보고를 했는지 그 즉시 여태껏 바쳐오던 조공도 앞으로 보내지 말라는 황명이 떨어지고, 그린 왕국과 앞으로 영원히 친구로 맹방으로 지내자는 협약까지 체결된 것이다. 그것이 모두 그린레인 백작의 말 몇 마디에 이루어진 외교 업적인 것이다.

그린왕국의 왕 '그린 슈 오르카'는 그 얘기를 듣고 즉시 칙명을 내려 그린레인 백작령은 앞으로 영원히 세금을 면제하고 그리고 황금 백만 냥을 외교성과 포상금으로 하사했다.

백만 냥이 대수냐 조공 1년 치면 100만 냥이 넘는데 그것을 앞으로 영원히 안 보내도 되고 맹방으로 친구로 가깝게 지내겠다는데 어찌 포상을 안 할 수가 있으랴. 국왕 그린 슈 오르카는 입이 찢어지고 눈에 눈물이 줄줄 흐른다. 기뻐서 어쩔 줄을 모르는 것이다. 그래서 어떻게 하면 그린 위드 경에게 귀족의 위를 내려줄 수 있을까를 궁리를 한다. 그린 왕국에 꽉 말뚝을 박아버리도록 해야 하는데 그 방법이 문제인 것이다. 지난번처럼 괜히 공작 위 내리려다가 거절만 당했으니 대신들에게 귀 뜸을 눈치채게 띄운다. 묘안을 짜 보라고 말이다. 그러자 최측근인 밀턴후작이 한 말씀 올린다.

"저 국왕전하 제 생각에는 아무래도 레인 백작을 누님이라고 따르는 것으로 보아 레인 백작을 후작위로 올리고 그리고 그 동생 위드경을 백작으로 위라도 내려서 영지는 그대로 두더라도 일단 왕국 내에 예쁜 처녀와 결혼하도록 유도 하는 것이 제일 좋은 방법 같사옵니다. 그래야 다른 왕국에서 눈독을 못 들이고 포기 하겠지요. 전하"

"오! 그래그래 급하게 공작위 내리려다 퇴자 먹었는데 이번에는 기필코 성공해야해. 후작이 책임지고 예쁜 처녀 찾아봐. 귀족가 여식이면 더욱 좋고 아니라도 상관없으니, 이번 기회에 그린 레인 백작을 후작으로 봉하도록 귀족들의 의견을 모아 보시오. 짐은 후작만 믿겠소."

"네 성은이 망극 하옵니다. 그렇게 진행을 하겠사옵니다. 전하"

"휴 이번에는 서둘지 말고 자연스럽게 그렇게 성공하시오. 짐이 발 뻗고 잠 좀 자게 해주시오. 후작!"

"네 넵 신이 목숨을 걸고 성공 시키겠나이다."

후작의 목숨이 왔다 갔다 하는 일이 진행 중인 줄도 모르고 그린 레인 백작성은 오늘도 정문을 지키는 기사들이 곤욕을 치르고 있다.

그린 위드 마스터를 뵈러온 드와르 왕국의 백작이라는 작자가 생떼를 쓰고 있는 것이다.

성성이 낑까족을 만나다.

한편 A대륙의 이름 모를 산에서 열흘이 넘도록 걸려서 내려온 무라카는 지금 성성이 떼를 마나서 곤욕을 치르고 있다. 바벨 산맥 볼리아 영지 깊숙한 곳에서 만났던 우랑탕과 같은 종인데 이놈들이 사정을 봐주는 줄도 모르고 계속 덤벼드니 죽일 수도 없고, 그렇다고 널려있는 과일을 포기하자니 아깝고, 이 녀석들은 과일에 손만 대면 달려든다. 흠씬 두들겨 패도 그때뿐이다. 지능도 높고 단체생활을 하는데 산에 있는 과일이 전부 자기들 것인 양 아예 손도 못 대도록 감시하는 것이다. 그리고 덩치가 크고 힘도 제일 센 대장 놈이 계속 따라다닌다. 벌써 10번도 더 곤죽이 되도록 두들겼는데 이튿날이면 말짱하다. 아직 이 과실수 지역을 벗어나려면 얼마나 더 내려가야 할지 막막한데 말이다. 이 녀석들이 눈치도 100단이다. 말도 알아듣는지 어떨 땐 고개를 끄덕이기도 하고 갸웃거리기도 하면서 자기들끼리는 언어가 있는 것 같기도 하다. 동작도 빠르고 나무를 얼마나 잘 타는지 지구의 원숭이들도 얘들에 비하면 어린애 수준이다. 덩치도 2~2.5m 정도이고 고릴라 같은 몸집인데 동작이 아주 빠르다. 열매를 따서 던지는 집단 공격을 당하면 마치소나기가 퍼붓듯이 과일로 그렇게 공격하는 것이다. 여기 과일은 주먹보다 좀 큰 감홍시 같은 것인데 맛이 기똥차다. 달고 향도 좋고 먹어보니 세상에 이런 과일이 있다는 것이 진짜 축복이다. 자연이 주는 최고의 선물인 것이다. 그런데 이놈들이 주인이니 얻어먹는 수준 밖에 안 되는 것이다. 아니 빼앗아 먹으려니 곤욕을 치루는 중이다. 강제로 따 먹으면 과일즙에 목욕해야 된다. 강기 막으로 물론 방어를 하면 되지만 왜 도대체 못 먹게 하는지 궁금해서도 알아보려는 것이다. 그래 어딘가에 반드시 이놈들이 담근 후아주가 있으리라. 그 생각을 이제 사 하다니 옳거니 깡패 짓을 안 하려 했더니 안 되겠다. 오늘 한번 혼나봐라. 나뭇가지 위에 누워 있다가 벌떡 일어났다. 가만히 있으면 절대 먼저 덤비지 않는다. 그것을 보면 순한 놈들인데 과일만 손대면 악착같이 달려든다. 뭐라고 소리치면서 달려드는데 집단 과일던지기로 나오면 대책 없다. 대장을 잡아서 복종시켜야지 다른 방법은 먹히지 않는다. 30m건너나무위에 앉아 있다. 점프로 놈의 뒤에 나타나서 놈의 목과 양팔 어깨위의 혈을 때리고 다리까지 마비되도록 척추를 후려치자. 나무 아래로 떨어진다. '쿵! 캑!' 나무 아래로 뛰어 내려서 놈의 두 팔을 뒤로 제켜서 꼼짝도 못하게 해놓고 넝쿨을 가지고 꽁꽁 묶어서 나무에 거꾸로 메 달았다.

"야! 이놈아 맛이 어떠냐? 도망만 쨉 싸게 잘 다니더니 이제 잡혔지?"

"키액 쿠액 후욱후욱 우라라라라 꾸리꾸리 우랄라?"

"뭔 소리야? 너의 부하 놈들 꼼짝 마라 그래 아니면 너 죽도록 맞는다. 이 녀석 맞을 때 아프지?"

때리는 시늉을 하자 목을 움추린다. 맞는 것은 무서운 모양이다.

이상하게 대장이 잡히자 수백 마리가 주변에 몰렸는데도 아무도 공격하지 않는다.

"야! 너 임마! 그렇게 맞고도 다음날 말짱한 것은 이유가 뭐야?"

"고개를 젓는다고 내가 가만 둘 줄 알아? 너 이렇게 마시는 거 있지? 그것 어디 있어?"

"쿠라라 쿠키퀴 쿠키?"

"무슨 소리야 있어? 없어? 이렇게 마시는 거 말야."

끄떡 끄떡 있다는 뜻이다. 손으로 가지고 오라고 하자. 고개가 획 돌아간다. 싫다는 뜻이다.

"뭐? 싫어? 너 죽을래?"

그래도 고개만 획 돌린다. 요 녀석 고집이 보통이 아니다. 에이 안 먹고 말지 내가 뭐 술꾼이야? 그걸 뺏어먹게 쩨쩨하게 말이야.

그래서 묶었던 끈을 풀어줬다. 그리고 가도 좋다고 손짓을 하자 멀거니 쳐다본다. 뺨을 빡빡 긁으면서 우물쭈물 한다. 그래서 다가가서 놈의 어깨를 툭툭 치면서 미안하니까 가도 좋다. 넌 자유다. 가거라 하고는 돌아선다. 계속 아래로 내려가기 위해서 말이다. 그리고는 나무위로 뛰어 올랐다. 슉 하고 뛰어 오르자 꺅 꺅거리는 놈 꾸우루 꾸우루 소리치기도 하고, 어떤 놈은 볼을 부풀려서는 이상한 소리를 낸다. 어이쿠 귀야 녀석들아!

"아 씨끄러 좀 조용히 살자. 녀석들아!"

그러자 조용해진다. 대장 녀석이 머리를 긁으면서 다가오더니 손을 잡고는 한쪽 방향을 쳐다보면서 뭐라 소리친다.

"꾸-욱! 꾸꾸꾸꾸르 꾸액 키엑!"

뭐라고 소리치자 모두 그기에 동조한다.

"애들아 씨끄-럿! 좀 조용히 하자. 야! 너 대장 이름이 뭐냐?"

내가 가슴을 치면서 무라카! 무라카! 무 라 카 하자 녀석이 따라 한다. "뮤랴꺄! 뮤랴꺄! 무라까!"

어-쭈! 발음 좋다. 금방 말 배우겠네. 그 다음 녀석을 손으로 가르키자. "낑까 낑까 낑까!" 아하 낑까! 가 녀석의 이름이다.

"그래 낑까 낑까야 그게 너의 이름이구나." 고개를 끄떡인다.

"낑까야 가자 저쪽으로 무슨 일이지? 가보면 알겠지 고고!"

"낑까 고고" "낑까 고 고!"

녀석이 앞장서자 수백 마리가 따라온다. 상당히 빠르다. 이동속도가 땅위를 달리는 말의 속도만큼이나 빠르다. 500마리 가까운 숫자의 낑까가 나뭇가지를 잡고 덤블링을 해서 다음가지를 잡는 것은 발이다. 그런데 발도 손이나 똑같다. 그러니 계속 덤블링을 하면서 이동하는 속도가 소리도 별로 안내면서 바람처럼 빠르다. 나무를 다이빙 하듯이 건너다니는 것이다. 계속 몸을 회전하면서 전진한다. 얼마를 달렸을까? 갑자기 이빨을 드러내면서 크르릉 거리면서 긴장한다. 무엇인가를 공격하기 위해서 나를 데려온 것이다. 그제야 그 뜻을 알겠다. 술은 있는데 빼앗겨서 못 가져온다는 뜻인 것을 기를 펼쳐보니 있다. 구렁이 종인데 크기가 20m는 된다. 아-하! 녀석들이 이것 때문에 여기를 못 지나가는 것이다. 공중으로 몸을 띄웠다. 나무에서 30m는 더 띄워 올린 것이다. 그리고 전방으로 다가간다. 소리 없이 엄청난 놈이 나무를 감아 올라서 대가리를 꼿꼿이 들고 있다. 그 굵기가 장정 두 아름은 되겠다. 저게 뭐야? 처음 보는 희귀 몬스터이다. 덩치가 너무 크다. 또 비늘이 햇빛에 반사되어서 반짝이는데 엄청나게 단단해 보인다. 비늘 한 개가 낑까의 머리통만하다. 히야 저런 놈이 산에서 살다니 멋지게 생겼다. 비늘의 색깔이 청 보라색이다. 빛의 반사각도에 따라 청색보라색이 동시에 보인다.

"우와! 멋지다. 뭐 이런 놈이 다 있냐? 크기도 크고 무엇보다 비늘이 예술이다. 저것 상처 내지 말고 잡아야겠네!"

찡까들이 뼁 둘러선다. 원형으로 그러나 공격은 못한다. 보나마나 비늘이 왠 만해서는 긁히지도 않겠다. 저 정도 비늘이면 특수 특제 급 방어무기이다.

"입을 벌릴 때 입속을 공격해야 껍데기 안상하게 잡겠네."

그렇다면 간단하지 공중에 떠오른 몸을 놈에게 다가간다.

"슈우- 슈우 후르르 추르르 슈우슈우!"

놈의 혀가 입술사이로 길게 2~3m씩 나왔다가 사라진다. 즉 공기 중의 열 탐지를 혀로 하고 또 냄새도 혀로 맡는 모양이다. 놈의 눈이 파충류답게 싸늘하게 빛이 난다. 수천 년을 살아온 놈이라서 교활하고 이곳 산에서는 왕 질을 하는 놈이다. 공중에서 점점 다가가자 놈의 눈이 나에게 고정된다. 혓바닥이 내게 닫을 듯이 다가온다. 심검으로 싹둑 혓바닥을 잘라버리자 놈의 입이 크게 벌어진다. 고통이 갑자기 닥치자. 입을 벌리는 것이 놈의 마지막이다. 입천장을 관통해서 눈 사이로 구멍이 뻥 뚫린다.

"쿠르르르릉! 슈아! 스르르 쿵!"

딱 한방에 그것도 탁구공 만 한 크기의 강환 한방에 나무에 감긴 몸이 풀리면서 대가리가 땅에 쳐 박힌다. 내려와서 살펴보니 정확히 눈 사이가 뚫려있다. 그 부분은 작은 비늘이 촘촘히 있는 곳이다. 비늘이 가장 조밀한 곳인데 그곳을 뚫고 지나간 것이다.

그곳이 놈의 뇌가 있는 곳이니 한방에 고통 없이 간 것이다. 볼수록 아름다운 놈이다. 광선검을 뽑아들자 찡까들이 무서워서 부들부들 떤다. 언제 이것을 본적이 있는가? 그러거나 말거나 대가리부터 해서 껍질을 벗기기 시작하자 놈들이 붙들고 돕는다. 그래서 쉽게 홀라당 벗겨 버렸다. 나무위에 걸쳐서 늘어놓으니 장관이다. 천하무적의 갑옷이 생긴 셈이다. 그것도 너무나 아름다운 색깔의 천연 갑옷이다. 그런데 비늘이 너무 크다. 허허허

빛의 반사각도에 따라서 여러 가지 색이 나타난다. 파충류의 고기를 맛볼 차례이다. 불고기 바비큐로 말이다. 몸체를 토막을 쳐주니 낑까 들이 들고 옮긴다. 따라가 보니 역시 후아주 연못이 동굴 속에 있다. 여러 가지 약초도 말리고 있다. 과일로만 빚은 술이 아니다. 누구에게 배웠는지 약초를 6가지나 말려서 후아주 연못에 넣는가 보다. 사왕의 고기 파티가 벌어졌다. 꼬맹이 낑까들도 모두 먹인다. 동료들을 얼마나 많이 잡아먹었을까? 그기에 대한 복수를 먹음으로써 하는 것이다. 후아주를 과일 껍데기에 담아오는데 몇 번 마시지도 못하고 취해서 골아 떨어졌다. 엄청나게 독한 것이다. 75도정도 되려나? 아침에 일어나니 대장 낑까가 와서는 허리를 직각으로 숙이며 인사를 한다. 인사도 할 줄 안다? 누군가가 가르친 모양이다. 복수를 해줘서 고맙다는 인사인 모양이다. 고개를 끄덕여 주니 하늘을 손가락으로 가리킨다. 아 천족의 누군가가 다녀간 모양이다. 고개를 끄덕이면서 R-2를 불러서 착륙을 시켰다. 사왕 가죽을 싣는데 대장과 후아주를 들고 오는 100마리가 과일 껍질로 된 술통을(20L정도)100개나 폰프린스에 실어준다. 예전에도 이렇게 해준 적이 있다는 듯이 말이다. 이 후아주는 약효가 뛰어나서 그렇게 얻어맞고도 다음날 말짱했던 낑까의 비밀이 후아주에 있었음을 알고 놀랐다. 6가지의 약초를 가르친 것도 천족의 일원이었던 모양이다. 약초를 유심히 하나하나 살펴보면서 단단히 기억해둔다. 타박상이나 상처

를 하루 밤에 완치시키는 약초들이다. 그런데 나중에 안 사실이지만 이 약초는 다른 대륙에는 없었다. 찡까들의 후아주 연못은 축구장만한 바위연못으로 그 안의 내용물이 모두 후아주인 셈이다. 수백 년 아니 수천 년이 된 것인지도 모를 보물 인 것이다. 대장 찡까와 눈을 맞추고 고맙다고 어깨를 두드려주니 언제든지 오란다. 술을 항상 주겠다고, 녀석! 모두에게 손을 흔들어주고 폰 프린스를 공중으로 띄우고, 그곳을 떠났다. 산을 내려가다가 생각하니 여우가 아이를 낳을 시기가 지난 것 같다. 무투가 태어날 때 옆에 있기로 했는데 그놈의 찡까에게 홀려서 놓친 것이다. 핑계가 통할지 후후후 모선 코리아로 돌아오니 무투가 뛰어다닌다. 빵점 아빠가 된 것이다.

"무투야. 벌써 뛰어다니는 거야?"

"아빠 저 아빠가 안보여서 태어나서 한참 찾았어요. 헤헤헤"

"어이쿠 우리 무투 섭섭했겠네. 허허허"

무라니와 무투가 한 팔에 하나씩 착 안긴다.

"무투 심법도 매일 하는 거야?"

"네 아빠! 누나도 매일 한데요. 저 누나랑 달리기 하면 비슷해요."

"야 무투 내가 봐주니까 그렇지 너 누나가 얼마나 봐주는지 모르지?"

"헤헤헤 누나 못 들은 척 좀 해주지 헤헤헤"

"하하하하 무라니가 봐줘야지, 그럼 누나인데. 하하하 녀석들!"

"아빠 애들 경쟁시키지 마요. 한 살도 안 된 아기인데."

"억! 그렇지 아 미안! 볼리아 선물 가져왔어 폰 프린스에 있어."

"네? 어디 가 봐요. 같이요. 찡긋 찡긋!"

"웅 알았어. 여우는 여기 애들 좀 봐! 쪽"

"네 아빠 천천히 다녀오세요. 찡긋!"

"호 여우도 윙크 배웠네?"

"네 언니가 가르쳐 줬죠. 호호호호"

"갔다 올게 있다 봐!" 찡긋!

"네 기다릴게요." 찡긋!

격납고 폰 프린스에 오자 천연가죽과 만병통치약은 뒷전이다. 바로 아빠의 가죽옷을 벗기고 자신도 벗은 볼리아가 아빠를 업어치기로 넘어뜨린다. 이것 참 갈수록 볼리아의 유도 실력은 고수가 되어간다. 그리고 색 끼도 초고수가 되어간다. 아니 현경을 넘어선 것 같다. 세 시간이 넘도록 안 놔준다. 앞으로는 시간 배정을 잘해야 될 것 같다. 그리고 뱀가죽과 후아주 한 통식을 들고 선실로 돌아왔다.

그 동안의 얘기를 나누는데 무라니와 무투가 달려든다. 아빠 찾아 모선을 얼마나 달렸는지 아이들이 땀에 젖어 있다. 두 녀석을 안고서 목욕을 하고 나니 저녁 식사 시간이다. 놈들이 금방 잠이 들어서 눕혀놓고 쓰담쓰담을 해주니 그것이 녀석들에겐 아주 친숙한모양이다. 아주 깊이 잠이 든다. 볼리아 방에 재우고 나니, 볼리아가 옆의 방을 가리키면서 윙크 한다. 흣! 옆방은 여우의 방인 것이다. 옆방에 들어가니 여우가 기다리고 있었든 모양인지 덥석 안기어 온다. 부끄럼 많든 여우가 무투를 낳고는 아주 많이 변하는 과정인 것이다. 참 신기한 것이 여자이고 가장 강한 것이 엄마라드니 맞는 말이다. 3일간 아이들과 놀아주고 볼리아의 잔소리에 구미호에게로 출발했다.

"우왕! 아빠! 아빠! 히힝 보고파서 미치는 줄 알았어-용!"

“어이그 울보야 내 사랑 울보! 허허허 쓰담-쓰담 쪽쪽! 잘 지냈어? 어디보자 더 예뻐졌네. 그래그래.”

집무실로 점프했더니 방에 있었다. 아직 이른 아침인데, 레인의 방에선 불이 붙었다. 얼마나 정열적인지 레인은 기절하도록 사랑의 피어가 피어오른다. 완전히 정신 줄을 놓아야 그때부터 잠이 든다. 좀 편해지도록 ‘쓰담쓰담’을 한참 해주고 나서야 온몸의 경련이 잦아진다. 깊이 잠들어도 꽉 잡은 손은 절대 안 놓는다. 얼마나 사랑에 고팠으면 손을 잡고 기절을 하도록 열중할까? 얼굴을 들여다보니 조금 수척해진 듯하다. 그리웠을 테지 온 가족을 한 번에 잃어버리고 그 고독을 이기려고 몸부림 친 것이 검술에 매달린 것일 테고 그러다 짝사랑으로 혼자 사부를 사모하면서 누구에게 말도 못하다가 다행이 볼리아가 받아들인 것이다. 지구에서 한평생을 살아봤지만 진짜 사랑은 딱 한번 17살 때 한 소녀를 사랑한 경험 밖에 없다. 면소재지에 있었던 조그마한 소녀! 그 당시에는 그것이 진짜 사랑이란 것을 몰랐었다. 이 아이를 보니 그 소녀가 생각난다. 군에 입대를 하는 바람에 헤어지게 된 그리고 임관하여 돌아오니 이미 시집가 버린 소녀! 손을 꼭 잡고 있다. 깊은 잠에 빠져 있으면서도 ‘쓰담쓰담’은 시간과는 무관하다. 마나를 실어서 온몸을 목욕시킨다. 벌모세수를 해준 덕분에 어느 혈 하나 막힌 곳이 없다. 아이까지 가진 몸으로 그렇게 정열적으로 달려드니 기절을 하지 3시간이 지나니까 속눈썹이 파르르 떨리면서 눈을 뜬다.

“헤헤헤 아빠 저 행복해요. 그동안 저 안보고 싶었어요?”

“응 왜 안 그렇겠어. 수만리나 떨어져 있으니 더 보고 싶었지. 몸은 어때?”

"날아 갈 것 같아-용. 안아줘-용 히힝!"

"어? 밥을 잘 챙겨 먹어야지 그것만 자꾸 하려면 쓰나 이젠 애기도 생겼는데 몸 생각해야지."

"그동안 잘 챙겨 먹었어요. 오늘 하루 굶는다고 헹 안아줘요-용 아빠 사랑해요. 저 죽도록 해 줘요. 네?"

"아 써라 너 기절하면 오늘 두 번 기절하는거야 안 돼! 있다가 밤에 해주마. 식사하러 가야지 예쁜 울보! 착하지?"

"헤헤헤 알았어요. 오늘 안 가실꺼죠?"

"갈까봐 불안 한 것인가?"

"넹! 오시면 금방 또 가시니까요. 히헹 저 아빠 곁에 딱 붙어 있고 싶단 말이에요."

"음-!"

밖으로 나오니 위드가 어디서 봤는지 달려온다. 그리고 철 푸덕 엎드려 큰절을 올린다.

"오냐 위드야 그동안 귀찮은 일들이 많았겠지?"

"사부님 답답한 것이 있습니다."

"오냐! 벌써 초 절정을 봤구나. 진전이 없어 답답한 게지? 그것이 첫 번째 산이다. 그 산을 넘으면 또 산이 있다. 이젠 깨달아야 하느니라. 흠! 너의 몸속엔 태풍이 있고 몸밖엔 미풍이 있다. 태풍과 미풍은 그 힘도 회전력도 다르지 그러나 바람인 것은 매한가지이다. 태풍의 한 조각을 미풍 속에 던지면 어떤 현상이 일어날까? 미풍은 태풍에 어울리려고 하는 성질이 있지. 태풍을 꽉 눌러서 압축을 하면 미풍도 그것에 동조하려 한단다. 이때 태풍을 의지에 따라서 표적을 향해 던지면 그러면 미풍은 태풍을 도와서 더 빠르게 회전력을 배가시키고 표적에 더 빨리 도달하도록 밀어 준단다. 이것이 자연의 순화 작용이지."

"어이 그기 기사 양반 이리와! 저기 마스터 호법 서도록 쉿! 그래"

식사를 하는 동안 여러 가지 질문을 한다. 재잘재잘! 하나하나 대답을 해주고 예를 들어서 설명을 해준다. 식사를 마치고 나오니 호법이 4명이다. 그린위드는 그 가운데 가부좌로 앉아 몰입해 있다. 녀석 빠르기도 하지 벌써 초절정이다. 19세에 말이다. 아마 내일 저녁쯤 깨어나리라. 그린레인은 50년 치가 조금 넘는 마나를 갖고 있다. 아마 아기를 낳고 나면 절정에 들어서리라. 여자로선 빠르다. 27세에 절정이라면 엄청 빠른 것이다. 방으로 돌아와서 그동안의 얘기를 듣는다. 시녀가 가져온 차를 마시면서 말이다. 곧 후작으로 승위 되고, 위드도 백작 위를 받는단다. 그리고 위드에게 시집오려는 귀족가의 여식들이 줄을 섰단다.

"그래 위드가 20세가 되면 혼인식을 치러 줘야겠구나. 레인아 누가 착한지 그것을 알아 보거라. 위드는 착한 여자를 만나야 된단다."

"네 아빠! 제가 알아볼게요. 그리고 제국의 트와키콘 공작도 다녀갔어요. 황제의 선물이라면서 명검을 주고 갔어요. 또 황금도 상금이라며 주고 갔고요. 왕국에서도 인제 제국에 공물 안줘도 되요. 포상금을 백만 냥이나 하사했어요. 헤헤헤"

"아-그래 그거 다행이군. 그리고 상단에서 이익금 배당도 있었을 텐데 받았느냐?"

"네 아빠! 벌써 두 번이나 받았어요. 헤헤 저희 그린영지가 부자 되었어요. 아빠 안아줘-용. 전 부자보다 아빠 품이 훨씬 좋아요. 홍!"

"어이구 요 귀여운 것. 이리 오너라 옷을 벗고 오너라."

아직 해도 지지 않았는데 벌써부터 불이 붙었다.

다음날 오후가 되어서야 위드가 깨어났다. 이젠 초자아가 깨어나 의식의 주체가 되었다. 절정 때와는 완전히 다른 세상이 보인다.

진짜 무인이 된 것이다. 깨어나 현실로 돌아온 위드는 바로 앞에서 자신을 내려다보고 계신 사부님을 보고는 대례를 올린다.

“사부님 감사합니다. 은혜가 하늘과 같습니다. 사부님!”

“오냐 그래! 이제 하나의 산을 넘었구나. 나도 너처럼 기쁘구나. 허허허 녀석 벌써 진정한 무인이 되었구나. 그렇더라도 수련을 게을리 하면 안 되느니라. 네년에는 너를 옆에서 도와줄 사람 아니 여자를 골라 보거라. 너의 누님이 신경 쓰기로 했으니 잘 골라 보거라. 여자는 예쁜 것보다 착한 것이 좋으니까. 허허허”

“네 사부님! 사부님 뜻 따르겠습니다.”

“가서 밥을 먹도록 해라. 육체도 건강하게 잘 관리를 해야 하느니”

“넵 명심하겠습니다.”

바블라이트 대륙

따개비가 찰싹 붙어서 5일을 보냈다. 이제 취미 생활을 하러 가야지 밤이 깊을 때에 폰 프린스에 오른 무라카는 A대륙 무명산 아래 우랑우탕들의 마을에 착륙했다. 낑까가 어디서 봤는지 달려와 넙죽 인사한다. 녀석의 어깨를 두드려주고 떠나려는데 크다란 가죽포대를 들고 나오는 녀석이 있다. 가죽 포대에 후아주 5통을 담아서 가지고 온 것이다. 후아주 통만 배낭에 넣고 짊어지니까. 꼽추처럼 등이 볼록하다. 낑까의 머리를 '쓰담쓰담' 해주고 녀석들에게 손을 흔들어 주고 산을 내려간다. 이제 언제다시 이산에 올지는 모르는 것이다. 저지대로 내려 갈수록 나무의 키는 높아지고 골짜기에는 물이 흘러넘친다. 만년설이 녹아내리는 것이다. 청정한 맑은 물은 계류를 따라 흐르다가 서로 만나서 큰 강이 되고 바다로 흘러가는 것이다. 이 대륙 중앙지점에 큰 호수가 있었지. 그리고 유난히 강이 많았다. 이 대륙은 그래서 수상운송이 발달되어 있는 곳이다.

소 선박들이 아주 다양한 모습으로 발달해서 강마다 사람이나 물자들을 운송하는 운송업이 흥행하는 곳이다. 그런 지역까지 내려가려면 아직 하 세월이다. 몇 개월이 걸릴지 모르는 여행이다. 공중으로 이동한다면 순식간에 가겠지만 그렇게 지나가면 무엇을 체험하고 무엇을 볼 수 있을까? 차라리 영상을 영화처럼 보면서 간접 경험을 해보고는 진짜로 체험한 것처럼 착각을 한다면 그것이 바로 수박껍질 핥기 식인 것이다. 일명 '수박겉핥기' 인 것이다. 그것은 차라리 안 한 것보다 못하다 왜? 헛 시간 낭비이니까! 이제해발 2,000m까지 내려온 것 같다. 온갖 식물들이 그것을 알려주고 있다. 그리고 사냥감들이 또한 그렇다. 이곳은 곰도 있지만 순록도 있다. 순록 한 마리면 한 달 양식이 될 정도이다. 이젠 후아주도 있으니 여행이 더욱 즐겁다. 낑까 덕분에 약초도 몇 가지 배웠다. R-001에 영상으로 기록했는데, 이렇게 필요한 정보들이 쌓여서 나중에는 행성전체의 정보가 모이게 되는 것이다. 후손들에게 유용한 것들이 될 테지. 눈에 보이는 것은 채취를 한다. 주로 지혈제, 해열제, 상처 치료제 3가지이지만 이 지역을 벗어나면 없는 것들도 있을까 해서 채취를 해 두는 것이다. 고산 식물은 환경의 영향에 까다롭기 때문에 평원에서는 볼 수 없는 귀한 것들일 것이다.

배낭이 터질 듯이 빵빵하다. 후아주를 마셔서 배낭을 널려야 할 것 같다. 계곡물이 폭포가 되어 떨어지는 곳에 노숙 자리를 잡았다. 오늘은 무슨 고기? 혹시 어류가 있을까? 물이 그렇게 깊지는 않은듯한데 그래 목욕도 좀 하고 지난번에 전기메기에 당한 경험이 생각난다. 그래서 강기를 두르고 잠수를 해본다. 아 있다 그것도 장어다. 굵기가 허벅지 정도인데 굴속에 몸을 숨기고 대가리만 내밀고 있다. 저놈을 유인해서 나오도록 해야 잡기가 쉬운데, 밖으로 나와서 배낭속의 훈제 조각을 꼬챙이에 꿰어서 다시 들어갔다. 역시나 놈도 냄새에 민감하다. 그런데 그것이 다가 아니다.

나무 꼬챙이를 흔들어서 약을 올렸더니 즉시 '빠지직!' 하고 백 볼트가 넘는 전기가 튄다. 역시 전기뱀장어다. 이곳 물고기는 도나 개나 전기다. 모조리 발전기를 달고 있다. '찌릿찌릿' 해도 그렇게 강하지는 않다. 덩치에 비례하니까 그런 모양이다. 200kg나 될까? 톤급 하고는 차이가 크게 난다. 꼬챙이를 놈의 대가리를 관통시켜 서 잡았다. 사람보다 배나 큰 장어를 잡아내니 오늘은 몸보신을? 정력제를 먹는 날이다. 불에 구우니 기름이 좌르르 흐른다. 열두 토막을 내어서 그중 하나를 굽고 있다. 한토막이 30㎝로 보면 된다. 직경 50㎝에 30㎝의 뱀장어 구이! 크크큭 세상에 이 정도는 아주 작은 놈일 것이다. 한 끼에 혼자 이것을 다 먹어? 어림도 없다. 무슨 돼지도 아니고 컥컥! 후아주를 한 모금 마시자 식도가 불에 타는 듯하다. 장어에 후아주라 이런 호사를 누가 과연 누릴까? 황제? 후아주 냄새도 못 맡아 봤을 걸? '후-아! 탄다 타~ 육질이 얼마나 부드럽고 구수한지 입에 넣기 바쁘다. 진짜 돼진가 보다 그 큰 한 토막을 기어이 다 먹어버렸다. 배가 과식으로 고통을 호소한다. 그리고 빙글빙글 돈다. 세상이 돈다. 누워서 하늘을 보니 이리 나가 방실거린다. 제가 언니? 동생은 어디 있지? 그러다가 잠에 빠져들었다. 보고픈 울보를 떠올릴 새도 없이 완전히 녹아 떨어져 버렸다. 정신이 번쩍 들어서 펄쩍 뛰어 오르면서 일어나니 해가 하늘 중간에 와있다. 잉? 내가 언제 잠들었지? 웬 노인이 빙긋이 쳐다보면서 서있다.

"어이 젊은이 어디서 왔는가?"

"예 어르신 마을이 가까운 곳에 있나요?"

"글-쎄 그렇게 가깝진 않네만 하도 맛있게 자 길래 허허허"

아이고! 이게 무슨 망신이고 무인? 캑! 몬스터라도 왔으면 뱃속에서 깰 뻔 했다. 얼마나 맘 놓고 퍼질러 잤으면 사람이 다가 오는 것도 모르고 해가 중천에 오도록 잤을까? 이상하다. 아무리 후아주에 취했기로 이럴 수는 없는데?

"어르신 여기 앉으십시오. 이 술이 저를 아주 곯아떨어지게 만든 술이지요. 맛이 아주 그만입니다. 그리고 저것이 몸에 좋은 장어이지요. 정력제로 이거죠."

엄지손가락을 세워 보인다. 안 그래도 그것 가지고 튈라다가 깰 때까지 기다린 영감이다. 침이 입가에 흐른다. 손으로 쓱 닦고는 털썩 앉는다.

"전기 장어를 어떻게 잡았지? 젊은이 재주가 있구만. 전기 장어 잡다가 죽은 촌부들이 수두룩한데 말이야."

"네? 죽어요? 좀 찌릿찌릿 하다 말던데요?"

"찌릿찌릿 이 사람아 그러다 죽어! 허허허"

불을 피우고 그 위에 두 토막을 올리고 굽는다. 구수한 냄새가 진동을 한다. 그러자 저쪽에서 누군가 또 다가온다. 쩔뚝쩔뚝! 다리를 다쳤나보다. 지팡이를 짚고 쩔뚝거리며 가까이 온다.

"어이 창 영감 약초는 안 캐고 뭐하는 것이여? 아침부터."

"약초? 허허허 약초보다 100배는 좋은 약이 여기 있는데 뭔 약초 타령이야? 이리로 오게 여기 젊은이가 전기뱀장어를 잡았다네. 저 게 약이지 진짜 보약이야."

"전기 장어? 그걸 어떻게 잡았지? 그거 은자 100냥 줘도 못 구하는 정력제인데? 우와 크네! 이렇게 크면 금자 10냥도 더 나가는데? 허 젊은이 진짜로 잡은 건가?"

"아 여기 있잖나? 잡았으니 지금 굽고 있는 게지 하하하"

"우와! 저거 먹으면 3일은 자야 하는데, 저게 잠 약이야 잠 약!

정력제이기도 하지만 불면증에 특효약이야."

"억! 그래서 세상모르고 잤구나. 아이고 어르신 어제저녁에 한토막 구워 먹었더니 늦잠 잤어요. 조금 전에 일어났거든요."

"뭐? 한토막이나? 저렇게 굵은걸 한 토막? 그럼 5일은 잘 텐데 쩝 침 넘어 가네 다 익어 가는감?"

"네 조금만 기다리쇼. 그-기 앉아요. 다리는 다친 건가요?"

"지난달에 약초 캐다가 부러진-겨 굴러 떨어져서 말이지 안 죽은 게 다행이여. 갈빗대도 두 대나 부러지고 발목까지 부러져서는 쯧쯧"

"자 이 술 한 모금 마셔보쇼. 그 정도는 내일이면 거뜬히 나을거요. 자 두 모금 마시면 만병통치약이죠. 이게 바로 신선주요."

"신선주? 어디어디 나도 신경통이 심한데 한 모급 합시다."

"가만히 계쇼. 아픈 사람부터 마셔야지 욕심 부리면 허당이요. 신선주는 욕심 부리는 사람에겐 그냥 물이요. 알겠소?"

다리 골절상 영감은 두 모금 마시고 눈물을 흘린다. 캑캑 거리면서 엄청나게 독한데 그것도 모르고 꿀꺽하다가 술통 놓칠 뻔했다. 목구멍이 불붙은 듯이 화끈하니 촌부가 그런 술 마셔 본적이 있겠나?

두 번째 영감도 한 모금 마시고 눈물을 찔끔거린다.

"후아-후아! 무슨 술이 이렇게 독한 겨? 캑 캑 캑!"

장어구이 반 토막 씩 먹고 후아주 맛본 두 영감은 약초고 뭐고 바로 마을로 직행이다. 곧 잠들 테니 서두른 것이다. 그런데 다리 쩔뚝은 없다. 지팡이도 팽개치고 잘도 내려간다. 그것도 못느끼는가 보다. 집에 도착 하고나서야 어? 다리가 멀쩡하잖아 진짜 신선주? 동네 앞으로 달려 나가 보니 은발의 젊은이는 온데간

데없다.

벌써 저 멀리 다른 마을 앞을 지나고 있는 것이다. 번개장어를 토막을 쳐서 넝쿨로 꿰어서 들고 가는 중이다.

마을을 벗어나서 장어를 훈제로 만들어서 둘러멘다. 배낭에서 후아주 반통 남은 것은 훈제와 같이 메 달고 방랑자처럼 달랑거리면서 간다. 경공도 펼칠 수 없는 것이 마을이 집촌이 되어있지 않고 뜨문뜨문 두집 세집 이런 식이다. 이곳은 몬스터가 없는 것인가? 좀 큰 마을이 보이면 배낭부터 용량이 큰 것으로 하나 더 구해야 되겠다. 약초도 캐고 사냥도 하고, 그리고 농사도 지으면서 그렇게 살아가는 평화로운 모습이다. 좀 젊은 사람이 보여서 여러 가지 질문을 해본다. 대륙의 이름은 바블라이트이고 스크로 산맥의 스크로 산이란다. 그 외에는 아는 것이 없다. 자신이 사는 왕국의 이름도 모를 정도이면 관심이 없는 것인지 아니면 너무 무식한 것일까? 하긴 농부이니 알바 아닌지도 모르겠다. 아침으로 또 한 토막을 먹었는데 졸립지는 않다. 면역이 생긴 것일까? 산은 계속 이어져 있는데 군데군데 한두 채씩 집들이 있다. 그래서 경공은 펼치지 못하고 터덜터덜 걸어서 가는데 노인이 한분 보인다.

"저 어르신 궁금한 것이 있어서요. 저기 여기는 어느 왕국인가요?"

노인이 이상하다는 듯이 자세히 살펴본다.

"어디서 오는 길이요? 여긴 카불왕국이요. 살기 좋은 곳이지 산골 촌민들은 세금도 면제라오. 그리고 해마다 몬스터 토벌을 아주 깡그리 씨를 말려서 이젠 몬스터도 거의 없다오. 짐승들은 많이 있지만 그래 어디로 가는 길이요?"

"네 산에만 살다가 인간세상이 그리워서 내려가는 중이지요."

"허허허 보아하니 아직 젊구만 그래 그런데 산에서 살았다니 무슨 죄를 지었기에 산에서 살았소? 그래."

"아니요 착한 사람입니다. 산이 좋아서 산에서 산거죠. 과일도 많고 사냥감도 많고 산도 살기 좋습니다."

"허허 특이한 사람이로고 바쁘지 않으면 쉬어 가시구려. 저기 보이는 저 집이 내 집이요. 손녀하고 둘이 사는데 집이 넓다오. 날 따라오시오."

"하이고 감사합니다. 허리가 안 좋아 보이네요. 다쳤는지요?"

"이거 30년도 더 된 거요. 몬스터 토벌 하러갔다가 다친 거라오. 그땐 젊었었지. 오우거에게 한방 먹은 거요. 안 죽은 것이 다행이지요. 그때 동료들은 거의 다 죽었소. 허허"

"와 오우거 잡을 정도면 상당한 실력이었겠네요?"

"아 칼 좀 썼었지 익스퍼드 중급 이였으니, 녹봉도 꽤 받았다오. 그래서 저 집도 짓고 했지요. 허허허"

"아니 그런데 손녀가 있다면 아들도 있다는 얘기 아니요?"

"그놈 있었지. 작년에 죽었다오. 사왕한테 먹혔지요. 한 30명 그때 잡아 먹혔죠. 그 사왕은 잡지도 못하고요."

"사왕? 그게 뭐요?"

"산에 살았다면서 사왕도 모르오? 뱀의 왕 말이오. 크기가 30미르는 되지요. 비늘이 있어서 칼도 창도 안 들어간다오. 눈이 있는 고산에만 사는데 가끔 먹이가 없으면 저지대로 내려온다오. 그 놈이 그래도 다른 몬스터를 많이 잡아먹어서 몬스터가 많이 준거요. 토벌도 하지만 말이오. 토벌대도 사왕은 못 잡아요. 그냥 밥이지 밥 오래 산 놈은 천년도 더 된 놈도 있답니다."

아 내가 잡은 놈이 사왕이구나.

"그럼 그 사왕이란 몬스터는 많이 있는가요? 높은 산에요?"

"많이 있다는 소문은 있어요. 그 놈들은 눈이 있는 곳에 살아요. 그래서 겨울이 아니면 산 아래로는 못 내려오지요."

"아하 냉혈 동물이라 그런 모양이지요. 그럼 겨울에만 산에 안 가면 걱정 없겠네요."

"딱 그렇지도 않아요. 도시까지 내려간 놈도 있으니까요."

"도시 까지요? 그래서 어떻게 되었는데요."

"자 집에 왔으니 들어가서 얘기 합시다. 이쪽으로 오시오."

산 아래에서 보는 것과는 달리 집이 상당히 크다. 웬만한 성처럼 넓다. 산 능선의 한쪽을 다 차지하고 있는 집이다. 후면으로는 담장이 높게 둘러 처져있다. 3미터 높이는 충분히 되겠다. 전술적인 방어준비는 아무것도 없다. 담 밖에는 없다. 저 정도 담은 돼지들도 뛰어 넘는다.

"링링아 할 애비 왔다 어디 있느냐?"

"예 할아버지 저 나가요."

쪼르르 나오는 아이는 아니 처녀다. 20대 중반은 되어 보인다.

"링링아 인사드려라 여행자 청년이다. 오늘 우리 집에 묵을 것이다."

"어서 오세요 링링이라 해요."

"신세 좀 지겠습니다. 무라카입니다."

"자 이리로 들어오시게. 링링아 술상 좀 봐 오너라."

"네 할아버지 그런데 술이 조금 남았습니다."

"아 술은 제게 있으니 걱정 마세요. 그리고 이건 전기 장어인데 좀 구워 주실래요?"

"엥? 전기 장어? 그걸 어떻게 잡았누?"

"네 모르고 잡았지요. 좀 찌릿찌릿 하던데요. 하하하"

"엉? 안 죽었어? 찌릿찌릿? 이사람 황소도 자빠져 죽는데 무슨?"

"아 여기 소도 있나요?"

"뭔 엉뚱한 소리야 농촌에 소 없이 농사를 짓나?"

"소를 본지가 하도 오래 되어서요. 허허허"

"저기 소 있자나 저놈도 성깔 있어 새끼 때 잡아와서 키운 건데 아직도 성질부려 저놈이."

"헉! 저게 소예요?"

"그럼 소지 산이야?"

"우와! 작은 동산 만하네, 이걸로 논 갈고 하는 겁니까?"

"그럼 우리 누렁이가 이 근방 논 다 갈아엎지 허허허"

"집집마다 있는 게 아니 구요?"

"먼 소리야 저것이 얼마나 비싼지 몰라? 우리 영지 내에 황소는 저놈뿐이야. 암소는 3마리 있지 아직 길이 안 잡혀서 농사일 못해 새끼 낳으면 몰라도 그 암소 헐래 붙이러 온 걸 반 죽여 놨지 우리 누렁이가 말이야. 암놈이 달려들다가 죽을 뻔 했지. 크크크"

"그럼 아직 완전히 가축이 되진 않았군요."

"내가 처음 시도 한거야. 누렁이저놈 생포하느라 죽을 뻔 했구만. 저 놈 조그만 할 때인데 젖도 안 떨어진 놈이었어. 그런데도 옛날 부하 여섯 명하고 나하고 일곱이서 죽다가 살았어. 저놈 어미한테 말이야. 아 그것이 마을까지 따라 오는 거야. 지 새끼 안 뺏기려고 지독하게 따라 오더만 결국 죽었지 왕국기사의 칼에 목이 잘렸지. 그래서 우리가 살은 겨 술 내봐! 술은 어디 있나?"

"아~ 여기 신선주 대령이요. 안주는 명약중의 명약 전기 장어구이 대령이오."

"하하핫 재미있는 친구로군! 자 한잔 부어봐!"

"넵 한잔이면 10가지 병이 낫고, 두 잔이면 만병이 낫습니다. 어? 아가씨 아가씨도 한잔해요. 진짜 신선주요. 만병통치 신선주! 억만 금을 주고도 못 먹어요. 내가 저 스크로산에서 신선들이 바둑 두고 있을 때 쌀짝 훔쳤지요. 그때부터 쫓겨서 와 잡혔으면 두 다리 다 부러졌을 거요. 히히힛 달리기 하난 끝내주게 빠르거든요. 바람같이 달리지요. 뒤에서 신선이 구름타고 어? 왜 쳐다봐요? 이상한 눈으로 네?"

"혹시 머리가 안 아파요?"

"먼 소리요? 내 머리가 왜 아파요?"

손가락을 뱅뱅 돌린다. 머리 위를 원을 그리면서

"혹시 이거 아녜요?"

"뭐-뭣 와 아가씨 누굴 미친놈 취급해? 아가씨는 못 마셔 안-돼! 진짜 마셔보지도 않고 누굴?"

"그렇단 말이지 어디 이 할 애비가 한잔 크-후-아 캑!"

"사람 말이 말같이 안 들리는 모양이군. 딱 한잔만 더 드리지 영감 자. 아가씨는 국물도 없어."

뚜껑을 딱 닫았다. 그리고 주섬주섬 배낭에 넣는다.

내 잔의 술을 들고서 눈을 지그 시 감으면서 이렇게 크 후-아!

"이렇게 마시는 겨 허허허"

"영감님 김빠지기 전에 한잔 더 마십시오. 허리가 쭉 펴지게 어서요."

"그려 이거 진짜 명약이다. 자 쭈-욱 커 후-아 캑!"

"이제 일어서 보슈! 자 날 붙잡고 '리-커버리' 슈앙 일어서요. 옳지 벌떡 일어났네. 크 하하하하"

"어 머머머멋!"

30년 전에 부러져서 접혀있던 허리가 쭉 펴져 버렸다. 그것도 아무런 통증도 없이 귀신이 곡할 노릇이다. 장난이 좀 심했나? 아니 약효는 진짜 죽이는 술이다. 그러니 부작용이 있을 리 없다. 영감이 똑바로 서서 허리를 돌려본다. 굽혀도 보고 펴도 보고 아무 이상이 없다. 천금을 주고도 못 고치는 고질병이 났다니 꿈만 같다. 아가씨가 큰절을 올린다. 받으면 안 된다. 돌아 앉아 버렸다.

"소녀가 눈이 어두워 신선님을 몰라 뵈었습니다. 부디 용서해 주시기 바랍니다."

"억 신선? 내가? 사기꾼 될라. 절대 아녀 나 신선 시켜줘도 안 해 내가 아니라 저 산위에 영감들이 캑! 영감님까지."

"왜 이러셔 내가 말했잖아? 나는 술 도둑이야. 신선주 훔쳐온 술 도둑. 아 잡히면 안 되는데. 에라이 잡히기 전에 마셔버려야지."

다시 후아주 단지를 꺼내어서 세잔을 따른다.

"자 아가씨도 한잔해 아랫배 아픈 거 그거 싹 나을 테니 영감님도 한잔 더하쇼. 몸에 있는 모든 병이 싹 다 달아나 버리게요."

아가씨도 술잔을 들고 돌아앉아서 홀짝 마신다. 그리고 '후-아-악!'

소리가 들린다. 보나마나 '맨스 드라코마'(달거리불순 공포증)일 테니 싹 나아 버리지. 인심 쓰는 김에 팍팍 그렇게 빈 통만 남는다. 전기 장어도 세 토막이 날아갔다. 그래도 하룻밤 투숙비로는 싸다. 얼마나 인심 좋은 사람인가? 손녀는 세잔마시고 장어 반 토막 먹고 자기 방으로 갔다. 노인장은 여섯 잔 마시고 드르릉 드르릉 코를 곤다. 나도 자자. 눈뜨니 날이 밝았다. 영감은 계속 코를 골고 아가씨도 보나마나 한 밤중 일 테고, 그래서 부엌에 들어가 장어를 구워서 먹고 짐을 챙겼다. 그리고 자고 있는 노인에게 꾸뻑 인사하고 출발한다. 그리고 200리는 족히 왔을 것이다. 이제는 마을도 없다. 노숙을 준비한다. 요즘 호강한다. 전기장어도 그렇고 후아주는 아직 네 통이나 남아 있다. 모선에는 100통이나 있다. 필요하면 또 가면 준다. 후아주 한통을 꺼내어 몇 모금 마시고 하늘을 보니 온 하늘에 울보 얼굴만 가득하다. 어? 내가 왜이래? 또 술이 오르는가 보다. 울보가 보고 싶은가? 녀석 빨강 머리에 그 예쁜 얼굴 하는 짓 마다 애교가 넘치는 모습이 떠오른다. 녀석이 낳을 아이는 머리칼색이 은색일까? 아님 빨간 색일까? 허허허 그게 궁금해진다. 에이 쓸데없는 잡념이로고.

"R-2 나오라 오버?"

"네 사령관님 R-2입니다."

"이곳 대륙이 마블라이트 대륙이고 내가 처음 착륙한 산이 스크로 산맥의 스크로 산이다. 지금 이곳은 카불 왕국이다. 내가 잡았던 그 뱀은 사왕이라는 몬스터이다. 그것이 다른 몬스터를 잡아먹어 서 몬스터 개체수가 적단다. 그리고 사왕은 눈 위에서만 사는 냉혈몬스터이다. 이상!"

"넵 기록했습니다. 사령관님!"

"그래 이곳 카불 왕국은 몬스터 토벌이 잘되어서 국민들이 안심하고 잘살고 있군. 교신 끝."

"넵 R-2 기록 완료 교신 끝."

이리나 자매가 눈인사를 한다. 꼭 사팔뜨기 같다. 언니는 크고, 동생 이리나 투는 작으니까, 땅에서 올려다보면 꼭 사팔뜨기 눈 두개 같이 보인다. 그래도 너희 둘은 항시 같이 뜨고 같이 다니네. 나도 울보나 볼리아를 데려와야 할까 부다. 울보를 데리고 다니면서 검술을 좀 봐줄까? 아니 그 녀석 마법을 가르치면 잘 할 텐데. 마나 친화력이 아주 좋으니까. 마법을 한번 가르쳐 보자.

"R-2 내가 승선할 일이 생겼다. 내 위치 상공으로 오라!"

"넵 사령관님 3분이면 상공 500m에 도착합니다."

그렇게 해서 괜한 핑계로 그린레인 성으로 향했다. 보고 싶으니깐 핑계거리를 만드는 게야 크크크 성 상공에서 점프해서 울보 방에 안착하니 깊은 잠에 빠져 있다. 아이구 요 귀여운 것. 쪽쪽쪽 눈과 코 입에다가 뽀뽀를 하니 손이 뻗어 와서 목을 감는다. 비몽사몽간에 취하는 자연스런 반응이다.

"옹냐 아빠 헹 보고 싶어요-옹! 헹헹 옹야~!"

잠꼬대가 걸작이다. 녀석! 살그머니 끌어 안아주니 병아리처럼 파고든다. 전기 장어의 위력인가? 벌써 불끈 성질을 부리는 물건이 가죽 바지를 찢을 듯이 솟아오른다. 에라-잇 모르겠다. 울보의 옷을 하나하나 벗기니까 잠이 깼나보다. 눈이 똥그래진다. 그리고 눈물이 주르르 흐른다. 스스로 남은 옷을 벗어버리고는 아빠의 옷을 떨리는 손으로 벗긴다. 막대 같은 남성이 울보의 입속으로 숨어버린다.

헤어 진지 얼마나 되었지? 글-쎄 생각이 안 난다. 그 딴 것이 뭐가 중요해 뜨거운 열풍이 해가 떠오를 때까지 계속된다. 세 번이나 기절을 하고나서야 울보는 잠에 떨어져 버렸다. 건강한 몸에 전기 장어를 주식으로 먹었으니 잘못하면 울보를 죽일 위험성이 있어 조심을 한 것이 세 번이나 까무라쳐 버렸다. 몸에 이상이 생길까봐 마나를 불어 넣어 주면서도 그 짓을 계속 했으니 몸이 상하지는 않았겠지. 울보가 깨어난 것은 저녁 무렵이다. 그것도 쓰담쓰담을 세 시간이나 계속 하면서 마나를 361세맥을 휘돌려 목욕을 시키다시피 했으니, 그 정도에 깨어난 것이다.

"으응? 아빠 저 죽은 것 아니죠?"

"웅! 그래 큰일 날 뻔 했다. 그냥 기절 한거야. 괜찮지?"

"아빠 너무너무 좋았어요. 저 죽어도 좋아요. 헹! 너무 행복해요. 아빠아빠 매일 죽어도 좋아요. 힝 쪽! 쪽-쪽! 따랑해요. 따랑해요!"

"오냐 그래 밥을 먹어야 따랑을 하지. 너 하루종일 굶었다. 일어 나거라 밥 먹고 나랑 여행가자. 밥 많이 먹어야 데려간다. 알았지?"

"으-악! 저도가요? 얏-호! 아빠 따랑해요. 따랑해요! 쪽 쪽 쪽!"

"고생하러 가는 거야. 어서 일어나 밥 먹자."

"넹 잠시 만요." 그렇게 조용한 여행이 씨끄러운 여행으로 변했다.

"랄 라-랄 라라! ♪♩♪ ♪ 나중에 언니한테 자랑 해야 징! 아빠 그래도 되지 용?"

"그런데 너 피곤하고 다리도 아플 텐데 그래도 괜찮겠어?"

"넹 하나도 안 아파요. 기뻐요. 저 날아갈 것 같아요. 헤헤헤"

"도시가 나오면 말이나 두필사서 타고 다녀야겠구나. 우리 울보 고생시키면 안 되지 암."

"아빠 저 고생해도 좋아요. 아빠 옆에만 딱 붙어 있으면 전 행복해 용! 헤헤헤"

“응 그래 그렇게 좋아? 그런데 어머님은 찾았니? 그리고 영주 대리는?”

“넹 어머님 오시는 중이래요. 그리고 영주 대리는 위드 사형이 알아서 한데요. 사형도 백작 이예요. 국왕이 쩔쩔매요. 사형이 그렇게 무서운가 봐요. 왕국의 귀족들이 돌아가면서 인사하러 들려요. 그리고 아참 맞다. 사형이 특수전대를 만들어서 훈련시키고 있어요. 500명으로 만든 건데요. 궁수 창병 그리고 모두 기마전대라 말도 1,000필이나 샀어요. 돈이 많으니까. 병사들 월봉도 올려주니 지원병이 많아요. 지금은 3,000명쯤 되요. 후작 령이니까 만 명까지는 괜찮데요. 아빠! 아빠! 사랑해요.”

“노래를 부르는구나. 너 머리가 빨갱이잖아. 아기는 무슨 색일까? 그게 나는 궁금해”

“아 참! 그러네요. 호호홋! 아마도 중간색? 은색과 빨간색 중간은 무슨 색이죠?”

“하하하 황금색이 되려나? 멋지겠구나. 그렇지?”

“우와! 황금색? 금발? 우와 내아기 금발!”

“그건 그렇고 울보야. 오늘부터 내가 마법을 가르쳐 줄 테니까. 열심히 배우거라. 너는 천사의 축복도 없는데 마나 친화력은 높으니 마법이 너에게 잘 맞을 거야.”

“어머나! 진짜 마법이 있는 거예요? 큰언니 얘기는 들었는데 믿지 못하겠더니 아-! 무라니가 불을 날리는 것은 봤어요.”

“마법은 뛰어난 과학의 산물이지 그래서 과학적 소견이 있어야 이 해 하기가 쉬워지지 자! 우주엔 무한한 에테르가 존재하지 다른 말로는 마나라고 하는데 --- 이러한 원리에 의해서 바람, 물, 불, 흙, 나무 이렇게 원소를 다섯 가지로 구분을 해서 원소를 재배치 -- ."

그렇게 울보가 마법의 세계에 입문하게 되었다. 똑똑하고 현명하니 이해도가 상상 이상이다. 어설픈 과학의 견해를 가진 것 보다 차라리 백지 위에 하나씩 새로 새겨 나가는 것이 터무도 없고 더 빠르다. 마법은 머리와 깨달음의 세계이다 보니, 자연적으로 검법 또한 상승해서 절정에 들어섰다. 마나 친화력이 엄청 좋다보니 기초 마법은 술 술이다. 그러나 복잡한 수식은 약하다. 틈만 나면 땅 바닥에다 수식을 그렸다 지우고 다시 쓰고 연구에 여념이 없다. 완전히 마법에 반해버린 것이다. 뇌의 활성도가 차이가 있다 보니 더디다. 그만큼 노력을 해서 극복하기위해 반 미쳐버린 아이가 되어간다. 대단하다. 천족만이 유일하게 전수 가능하도록 유지를 내렸지만 무라카의 생각은 조금 다르다. 천족이 뭐 사람과 다르냐? 기계로 ＤＮＡ를 추가 또는 변화 시킨 것 밖에는 뭐가 우월한가? 사람은 똑 같다. 능력의 차이가 있을 뿐! 짧은 인생을 살 텐데 약한 자기방어능력을 살아가는 동안은 업그레이드 시켜줘야 하겠기에 시도하는 것이다. 얼마나 열심인가. 요즘은 마법이 아빠보다 좋은 모양이다. 완전 몰두하는 모습이 너무나 아름답다. 귀엽고, 그린레인 후작의 얼굴이 활짝 핀 장미 같다. 아빠 곁에만 있는 것이 그렇게 좋을까? 하루 종일 재잘재잘 거리고 조용할 땐 새로운 마법을 배울 때뿐이다. 그렇게 한 달이 넘는 세월 속에 드디어 제법 큰 도시에 도착했다. 바젤란 대륙에 비하면 문화 자체가 한참 뒤떨어졌고 건물도 목재 건물 일색이다. 이곳이 카불왕국의 수도 카불 시인 것이다. 시민은 30만 정도이고 왕국자체가 질서도 올바르게 서있고 국민들 역시 밝은 모습들이다. 왕이 정치를 아주 잘하는 지혜로운 사람일 것이다. 세금도 현실적인 20% 수준이다. 그나마 농민은 면제된다고 했으니 21C의 지구보다 낮다. 세습제 이긴 해도 이정도면 민주주의에 가깝다. 군사력도 높아서 몬스터들로부터 완전 보호받는 왕국인 것이다. 사람들의 주적인 몬스터로 부터의 안전성을 보장 받는다면 그보다 안전하고 평화로운 국가가 지구에는 있었던가? 기억이 안 난다. 없었던 것 같기도 하다. 테러로부터 얼마나 위험하게 노출되어 있던가? 그놈의 종교전쟁은 언제 끝이 날지 모르는 지구이다. 종교는 무슨 사람이 살아가는데 꼭 필요한 것인가? 아니다. 절대 아니다. 그것으로 무엇을 위로 받는가? 죽음 후의 삶 웃긴다. 죽은 후에 무슨 삶이 있나? 푸 하하하하!! 사기를 쳐도 그렇지 하필이면 그따위 사기를 쳐? 시내를 구경하면서 이것저것 필요한 생필품을 구입해서 말에 싣고는 여행객이 머무는 쉴 곳을 둘러보다가 가장 조용하고 깨끗한 곳에 여장을 풀었다. 쉼터의 이름도 참! '천사의 집'이다. 이곳도 하늘의 사자를 좋아하나 보다. 다른 별에서 무언가를 전달하기 위해서 날라오는 사람을 이르는 말이 천사이다. '하늘나라의 사자'라는 뜻이다. 여기에 있는 나처럼 말이다. 그런데 여기에 이상한 의미를 부여하는 인간들이 많다. 과학의 발달로 비행선을 타고 행선간 여행을 하는데, 사람들을 무슨 종교적 의미를 붙여서는 날개가 있고, 예쁘고, 그리고 이상한 능력도 있는 하늘의 '신'의 심부름꾼으로 착각을 한다. 신(神)으로 생각 말고 신(身)으로 생각을 못할까? 다른 행성에서 사는 사람으로 말이다. 주변에 둘러본 바에 의하면 이 주위가 쉼터가 많이 밀집해 있는 곳이다. 시장도 가깝고 그래서 초입에 들어오다가 마시장이 있어서 말부터 구입한 것이다. 돈은 무지하게 많다. 폰 프린스에도 그린 왕궁에서 받은 보석만 해도 아직 손도 안 되었다. 그리고 레인이 또 가지고 왔다. 여행 간다니까. 고생을 해본 아이라 돈부터 챙긴 것이다. 말을 마부에게 맡기고 새로 산 배낭까지 세 개를 들쳐 메고 안으로 들어오니 1층은 식당 겸 술집이고 2층부터 쉬는 곳이다. 즉 여관인 것이다. 3층에 제일 좋은 방을 배정받아 짐을 풀고 1층으로 내려온다.

"아빠 좀 씻고 다시 밥 먹으러 와요. 지금은 좀 복잡하네요."

"그럴까? 손님 많네, 생각보다 말이야. 울보야 우리 방은 어때? 마음에 들어?"

"네 그 정도면 며칠 쉬는 것은 괜찮은데요. 아빠는 마음에 안 들어요?"

"아 노숙도 늘상 했는데 나야 뭐 그런 것 안 따져 넌 처음 이런 곳에 들어온 것이잖아. 그래서 물어 본거야."

"헤~ 사실 전 잘 모르겠어요. 아빠 따라 온 것일 뿐! 헤헤헤"

"어이구 바보 같애! 그래도 귀엽네 허허허"

"야! 꼬마야 목욕물은 준비 하려면 한참 기다려야지?"

"아 금방 됩니다. 일꾼 3명이 준비하거든요. 최대한 빨리 준비해 드리겠습니다요."

"그래 식사 전에 좀 씻고 먹으려고 자 팁이다. 너 동작도 빠르고 말도 잘하고 하니 팁 줘야지!"

"넵 감사합니다."

꼬마가 손님맞이엔 이골이 난 모양이다. 생글생글 웃으면서 손님 비위도 잘 맞추고 눈치가 무지 빠른 것이 프로에 가깝다. 철전 5냥을 주니 기분이 좋은 모양이다.

"꼬마야 너 누나가 예쁜가 보구나. 쉼터 간판이 천사의 집인걸

보니 말이야."

"아 누나 예쁘죠. 소문날 정도로요. 헤헤"

꼬마의 말대로 10분도 안 걸려서 목욕 준비가 되었다. 나무 목간통 에 물이 찰랑거릴 정도로 채워졌다. 이곳역시 아직 수도 시설은 제 대로 안 되어 있는 것이다. 바젤란 대륙은 획기적인 문화 혁명이 이루어지고 있는데 말이다. 따뜻한 물속에서 울보의 몸을 꼼꼼히 씻겨준다. 꼭 아기를 목욕시키는 기분이다. 녀석도 기분이 좋은지 콧소리를 내면서 즐거워한다. 아빠랑 같이 목간통에 들어오니 옛날 생각이 나는지 얼굴만 자꾸 들여다본다. 아니나 다를까 그 말을 할 줄 알았다. 후후

"아빠 있잖아요. 그때 왜 내어 쫓았는지, 이제는 알 것 같아요. 히힛"

"웅? 언제? 내가 내어 쫓았어?"

"힝 그때 제가 노예시절에 말이에요."

"아-항! 크크크큭! 철없던 아가씨 노예?"

"어머머머 이상하게 웃으시네?"

"응? 내가? 왜 쫓아냈는데?"

"히히힛 말 못해요. 부끄러워서 키킥!"

"어쭈? 먼저 물어놓고는 싱겁기는 큼 어-흠!"

"아빠 고마워요. 그때는 정말 아무것도 몰랐어요. 헤헤"

목욕 중에 바짝 안겨온다. 겨우 달래서 씻기고는 옷을 입고 1층으로 내려왔다. 사람들이 아까보다 더 많다. 저녁이 되어가니 술꾼들이 몰려들고 있나 보다. 빈자리에 앉으니 예쁘다는 이집 딸이 주문을 받으러 온다. 정말 예쁘게 생겼다. 17~18세 정도의 나이인데 소문이 날만도 하다는 생각이 든다. 그런데 머리색이

진녹색이다. 초록색 머리는 처음 보는 터라 신기해서 머리를 쳐다보는데

"저 사사예요. 식사 하실 거죠?"

"그래 어떤 것이 있지?"

"네 여기 채소류 고기류 적혀 있는 것은 다 되요."

"레인아 네가 먹고 싶은 것 시켜라. 한 오 인분 시켜! 술은 필요 없고."

"네 아빠! 이거랑 이거, 이거 술잔은 주세요. 아가씨! 우리는 술은 이렇게 가지고 다녀요. 히히힛"

"네 잠깐만 기다리세요. 곧 됩니다."

상냥하고 친절하다. 아가씨가 예쁘니까. 손님이 더 많은가 보다. 둘러보니 벌써 빈자리가 없다. 한쪽에는 기사들로 보이는 복장을 한 무리도 보인다. 아직은 초저녁이라 술손님은 별로 눈에 띄지 않는다. 식사가 나오기 전에 레인이랑 후아주를 몇 잔 마시면서 기다리고 있는데 기사복장의 한 젊은이가 다가와서는 꾸뻑 인사를 하면서 말을 건다.

"저 실례지만 한 가지 궁금한 것이 있어서요. 그 술말입니다. 무슨 술인지 향기가 대단하네요. 알려 주실 수 있는지요?"

"허허 저 자리까지 향기가 납니까? 험험 신선주라는 건데요. 고산의 귀한 약초와 과일로 담은 술이지요. 아주 귀한 술이지요. 인간 세상에는 없는 술이지요. 한잔 드릴까요? 자 한잔만 드리지요. 마셔 봐요."

"어이구 감사합니다. 무지 귀한 것인 모양인데- 컥! 후-아 캑! 무지 독하네요. 목구멍에 불이 난 것 같습니다. 아 맛이 특이합니다. 감사합니다. 꾸뻑!"

한잔 마시고 비틀거리면서 자기 자리로 돌아간다. 그리고 동료들에 게 신이 나서 자랑하는 소리가 온 식당에 다 들릴 정도로 떠든다. 식사 오인 분을 말끔히 해치우고 일어서는데 누가 앞에 와서 막아선다.

"저 실례합니다. 혹시 그 술 팔지 않겠습니까?"

"파는 술이 아닙니다. 허허허"

"저 돈은 달라는 대로 드릴 테니 저에게 파시죠. 저의 아버님이 노환이신지 요즈음 통 기운을 못 차리시고 해서요. 저 친구 한잔 마시고 배 아파 하던 친구가 금방 팔팔해지는 것 보니까 진짜 신선주인 것 같은데 제발 부탁드립니다. 저의 아버님은 이 왕국에서중요한 일을 하시는 분이라서 사실 제가요즘 걱정이 많습니다. 아버지 건강이 나빠지면 여러 가지 문제가 발생 하거든요. 이렇게 부탁드립니다."

녀석이 효자인가보다. 털석 무릎을 꿇는다. 기사가 함부로 무릎을 꿇지 않는다. 그리고 공손하고 예의도 바른 것이 귀족의 자제인 모양이다.

"아! 그래요? 허허 효자시군요. 좋아요 이거 그냥 드릴 테니, 가져 가셔서 아버님 드리세요. 자요."

"네? 이 귀한 것을 돈도 받지 않고 그냥요?"

"그래요. 원래 파는 술이 아닙니다. 효자의 마음을 이해했으니 그냥 드리는 겁니다. 자-받아요."

"어 어 어 이래도 되는지 모르겠네? 이 귀한 것을 감사합니다. 감사합니다. 꾸뻑!"

술통을 받아든 녀석이 인사를 하더니 손살 같이 달려 나간다. 급했던 모양이다. 아마도 말은 저렇게 해도 상당히 위급한 모양이다. 그녀석이 달려 나가자 같이 앉아 있던 녀석들이 모두 달려 간다.

모두 호위기사 들인 것이다. 쳐다보니 식탁위엔 금자 한 냥이 놓여 있다. 식사비로는 좀 과한 돈이다.

방으로 올라와서 빵빵해진 배를 두드리며 레인을 끌어당겨서 무릎 위에 앉히고 가슴부터 온 몸을 쓰담쓰담 해준다. 이 아이가 가장 좋아하는 것이 마나 목욕이다. 아니 두 번째로 좋아 하는 것인가? 빙글 돌아앉으며 키스세례를 퍼붓는다.

"흡 울보-야! 있다가 하자."

"키키킥 싫어용. 배도 부른데 엥 저 계속 만져줘요. 그기 더요. 좋아요."

손만 대면 이 모양이다. 허허허

레인이 늦잠을 자는 통에 아주 늦게 일어나서 모처럼 머리와 수염도 정리하고 레인의 머리도 곱게 땋아서 묶어주고 늦은 아침을 먹으려고 1층엘 내려오니 식당 안에 웬 기사들이 꽉 차있다. 그리고 우리가 내려가자 모두 벌떡 일어난다. 터벅터벅 앞으로 나온 녀석이 한쪽 무릎을 꿇으며 기사의 예를 취한다.

"어제 은혜를 입은 그레이스 카불입니다. 은인의 은혜에 보답하려 기다리고 있었습니다. 아버님께서 뵙고 싶어 하시는데 제가 모시겠습니다. 바쁘시지 않으시다면 저의 청을 들어주시면 영광이겠습니다." 그리고 고개를 숙여 인사한다.

"어허 그리고 보니 어제 그 기사로군. 그래 그러도록 하지 잠깐 기다려 주시게 우리 행장을 가지고 내려 올 테니."

"넵 그렇게 하십시오. 천천히 하셔도 됩니다. 기다리겠습니다."

알고 보니 왕자인 모양이다. 그레이스 카불이면 이 왕국의 이름과 같지 않은가? 국왕이 병상에 있었던 모양이다. 방에서 짐을 꾸려서 내려오니 기사들이 밖에서 호위 대형으로 기다리고 있다. 쉼터소년이 우리말을 끌고 와서는 말고삐를 내어 민다. 녀석의 머리를 쓰다듬어 주고는 말에 올랐다. 그레이스 카불은 가까이 다가와 말을 몰면서 정말 고마워하는 눈치다. 그렇게 본의 아니게 왕궁에 들어왔다. 국왕을 대면해보니 왜소하고 늙은 노인이다. 수척한 얼굴에 병색이 완연하다. 눈이 지혜로움으로 가득한 늙은 왕인 것이다.

"짐이 은인을 이렇게 보게 되는 영광을 누리는 구료."

"전하 저는 제 아이와 대륙을 돌아보는 여행자 무라카라 합니다. 그리고 이 아이는 레인이라 하지요. 정말 효심이 많은 왕자를 두셔서 부럽습니다. 제가 영광입니다. 허허허"

"짐이 건강이 좋지 못해서 일어나서 맞이해야 예이거늘 그러지 못 하는 점 양해해주시길 바랍니다. 콜록콜록 어서 이쪽으로 앉으시지요. 두 분 다 아직 젊으시고 건강하시니 보기 좋습니다. 그려"

"네 전하 그래서 가보지 못한 곳을 다니면서 여행을 즐기고 있지요. 카불 왕국은 백성들이 모두 밝고 행복한 삶을 살더군요. 그것이 모두 지혜로우신 국왕의 밝은 정치 때문이지요. 허허"

"백성들이 행복해 한다니 다행이로군요. 시찰을 다닌 지가 오래 되었는데, 국왕이 이렇게 병약하니 걱정이로소이다. 왕국 구석구석을 다니면서 살펴야 하거늘 몸이 허락을 않는 구료. 젊었을 땐 나름 열심히 살았는데 커-흠! 그래서 왕자를 대신 보내고는 있지만 요즈음은 통 아비 곁을 떠나려 하지 않으니 허허허"

"효심이 지극해서 그런 게지요. 정말 왕자님은 성군의 재목입니다. 군사부 일체(君師父一體)라 하여 왕을 향한 충성심, 스승을 향한 존경심, 어버이를 향한 효성심! 이것이 같은 마음으로 일체가 되었을 때 그 왕국은 탄탄해지며 스스로 울어난 충성심으로 인해서 그 어떤 강적이라도 분쇄하는 초석이 되지요. 그것을 왕자님이 몸소 모범이 되어 행함을 보여주시니 많은 기사들이 보고 배우게 되며, 병사들도 또한 배워 따르게 되니 이것이 다른 왕국에는 없는 큰 정신이 되어 기사도 정신 위에 굳건히 서게 되지요. 모든 백성들도 귀감이 되는 왕자님의 효심을 배우게 되어 부국강병의 왕국이 되는 것입니다. 세상의 그 어떤 법보다 더 뛰어난 것이 바로 이것 입니다. 흠!"

"오-호 정말 신선이시 구료. 훌륭한 가르침 명심 하겠습니다. 그레이스야 신선님의 가르침 기록해서 자손 대대로 이어지게 하거라. 이 자리에 있는 모든 사람들 마찬가지이고. 흠흠 신선님께 은혜 갚음을 하고 싶은데 원하는 것이 있으시면 말씀해주세요."

"하하하 원하는 것은 아무것도 없습니다. 다만 이 대륙의 모든 왕국이 카불 왕국을 본받아서 백성들이 행복해지는걸 보고 싶군요. 허허허허"

"오! 역시 그러지 마시고 여행 하시는 동안 필요한 것들 많으실 텐데 그레이스야 네가 알아서 잘 챙겨 드려라. 그리고 원하시는 만큼 별궁에서 쉬어 가시도록. 콜록콜록!"

"잠깐 제가 전하의 몸을 좀 살펴봐도 되겠습니까?"

"네 그러세요. 어제 까지만 해도 정신이 오락가락 했답니다. 허허"

손목을 잡고 기를 불어넣어 쭉 살펴보니, 폐도 그렇고 간도 다 굳어있다. 이미 어떻게 손을 쓸 수 있는 그런 단계를 훨씬 지났다. 그대로 당분간 견디다가 가는 수밖에 없는 상태인 것이다.

"너무 오래된 노환이라서 달리 방법이 없군요. 제가 신선주를 더 드릴 테니 하루에 두 잔씩만 드시도록 하세요."

"그 귀한 것을 감사히 받도록 하지요."

세통의 후아주를 모두 내어 준다. 왕자가 떨리는 손으로 받아 들면서 고개를 수도 없이 숙여 절을 한다. 그리고 별궁에서 이틀을 쉬고 다시 여행길에 올랐다. 국왕의 옥쇄가 찍힌 황금 패를 받아서 레인의 목에다가 걸어주고 여러 가지 물품이 든 큰 배낭 두개는 백마의 등에 묶여 있다. 말도 두필을 선물로 받은 것이다. 이곳도 명마가 있는 것이다. 키도 크고 쭉 뻗은 다리가 한눈에 봐도 뛰어난 혈통임을 알아보겠다. 영리해서 타고 있는 사람을 배려할 줄도 아는 혈통인 것이다. 요즈음 레인은 마법에 흠뻑 빠져서는 허투루 시간을 낭비하지 않는다. 그렇게 조잘대던 것도 이제는 질문하는데 쓴다. 진심으로 좋아하는 것이다. 신비한 세계이고 또 생각을 많이 해야 하는 것이다 보니 복잡한 수식을 수도 없이 반복해서 아예 외워버리는 방법을 사용한다. 이해를 하려니 머리가 안 따라주니 암기하는 것도 결코 나쁘지 않다. 중급에 대한 설명은 아예 이해할 수 없을 만큼 난이도가 높으니까. 외우는 방법을 택한 것이다. 외운다고 되는 것이 아닌데 말이다. 누구에게도 전수할 수 없고 또 목숨이 위태로울 때만 사용한다. 남의 눈에 띄지 않게 말이다. 그 맹세를 하게 하여 중급 마법을 가르친다. 여행이 얼마나 길어지든지 레인에게는 마냥 즐겁고 행복하다. 따개비 레인은 아빠와 함께라면 모든 것이 행복이다. 그렇게 바블라이트 대륙의 여행은 계속된다.

한편 그린레인 성의 '그린위드' 백작은 성주대리로서 바쁜 나날을 보내고 있다. 3,000명의 특전대 훈련도 그렇고, 나날이 늘어만 가는 병사들 훈련도 신경을 써야 한다. 기사급 이상인 특전대 병사들을 키우기 위해서 사부님에게 배운 특수 체력 강화를 위한 훈련은 그 기초가 모두 ＰＴ체조에 있으니 체력을 업 시키는 데는 그만이다. 또 기본 검술을 위시해서 궁술 창술 등도 사부님의 독문 무공과는 형식을 달리하지만 나름 새롭게 창안을 해서 간단히 각기 28개 동작들로 구성을 한 검술 창술을 만들고 가르친다. 천무검법 128수의 일 부분인 것이다. 또 호흡법도 들숨과 날숨의 묘리를 살려서 단체 검술훈련 시간에는 각기 동작마다 적용토록 하고 있다.

호흡을 병행해서 검술을 펼치는 것이다. 특전대의 검술은 날로 발전한다. 열심히 하는 병사들은 자연히 마나가 생기게 된다. 일종의 동공인 셈이다. 위드 자신도 못 느끼고 있지만 말이다. 병사들은 스스로 높아지는 검술에 매료되어 마스터의 가르침에 모두 진심으로 충성하며 따른다. 이런 것은 보람도 있고 좋은 일인 반면에 골치 아픈 일이 수도 없이 많다. 그 첫째가 귀족들이 딸들을 데리고 무한정 찾아든다. 말릴 방법도 없고 정당한 구실도 없다. 다크 호수 관광차 왔다는데 내어 쫓지도 못한다. 지금 현재 5명이 아예 레인 성에 눌러 앉으려는지 죽치고 있다. 그 중에는 제국의 공작 손녀도 있다. 죽어나는 건 두 시녀 들이다. 이 뻔뻔한 귀족의 딸들은 시녀를 아예 자신들의 시녀로 착각하는지 막무가내 식이다. 그러니 둘이서 5명의 심부름을 다 하려니 쉬할 시간도 없다. 또 위드 백작 심부름도 해야 하니 말이다. 항상 뛰어 다녀야 할 정도이니 죽을 맛이다. 오늘도 특전대 훈련 지도를 하고 성주집무실로 들어오니 아가씨들이 언제 봤는지 우루루 따라 들어온다. 그러거나 말거나 이제는 면역이 되어서 위드도 신경을 꺼 버렸다. 쳐다보지도 않는다. 자기 할 일만 한다.

"위드 백작님! 훈련시키시는 거 너무 멋져요. 백작님 대련하시는 것은 볼 수 없나요? 진짜 보고 싶은데."

"-------"

이젠 귀찮아서 대답도 없다. 결재 서류만 죽 훑어보고는 잘 정리해서 책상 위에 올려놓고 일어선다. 개인 수련 시간인 것이다. 밖으로 나오니 쪼르르 따라온다.

"저 죄송하지만 이제부터는 따라 오시면 안 됩니다. 아가씨들."

"왜요? 백작님 옆에 조용히 있을게요."

"그래도 안 됩니다. 따라오지 마세요."

그리고는 경공을 사용해 순식간에 하나의 점이되어 사라져 버린다.

"우와! 빠르다. 사람이 어떻게 저렇게 빠를 수 있지?"

"소드 마스터니까 그렇지요."

"우리 할아버지 소드 마스터라도 저렇게 안 빨라!"

"그럼 그 뭐야? 그랜드 마스터라서 그런 건가?"

"뭐? 나이20에 그랜드 마스터? 피 그건 아닐 거야 힝! 혼자 달아나 버렸잖아. 저분은 목석이야 뭐야 눈길도 안주네."

"그러게 말이야 우리가 안 예뻐서 그런 건가?"

"누가 그래 내가 안 예쁘면 세상 여자들 다 돼지 게?"

"호호호호 트와키콘 아가씨는 자신이 제일 예쁜 줄 아시나 보네?"

"아닌가? 누가 나보다 더 예쁜지 나와 봐 씨!"

"호 호호-홋" "키 키 키-킥" "깔 깔 깔깔" 야단법석이다. 셋만 모여도 접시가 깨지는데 다섯이나 모였으니, 두말하면 잔소리다. 그리고 드디어 여섯 번째 귀족마차가 등장한다. 화려한 사두마차가 정문 앞에 멈춘다. 또 누가 오는 걸까? 마차의 깃발이 그린 왕국의 깃발이다. 왕국에서 온 공주? 모두들 눈이 정문으로 향한다. 이글, 이글 타오르면서 말이다. 위드는 수련도 마음대로 못하는 신세가 된 것이다. 영주성에서 꽤 먼 곳에 언덕이 하나 있는데 수풀도 우거지고 나무도 꽤 있는 낮은 산이다. 2~3백고지 정도이니 언덕이라고 하는 것이 정답이다. 요즈음은 이곳이 위드의 비밀 수련장소이다. 사부님의 도움으로 하나의 산을 넘은 후로 지금은 마나의 양도 엄청나게 늘어났지만 마나로드도 고속도로처럼 넓어졌다. 그래서 요즈음은 칼이 아닌 강기를 다루는 수련에 매달리고 있다. 하지만 마음먹은 데로 되지를 않으니 속이 타는 것이다. 누님도 사부님 따라 여행 중이고 지금 같은 기회가 자주 없을 텐데 말이다. 그것도 모르고 가시나들이 집적거리고 있으니 눈길도 안주는 것이다. 오히려 방해만 되고 시녀들이 애쓰는 것 보면 화도 나고 저것들을 쫓아 보내야 하는데 방법이 없으니 신경 쓰이는 것이다. 잡념이 생기고 집중력이 떨어지고 싹 죽여 버리고 싶은 마음이 가끔씩 일어나고 에잇 썅! 일단은 충분한 마나부터 집적시키자 그리고 처음부터 하나 하나 돌아보면서 다지자. 가부좌로 앉아서 천조심법을 대주천하고 일어서니 벌써 해가 지고 있다. 경공으로 성에 돌아오니 색다른 마차가 보인다. 기사단장이 달려와서 보고를 한다. 왕국에서 공주가 왔단다. 13세의 그린레이스 공주가 혼자 왔단다. 꼬마가 무슨 일로? 영주 집무실로 들어가니 조그만 소녀가 앉아 있다가 발딱 일어서서 빤히 쳐다본다. 머리색이 누님처럼 빨간 색이다. 눈은 파랗다. 커다란 두 눈이 얼굴의 반을 차지한다.

"오빠가 그린 위드 백작이야?" 대뜸 반말이다. 쬐끄만 한 게 말이다.

"응 그런데? 넌 누군데 여기 온 거야?"

"응 나? 그린레이스야. 심심해서 놀러 온 거야. 사람들이 어-오빠 얘기를 하도 많이 해서 도대체 어떻게 생겼는지 궁금해서 왔어. 그런데 보니까 잘생긴 오빠네. 사람들은 무슨 괴물처럼 얘기하더만"

"뭐? 괴물? 누가 그러데? 무슨 얘기를 했는데?"

"응 오빠 소드 마스터라면서? 소드 마스터도 괴물인데 오빠는 그런 소드 마스터를 10명도 이긴다면서? 정말이야?"

"하하 아니야 그런 게 아니고 그냥 소드 마스터 보단 조금 세다."

"우와 대단하네. 오빠지금 몇 살인데?"

"응 한달 있음 20살이야. 너는 몇 살이야? 그린레이스라고 했지?"

"응 난 13살이야. 헤헤 나 더 크면 오빠한테 시집 올 거야 그래도 돼?"

"어이구 조그만 한 게 너 시집온다는 것이 무슨 말인지나 알아?"

"응 알아 언니도 시집갔는데 17살에 저기 다른 왕국으로 갔어. 난 먼 곳으로는 시집 안 갈 거야. 아빠 엄마 보고 싶으면 가까이 있어야 금방 달려가서 보지 그렇지? 오빠?"

"그래 맞아 가까이 있는 게 좋지 멀리가면 외롭지!"

"응 그래서 여기 가까운 오빠한테 시집 올 거야. 대답해줘 오빠! 응?"

"응 알았어. 빨리 밥 많이 먹고 빨리 커야지. 알았어?"

"응 알았어. 빨리 클께. 그때까지 기다려 줄 거지 응 오빠?"

"알았다 그린레이스 이리 와봐. 너 참 귀엽다. '쓰담쓰담' 해줄게."

그린 레이스를 무릎 위에 올려놓고 쓰담쓰담을 해준다. 그러니까 제 딴에는 기다리느라 피곤했던지 꾸뻑꾸뻑 졸다가 위드 품에 안겨서 잠이 들어 버렸다. 참 귀여운 아이다. 예쁘기도 하고 그래서 조용히 안고 쓰담쓰담을 계속 해준다. 사부님도 이렇게 하시는 걸 본적이 한 두 번이 아니니 그 사부에 그 제자다. 아이가 깨지 않도록 계속 쓰담쓰담이다. 문 밖에는 다섯 명의 아가씨들이 지금 눈물을 머금고 돌아서고 있다. 자신들한테는 눈도 안 맞추던 사람이 꼬맹이는 보자마자 안고 쓰다듬고 있으니 산통 다 깨진 것이다. 더 있어 봤자 웃어 운 꼴만 당하게 생겼으니, 모두 각자의 방으로 가서 짐을 챙기고 떠날 준비를 하고는 바로 떠난다. 가장 좋아하는 사람은 두 시녀다 어휴 저 말괄량이들 메롱이다. 메롱! 저녁이 되고 밤이 깊어지는데 아이는 깨어날 생각을 안 한다. 위드의 품이 그렇게 편안한지 방긋방긋 웃으면서 잔다. 하는 수없이 안고 일어나 자신의 방으로 향한다. 시녀가 멈칫멈칫 따라온다. 위드가 눈짓으로 문을 열라하자 소리 나지 않게 방문을 열어준다. 조용히 아이를 침대 위에 눕히고 이불을 덮어주고 나온다. 시녀가 그걸 보고는 웃어 운 모양이다. 눈 꼬리가 반달 모양으로 휘어지는 것이.

"제 저녁은 먹었나?"

"아뇨 백작님! 왕국에서 먹고 왔는지 모르지만."

"자다가 깨면 배고플 텐데 과자랑 물이랑 가져다가 옆에 놓아줘."

"네 공주님 귀엽죠?"

"응 저런 애 처음 봐! 대뜸 오빠라면서 나한테 크면 시집온단다. 웃겨서 하마터면 웃을 뻔 했다. 키킥!"

"그래서요? 뭐라고 하셨는데요?"

"밥 많이 먹고 빨리 커서 시집오라고 했지 뭐 안 그러면 울

것 같아서 그랬지. 아주 좋아서 재잘대다가 잠들었어."

"에게게? 그럼 허락 하신 거잖아요. 그건 약속이예요. 약속! 아이고 큰일 났어요. 귀족은 한번 약속하심 변경 불가예요!"

"뭐? 그런 것도 있어? 아이코 이거 어? 내참! 완전 꼬맹이 여우한테 당했네. 와! 꼬마 여우가 무섭네 캑!"

"오-호호호홋! 소문내야지 백작님 꼬맹이 여우한테 코 팍 꿰었다고 호호호호!"

그 나물에 그 밥이다. 사부나 제자나 한 솥밥인 모양이다. 귀족들이 물러간 것은 좋은데, 꼬마 공주한테 덥석 잡혀버린 위드의 소문은 금방 그린 왕국의 왕실까지 하루 만에 퍼져 나갔다. 이튿날 그 소식을 들은 국왕이 배꼽을 잡고 뒹굴었단다. 그린레이스가 졸라댈 때는 무조건 안 된다고 반대했던 왕이 13살짜리 말썽꾸러기 꼬마 공주가 하루도 아니고 반나절 만에 결혼 약속을 받아냈으니 얼마나 기쁜지 춤이라도 추고 싶은 심정이다. 그것과는 정 반대의 사람들도 있다. 미녀 딸을 믿고 있던 귀족들이 그렇고 제국의 트와키콘 같은 사람이 그렇다. 한편 위드의 방에서 자고 일어난 공주는 오빠가 안보이자 훌쩍거리며 운다. 배도 고프고 씻겨줄 시녀도 없고 그리고 응가도 해야 하고 쉬도 해야 하는데.

"으-앙! 오빠! 어디 갔어? 으-앙 흑흑흑!"

울음소리에 깜짝 놀란 위드가 옆방에 있다가 달려온다.

"어? 일어났어? 그런데 왜 우는 거야?"

"으-앙! 오빠 어디 갔었어? 자고 나니 나 혼자 뿐이잖아 무섭잖아. 잉잉 밤새 나 혼자 잔거야?"

"그래 오빠가 옆방에서 잤지 뭐가 무서워? 이리 온"

"옆방에 있는 거 하고 옆에 있는 거 하고 뭐가 더 무서운데?"

"옆에 있으라고?" '끄떡끄떡'이거 완전 응석받이다.

"알았어. 배 안고파?"

"배고파! 오빠 여기 있어 나 응가하고 씻고 올게. 어디 가지마. 알았지?"

"어-그래 어서 하고 와 저기 화장실 있지? 그 안에 목욕탕 있고."

조금 있자 화장실 안에서 부른다.

"오빠! 오빠! 이리 와-봐! 나 옷 다 젖었어 이런 거 처음해보니 잘 안 된다. 헤헤"

"어이쿠 이 바보 옷을 벗고 씻어야지 너 한 번도 혼자 안 씻어 봤어?"

"응 시녀가 다해주는데 난 가만이 있으면 다 헤 주거든. 히히"

"아이고 이제부터는 네가 직접 다 하는 연습해 알았지? 그래야 오빠가 너 귀여워하지. 13살짜리가 그런 것도 못하면 안 되지."

"알았어요. 오빠 오늘부터 연습할게. 밥도 많이많이 먹고 응가도 혼자하고 세수도 혼자하고, 머리 빗질도 내가할게. 그 대신 오빠가 귀여워 해줘. 응 헤헤헤"

"그래 그래야지 착하지 어이구 예쁜 것!"

"헤헤헤 오빠 나 이뻐?"

"응 예쁘고 귀여워 자 밥 먹으러 가자!"

"넵 가요. 오빠 레이스랑 손잡고요. 헤헤"

그날부터 레이스 공주는 그린레인 영지에서 위드 백작과 동거 생활이 시작되었다. 잠도 같이 자고 밥도 같이 먹고 단지 위드의 수련 시간만 떨어져 있고, 그 나머지 시간은 따개비처럼 찰싹 붙어있다. 그 소문은 대륙 전체로 퍼져 나갔다.

왕비가 시녀 둘을 데리고 찾아왔다가 공주한테 쫓겨 갔단다. 시녀도 필요 없고 자기가 다 알아서 한단다. 그래야 오빠가 좋아하고 그리고 엄마 아빠보다 오빠가 훨씬 좋단다. 죽을 때까지 오빠랑 딱 붙어서 안 떨어지겠단다. 왕비가 얼마나 섭섭했으면 울면서 돌아갔단다. 그리고 공주 레이스는 자기도 검술을 배우겠다고 떼를 써서 그 지독한 체력단련부터 시작해서 하루도 안 빠지고 열심히 위드에게 검술을 배우기 시작한다. 어린애 마냥 어리광만 부릴 줄 알았는데 그것도 아닌 모양이다. 그 무서운 마스터의 체력단련은 아무리 공주라도 봐주는 법이 없다. 그런데도 그것을 견디고 검술을 배우고 있으니 불가사의한 일이다. 왕국에 그 소문이 들어가자 국왕까지 걱정이 되는지 날마다 작은 딸의 근황을 보고하라고 닦달이다. 그러거나 말거나 그린 위드는 오늘도 공주에게 직접 천무검법 128 수를 지도하고 있다. 뜨거운 태양아래서 땀을 삐질삐질 흘리면서도 마냥 좋은 레이스는 쉬지도 않고 한 수 한수 익히고 있다. 그게 얼마나 귀여운지 위드도 푹 빠져서는 열심히 가르친다. 사부님께 배운 천조심법도 전수해 주고, 그렇게 훌륭한 오빠와 동생은 저녁 심법을 마치고 샤워를 하고 식당에 마주앉아 식사를 한다. 오늘도 왕궁기사 한명이 스파이처럼 그 모습을 살피고 있다. 국왕에게 보고 하기 위해서다. 한마디로 죽을 맛인 기사이다. 식사가 끝나는 것을 보고 바로 말을 타고 달려서 왕궁에 가야 하는 것이다. 국왕께 본 대로 들은 대로 하나도 안 빠지고 보고를 해야 하루가 끝이 나는 것이다. 매일 반복되는 일과인 것이다. 레이스는 배가 부른데도 더 먹어야 한다. 필사적으로 그래야 오빠가 좋아하고 밤에 잘 때 쓰담쓰담도 많이 해주니까. 그것이 얼마나 좋은지 아무도 모를 거야.

쓰담쓰담을 하면 금방 잠이 든다. 그리고 자고나면 온몸이 깨운하다. 이제는 샤워도 혼자 잘하고 머리도 혼자 다 손질 할 줄 안다. 그리고 그거(맨스)있을 때는 시녀한테 가서 서답을 얻어 와서 오빠가 눈치 채지 못하게 서답을 몰래 찬다. 처음엔 그것도 잘못 했지만 이제는 잘한다. 눈에 안 띄게 싹 숨겨서 처리 할 줄도 안다. 꼬마 소녀가 그렇게 성장해 가고 있는 것이다.

한편 켈리포 상단에서는 일이 밀려 야단이다. 특히 행정업무가 계속 밀린다. 부회장이 없어서 그런 것이다. 여우가 우주에서 무투를 키우느라 자주 자리를 비우는 것이다. 무투는 무라니와 달리 남자 아이라서 말썽이 이만저만이 아니다. 무슨 탐구심이 그렇게 뛰어 난지 날마다 한건 이상씩 사고를 친다. 그것도 마법으로 말이다. 그래서 여우와 볼리아가 꼭 붙어 있어야 한다. 단 한 순간 한눈을 판 사이에 로보 몰리아스를 분해 해버렸다. 그것도 어떻게 몰리아스를 꼬셨는지 R-1, 3, 4의 연계 연락망을 차단하고 완벽한 여자의 몸인 몰리아스를 완전 분해를 해놓고 재결합을 못해서 결국 큰 엄마에게 들켜서 혼 줄이 났다. 정비 독크에 완전히 목, 몸통 내부 팔과 다리가 여기저기 흩어져 고통에 울먹이는 몰리아스를 겨우 재조립해서 다시 완성된 로보 몰리아스는 오랫동안 무투를 따라 다니면서 괴롭히는지 볼리아와 여우는 달래느라 시달려야 했다. 당분간은 조용한가 했더니, 이번에는 아예 셔틀 라오미를 탑승해서 R-3를 분해하려다가 모선 전체에 비상이 발령되면서 딱 걸렸다. 현행범으로 딱 현장에서 체포 되어서 발뺌도 못하고 3일간 천사의 품안에서 꼼짝도 못하고 갇혀 지내는 벌을 받았다. 그리고 나온 무투를 R-1을 시켜서 컴퓨터에 대한 모든 지식을 기초부터 가르치라는 명령을 했다. 무투는 신이 났다. 누구에게 질문해도 대답을 회피하던 궁금증을 이젠 낱낱이 알게 되었으니 말이다. 그러나 그것이 그렇게 간단한 것일까? 최소한 100년은 배워야 할 폭넓은 지식을 한 살도 안 된 꼬맹이가 이해를 다 하자면 100년 후에나 얼굴을 볼수 있으려나? 어쨌든 컴퓨터의 원리와 우주선의 원리까지 궁금하면 못 참는 무투를 위해서 교육은 시작되었다. 매일 생리적 해결 사항만 해결되면 헬멧을 쓰고 교육을 하는 것이다. 무투야! 100년 뒤에나 보자! 안녕! 히히히힛 누나 말 안 듣고 지 멋대로 한걸 후회할걸?

한편 바블라이트 대륙을 여행하고 있는 아빠와 작은 엄마는 눈처럼 흰 백마를 타고서 동쪽으로, 동쪽으로 나아간다. 즉 해가 뜨는 동쪽을 향해서만 가는 여행인 것이다. 카불 국왕이 얼마나 꼼꼼히 챙겨 줬는지 천막 2인용 한 동, 접이식 침대 하나, 이불, 음식류, 금화 천냥에 보석은 몇 만냥은 되겠다. 이거 뭐 한 살림을 말 두 마리 등에 싣고 다니는 격이다. 참 정이 가는 친구이다. 왕자라는 친구 말이다. 언제 다시 만나면 한수 가르침을 내려 줘야할 것이다. 넓고 잔잔한 강이 앞을 가로 막을 듯이 흐르는 지점에 도착한 두 마리의 백마는 강변에 모래가 밀려서 만들어진 언덕위에서 노숙 자리를 정한다. 앞은 물이요 뒤는 언덕이니 경치도 좋고, 시야가 확 터여서 마음이 우선 여유로워져서 좋다. 천막을 내려서 설치해보니 조립식 목재 천막으로는 정말 섬세하게 잘 만들었다. 기둥도 꽂아서 연결하는 방법인데, 높낮이를 조절 할 수 있게 만들었다. 침대도 비슷한 방법인데 그래서 말 등에 실을 수 있었나 보다. 실용성이 뛰어나다. 누가 만든 것인지 감탄사가 절로 나온다. 천은 가죽으로 되어 있다. 이행성에서 가장 널리 사용되는 재료가 가죽이다. 몬스터 가죽들이 많으니까. 사왕의 가죽은 그 희귀성 때문에 가격이 없고 부르는 게 가격이다. 아직 사람이 사왕의 가죽을 개인 소장한 이는 없다. 잡은 유래가 없으니까. 그런데 모선에 한 마리 있다. 그것도 청보라 색의 천년을 넘게 산 놈이다. 천막의 천은 초식 동물의 가죽으로 기름을 먹여서 물이 새지 않도록 만든 것이다. 어디에서나 뛰어난 장인은 있기 마련이다. 이런 것을 보면 말이다. 배도 이런 식으로 만들면 아주 가볍고 날렵하게 움직일 수 있도록 만들 수 있을 것이다. 침대도 튼튼하다. 둘이서 아무리 굴리고 몸부림 쳐도 끄떡없다. 각설하고 오늘은 뭔가 특별식을 먹어보기로 마음먹고 강을 바라본다. 역시 강 속의 어류가 우리아기 자라는데 좋은 영양소가 되겠지. 강은 엄청난 위험지역이다. 그래도 방법은 있다. 강기막이 해결책이다. 따개비를 잠시 혼자 두고 강기막을 두르고 잠수해본다. 잔뜩 긴장을 하고서 말이다. 그런데 무엇 하나 보이는 것이 없다. 기감을 펼치니 사방이 생명체인데 눈에는 움직이는 놈이 하나도 없다. 모두 기척을 감추고 숨어있는 것이다. 기가 막힌 둔형술이다. 그래서 휘 둘러 다니다가 다시 밖으로 나오면서 발을 잠깐 바위에 올려놓는데 바위가 생김새가 묘하다. 가만히 물속에 잠기면서 관찰해보는데 바위의 중심 부분이 쩍 벌어지면서 조개 속살이 환하게 보인다. 바위인줄 알았던 것이 조개라니! 조개의 뿌리부분을 찾아서 더 깊이 잠수해 내려가 본다. 5m가 넘는 놈이다. 광선검으로 파헤쳐서 들고 강가로 올라오니 울보가 달려온다. 이정도면 100명이 먹어도 될 양이다.

"어이 강에서 30m는 떨어져야해. 그기에 있어."
"아빠! 그게 뭐예요? 엄청나게 크네요."
"응 조개야. 오늘 조개구이 먹자고. 허허허"
"조개? 처음보네! 껍질 이예요? 바위 같은데?"
"아니 조개를 몰라? 아-항 강가에 아예 못 가게 하니깐 모르는가 보구나! 이것이 맛이 아주 좋거든 내가 요리 해줄게 천막 쪽으로 가! 위험해! 놈들이 언제 공격할지 몰라."
"앗! 아빠 뒤--!"
번쩍 쓱 싹! 문어 다리가 검에 잘려서 모래위에 떨어져 꿈틀댄다.
"키액 꾸액 끼-이-액! 첨벙~~!!"
"봤지? 순간적으로 공격해. 클-로 같이 생긴 놈이야. 저런 놈이 물속엔 수두룩해. 먹물 뿜어놓고 도망치는 거 봐! 휴 가자 저 다리도 구우면 맛좋아."
잘린 다리가 조개에 붙어서 까르륵 까르륵 소리가 난다. 조개껍질을 부수려고 빨판이 갉는 소리다.
"히히히힛 아빠도 무서워하는 게 있네요. 전 무적 이신 줄 알았는데. 키키킥 히히히히힛 깔깔깔깔"
"뭐가 웃어워? 강에는 괴물이 바글바글해 어휴 징그럽다. 얼른 가자."
마른 풀과 나뭇가지를 모아서 불을 피우고 그 옆에 커다란 돌을 두 개 가져다가 놓고는 조개를 돌 위에 걸친다. 불이 세게 타오르자 조개가 열리면서 괴상한 비명을 지른다. 조개의 비명소리? '끼~이! 끼~이!' 초음파와 같은 날카로운 소리를 내어 비명을 지른다. 하여간 분명 소리를 지른다. 조개가 익어가면서 말이다. 조개껍질이 솥의 역할을 한다. 아니 실제로 무쇠 솥보다 더 성능이 좋을듯하다. 뚜껑이 기가 막히게 잘 맞으니깐. 조갯살이 익어 가면서 풍기는 냄새는 온 평원과 강 너머로까지 퍼져 나간다. 강의 가장 자리에 물이 부글거리면서 수중 몬스터들이 냄새를 맡고 움직이니까 자기들끼리 소동이 인다. 모두 둔형술을 풀고 지금 먹이 사냥이 벌어진 것이다. 조개가 여럿 죽이는 셈이다. 강물이 붉게 변할 정도로 치열하다. 그러거나 말거나 우리는 맛있는 조갯살과 국물을 양껏 먹고 마시면서 포식을 한다. 강가에 깔린 것이 조개인데 강기막쓰고 조개만 채취하는 데는 크게 위험을 느낄 필요가 없다. 조개의 육수는 진짜 진국에다가 속살의 맛은 배가 빵빵하게 먹고도 입맛이 돌 정도다. 육식은 이에 비할 바가 아니다. 하하하하!

100명이 먹어도 남을 음식인데 가지고 갈 방법이 없다. 내일 아침에 연구해보자. 조개의 뚜껑을 착 닫아놓고 우리는 사랑 놀음이나 하자. 정작 문제는 새벽이 오면서 일어났다. 뭔가가 몰려드는데 그 수가문제다. 팔에 안겨서 방긋방긋 자고 있는데 그 놈들이 몰려온 것이다. 천막 틈새로 살짝 내다보니 지구의 토끼만하다. 자세히 보니 쥐다. 꼬리가 길고 조그만 귀가 달려 있는 것이, 그런데 끝이 안 보인다. 아니 안 느껴진다. 수십만 수백만 마리가 몰려들었다. 지금 강에는 파티가 벌어졌다. 첨벙첨벙 쥐떼를 사냥하는 수중 몬스터들의 소리다. 쥐떼가 강에까지 몰려들었으니 수중의 몬스터들이 파티가 벌어질 수밖에 오래간만에 온갖 종류의 물고기와 몬스터들이 몰려든 모양이다. 문어 모양의 클-로 들은 아예 강가에 올라와서 한꺼번에 수십 마리씩 해치운다. 혼자보기 아까운 장면이라 울보를 깨웠다. 천막 틈새로 구경을 시켜주자 놀라서 눈이 찢어질 지경이다. 강에 저렇게 많은 몬스터들이 있었을 줄이야. 놀라운 장면이다. 쥐떼는 어디서 온 걸까? 냄새 때문에? 그렇다. 그것이 원인이 된 것이다. 조개 구이의 위력이랄까? 빠르긴 해도 워낙 개체수가 많으니, 밀고 밀리는 형태로 희생을 당해도 쉽게 물러나 도망을 못 친다. 마치 파도에 밀려온 멸치 떼처럼 밀려서 물속 몬스터의 밥이 되는 것이다. 옷을 입은 울보를 바싹 옆구리에 안고 강기 막을 두르고 천막 밖으로 나왔다. 쥐들이 달려들어도 기막에 튕겨 나간다. 그 모습이 재미있는지 울보가 입이 벌어진다. 그리고 쥐떼와 문어의 싸움을 구경한다. 강에서 너무 멀리 나온 문어 한 마리가 지금 쥐들의 밥이 되고 있다. 아무리 크고 힘이 세면 뭐하나 수많은 쥐들의 공격으로 한점 한점 뜯겨 나가기 시작하자. 먹물을 뿜고 흡판의 이빨로 쥐를 한두 마리 물어 뜯어보지만 결국 죽고 만다. 문어의 사지가 순식간에 사라진다. 문어 고기 맛을 본 쥐들이 용감해진다. 그러자 순식간에 공자와 방자가 바뀐다. 이젠 쥐들이 공격한다. 땅 위에 올라온 몬스터는 여지없다. 물 쪽으로 도망을 치지만 금방 따라잡혀서 끌려나온다. 무서운 광경이다. 이것을 R-2에게 촬영하라고 지시하고 계속 구경한다. 물고기가 참 바보 같다. 자식들 물속에 가만히 있다가 물에 들어오는 놈만 사냥해도 배가 터지도록 먹을 텐데 깐죽깐죽 머리 내밀고 깐죽거리다. 쥐의 단체공격에 끌려 나온다. 물속에 가만있으면 죽지는 않을 텐데 역시 물고기나 쥐떼나 똑같다. 두개집단의 난투극은 계속된다. 쥐들은 많이 잡아먹힌다. 그런데 물고기가 오히려 더 많이 잡아먹힌다. 쥐떼도 강변으로 쏠렸다. 강에도 소문이 퍼졌는지 물고기들도 계속 몰려든다. 신기한 구경이다. 이런 일은 흔치않을 것이다. R-2를 통하여 모선으로 영상을 바로 보내면서 촬영을 계속 시킨다. 코리아호에서 바로 볼 수 있도록 말이다. 그 시간 코리아호의 중앙통제실엔 모두 모여 있다. 아빠도 보이고 작은엄마도 보이고 무투와 무라니가 손뼉을 치면서 좋아한다. 쌔까맣게 몰러든 쥐떼와 그에 맞서 물의 색이 변할 정도로 몰려든 물고기 간의 전쟁! 무라카와 레인이 하늘을 보고 손을 흔들어준다. 무라니와 무투가 아빠노래를 부른다. 쥐떼들 속에 태연히 구경하고 있는 모습이 이상해 보인다. 어째 저것들 사람한테는 안 달려드나? 아니다 아직도 간혹 박치기 하는 놈들이 있다. 아무리 그래도 소용이 없으니 포기한 것이다. 영상이 아무리 선명해도 기막까지 구분이 되지 않는다. R-001을 통해서 동시 통화를 연다.

"무라니 무투 안녕!"

"와! 아빠 목소리다. 아빠-아빠 안녕! 작은 엄마 안녕!"

"무라니야 무투야 잘 있었어?"

"네 넵 작은 엄마!"

"언니 큰언니 애들 말 잘 들어요?"

"그래 말썽쟁이 무투 때문에 꼼작도 못한다. 너는 재미있겠다."

"히히힛 재미있어 보여요? 까닥하면 죽어요. 아빠가 강기막으로 보호해서 괜찮은 거예요."

"강기막?"

"네"

"오늘 새벽부터 이래요. 지금 몇 시간째 인지도 모르겠네요."

"아니 갑자기 그렇게 전쟁 붙은 거예요? 아빠 왜 갑자기 그래요?"

"웅 어제 저녁에 조개구이 해 먹었거든 그 냄새가 쥐떼를 부른 것 같아 새벽에 일어나니 이 모양이야. 무투가 말썽피운다고? 무투야. 너 큰엄마 엄마 말씀 잘 들어야 아빠가 이뻐하지, 무투야 엄마 뒤에 숨지 말고 앞으로 나와야지."

"헤헤헤헤 아빠 저 궁금한 게 많아서 그랬어요. 로보도 그렇고 R-3도 그렇고요. 어떻게 기계가 말을 하고 걸어 다니고 하는지 알고 싶었거든요. 그래서 분해해 본거고요. 헤헤헤"

"뭐? 분해를 해? 하하하핫! 녀석 그래서 어떻게 그런지 알아봤나?"

"아니요. 지금 공부하고 있어요. 아빠 R-1의 기록하고 설계도 보여주고요. 그리고 우주선 원리도 공부하고 있어요. 그런데 너무 어려워요. 히히힛"

"그래 공부 많이 하면 알 수 있지. 몇 년씩 해야 할 걸. 마법하고 검법도 공부해야지."

"네 네 아빠 그런데 언제와요? 아빠하고 작은 엄마 말이에요."

"응 이제 왕국인데 카불 왕국이라고 여기 왕국도 많고 제국도 두갠가? 있어 둘러보고 갈게."

"네 아빠 빨리 와요. 무투가 알고 싶은 게 많거든요. 헤헤"

"오냐 그래 엄마 좀 보자."

"네 아빠 왜요?"

"응 그냥 보고 싶어서 무라니는 안보이네."

"헤헤헤 저 여기 있어요. 키가 작아서 안보여요. 이쪽요."

"오 그래 이제 보이는 구나 동생 잘 돌봐야 한다. 알았지?"

"네 아빠 빨리 오세요. 쓰담쓰담이 그리워요. 히잉!"

"엥? 아빠가 보고픈 게 아니라 '쓰담쓰담'이 보고픈 거야?"

"피 아빠 아시면서 헤헤헤"

"그래 모두모두 사랑한다. 무슨 일 생기면 R-1을 통해서 바로 연결하고 볼리아, 여우야, 무라니야, 무투야, 사랑해 쪽!"

"네 우리도 사랑해요. 아빠 쪽 쪽 쪽 쪽!"

그렇게 통신이 끊어졌다. 쥐떼의 숫자도 1/3로 줄어들고 물고기도 얼마나 죽었는지 강물이 붉어져 있다. 끈질긴 싸움이다. 저렇게 한 번씩 우연찮은 동기로 전쟁이 일어날 수도 있겠다. 자연의 섭리는 그렇게 개체수를 조율해 나가나 보다. 점점 수가 줄어들자 쥐떼가 한발 물러난다. 그러자 물고기들도 물속에서 상처입은 동료들을 잡아먹는지 소용돌이 만 가끔씩 일어난다. 그래도 남은 쥐떼가 너무 많다. 저 정도만 해도 인간에게는 위협적인 숫자다. 10만 마리는 족히 되는 숫자이다. 강가에서 5m정도의 물을 바라보고 있는 쥐떼들!

"레인아 너는 저기에 파이어볼 을 날려. 나는 저 멀리에 동시에 날릴 테니 이놈들 80%는 수장시켜야겠어. 너무 많아 농사지으면 저놈들이 다 먹어 치우겠어."

슈-앙! 다섯 개의 화염구가 쥐떼의 뒤쪽 땅위를 휩쓴다. 그와 동시에 땅 쪽에서 강풍이 불어와 쥐떼를 강물 쪽으로 밀어 붙인다. 불덩이가 뒤쪽에 떨어지자 앞에 물이 있다는 것을 잊은 듯이 물로 뛰어든다. 그런 와중에 회오리바람이 불어 닥치자. 모든 쥐들이 강으로 뛰어든다.

"와르르르르르 슈아 악! 취-익 척"

강가의 쥐가 강물 속으로 뛰어 들었으니 살아서 도망칠 쥐가 있을까? 넓은 강 건너편을 향하여 죽어라 발버둥 치면서 헤엄치는 쥐떼 들 그 와중에도 무사히 건너가서 도망치는 쥐도 있다. 생명력이란 그런 것이다. 멸종이 된다는 것은 지극히 어려운 일이다. 그러나 지구에선 그런 일들이 비일비재하게 일어나고 있다. 잔인한 인간들에 의해서 말이다.

눈으로 직접 보고나니 강이 얼마나 무서운 곳인지 알겠다. 저 평온 한 물속에 먹이를 기다리는 수십 수백 종의 몬스터들이 나름의 터득한 기술로 물밑에 숨어있다. 그것도 바닥에 깔리다시피 많다.

저런 곳인 줄도 모르고 첨벙 뛰어 들었으니 지금 생각하면 오싹하다. 산위의 고산지대에는 또 다른 종들이 있겠지.

지구도 6억 4천만 년 전에야 신경과 근육을 지닌 해파리 같이 생긴 생명체가 물속에서 생겨나 그것이 2억년동안 진화해서 파충류가 되었고, 다시 2억년이 흐른 후에는 공룡이 되어 지구위의 최강의 생명체로 살았지만 잠깐이고 곧 행성의 충돌로 인해서 빙하기가 도래해서 멸종된다.(화석에 의한 추정:디스커버리) 그 후에 포유류로 진화 한 종이 생겨 600만 년 전에는 드디어 최조의 인간이 생겨났다는데 이것도 하나의 추정에 불과하다. 진화와 돌연변이에 의한 인류의 탄생설이다. 그러나 확실한 것은 아니다. 이곳은 너무 기이한 몬스터들로 인해서 인간들이 번성하려면 많은 수난을 겪어야 할 것이다. 우리는 천막을 거두고 다시 불을 피워 조개로 아침식사를 한다. 다시 먹어도 진국은 진국이다. 국물이 아깝다. 조갯살은 잘라내어서 훈제를 만들어 배낭에 양껏 챙긴다. 남은 것들은 강에 던져 넣어 준다.

강의 것이니 강으로 후후후 말 된다. 그리고 휘파람을 불자 놈들이 어딘가에 숨어 있다가 주인들의 호출에 달려온다. 역시 명마는 쥐떼들 정도는 가볍게 피해 있었던가? 긴장이 풀리는지 푸르르릉 대는 놈들의 목을 쓰다듬어 주자 조용해진다. 짐들을 꾸려서 말 등에 묶자 말들이 '투레질'을 한다. 죽을 뻔 했다가 살아온 응석을 부리는 것인가? 목의 갈퀴를 '쓰담쓰담' 해주자 기분이 좋은가 보다. 이놈들도 주인을 걱정 했으리라. 도망을 치면서 말이다. 강줄기를 따라서 내려가자니 동쪽이 아닌 남쪽으로 방향이 바뀐다. 동쪽으로 가야 하거늘 계속 남쪽이다. 어쩔 수 없이 강을 건너야 하는데 너무 넓다. 건너편이 보이지 않는다. 그렇게 반나절을 남쪽으로 이동을 하다 보니 드디어 강폭이 줄어든다. 건너편 이 보이기만 한다면야 점프로 건너가면 되니깐. 말을 어깨위에 올려서 강을 건넜다. 말을 어깨에 태워서 점프한 것이다.

"아빠! 이것은 어떻게 하는 거예요?"

"짧은 공간을 이동하는 기술이지'점프'로 말이야. 너 셔틀 탈 때나 갑자기 아빠가 사라지는 것이 다 이것이야."

"아 저는 언제쯤 배울 수 있나요?"

"응 열심히 하면 1년쯤 후고 게으름 피면 3년 후야!"

"저 열심히 더 열심히 할게요-홍! 힝"

"오냐 그래 이것은 필수로 배워야 해. 그래야 도망이라도 칠 수 있지."

"피~ 도망치려고 배우라면 안 해요. 씨 잉! 창피하게." '궁 시렁 궁 시렁' 중얼중얼 뭔가 불만이?

"야 울보야 위험하면 도망을 쳐야지 그게 창피한 건가? 나 같으면 죽거나 다치기 보다는 도망치는 것을 택하겠다."

"헹 아빠야 천하무적인데 도망을 왜 쳐요?"

"어? 야! 나라고 도망 안치고 무조건 박치기 하는 줄 아냐? 휴 병법을 모르니 내가 답답하네. 앞으로 병법도 가르쳐야겠네."

"병-버업 요? 그건 또 모예요?"

"적과 싸울 때 적은 힘으로 이기는 방법을 말하는 거야. 적은 힘으로도 이길 수 있는데 죽자고 달려들어서 온힘을 다 쏟을 필요가 있을까? 너 이제 절정이니 오러 블레이드를 피워 올릴 수 있잖아 그런데 위드가 대련 할 때 오러를 길게 뽑아 올리는 거 본적 있어?"

"아뇨?"

"그-봐! 운용의 묘라고 그렇게 보란 듯이 오러를 몇 미터씩 뽑아 올릴 필요가 있을까? 검과 검이 부딪히는 순간만 오러를 발현하면 충분한데 말이야. 그래서 위드는 바로 초절정의 경지에 오른 거야. 깨달음을 바로 얻은 것이지."

"네? 아 사형이? 그러네 낭비네 마나를 낭비하는 것이네, 그 스미스 힐러 라는 죽은 놈은 뭐 자랑이라도 하는 듯이 2m 정도의 오러 블레이드를 휘두르다가 팔이 부러지고 키키키킥!"

"때에 따라서는 도망도 하나의 전술이야. 적으로 하여금 방심하게 하기도 하고, 유인하기도 하는 36계의 전술이지. 그런 게 창피해서 목이 잘리도록 기다려? 에-궁 울보야 목숨을 걸고 싸우는데 챙피가 있겠어? 요 맹추야!"

"히히힛 사부님! 명심 또 명심 하겠습니다. 넵!"

"옹? 그러니 예뻐 보이네. 갑자기 안아주고 싶어지네 큼!"

"넹 아빠 안아줘요 용! 헤헤헷"

"있다가 밤에 3번 기절 시켜줄게 됐지?"

"넵! 아이 좋아! 헤헤헤헷"

해가 뉘엿뉘엿 서산마루에 걸린다. 이제 노숙 준비를 해야 할 시간이다. 황무지지만 땅은 살이 깊고 흙이 좋다. 그런데 버려두고 있는 것은 무슨 이유일까? 물도 그렇게 멀지 않고 가뭄이 자주 일어나지도 않을 땅인데? 몬스터가 많아서? 아니다. 그런 곳은 아닐 것이다. 산이 먼데 말이다. 와이번 활동 지역이거나 아니면 산적이 있어서? 주변을 살펴봐도 원인을 알 수 없다. 짐작이 불가다. 천막을 치고 조갯살을 마법으로 팡팡 익혀서 먹는다. 국물 생각난다. 레인도 잘 먹는다. 먹는 모습이 귀엽다. 보조개가 오물오물. 허허

한편 레인의 영지. 오늘도 레이스는 땀을 비 오듯 쏟으면서 검술 연마에 여념이 없다. 이젠 마나도 생겼다. 벼룩이 간만큼 아니 겨자씨만 한 것이 생겨서 꿈틀댄다. 오늘 아침에 오빠 옆에서 천조심법을 수련 하는데 단전이 따뜻해지고 뭔가가 꿈틀 거리는데 기뻐서 하마터면 소리를 지를 뻔 했다. 오빠가 그렇게 당부를 했는데 깜박할 뻔 했던 것이다.

히익! 무서버 해질 때 또 할 거다. 앗-차! 정신 통일 집중, 집중! 이를 악물고 해야 해. 오빠한테 칭찬 듣고 오빠한테 안겨 자는 것이 세상에서 제일 좋다. 세상 다줘도 오빠랑 안 바꾼다. 히힛 차앗! 쿵! 어이쿠 또 엉뚱한 생각을 메롱이다. 수-흡! 정신을 똑바로 차리고 이제 23수 익히고 있다. 128수 아직 멀었다.

그래도 재미있다. 헤헤 온몸이 땀과 먼지투성이다. 조금 전에 또 굴러서 옷도 흙투성이다. 오늘은 빨래도 해야 된다. 오빠 팬티도 내가 빨아야지 히힛! 저기 훈련시키고 있는 오빠 모습이 보인다. 언제 봐도 멋있다. 나도 더 열심히 수련해야지 오빠는 잘 생기기도 했지만 저렇게 특전대 훈련시킬 때가 제일 멋있다. 나도 빨리 고수 되어서 오빠 일 도와야지 왕궁에 있을 때는 이렇게 재미있는 일이 세상에 있는 줄 몰랐다. 그래서 매일 시녀들 놀려먹는 재미로 시간을 보냈는데 지금 생각하니 새장 속에서

살았던 것이다.

다시 1 수부터 반복한다. 이얏! 싹 스르르 탁! 23수 까지는 이제 자신 있다. 아니지 호흡이 중요해. 쓰-흡! 그래도 오빠가 잘했어 할 때까지 반복이다. 어 저것들 또 오네 오빠는 내낀데? 어떤 가시나가 또 오는 거야? 저건 상단 아줌마네 우와! 귀여운 꼬맹이도 오고 키키킥! 오늘은 한번 안아 봐야지 저 녀석 콩알만 한 게 젖도 안 떨어진 게 내게 덤벼들었지? 오늘은 안고 뽀뽀해 줄 거다. 얼마나 귀여운지 깨물어 주고 싶어 히히힛. 지금은 모르는 척 해야지. 키키킥! 워드는 특전대 훈련을 자체 수련으로 전환해놓고 천천히 걸어서 온다. 작은 사모님이 오신 것이다. 그리고 귀여운 무투도 오고, 무투는 사부님 판박이다. 아니 축소판이다. 눈 코 입 머리색까지 똑같다.

"꾸뻑 사모님 오셨습니까? 무투야! 이리 온 형한테 와봐!"

"워드 백작 색시 키운다면서요. 공주님을?"

"아 하하하하 키우다뇨? 사모님도 참 검술 가르치고 있어요. 어 저기 오네. 레이스 이리와 사모님께 인사드려."

"안녕하세요? 사모님! 우와! 무투다. 무투야 누나봐 봐! 이리와 봐 에-잉 귀여워 무투야. 누나한테 뽀 해야지. 여기, 여기 뽀!"

"어 공주누나! 여기 있는 거야? 누나! 누나 여기서 뭐해? 왕궁에 있어야지."

"음 나 오빠한테 검술 배우고 있어. 나 여기서 살아 오빠한테 시집 읍! 아직은 아니야 크면. 헤헤헤"

"공주님! 에고 공주님 옷이 이게 뭐예요? 뒹굴었네, 에-휴 이리와요. 좀 씻고 옷 갈아입고 다시 수련해요."

"에 아직 아네요 사모님 아직 한 가지 공부 더 있어요. 그것까지 하고 옷 갈아입을 거예요. 제가 다해요. 빨래도 할 거예요. 사모님 신경 안 쓰도 되요."

"어머머머 이제 어른 다되었네요. 공주님이 확 바뀌었네요."

"그렇죠? 제가 할 일은 제가 다해요. 오빠가 그랬어요. 그래야 시집 읍! 그런 게 있어요. 헤헤헤 그런 게 있어요."

"어머나 공주님! 예뻐 지셨네. 부러워라!"

"그래 보여요? 아직 멀었어요. 이제 시작인데요. 무투 한번만 안아 볼래요. 무투야 이리와 봐!"

"저 누님은 사부님과 같이 있나요?"

"그래요 멀리 계셔요. 소문이 쫙 퍼져서 왔더니 세상에 그 개구쟁이 가 어른이 다 되었네요. 호호호 재주도 좋네요. 위드 백작님은."

"아 그게 놀리지 마세요. 저는 진지합니다. 하하하"

"놀리는 것 아녜요. 공주가 체력훈련을 어떻게 받았을까? 궁금하네요."

"좀 고생했죠. 울기도 하고 그래도 잘 참던데요. 깡이 있어요."

"이야 대단하네요. 저 어린 몸으로 얼마나 오빠가 마음에 들었으면 엄마보다 더 좋을까? 아직 어린데 말이에요."

"아 보기와 달라요. 속이 단단한 아이예요. 겁이 좀 많아서 그렇지 저도 그 나이 땐 그랬던 걸요. 사부님 아니었으면 아직도 그러고 있었겠죠. 상단 심부름이나 하면서요. 죽기 살기로 버티지 못하면 아무것도 아니죠. 그게 고비였던가 봐요. 지금은 조금씩 보이기 시작해요. 산을 하나 넘으니까 이제 조금씩 이해가 되요. 하하하"

"우와! 백작님 벌써 멀리까지 가셨네. 사형 자격 있어요. 그린 왕국의 기둥으로써도 자격이 있고요."

"아직은 아니네요. 사부님께서 주신 것도 아직 다 못하고 있어요. 한 단계 더 나아가야 그때나 인사 받을 자격이 되려나?"

"오빠, 오빠! 천조심법가요. 해 내려가고 있어요."

"응 가자. 사모님 집무실에 계셔요. 수련하고 오겠습니다. 꾸뻑!"

"레이스도 공부하고 오겠습니다. 꾸-우-뻑!"

말썽꾸러기에 개구쟁이 왈가닥 공주가 완전히 바뀌어 있다. 그 짧은 기간에 말이다. 어떻게 저렇게 180도 좋아져 버렸다. 멍해져서는 사라져가는 둘의 뒷모습을 바라보고 있는데, 앗 무투! 어디로 갔지?

"무투야! 무투야 이 녀석 어디로 갔지? 기사님! 꼬마 어? 이 녀석 옷이 그게 뭐야? 어디서 넘어졌나?"

"엄마 넘어진 것 아냐 그냥 빠졌어. 퐁당! 냄새나?"

"그래 고약한 냄새가? 어이구 어디에 빠졌는데?"

"훈련장에 구경 갔었어 와! 아저씨들 멋지더라고 빠져서 나오고, 기어서 나오고, 또 뛰어넘고 검으로 싹 자르고, 그런 거 하더라고 나도 해 봤쪄. 히힝 키키킥 폭 잠기더라고 아저씨가 꺼내 줬어. 헤헤헤 엄마 혼내지마 응?"

"왜 혼을 내 어이구 내 새끼 큰일 날 뻔 했네. 넌 아직 작아서 그런 거 흉내 내면 안 된다 알았지?"

"알았어요. 엄마 나 추워 배고파 젓-줘 엄마!"

"응 그래 씻고 젖 먹어. 아이고 무투 안 다쳐서 다행이다. 무투! 다 치면 엄마 울어 못살아 알았지?"

"네 엄마 알았어요. 조심 할게요. 엄마 울면 안 돼요."

젓 물고 잠들어 버렸다. 말을 잘 하니까 어른들이 착각 하는거야. 덩치만 작은 줄 알고 실재로 아직 돌도 안 지난 0살 베기인데 훗! 아기를 놓치면 안 되는데 큰 실수를 한거다. 여우야 어휴 내아기 볼 것 다보고 궁금한 것 다 알았는데 남아 있을 이유가 없다. 그래서 잠이든 무투를 안고 마차에 올랐다. 상단 그린 지점에 가면 '라오미'를 타고 우주로 갈 것이다. 땅위에 있다가는 또 무슨 일을 저지를지 모르는 무투 때문에 한순간도 안심을 할 수가 없다. 그렇게 올 때처럼 소리도 없이 사라져 간다.

그 시간 레이스는 꿈틀 거리는 마나에 계속 자라도록 부지런히 천조 심법으로 마나를 집적 시키고 있다. 오빠처럼 되려면 매일 이렇게 조석으로 조식을 해야 한다고 했다. 어느 정도 모이면 그때부터 운기라는 것을 가르쳐 준다고 했다. 운기를 배워야 힘도 쎄어지고, 그리고 빨리 달릴 수도 있다고 했다. 방법이 있는데 왜 못할까? 부지런히 하다보면 오빠의 반의반의 반이라도 할 수 있는 날이 올 것이다. 그 정도가 어디인가? 잡념이 생기면 효과가 반감된다. 그러므로 제일 중요한 것이 집중력이다. 그렇게 시간은 흐르고 있다.

한편 그린레인의 먹는 모습에 잠깐 넋을 놓고 보고 있다가 갑자기 생각이 난다. 홀몸이 아닌 레인이다. 그러니 먹는 양도 문제이지만 꼬박꼬박 잘 챙겨 먹여야한다. 지금 한창 자랄 때인 것이다. 너무 과로하거나 또는 식사를 걸러는 일은 절대 없어야한다. 신경을 써서 내가 잘 챙겨 줘야 할 책임과 의무가 있는 것이다. 그렇게 날이 저물고 스산한 바람이 불어온다. 바람 속에도 습기는 없고 건조한 바람이 분다. 이곳은 가뭄이 심한 곳인가 보다. 강이 멀리 돌아가 버리니까 가뭄이 심한 것이다. 그래서 버려진 것일까? 어쨌던 밤에도 경계심을 늦추지 말아야 하겠다. 울보를 안고 쓰담쓰담을 해주니 금방 잠이 든다. 피곤했던 모양이다. 침대에 편하게 눕혀주고는 천리안을 펼친다. 이제는 그 범위가 어디까지라도 가능한 경지다. 제자 위드가 붙여준 이름 천리안! 자연경을 지나 입신의 경지에 가까운 지금은 의식이 가능한 거리까지 볼 수 있다. 10km 내에는 생명체가 없다. 이상하다. 이 넓은 땅에 생명체가 없다니 완전히 죽은 땅인 것이다. 사막에도 생명체는 있는 법이거늘? 식물도 보지 못했다. 황갈색의 바짝 마른 땅 밖에는 못 봤다. 강과 멀어지고 나서 부터이다. 사막화 되어 가는 땅인 모양이다. 우주에서 살펴본 바로는 이 대륙에 사막은 없었다. 앞으로는 모르지만 말이다. 이것은 인간의 힘으로 막을 수 있는 것인데 이곳은 땅이 남아도는 곳이라서 누가 신경이라도 쓸까 의문이다? 긴장할 필요가 없다. 울보 옆에 누워서 숙면에 든다. 심하게 부는 바람소리에 깨어났다. 말들도 천막에 바짝 붙어서 잔 모양이다. 사람이 움직이자 놈들도 소리를 낸다. 최대한 빨리 이 죽은 땅을 벗어나야 하겠기에 식사 준비를 서둘러 놓고 레인을 깨웠다. 잘 때는 좀처럼 깨우지 않는 것이 무라카의 방침이지만 지금은 행동을 빨리 취해야 할 때인 것이다. 식사를 충분히 하고 이동한다. 하루 종일 달려서 이동한다. 명마들이라 낮 동안에 500km는 가볍게 달리는 그런 말들인데 지금은 더 이상 속도를 낼 수 없다. 물과 풀이 없기 때문이다. 말들은 하루 이상 아무것도 못 먹었다. 오후가 되어서야 녹색의 땅이 보인다. 말들이 좋아한다. 드디어 물도 있고 풀도 있는 곳으로 온 것이다. 말고삐를 풀어주자. 신나게 날뛰면서 물부터 마신다.

"히히히힝! 푸르르르르-히힝!"

투레질을 하면서 풀을 뜯기 시작한다. 배가 고팠던 것이지. 사람도 먹어야 움직일 수 있으니 급하게 먹을 것들을 챙긴다. 레인을 먹이기 위해서 서두르는 것이다. 스프도 끓이고 말이다.

그렇게 5일이 더 지난 후에야 사람들이 사는 마을이 나타난다. 드디어 황무지를 완전히 통과 한 것이다.

"레인아 이제 사람 사는 곳으로 나왔나보다."

"네 아빠 지루했지요? 다행이 식량이 안 떨어지고 잘 왔네요. 그렇죠? 헤헤헤"

"그래 네가 고생했다. 홀몸도 아닌데 말이다."

"그래도 아빠보단 아니예요. 아빠가 신경을 많이 쓰셨잖아요."

"그래 어디 쉴 곳이라도 찾아보자. 빈촌이라서 쉼터는 없을 테고."

"물도 있고 산도 있으니 이젠 안심이네요. 사냥감도 있겠죠?"

"그런데 마을의 외곽을 봐라 생각나는 게 없느냐?"

"어머 그러네요. 목책 보니까 몬스터가 많은가 봐요. 어휴 카불왕국 하고는 완전 다르네요. 사람들의 표정도 생기가 없어요. 어느 왕국일까요?"

"글쎄다 얘기 해보면 알겠지. 어디 저 어르신 안녕하세요. 여행자들인데 이곳은 어느 왕국인가요?"

"어디서 오는 길이요? 이곳은 왕국이 아니라 에이스터 제국이라오. 젊은 분들이 죽음의 땅 황무지를 건너 오셨소?"

"네 카불왕국에서 오는 길이지요. 에이스터 제국이라 동쪽으로 가면 큰 산맥이 나오겠군요."

"그렇소. 에이스 산맥이지요. 에이스 산은 일만 고지가 넘는 고산이지요. 몬스터 천국이라 그곳은 사람이 못 들어가요."

"여기 까지도 몬스터들이 옵니까?"

"말도 말아요. 얼마 전에 몬스터 대 침공이 있어서 젊은 사람이 별로 없다오. 그때 다 죽고 아이고 내가 쓸데없는 얘기를? 어디를 가는 길이오?"

"에이스산맥에 찾아 볼 것이 있어서 왔는데 전에는 몬스터가 그렇게 많지 않았는데 무슨 일이 있었는지요?"

"그러게 말이요. 지난 50년간 몬스터 토벌을 해마다 실시했어요. 그래서 간혹 나타나던 놈들이 어떻게 된 것이 대가리가 두 개씩 달린 놈들이 수만 마리 아니 수십만 마리가 떼를 지어서 공격해 와서는 제국이 무너지기 직전까지 되었었다오. 그래서 우리 같은 농촌도 젊은이가 씨가 말랐소. 언제 또 몬스터 대란이 일어날지 모르는 지라 먹고 살기가 어려운 실정이라오. 농사지을 젊은 사람이 없으니 원!"

"아이고 어르신 고생이 심하시겠소. 쯧쯧쯧"

대가리가 두 개라면 창조마법으로 생겨난 잔재들인데 어떻게 이 먼 대륙까지 그것들이 건너 왔지? 아니면 이곳에도 천족의 잔여 마법사가 있다는 것인가? 도저히 상상이 안 되는 상황인데 이거 문제가 심각 하군 정찰을 시켜봐야 알겠군.

"어르신 혹시 빈집 없는가요?"

"아-! 있기야 있지만 차라리 노숙이 더 나을 거요. 너무 오래 사람이 살지 않아서 지붕도 뚫어지고 온갖 쓰레기가 썩어서 사람이 들어가지도 못한다오."

"네 그럼 목책 바깥에 천막을 칠 테니 사람들에게 잘 좀 얘기나 해 주십시오."

"목책 밖은 위험하니 목책 안쪽에 어디 천막을 치도록 하시고 마을 사람들에게는 내가 얘기를 잘 할 테니 그건 염려 마시오."

"네 감사합니다. 어르신 레인아 저 쪽으로 가보자."

"네 아빠 저곳에 공간이 있겠네요. 저곳으로 가요."

"그래 몬스터가 많은가보다. 트윈 몬스터가 있다니 낌새가 이상 하네 일단 천막 칠 자리나 잘 살펴보자."

목책도 절반정도는 오래된 나무라 썩어서 건드리면 부숴 질 정도이다. 새나무로 갈아줄 인력도 없는 모양이다. 이런 상태에서 오우거 라도 한 마리 내려오면 마을은 전멸 당할 것이다. 몬스터가 문제다. 이놈들이 집단공격을 했다면 분명 위에서 조종한 무언가가 있다는 뜻이다. 마을에서 조금 떨어진 후미진 곳에다가 천막을 세웠다. 그리고 천막 안에 들어가서 R-2를 호출했다.

"R-2여기는 사령관이다. 오버"

"R-2 수신 양호합니다. 사령관님! 이상"

"이곳은 에이스터 제국이고 동쪽의 고산이 에이스 산 그리고 산맥이 에이스 산맥이다. 기록하고 에이스 산의 정확한 높이는 얼마인가? 이상"

"네 기록했습니다. 에이스 산의 높이는 해발 11,270m입니다. 이상"

"드론을 총출동 시켜서 에이스산맥 전체를 정찰시킬 것. 그리고 몇 개월 전에 대대적인 몬스터 침공이 있었다는데 몬스터 움직임을 체크하고 집단생활을 하는 동굴을 찾아내야 한다. 이상"

"명령 접수완료. 몬스터 집단 근거지 탐색작전 즉시 실시합니다. 드론 전체26대를 출동시킵니다. 모든 상황은 녹화하여 수시로 보고 드리겠습니다. 이상"

"R-1에게도 전달하라 바블라이트 대륙상공의 우주에 위치하고 R-1은 상시 정밀촬영을 실시한다. 그리고 이상이 발견되면 즉각

보고 한다. 이동 완료되면 보고 바란다. 이상 끝"
"전달 완료 되었습니다. 궤도 수정중입니다. 15분 후에는 궤도 수정 완료되며 완료 후 보고 하겠답니다. 이상 끝"
바깥이 잠시 웅성거린다. 천막 밖으로 나오니 마을의 아줌마들과 아가씨들이 몰려와 있다. 남자는 없고 여자들만 남은 것이다. 그 중에 남자처럼 키도 크고 억세게 생긴 아줌마가 앞으로 다가오더니 턱하니 팔을 허리에 걸치고 째려본다. 시비 걸려고 왔는가? 가만히 시선을 맞추고 마주 쳐다보니까. 눈을 아래로 돌리면서 건들거린다. 꼭 동네 양아치 같은 몸짓이다.
"어-쭈 제법 강단이 있는 남자네 햐 제법 잘생겼다. 맛있게 생겼는데 어 계집도 있네?"
"뭐요? 당신들 지금 아빠한테 시비 거는 거요?"
언제 나왔는지 레인이 팔짱을 탁 끼고 삐딱하게 버티고 섰다. 그래 여자들끼리 한판해라. 웃기는 동네 아줌마다 혼 좀 내줘라. 허허
"어라 이건 또 뭐야? 예쁜데 고것 야들야들하게 생겼네. 야! 너의 아빠냐? 우리가 좀 빌려 쓰자. 닳는 것도 아닌데 나눠쓰자고 꼬맹아!"
"뭐? 야 너 뒈지고 싶어? 주둥이를 팍 찢어버리는 수가 있어. 이게 세상 무서운 줄을 모르네."
"어-쭈 꼬맹이가 입이 걸구만 요게 엇다대고 으앗! 캑! 쿵!"
"뭐 이런 년이 다 있어 목을 날려버릴까?"
레인의 발차기 한방에 3m를 날아가 뻗어 버렸다. 덩치 아줌마가 기절해 버리자. 나머지는 자동 해제다.
"어이 누가 다음이야 나와 병신 만들어 줄 테니, 이것들이 겁

을 상실했어? 늬들 꺼지든지 아니면 다 덤벼!"

"아니에요. 우리는 그런 사람 아니에요. 저 언니만 한번 씩 엄포 놓고 장난쳐요. 저 언니도 나쁜 사람 아니에요. 많이 아프겠다. 하지 말라니까. 또 장난치다가 병신 될 수 있다니깐!"

"뭐? 뭐예요. 그럼? 괜히 쎈 척 하길래 제법 세게 찼는데, 에게게 장난요? 저 아줌마 피똥 쌀 텐데 아이구 무슨 여자가 말하는 게 깡패 같아? 쳇!"

슬금슬금 그 아줌마 앞으로 가보는 레인. 그리고 얼굴을 들여다본다. 진짜 기절해서 숨도 안 쉬는 모양이다. 허리를 구부리고 뺨을 짝짝 소리가 나도록 때리니까 깨어나는 모양이다.

"으~앙! 우앙! 아파라 우앙 으앙 흑흑흑"

일어나지도 못하고 울기부터 한다.

"아줌마 장난을 쳐도 그런 장난을 쳐욧! 그러다가 목이 댕강 날아가는 수가 있다고-욧!"

"히-익 자 잘못했어요. 딸국! 딸꾹! 그냥 장난 친건데 히끅 아이고 아파라 아이고 배야. 으헝 으앙 앙앙"

"뚝 뚝해! 아줌 맛! 맞아도 싸다고-욧! 엇다대고 장난을 쳐-욧! 모가지 붙어 있는 것이 다행인줄 알아-욧. 알았어요?"

"네 네 넵 알았시-유. 잘못 했시-유~"

"오호호호홋! 아빠 이 아줌마 웃겨 정말 대게 웃기지요?"

"응 그래 아줌마 차여서 며칠 고생 할 텐데. 크크크큭"

"히 히 힛 나도 몰라 그만하기 다행이지 소드 있었으면 바로 목 날려 버렸을 거야! 말을 그렇게 싸가지 없이 막 지껄여? 키키킥!"

"어 너 이번엔 요상하게 웃는다?"

"히히히힛 그 아줌마 피똥 살 텐데 어쩌죠?"

"그 정도는 아니다. 덩치 보니깐 맷집좋게 생겼더라고. 그래"

"그래요? 아 다행이다 키키킥 슬그머니 걱정이 되어서요 킥"

"내가 봐도 맞을 만큼 사납게 나왔어. 허허허"

"그렇죠? 아빠 그랬었죠? 거죠?"

조금 있으니 영감님이 오신다. 아까 그분이다.

"어허 오늘 버들 네가 임자 만났고만. 아가씨가 무사인가?"

"아녀요 어르신 아빠가 조금 가르쳐 주신 거죠. 헤헤헤"

"조금 배운 솜씨가 아녀 버들네가 덩치가 있는데 힘도 남자만큼 이나 센 여자여, 그런데 한방에 뻗었다고? 제대로 임자 만났어. 내가 장난치다가 다친다고 말렸는데 그려 허허허"

"어르신 그 아줌마 인상이 꼭 깡패 같아서 그래서 맞은 거예요. 무슨 여자가 인상이 그렇게 험악해요? 그기에 다가 말씨는 어디서 왈패 짓 해본 것처럼 그렇게 말해요. 아빠를 잡아먹는 다나 어쩐다나? 그래서 화가 나서 한방 찬 거예요. 칼 있었으면 팔 하나는 잘렸을 거예요. 그만하길 다행이지 호호호홋?"

"그-봐 무사 맞구만. 소드 얘기 하는걸 보니 크크크 큰일 치를 뻔 했네. 혼이 한번 나봐야 그 버릇 고치지 크크크크크."

"어머 어르신도 이상하게 웃으신다. 헤헤헷"

"젊은이도 무사신가? 잘생긴 양반?"

"우리 아빠요? 무사보다 더 무시무시하신 분이죠. 히힛"

"무사보다 무섭다니 고수신가 보군. 허허허"

"레인아 어르신께 무슨 말버릇이냐? 여기 천막이나 정리하고 있어라. 아빠 사냥해 올 테니 땔감도 준비하고."

"네 넵 아빠! 맛 좋은 거 잡아와요. 저 배고파 용!"

"오냐 금방 갔다 올게."

기감을 5㎞ 정도 펼치자 사냥감이 많다. 덩치가 아주 큰놈도 있다. 뭘까? 3.5㎞ 정도 떨어진 산속이다. 저놈을 한 마리 잡아야 겠다. 마을에서 안 보이는 사각지대 쪽으로 슬금슬금 걸어 들어 갔다. 그리고는 손살 같이 덩치 큰 놈 쪽으로 달려간다. 그림자 하나가 숲 속을 미끄러져 가는듯한 모습이다. 조그만 봉우리를 넘어서니 보인다. 소다. 뿔의 길이가 2m는 되어 보이는 황소다. 몬스터가 아니라 다행이다. 가까이 다가가니 도망을 가는 것이 아니라 콧김을 팍팍 뿜으며 공격할 기세다. 손가락 한마디만한 강환이 뿔과 뿔 사이를 뚫고 관통한다. '쿵!' 쓰러지는 소리가 땅이 울릴 정도이다. 톤급인 것이다. 오랜만에 온 동네잔치를 할 수 있을 것이다. 경량화 마법을 걸어서 머리위로 번쩍 들어 올린다. 올 때의 코스를 역으로 달린다. 사각지대를 골라서 천막으로 오는데 마을의 비상종소리가 요란하게 울린다. 누가 본 모양이다.

"고뿔이닷! 고뿔이 쳐들어온다!"

그 소리를 들으며 천막 옆의 빈터에 소를 내려놓고 광선검으로 소의 머리를 잘라버리고 가죽을 쫙 벗긴다. 그리고 배를 갈라서 내장을 거두어 내고 등심 부위를 잘라내어서 옆에 놓고 다리도 분리하고 6토막으로 해체를 마친다. 마을 사람들이 무기를 들고 달려 왔을 때는 이미 해체가 끝이 나고 갈비를 들고 천막으로 들어갈 때이다.

"어르신 저기 가서 고기 나눠줘요. 마을 사람들에게요."

"엥? 벌써 고뿔을 잡아온 겐가?"

"고뿔?"

"그래 덩치가 크고 뿔이 한발도 더되는 짐승이지."

"고뿔이라 이름이 참 멋지네 마을 사람들 나눠 드시오."

마른 나뭇가지를 그사이 제법 모았다. 영감이 가자 마법으로 불을 지피고 우선 등심부터 굽는다. 배도 고프고 마을사람들 몰려오면 귀찮아 지니깐 빨리 굽는다. 아니나 다를까 우루루 몰려온다.

"레인아 저 사람들 쫓아버려라 에이 귀찮아~!"

"네 아빠! 이봐요. 씨끄러워요. 고기 나눴으면 모두 집으로 가요. 아빠 씨끄러운 거 싫어하시니까 다들 돌아가요 어서!"

"엥 고맙다고 인사 하려고."

"아 안 해도 돼요. 어서 돌아가요. 우리아빠 무지무지 무서운 사람이에요. 어서 돌아가-욧!"

"네 넵 돌아가자. 쉿! 조용히 하거라. 그쪽 여자들 좀 조용히 해."

다음날 날이 밝아오자 마을이 술렁인다. 여자들은 여자들끼리 모여서 멋지게 생긴 은발의 남자 이야기로 꽃을 피운다. 충분한 잠을 잔 듯 레인의 속눈썹이 파르르 떨리면서 파란 눈동자가 깜박깜박 조리개 조절을 한다. 그리고 쓰담쓰담을 하고 있는 아빠의 얼굴에 초점이 딱 맞추어진다. 자신의 배를 쓰다듬고 있는 아빠!

"아빠 언제 일어 나셨어요? 아우 개운해. 아빠 뽀 쪽!"

"잘 잤느냐? 우리아기도 잘 잤니? 허허허 녀석 내 얘기를 듣고 있는 줄 안단다. 아빠는 우리아기 무지무지 사랑해요. 쪽"

레인의 배꼽에다 뽀뽀를 하고는 빙그레 웃는다.

"아빠 뭐하시게요?"

"응 오늘부터 진짜 바빠질 게야. 몬스터 추적하랴 사냥도 해야지 그리고 에이스터 제국의 피해 상황도 알아봐야지 인접 왕국은 어떤지 등등 레인아 어디 다닐 생각 말고 천무검법 128수나 수련하고 마을에 있어라."

"네 아빠 저 몸 좀 풀고 올게요. 아빠 어제는 피곤 하셨죠? 사랑놀이도 안 해 주시고 씨-힝!"

"당분간 안 된다. 여기서 소리 질러봐 온 동네 떠나간다. 허허"

"엥 그러네 히힝 그러면 어떡해요. 목책 밖으로 옮겨요."

"레인아 며칠도 못 참니? 어이구 요 색녀 구미호야."

"히히힛 알았어요. 아빠 검술 연마해서 땀 좀 흘리고요. 엥 이게 뭐야? 어 동네 아줌마들이 야채랑 반찬이랑 갔다 놨어요. 호호호 고마운 사람들이네요."

날마다 사냥을 해서 건포를 말리고 레인은 검술과 마법수련에 박차를 가하고 있다. 그리고 또 하나는 통나무들을 잘라서 목책을 다시 세우는 작업도 해준다. 무라카가 혼자서 목책을 손질하고 있으니 동네 여자들이 다 몰려와서 돕는다. 남자는 노인 여섯이 다이고 꼬마들이 다수 있다. 그런데 여자들은 모두 모이니까 56명이나 된다. 꽤 큰 마을 이였는데 이 지경이 된 것이다. 아가씨들이 스무 명이 조금 넘는데 모두 레인이 검술 수련을 하는 것을 보고 자기들도 가르쳐 달란다. 목책 보수 공사가 끝나자 모든 젊은 여자들을 모아 놓고 모두 목창을 하나씩 들고 나오라고 하니 완전 부지깽이를 들고 나온다. 그래서 또 길이 2~3m의 단단한 나무를 잘라 와서는 끝을 날카롭게 깎아서 나누어 주고는 모든 젊은 여자들에게 간단한 창술을 가르쳐 주었다. 다름 아닌 총검술 16개 동작을 개조하여 창술에 맞게 급조한 것이다.

"야 그기 아가씨 동작 똑바로 못해? 찌를 땐 팍팍 박력 있게 찔러야지 몬스터 다리사이에 그것이라도 터뜨리지 춤추는 겨? 이제부터 정신 못 차리는 아가씨는 엉덩이에 불날 줄 알아 썅 알았어?"

“네 넵!”

“대답소리가 모기 소리보다 작다. 밥도 못 먹었나? 알았나?”

“넵!”

창술 교관은 레인이다. 체력 훈련 받을 때 배운 것들을 지금 마음껏 써먹는 것이다. 며칠간 잡아 돌렸더니 군기가 바짝 살았다. 단체 창술이라. 똑같이 동시에 휙 찌르니 위력이 대단하다. 오크 정도는 꼬치를 만들 정도이다.

“복창 소리 봐라! 우리는 마을을 지키는 여전사 특전대이다!”

‘우리는 마을을 지키는 여전사 특전 대이-닷!’

“우리는 남자보다 강한 여전사 특전대!”

‘우리는 남자보다 강한 여전사 특전대!’

“죽더라도 몬스터와 함께 죽는다!”

‘죽더라도 몬스터와 함께 죽는다!’

“우리는 씩씩한 여전사 특전대!”

‘우리는 씩씩한 여전사 특전대!’

교관이 명교관이다. 구호까지 만들어서 단체 달리기를 할 때 구호를 외치게 하니 없던 힘도 생기는 것 같다. 비록 여자들이지만 마을을 지키겠다는 일념으로 뭉치자. 사기가 오르는 것이다. 며칠 만에 창술 16개 동작이 착착 일치한다. 쉭쉭 바람소리를 내며 일제히 내지르는 동작이 오우거라도 잡을 기세다. 그렇게 훈련이 되어 갈 때 R-2로부터 보고가 들어왔다. 영상으로 보여주는 것을 면밀히 검토해 보니 사람은 없다. 그런데 놈들이 오랜 세월동안 훈련이 되어 있는 듯 완전 군부대처럼 집단행동을 하고 있고, 에이스 산 일대를 주요 거점으로 하여 수십 개의 집단이 있다. 그리고 그 집단규모가 100~500마리 정도의 트윈 오우거와 1,000~2,000 정도의 트윈 오크가 제일 많고 트롤은 집단에서 배격 당했는지 보이지 않는다. 각 집단들의 대장들이 1~2마리 씩 집단을 이끄는데 무리 중에 덩치가 크고 힘이 센 놈들이 리더 역할을 하고 있다. 특이한 것은 몬스터 집단끼리는 충돌이 일어나지 않는다는 것이다. 그리고 이놈들은 모두 육식성이라 집단 사냥을 하면서 생존하고 있다는 것과 동굴은 아직 발견되지 않고 있다는 것이 보고의 요지이다. 전체 개체수를 통계를 내어보니 오우거가 2만 마리 이상이고, 오크는 50만~100만 정도이다. 이놈들이 산 아래로 내려온다면 그야말로 생지옥이 펼쳐질 것이다. 아직은 초가을이라 사냥감들이 많다. 과일도 많고 초식 동물들이 많이 보인다. 고뿔 무리도 많고 순록들은 수십만 마리가 낮은 (2,000m이하)산 일대에서 서식하고 있다. 문제는 가을이 끝나고 겨울이 온다면 그 때가 문제이다. 순록들이 겨울에는 평원으로 이동한다는데 그것을 따라 내려온다면 도시나 촌락들이 뭉개질 것이다. 야들 야들한 인간들의 몸은 이것들의 좋은 먹이가 될 것이다. 군사력이 약해진 제국이 회복 하려면 30년은 걸릴 텐데 이놈들은 단 일년도 기다려 주지 않을 것이다. 그리고 분명히 이놈들을 누군가 만들었다면 그 근거지를 탐색해서 없애야 하는데 동굴 탐색이 어려우니 걱정이다.

"R-2 사령관이다. 몬스터들의 대장들이 움직이는 경로를 세밀하게 관찰하라. 그리고 그들이 모이는 때가 분명히 있을 것이다. 그때 급히 보고 바란다. 그 장소가 바로 근거지일 테니까. 이상"

"R-2 명령 접수완료. 즉각 드론의 임무를 변경 입력 하겠습니다. 이상"

"드론 2기는 스크로 산을 중심으로 지속적인 정찰을 실시하라. 끝"

"R-2 드론2기는 스크로 산 탐색에 투입 하겠습니다. 끝"
"R-1여기는 사령관이다. 오버"
"------"
"R-1 여기는 사령관이다. 오버"
"사령관님 모선은 행성 반대쪽 궤도상에 있습니다. 그래서 교신이 안 됩니다. 최소 6시간 후라야 직접 교신이 가능 합니다. 오버"
"R-3는 어디 있나?"
"R-3는 모선 격납고에 있습니다. 오버"
"음 R-2 R-1과 교신이 되면 R-3를 스크로 산에 배치시키고 상공10㎞에서 드론2기를 통제하고 산맥 전체를 감시하라 전해라. 끝"
"넵 R-2 전달명령 전달하겠습니다. 끝"
레인의 특전대 훈련은 갈수록 그 강도가 높아만 간다. 그런데도 누구하나 불만 없이 잘 따르는 것이 신기하다. 그들도 알고 있는 것이다. 겨울이 오면 모두 죽을 수도 있다는 것을, 그런데 어쩌면 살아남을 수 있는 방법이 생긴 것이다. 어찌 몸을 사릴 것인가? 지독함은 남자보다 여자가 더 할 것이다. 생존에 대한 갈망은 누구나 다 가지고 있는 것이니까. 레인은 아빠가 사냥해 오면 그것을 주민들에게 나누어주고 빵의 재료인 옥수수 가루를 얻기도 하고 야채나 양념들을 얻어서 맛 나는 식탁을 꾸미기도 한다. 요즈음 레인의 요리 실력이 나날이 발전한다. 마을 아줌마들의 코치가 있으니 배우고 연구도 하는 것이다.
양념을 사용하는 법을 배우더니 가끔씩 신기한 음식들이 선을 뵌다. 그렇게 시간은 흐르고, 바블라이트 대륙의 대 몬스터 작전

준비는 근거지를 찾는데 주력 하지만 결과는 지지부진이다. 드론의 활동으로는 한계가 있는 것인가? 그렇다면 직접 뛰는 방법밖에는 없다. 에이스터 제국보다 인접의 프론티아 제국이 훨씬 심각하다는 얘기가 들려 왔다. 도시에 다녀온 한 노인이 얘기를 하는데 완전히 패망 직전까지 몰렸는데 그때 갑자기 몬스터들이 사라졌다는 것이다. 갑자기 후퇴해서 산맥으로 돌아갔다? 그것이 언제쯤 이였는지 물어보니 한참을 생각하더니 작년 봄 새싹이 돋을 때쯤이라는 것이다. 작년 봄? 1년 반 전이다. 그때는 짐 바브 대륙에 있을 때였다. 그때? 그래 그때였다. 짐 바브 대륙에서 바벨 산맥으로 텔레포트 한 '라누고' 그리고 그들의 최후! 그때가 이곳은 봄 이였나? 하긴 북반구의 대륙이니 그럴 수도 있다. 정신적으로 연결되어 있던 정신계마법이 사라진 순간 자신들의 생활터전으로 돌아간 것이로군. 음 그랬었군. 그렇다면 몬스터들이 일시에 공격하는 집단체제는 붕괴 되었다는 것이 정답이군. 단지 하부 조직체계는 남아있다. 워낙 오래 훈련된 것이라 죽을 때까지 저 체제는 유지될 것이다. 하나씩하나씩 제거 한다면 하 세월이다. 여행할 시간도 모두 투자해야 할 것이다. 하부조직 대장이 없어진 짐 바브 대륙의 몬스터들은 어떻게 되었을까? 그것을 확인 해봐야겠군. 폰 프린스로 한번 다녀와야 할 것 같군. 오늘도 레인은 그동안 못한 스트레스를 애꿎은 여인 특전대에 풀고 발갛게 달아오른 얼굴로 천막에 들어온다. 땀에 절은 얼굴이 번들번들하다. 웃옷을 확 벗어던지고 애교를 부리며 안 겨온다. 땀 냄새가 기분 좋게 코를 간질거리게 하는데 여기서는 키스가 가장 농도 짙은 사랑 놀음이다.

"아-빵! 저 하고 딮어 미티겠더-용!"

“나도 그래 봐봐 바지가 와이번 가죽이기 망정이지 오우거 가죽이었음 벌써 찢어지고도 남았어. 허허허”

“엥? 이거 내꺼 히힛 좀 먹자-앙!”

“억 레인아 있다가 밤에 좀 갔다 올 때가 있으니 조금만 참아!”

“네? 어디에요?”

“짐 바브 대륙에 잠시 갔다 와야겠다.”

“얏-호! 셔틀에서 하면 되겠네. 히히히힛!”

어둠이 내리자 폰 프린스에 올랐다. 최고 속도를 낸다면 금방 도착 할 거리이지만 자동 조정은 R-2의 재량이다. 바나 행성을 반 바퀴 돌아서 반대편으로 가는 것인 만큼 에너지의 소모도 정밀하게 계산하는 R-2는 천천히 갈 것이 뻔하다. 그러면 두 시간이다. 레인이 두 번은 기절을 할 시간이다. 창조 마법으로 탄생한 괴물들의 조직이 리더가 사라진 후에는 어떤 방법으로 생존을 할지 확인을 해보자.

- 제2부 끝 -